을유세계문학전집 · 124

파도

을유세계문학전집 · 124

파도

WELLEN

에두아르트 폰 카이절링 지음 · 홍진호 옮김

❖ 을유문화사

옮긴이 **홍진호**

서울대학교 독어독문학과를 졸업하고 독일 베를린 훔볼트대학교에서 박사 학위를 받았다. 현재 서울대학교 인문대학 독어독문학과 부교수로 재직하고 있다. 지은 책으로는 『욕망하는 인간의 탄생』, 『이토록 매혹적인 고전이라면』 등이 있으며, 옮긴 책으로는 『라이겐』, 『다른 한 편』, 『독일 전설 1, 2』(공역) 등이 있다.

주요 논문으로는 「토마스 만의 〈트리스탄〉, 〈토니오 크뢰거〉에 나타나는 유미주의적 인간관의 수용」, 「자연주의와 세기 전환기 문학의 사이에서 하우프트만의 〈선로지기 틸〉에 나타나는 자연과 문명의 대립」, 「아름다운 삶의 모순과 유미주의적 멜랑콜리 ―후고 폰 호프만스탈의 〈672번째 밤의 동화〉」 등 다수가 있다.

을유세계문학전집 124
파도

발행일 · 2022년 12월 30일 초판 1쇄
지은이 · 에두아르트 폰 카이절링 | 옮긴이 · 홍진호
펴낸이 · 정무영, 정상준 | 펴낸곳 · (주)을유문화사
창립일 · 1945년 12월 1일 | 주소 · 서울시 마포구 서교동 469―48
전화 · 02 -733-8153 | FAX · 02 -732-9154 | 홈페이지 · www.eulyoo.co.kr
ISBN 978-89-324-0517-9 04850   978-89-324-0330-4(세트)

차례

일러두기

* 외래어 표기 용례는 역자의 의견에 따랐다.

하모니

기차역은 성에서 두 시간 거리에 있었다. 펠릭스 폰 바세노가 그곳에서 마차에 올랐을 때에는 어느덧 해가 지고 있었다. 펠릭스는 마차 구석에 편안히 자리를 잡고 여행용 담요로 무릎을 덮었다. 저 아래 태양이 강렬한 곳으로부터 올 때에는 북구의 봄바람이 약간 매섭게 느껴지는 법이었다. '봐− 저걸 좀 봐!' 그는 생각했다. '여기에도 색깔이 있어!' 아말피에서 보낸 마지막 저녁, 호텔 발코니에서 본 구름도 이보다 더 반짝이진 않았다. 그날 펠릭스의 옆에서는 자그마한 영국 여자가 "아, 봐, 저걸 좀 봐" 하고 자꾸 말하면서 마치 물처럼 초록빛을 띤 특이한 눈으로 그를 바라보았다. 하늘이 아니라 자기를 바라보라는 듯. 하지만 그는 이곳에서 마음이 더 편안했다. 그리고 이 향기라니! 맙소사! 시가에 불을 붙일 엄두조차 내지 못할 지경이었다.

　마차는 벌판을 달려갔다. 평평한 회녹색의 대지. 그 위로 비단 같은 푸른색 그림자가 퍼져 갔다. 사람들은 일을 마치고 돌아가고 있었다. 보리를 심은 것 같았다. 그들은 줄을 지어 천천히 걸어갔다. 회색빛 모습들. 그들의 얼굴을 저녁 빛이 빨갛게 물들이고 있었다. 여자들은 여러 색이 섞인 조끼를 입고 길가에 서있었다. 매우 화려했지만 그 모든 초록빛 속에서는 무겁게만 느껴졌다. 여자들은 팔을 들어 햇빛을 가리고 뻣뻣한 미소를 지으며 마차가 지나가는 모습을 바라보았다.

펠릭스는 이런 모습을 다시 보게 되어 기뻤다. 그렇지만 눈을 감고 생각하는 것도 즐거웠다 — 눈을 감으면 모든 것이 사라지고 완전히 다른 모습들이 밀려왔다. 여러 가지 장면의 조각들, 마치 혼란스럽게 뒤섞인 듯한, 마치 불안하게 흐트러진 듯한, 진정되지 않는 작고 강렬한 환영들. 언제나 매우 깊은 푸른색, 흔들림 없이 뻗은 커다란 선들 위로 쏟아지는 강렬한 빛. 노란빛 둥근 암벽 위의 빨간 꽃이 핀 나뭇가지들. 여성의 몸, 마치 호박 같은 것이 섞인 듯한 피부와 닿는 것. 너무나 푸른 한밤의 정적 속에 들리는 낙타의 정열적인 괴성.

그러다 다시 눈을 뜨자, 붉은빛이 내리비치는 녹색 대지는 그고요함과 차가움 속에서 낯설고 비현실적인 것처럼 느껴졌다. 이 모든 모습들이 자기 안에서 현실이 되기 위해 싸우고 있다는 것을 생각하자 그는 미소를 짓지 않을 수 없었다.

저녁 빛이 창백해졌다. 길은 이제 숲속으로 이어지고 있었다. 나무들 아래는 어두웠다. 전나무의 검은색 사이로 하얀 자작나무 줄기가 여기저기에서 반짝거렸고, 그 위의 하늘은 색깔 없는 유리처럼 투명했다. 봄날 밤의 창백한 석양은 어두운 나무 우듬지 위로 가라앉아 버렸다. 고요로 가득했다. 그러나 우듬지들은 숲속에서, 새싹과 잎들의 쓴 향기로 가득한 흥분시키는 공기 속에서 제대로 진정하지 못하는 듯했다. 새소리, 어떤 새의 잠이 덜 깬 듯한 유혹의 소리. 어둠 속에서 자그마한 소리들이 비밀스레 속삭이고 있었다. 하얀 하늘 높은 곳에서 도요새의 유령 같은 웃음소리가 들려왔다. 갑자기 올빼미 두 마리가 서로를 부르기 시작했다. 정열적으로, 그리고 비탄에 젖어.

이 모든 것들은 무언가 비밀스러운 욕정 같은 것을 내쉬었다. 마부석에 앉아 있는 두 청년이 — 엮인 끈으로 장식된 모자 아래로 쫑긋 선 귀가 아주 빨갰다 — 서로 소곤거리고 키득키득 웃기 시작했다. 저 멀리 숲 아래에서 한 남자가 노래를 부르기 시작했다. 단조로운 음들의 연속, 길게 늘어지는 외로운 외침.

펠릭스는 미동도 하지 않고 앉아 있었다. 입술은 반쯤 열려 있었다. 깊이 숨을 들이마셨다. 모든 낯선 것들은 사라졌다. 그는 집에 와 있는 것이다. 마차가 모퉁이를 돌 때마다 그는 다음에 무엇이 나올지 알고 있었다. 그리고 이제 그는 자신이 집을 그리워하고 있었다는 사실도 알고 있었다. 세계를 돌아다니는 일에는 질려 버렸다. 낯선 느낌들을 위한 그릇 하나만 가지고 있다는 사실에, 항상 자신과는 아무 상관이 없는 아름다움을 먹고 사는 일에, 항상 다른 사람들이 모두 다 가지고 있는 것만을 갖게 되는 일에, 그리고 중요한 사람이 아니라는 사실에 그는 이제 질려 버렸다. 그는 다시 일과 책임을 원했다 — 명령하기, 다시 주인이 되기 — 사랑을 베푸는 신과 같은 무엇이 되고 싶었다. 그의 커다란 목소리가 덩치 큰 금발 농부 소년의 온몸을 압도하는 것을 느끼고 싶었다.

숲속의 빈터에 술집이 있었다. 조금 투명하지 못한, 붉은색이 도는 빛이 작은 유리창 밖, 5월의 밤으로 새어 나오고 있었다. 술집 사람들은 두 손을 편 채 무릎 위에 올려놓고 집 앞 벤치에 앉아 있었다. 정원에는 서양갈매나무가 꽃을 피우고 있었다. 그 압도적인 향기로 거의 숨을 쉴 수 없을 지경이었다.

마차가 술집 앞에 멈춰 섰다. 여기에서 말들이 휴식을 취해야 했다. 마부와 하인은 맥주를 받았다. 오래전부터 그렇게 하는 것이 옳다고 여겨져 왔다. 여주인이 맥주를 가져왔다. 그녀는 마차 옆에서 기다리며 서 있었다. 남자처럼 덩치가 큰 젊은 여인이었다. 그녀는 임신으로 커다래진 배 위에 곧게 편 두 손을 올려놓고는 파란색 눈으로 졸린 듯 꼼짝도 않고 펠릭스를 바라보았다. 마치 그가 사물이기라도 하다는 듯.

술집 주인이 다가왔다. 빨간 얼굴에는 금발의 수염이 가득했다. 그는 자신의 주인에게 인사하고 그간의 소식을 전했다. 그렇지, 저 남자가 이전 술집 주인의 딸과 결혼을 했었다. 그 늙은 이는 죽었고, 어머니는 아직 살아 있지만, 더 이상 아무짝에도 쓸모가 없다. 경작지는 사정이 좋지 않다. 노루들이 숲에서 나와 돌아다니며 밭을 짓밟아 해를 입힌다. 어떻게 할 수가 없는 일이다!

펠릭스는 이야기를 계속하는 걸걸한 목소리를 흘려들으며 술집 옆에 솟아 있는 높은 그네를 바라보았다. 그네의 좁은 나무

판 위에 여자아이와 남자아이가 가슴을 맞대고 서서 그네를 타고 있었다. 검고 작은 두 형체가 계속해서 노을 진 하늘로 날아올랐다가는 다시 그림자 속으로 돌아와 떨어졌다. 쉼 없이, 아무 소리도 내지 않고.

다시 마차를 타고 가면서 펠릭스는 그 모습을 떠올리려 했다. 그 모습은 마음을 진정시키고, 또 조금은 졸리게 만들었다. 하지만 이제 다른 생각들이 밀려왔다. 오랜 시간 동안 그의 내면에서 자기 차례가 되기를 기다려 왔던 생각들이.

그가 2년 전 신혼 생활을 시작했던 때도 이런 봄날이었다. 펠릭스는 결혼에 대해 항상 좋게 생각해 왔다. 그러나 그는 결혼이 그렇게 재미있을 수 있다는 사실은 알지 못했다. 갸름하고 총명한 얼굴을 가진 작은 소녀를 언제나 옆에 두고 있다는 것, 아직 반쯤 어린 아이인 이 여인이 얼마나 확고하게 삶을 자기 자신에 맞게 이끌어 가는지, 얼마나 확고하게 자신에게 맞지 않는 것을 조용히 거부하고, 자신이 어떤 삶을 원하는가를 얼마나 분명하게 알고 있는지 바라보는 것은 너무나 신기한 일이었다. "아니, 고마워, 나한테는 맞지 않아." 이 말과 함께 안네마리는 자신에게 어울리지 않는 모든 것들을 거절했다. 삶의 가장 훌륭한 것이 자신들에게 지정되어 있다고 확신해 온 가문의 진정한 마지막 자손. 각하'인 안네마리의 아버지는 조금이라도 코르크 맛이 나는 와인은 결코 마시려 하지 않았으며, 대부분의 와인들에서 그는 코르크 맛을 느꼈다. 안네마리는 남편 펠릭스로부터도 오로지 가장 훌륭한 것만을 받아들일 수 있었다. 그녀는 펠릭스에게서 자신의 마음에 드는 것만을 보았고, 다른 것들은 가볍게, 조금은 끔찍하게 입술을 씰룩거리며 거부했다. 그리고 펠릭스는 그것을 두려워했다. 맙소사! 안네마리가 자기를 보는 방식대로 살기 위해 펠릭스는 번번이 정신을 지독하게 바짝 차려야만 했었다.

높이 솟은 소나무들 사이는 어두웠고 엄숙한 정적이 자리 잡고 있었다. 그 어둠 속에서 펠릭스는 마치 환영을 보듯 또렷하게 안네마리의 모습을 보았다 — 좁은 어깨와 섬세한 팔다리, 작고 뾰족한 가슴을 가진 하얗고 조그만 몸, 그리고 그늘에서 피어난 꽃잎처럼 창백하고 매끈한 피부.

펠릭스는 그림에는 별 취미가 없었다. 그림 앞에 잠시 서 있으면 그걸로 그만이었다. 하지만 로마의 갤러리에 걸려 있는 한 그림을 그는 여러 번 보러 갔었다. 그 그림에도 역시 작고 마른 한 소녀가 — 도록에 따르면 다나에라고 한다 — 파란색 침대 위에 앉아 있었다. 그 소녀의 가냘픈 팔다리도 진주조개의 차가운 광채를 띠고 있었으며, 그녀는 신의 사랑을 자신에게 주어진 편안한 무엇인 것처럼 당연하게, 품위 있게 받아들이고 있었다. 그 그림 앞에서 펠릭스는 안네마리를 떠올렸다.

길게 늘어선 소나무의 검은 벽 사이는 더 따뜻해진 것 같았다. 이곳의 봄은 더 후덥지근했다. 펠릭스의 입술이 뜨거워졌다. 그의 핏속에서 다시 예의 그 황홀한 느낌이 끓기 시작했다. 안네마리를 품에 안을 때 그를 사로잡았던 그 느낌, 무언가 아주 흥분되고 소중한 것을 담고 있는 느낌이었다.

그러나 그때 다른 사건, 아주 끔찍한 사건이 — 아기의 출생과 죽음 그리고 끔찍한 병 — 벌어졌다. 안네마리는 자기 침대에 웅크리고 있었으며, 그녀를 두려움에 빠지도록 만드는 어떤 소리를, 그것으로부터 보호받고 싶지만 그 방법을 알 수가 없는 그런 소리를 들었다. 혹은 몇 시간이고 넋 나간 사람처럼 앉아 작고 새하얀 물건들 — 진주조개로 만든 상자나 작은 칼 — 을 만지작거렸다. 그녀는 그 물건들이 여전히 충분히 하얗지 않다고 생각했다. 그녀는 정신 요양원으로 보내졌고, 펠릭스는 여행을 떠났다. 어쩌면 그렇게 여행을 떠나는 것이 매정한 일인지도 몰랐다. 그러나 펠릭스는 마치 병처럼 그를 갉아먹는 동정으로부터 벗어나고 싶었다. 스스로 고통을 짊어지는 일이라면 감당할 수 있었지만, 다른 사람의 고통을 함께 느껴야 하는 상황은 견딜 수가 없었던 것이다.

이제 안네마리는 다시 건강해졌다. 안네마리의 오랜 친구이자 동반자인 폰 말텐 부인은 "이제 안네마리는 다시 예전과 같이 우리의 사랑스러운 천사로 완전히 돌아왔습니다. 조금은 연약하고 예민하지만, 우리는 그녀에게 상처를 줄 수 있는 모든 것들로부터 기꺼이 그녀를 보호해 주게 될 거예요"라고 편지를 보내왔다.

성의 불빛이 벌써 정원의 나무들 사이로 아른거렸다. 새로 깔린 자갈이 바퀴 아래에서 듣기 좋은 소리를 냈다. 성문 앞에 '환영합니다'라고 적힌 현수막이 걸려 있었다. 어둠 속에 사람들의 형체가 움직이고 있었다. 찬송가를 부르고 있었다. 펠릭스는 그것이 기뻤다. 이곳의 주인이라는 기분 좋은 느낌이 그의 마음을 즐겁게 했다.

땅에 닿는 긴 검은색 옷을 입고 누런 얼굴 둘레에 검은색 레이스 스카프를 두른 말텐 부인이 식당의 하얀색 문틀에 서 있었다. 그러고는 펠릭스에게 그녀의 조심스러운, 조금은 슬프게 들리는 목소리로 인사했다. "어서 오세요! 신의 가호가 있기를 바랍니다." 그녀의 뒤로 보이는 홀은 아주 밝았다. 하얀색 천장 가장자리의 금빛 장식이 반짝거렸다.

"안네마리는요?" 펠릭스가 물었다.

"벌써 자고 있어요." 조심스러운 목소리가 대답했다. "안네마리는 아직 오랫동안 깨어 있으면 안 된답니다. 아, 안네마리는 잘 지내고 있어요. 다행히도요!"

"그래요, 그렇군요."

식사를 기다리는 동안 펠릭스는 일렬로 늘어서 있는 방들을 죽 돌아보았다. 어디에나 불이 환하게 밝혀져 있었고 하얀색 레이스 커튼이 걸려 있었다. 히아신스와 수선화 향기가 났다. 모든 탁자 위에는 봄꽃들이 담긴 화병이 놓여 있었다. 그리고 그 모든 것들이 그곳에 서서 그를 기다리고 있었다. 창가에 무언가가 서 있었다. 그곳에 한 소녀가 기대서서 호기심에 가득 찬 반짝이는 눈으로 그를 바라보았다. 달아오른, 새빨개진 갈색 얼굴을 감싸고 있는 짙은 검은색 머리. 초조하게 움직이는 풍만한 팔다리를 감싸고 있는 빨간 옷.

"아!" 펠릭스가 말했다. "밀라― 폰 말텐 부인의 양녀 밀라 양이 맞지요?"

밀라가 급히 몸을 굽혀 인사했다.

"그래요ᅳ 그래! 알겠어요." 펠릭스가 계속 말을 이었다. "아가씨가 그 듣기 좋은 목소리를 가진 분이로군요. 아내가 편지에 썼었어요. 아가씨가 내 아내에게 책을 읽어 준다지요? 아! 그 듣기 좋은 목소리를 들어 보게 무슨 말이든 좀 해 봐요." 밀라는 웃으며 마을 아이들처럼 손등으로 입을 가렸다. "그래요ᅳ 그래"라고 말하고 펠릭스는 다시 여기저기를 걸어 다녔다. 이 소녀가 창가에서 자신을 바라보는 것도 역시 좋았다. 펠릭스는 기분이 좋아져서 살짝 두 손을 비비고는 유연하게 걸어가며, 나무 마루가 삐걱거리는 소리를 내도록 만들었다. 그는 축제를 제대로 즐기는 듯한 기분이었다.

식사를 하는 동안 폰 말텐 부인이 그의 옆에 앉아 말 상대를 해 주었다. "나폴리, 아, 그래요! 틀림없이 아름다웠겠지요. 그곳은 안네마리에게도 좋을 거예요. 안네마리는 햇빛을 많이 필요로 해요. 그래서 여기 벽이 안네마리에겐 너무 어두웠던 거예요. 하얀색이어야만 했어요. 제가 편지로 말씀드린 적이 있었지요. 하인리히 할아범이요? 아, 그 사람은 내보냈어요. 눈이 빨개지고 가끔 눈물을 흘렸는데, 안네마리가 그걸 좋아하지 않았어요. 아! 그 사람 아주 행복하게 살고 있어요. 공원 뒤에 있는 작은 집에서 살고 있어요. 우리 밀라를 보셨다고요? 맞아요, 좋은 아이지요. 편안하고 듣기 좋은 목소리를 가지고 있어요. 아직도 가끔씩 조금 시끄러울 때가 있는데, 그게 안네마리의 신경을 건

드리지요. 맙소사! 안네마리를 위해 온 세상을 다 숨으로 채우고 싶을 정도예요." 폰 말텐 부인은 눈썹을 살짝 치켜올리고 흐린 회색 눈동자로 펠릭스를 진지하게 바라보았다. 그렇다, 펠릭스는 잘 알고 있었다. 착한 말텐 부인의 이 비가(悲歌) 속에는 항상 가르침이 숨어 있었다. 그녀는 안네마리를 마치 교회처럼 생각하고 있었다. 그리고 자신은 모든 사람들에게 그 장소의 신성함을 일깨워 주는 교회의 집사였다.

그때 문이 열렸다. 안네마리가 작은 하얀색 슬리퍼를 신고 소리 없이 들어왔다. 옅은 푸른색 나이트가운을 입은 안네마리는 펠릭스의 기억 속 모습보다 커 보였다. 짙은 금발의 많은 머리가 등 뒤로 길게 늘어져 있었다. 안네마리는 잠들어 있던 것 같았다. 그녀의 눈은 이제 막 깨어난 눈의 반짝임을 지니고 있었다.

펠릭스는 벌떡 일어났다. 아주 흥분되고 또 조금은 당황한 채. "안네마리" 하고 펠릭스가 외쳤다. 그러면서 그는 자기 목소리가 몸 안에서 울리는 것을 들었다. 정열적으로 두 팔을 뻗는 것이 기분 좋게 느껴졌다. 펠릭스는 작고 옅은 푸른색의 형체를 조심스럽게 자기 곁에 받아들였다. 안네마리는 조용히 고개를 뒤로 젖히고 펠릭스가 입술에 키스를 하도록 내버려 두었다.

"말텐이 나를 빼놓으려고 했어." 그녀는 이렇게 말하고 나선 살짝 그의 팔에 몸을 기댔다. "잠을 자야만 했어. 그런데 자기 목소리가 들리잖아. 집주인의 목소리를 우린 아주 오랫동안 듣지 못했어."

말텐 부인은 고개를 옆으로 돌리고 입술의 얇은 선을 살짝 일그러뜨리며 미소를 지었다.

"자기 이제 먹어야 해. 불쌍해라." 안네마리가 말했다.

펠릭스는 자리에 앉아 식사를 했다. 안네마리는 팔꿈치를 탁자에 대고 두 손으로 얼굴을 받친 채 그를 바라보았다. 펠릭스는 파란색 눈동자의 주의 깊은 시선이 천천히 자기 위를 훑고 지나가는 것을 느꼈다. 그녀는 펠릭스의 머리를 보고, 눈썹을 보고, 또 그의 입술을 보았다.

"아! 수염을 뾰족하게 깎았구나." 안네마리가 말했다.

"응. 마음에 들어?"

"응ー 멋져. 여전히 예쁘고 긴 속눈썹."

펠릭스는 긴 속눈썹을 느껴 보려고 눈을 몇 번 깜빡거렸다. 그러고는 대수롭지 않은 일들에 대해 이야기하기 시작했다. 기차에 대해서, 짐과 사기꾼 같은 마부 때문에 겪은 불쾌한 일들에 대해서. 그러나 펠릭스 자신도 그 이야기들에 귀를 기울이고 있지 않았다. 와인이 피로 때문에 조금 무거워졌던 팔다리에 기분 좋은 온기가 흐르도록 해 주었다. 펠릭스는 다정해지고 싶은 욕구를 느꼈다. 그는 안네마리의 차가운 손을 잡았다. 그녀의 손은 참을성 있게 펠릭스의 손안에 머물렀다. 그는 짙은 금발 머리의 향기를 들이마시기 위해 몸을 앞으로 숙였다. 전나무 아래에서 자라는 숲속 꽃의 섬세하고 신선한 향기였다.

"그러면 자기야." 펠릭스가 말했다. "이제 자기 얘기를 좀 해 봐."

안네마리의 눈꺼풀은 이미 무거워져 있었고, 졸음이 몰려오는 아이처럼 시선은 고정되어 있었다. "나? 아, 난 잘 지내고 있어! 그 다채로운 것들 이야기를 더 해 줘. 기차나 짐들 그리고 사람들 이야기 말이야. 나는 그런 것들을 모두 너무− 너무 멀리서만 봐. 그리고 그런 것들이 멀리 있어서 마음이 편해." 펠릭스는 웃었다. "그래, 그러면 마음이 편하지. 그리고− 그리고."− 그는 뭔가 시적인 것을 말하고 싶었다 −"그리고 청금석 눈이 그렇게 가까이 있을 때도 말이야."

"청금석 눈?" 안네마리가 물었다.

"그래− 황금색 작은 핏줄이 들어 있는 것 말이야."

"그래! 그거 아주 아름답지." 안네마리는 대화를 끝냈다. "자러 가자. 자기 방으로 데려다줄게."

방문 앞에서 펠릭스는 안네마리를 품에 안았다. "이제 우리 아주 행복해지자" 하고 펠릭스가 말했다. 그리고 그 말은 진정으로 아주 따스하고 비밀스럽게 흘러나왔다.

"응, 그래! 당연히 우리는 행복해질 거야." 안네마리가 대답했다. "잘 자− 자기야."

펠릭스는 잠시 동안 잠이 들지 않고 침대에 누워 있었다. 그는 안네마리와의 재회가 더 흥분되고 더 감동적일 것이라고 생각했었다. 그럼에도 불구하고 그는 들떠 있었고 기분이 좋았다. 여기에서 사람은 저 밖에서와는 다른 존재가 된다. 마치 − 안네마리가 좋아하는 − 하얗게 반짝이는 진주조개 껍데기로 들어가는 것처럼 여기로 기어 들어가는 것이다. 좋다! 사람들은 때때로 여행을 가거나 클럽에 가서 평범하고 진부한 존재가 되지만, 그러나 그가 속한 곳은 원래 여기였다. 그것을 그는 라벤더 향기가 살짝 풍기는 침대 시트 위에 이불을 덮고 누웠을 때 떠오른 멋지고 순수한 생각들에서 이미 알아차릴 수 있었다.

집 안에서는 아직 작은 발걸음 소리가 들렸다. 하인들이 불을 끄고 있었다. 복도에서는 긴 옷자락이 끌리는 소리가 났다. 폰 말텐 부인이 누군가와 작은 목소리로 이야기하고 있었다. 마침내 완전히 조용해졌다. 밖에서는 봄비 내리는 소리가 거세게 들렸다. 이 빗소리가 펠릭스의 꿈속으로 들어와 말을 했다. 새하얗게 반짝이며 흘러내리는 빗물이, 전나무 아래에 피는 숲 꽃의 차가운 향기가 나는 빗물이 그의 꿈을 가득 채웠다.

다음 날 아침 펠릭스는 방을 나서기 전에 창가로 가서 밖을 내다보았다. 흠뻑 젖은 정원은 밝은 노란 햇빛 속에서 반짝거리고 있었다. 검고 기름진 화단 흙에 번쩍이는 금빛의 크로커스와 검푸른색의 히아신스가 서 있었다. 살짝 불어오는 바람이 펠릭스에게 축축한 땅과 젖은 새싹의 냄새를 가져다주었다. 여인들의 목소리가 들려왔다. 안네마리가 폰 말텐 부인의 팔을 잡고 정원의 길을 따라 걷고 있었다. 모자도 없이, 파란색 양산을 쓰고. 안네마리는 화단 옆에 멈춰 서 있었다. 꽃 가까이로 몸을 굽히고는, 때때로 말을 하고, 꽃이 웃기는 말이라도 한 듯 때때로 웃었다. 나이 든 정원사가 다가왔다. 안네마리가 푹 쉰 듯 맑은 목소리를 울리며 정원사를 불렀다. "안녕하세요, 아저씨. 어젯밤에 얼음이 얼었었나요?"

정원사는 자기 턱수염 속으로 기어들어 가는 목소리로 불분명하게 무언가 장미와 쥐들에 대해 이야기를 했다. 펠릭스는 아주 오랫동안 그 모든 것들, 장미와 쥐들에 대해 생각을 해 본 적이 없는 것 같았다. 그리고 이제 거기에 대해 생각하게 된 것이 마음에 들었다.

아침 식사를 하는 동안 안네마리는 사려 깊게 말했다. "자기, 오전에는 영지를 둘러보는 게 좋을 것 같아. 커다란 회색 펠트 모자를 쓰고, 무릎까지 오는 장화를 신고 말이야. 창문 옆을 지날 땐 큰 목소리로 얘기해 줘. 뭐 누군가를 혼내도 좋고. 자기 목소리를 들으면 기분이 좋을 거야. 그러고 나서는 우리한테로 와─." 안네마리는 펠릭스를 진지하게 자신의 삶 속에 정리해 넣었다. "그 후에는 아버지와 틸로 삼촌도 오실 거야. 그리고─."

"오늘 점심에 새로운 후보가 찾아온답니다." 폰 말텐 부인이 작은 목소리로 이야기했다.

아, 안 돼요, 안네마리는 그것을 원하지 않았다. "후보들은 손이 축축하고 커프스단추를 달고 다녀요."

펠릭스는 이 말에 아주 크게 웃었다.

"그렇게 말하는 건 무례한 일이긴 해." 안네마리가 말했다. "하지만 그렇다고 그렇게 웃어?"

"맙소사! 웃음이 나오는 걸 어떡해." 펠릭스는 화가 나서 대답했다.

안네마리는 웃었다. 너무나 편안하게 얼굴 전체로 퍼지는 웃음이었지만, 얼굴선의 엄격한 순수함을 방해하지는 않았다. "당연하지! 자기는 여기서 웃고 싶은 대로 웃을 수 있어. 그냥 물어 본 것뿐이야. 하지만 그 후보는 오늘 오지 않을 거야. 오늘은 가재 수프, 멧도요새와 파인애플 빵이 나올 거야. 샴페인을 마실 거고, 나중에 노을이 질 때 파란색 방에서 자기가 낯선 곳에 대한 이야기를 해 줄 거야. 나이팅게일이 노래할 거야. 우리는 창문을 열고 귀를 기울이고. 오늘은 그렇게 보낼 거야."

말텐 부인은 하던 일을 멈추고 주의 깊게 들었다. 모든 것들을 마치 명령처럼 받아들였다. 멧도요새, 샴페인, 노을 그리고 나이팅게일.

펠릭스는 회색 펠트 모자를 쓰고 무릎까지 오는 장화를 신은 후 안마당으로 나갔다. 그곳에서 지팡이로 물웅덩이를 툭툭 치고는 집을 바라보았다. 조금은 뽐내는 듯한 지붕 둘레 장식이 있는 집은 정오의 햇살 속에 아주 하얗게 서 있었다. 줄지어 늘어선 창들이 반짝거렸다. 펠릭스는 창가에서 폰 말텐 부인이 하얀색 커튼을 내리고 있는 것을 보았다. 그렇다. 항상 그랬다. 안네마리와 있을 때면 사람들은 항상 자기 자신만을 위한 세계 속에 있었다 ― 그녀를 위한 세계 속에. 그리고 그곳에는 항상 외부 세계로부터 커튼을 내리기 위해 말텐 부인이 있었다. 좋다! 그는 커튼 뒤의 세계에 속해 있다는 사실이 자랑스러웠다. 그런 세계에 대해 그는 늘 큰 호감을 가지고 있었다. 물론 바세노 가문은 오래전부터 소박한 것을 선호하는 편이었지만, 그의 어머니는 라프스-펠조크 가문 출신이었고, 그 어느 것도 그녀에게는 충분히 고상하지 못했기 때문에 아버지와 자주 다투곤 했었다. 그래서 그는 또한 곧바로 안네마리를 사랑하게 되었다. 엘름트 가문은 너무나 고상해서 거의 살아갈 수 없을 정도였다. 그들은 또한 죽어 사라져 가고 있기도 했다. 틸로 삼촌은 엘름트 가문 최후의 제국 백작이 되기 위하여 결혼을 하지 않았다. 죽어서 사라져 가는 것은 고상하다. 그리고 이제 — 펠릭스는 생각했다 — 편안하게 바세노에 속한 것들이 자기 안에 들어와 거닐도록 이끌 수 있었다. 그러고 나서는 안네마리가 마련한 일상적인 하루가 올 것이다 — 라프스-펠조크적인 것들을 위해.

늙은 감독관 피트케가 왔다. 하얀 머리카락들 사이로 코가 매우 빨갰다. 펠릭스가 친절하게 말했다. "아, 우리 피트케 할아버지. 점점 더 하얘지는군요. 뭐, 우리는 모두 더 젊어지지는 않는 거지요."

두 사람은 축사를 따라 걸었다. 외양간은 쉬고 있는 커다란 젖소들의 따스한 증기로 가득 차 있었다. 지푸라기의 풍성한 노란색은 햇살 속에 쇠붙이 같은 광채를 띠고 있었다. 거대한 입들이 씹는 소리, 쩝쩝거리며 먹는 소리가 들렸다. 우유가 양동이로 흘러내리고 있었다. 우유를 짜는 시간이었기 때문이었다. 젖소들 옆에는 젊은 여인들이 — 젖소와도 같이 육중하고 뜨겁게, 넓적한 손으로 부풀어 오른 소의 젖을 잡고서 — 쭈그려 앉아 있었다.

"저 녀석들이 주인이에요." 피트케가 말하며 젖소들을 가리켰다. "먹으면서 시종을 부리고 – 그렇지 않습니까?"

가득 찬 동물들의 증기와 우유 그리고 사람들이 펠릭스를 따듯하게, 또 나른하게 만들었다. "여기는 참 고요하군요! 나도 저

소들처럼 저렇게 꼼짝 않고, 아무것도 신경 쓰지 않으면서 멀뚱 멀뚱한 커다란 두 눈으로 바라보고, 계속 씹어 대기만 하고 싶을 지경이에요." 커다란 가슴을 가진 여인들이 우유로 가득 찬 양동이를 손에 들고 그를 지나쳐 갈 때 그는 이렇게 덧붙였다. "저 사람들도 역시 훌륭한 종자들이군요."

"저 계집애들은 게을러요. 그래서 살이 찌는 거지요." 피트케가 대답했다.

그러나 펠릭스는 그녀들에 대해서도 어느 정도 호감을 가지고 있었다! 하지만 여기 이 휴식을 취하고 있는 힘들의 한복판에서 그 역시 힘을 느꼈다. 그는 자신의 가슴이 얼마나 넓은지를 느꼈고, 자신의 근육이 부풀어 오른 것을 느꼈다.

두 사람이 다시 햇살 속으로 나왔을 때, 펠릭스는 더 무겁게, 더 큰 걸음으로 쿵쿵거리며 물웅덩이들 사이를 걸었다. 그는 자기 몸의 무게를 느꼈다. 피트케는 경작지들에 대해 이야기하며 저 멀리 녹색 땅을 가리켰다. "저기 저곳을 우리는 칼리에게 경작하도록 해 주었어요." 갑자기 피트케가 말을 멈추더니 욕을 하기 시작했다. "이런 빌어먹을! 미슈카! 악마 같은 폴란드 놈!" 그들로부터 멀지 않은 곳에 키 작은 검은 사내가 젖은 길을 따라 염소를 실은 마차를 타고 가고 있었다. 마차 바퀴 하나가 너무 깊이 파인 길로 빠져들었고, 말들이 마차를 끌어내려 힘을 썼지만 아무 소용이 없었다. 사내는 채찍 손잡이를 거꾸로 들고 의미 없는 분노로 가득 차 말들을 때려 대고 있었다.

펠릭스는 피가 끓어오르는 것을 느꼈다. 그리고 그는 사내 옆에 서서 그를 잡아 들어 올리고는 흔들어 댔다. 그렇다. 이 무거운 육체를 흔드는 것, 그의 헛된 저항을 느끼는 것은 정말 즐거운 일이었다. 펠릭스는 그러고 나서 그를 놓아주었다. "가서 사람들을 데려와" 하고 그는 말했다. "가!" 펠릭스는 사내에게 소리를 질렀다.

피트케가 웃었다. "아주 멋졌어요. 저 녀석, 자기 주인이 누구인지를 알았을 겁니다."

펠릭스는 우쭐해져 미소를 지었다. 그는 손을 비볐다. 그는 그의 손가락에서 여전히 바지의 거친 천과 쇠처럼 단단한 사내의 근육을 느꼈다.

두 번째 아침 식사 때 펠릭스는 흥분한 채로 신이 나서 미슈카의 일을 이야기했다. "그래서 내가 그 녀석을 붙잡았어, 이렇게 내가 그 녀석을 붙잡은 거야." 갑자기 그는 말을 멈췄다. 그의 이야기가 전혀 효과가 없는 것 같았다. 안네마리가 머리를 자기 접시 위로 숙이고 말했다. "그걸 자기가 직접 해야만 했나. 피트케가 할 수도 −." 그러면서 그녀는 생각에 잠긴 채 그의 손을 바라보았다. 순간 그 손들은 그녀에게 호의적이지 않은 것만 같았다. 펠릭스는 기분이 상해 어깨를 으쓱했다. "맙소사! 가끔씩 나는 그런 걸 아주 즐긴다고."

"그래, 그건 또 다른 이야기지." 안네마리는 예의 바르게 수긍했다. "그래, 그렇게 힘이 세면 분명 신기할 거야. 가만히 앉아 있다가, 갑자기 이런 생각이 드는 거야. 내 팔 힘은 아주 강하다. 그러면 무언가를 들어야 하지, 책상, 아니면 사람이라도. 틸로 삼촌이 그러는데, 많은 남자들이 오로지 자기들의 멋진 턱수염만 생각하는 것처럼 보인대. 하지만 또 어떤 남자들은 항상 자기 근육만을 생각하고 있는 것처럼 보이기도 해. 그렇지 않아?"

펠릭스는 그 견해에 동의하고 싶지 않았다. 그는 오히려 비꼬듯이 대꾸했다. "틸로 – 그래 그 사람은 인생에서 무언가 말하는 거 외에는 다른 할 일이 없는 사람이지."

안네마리의 얼굴이 붉어졌다. "왜? 국회 의원인데?"

"그러니까 그저 말을 하기 위해서 국회 의원이 되는 거야."

당혹스러운 침묵이 생겨났다. 이 침묵은 프로제크 백작 부인의 마차가 아래 공원 옆을 지나갔다는 폰 말텐 부인의 보고가 있기까지 계속되었다. 백작 부인이 직접 마차에 타고 있었는지? 그리고 어디로 가고자 하는 것인지? 여기에 대해서는 알 수 없었다.

아침 식사가 끝났다.

"알아, 자기야? 이제 자기는 춤을 춰야 해." 안네마리가 펠릭스에게 말했다.

"춤?"

그랬다. 의사가 안네마리에게 몸을 움직이라는 처방을 내렸고, 그래서 그녀는 매일 밀라와 춤을 췄다. 말텐 부인은 연주를 했다. 그러나 이제 그녀들에겐 남자 주인이 있었다. "밀라, 우리 부채를 가져오너라. 우린 홀에 가서 앉을 거야." 홀에는 햇빛이 가득했다. 빛은 커다란 왕관 모양 조명의 크리스털에 부딪혀 깨지면서 벽에 작은 무지개 조각들을 뿌렸다. 안네마리와 밀라는 노란색 공단 안락의자에 앉았다. 마치 짙은 황금빛 속에 앉아 있는 것 같았다. 펠릭스는 먼저 안네마리와 춤을 추었다. 음악이 그녀의 사지로 흘러들어 가는 것, 그녀의 온몸을 리듬으로 가득 채우는 것을 느끼는 것은 아주 즐거운 일이었다. 그녀의 가슴을 들어 올리는 빠른 호흡조차도 왈츠의 박자에 맞는 것 같았다. 다음은 밀라 차례였다. 그녀는 약간은 무겁게 춤을 추었다. 하지만 일단 분위기를 타자 쉽게 막을 수가 없었다.

"Le dos, Mila, tenez-vous droite(뒤로, 밀라, 똑바로 서)." 폰 말텐 부인이 피아노 쪽에서 소리쳤다. 그러나 누가 이 야성적인 소녀의 몸을 제어할 수 있겠는가?

그 뒤에 펠릭스는 자기 방 창가에 앉아 한가하게 참새들이 지저귀는 소리를 들었다. 그는 우유 생산 관리 서류를 들여다보고자 했다. 그러나 지금 그에게 젖소들에게서 얼마나 많은 우유를 짜냈는지는 아무래도 좋았다. 무언가를 한다는 것, 그것은 예술이 아니었으며, 일하는 동안에는 하루를 빨리 보낼 수도 있다. 하지만 조용히 앉아 멋지고 밝은 일들을 생각하는 것, 그것은 문화였다. 저녁의 빛이 마치 붉은 먼지처럼 하늘에, 공원 나무들의 우듬지 위에 놓여 있었다. 찌르레기들이 흥분해서 끊임없이 울어 대고 있었다. 이 시기치고는 이상하게 따뜻했다. 홀의 유리문은 열려 있었다. 사람들이 베란다 위에서 왔다 갔다 하며 점심을 기다리고 있었다. 부인들은 멋지게 차려입고 있었다. 안네마리는 홍차 빛의 붉고 가벼운 비단옷을 입고 허리띠에는 붉은 장미를 꽂고 있었다. 밀라는 커다랗고 유치한 레이스 칼라가 달린 하얀 옷을 입고 있었다. 펠릭스는 창턱에 등을 기대고 서 있었다. "걸어가 – 걸어가 –" 하고 그는 말했다. "이건 비현실적으로 보일 만큼 멋진 광경이잖아." 그들은 천천히 그의 앞에서 왔다 갔다 했다.

"오늘은 멋져 보이는 게 어렵지 않아." 안네마리가 말했다.

"그렇지 않아, 밀라? 오늘은 축제의 공기 같은 것이 있어. 난 공기 중에 축제가 섞여 있는지 숨을 쉴 때 바로 알아차려."

일을 마치고 돌아오는 일꾼들의 노랫소리가 멀리서 들려왔다. 안네마리는 멈춰 서서 귀를 기울였다.

"지금은 저 사람들도 즐거워하잖아." 안네마리가 말했다. 그녀의 목소리에는 누군가에게 반대라도 하는 듯 무언가 초조함이 있었다.

"저 사람들이 어떤 기분인들 들지 않겠어." 펠릭스가 아무 생각 없이 대답했다.

"자, 그럼! 밥 먹으러 가자."

검은색 공단 옷을 입은 폰 말텐 부인이 조심스럽게 수프를 앞에 놓았다.

"정말이야! 폰 말텐 부인은 모든 식사를 축제로 만들 줄 안다니까." 펠릭스가 공손하게 말했다.

"말텐 부인! 응, 그래!" 안네마리가 동의했다. "그리고 또 그런 게 필요하기도 해. 식사라는 건 지루하거나 아니면 더 나빠지기가 아주 쉽거든. 난 말텐 부인이 집안 살림에 대해 이야기하는 걸 듣는 게 좋아. 그 이야기에는 항상 도둑질이나 그런 얘기가 나오지는 않아. 내 생각에, 모차르트는 말텐 부인이 살림에 대해 이야기하는 것처럼 자기 작곡들에 대해 이야기했을 거 같아."

"그래!" 펠릭스는 가재 꼬리가 담긴 수저를 입으로 가져가며 흡족한 듯 그것을 바라보았다. "식사를 할 때 그렇게 쉽게 지루해하지 않는 사람들도 있을 거야."

안네마리는 수프 접시를 비우고 만족해서 의자에 기대앉았다. "아, 그래! 먹을 게 별로 없는 가난한 사람들. 당연하지! 나도 알아. 하지만 그렇지 않은 사람들 말야. 어렸을 때 – 부모님이 집에 안 계시고 플레머스 양이 집안일을 도맡아 할 때면 나는 점심 식사가 언제나 일상적이라고 느꼈어. 플레머스 양은 절인 오이를 곁들인 사우어브라튼을 주문하길 좋아했어. 물론 아주 맛있기는 하지. 하지만 그건 왠지 나를 슬프게 만들었어. 절인 오이를 곁들인 사우어브라튼은 아직도 나를 슬프게 해." 샴페인을 마신 여인들은 볼이 빨개졌고 사소한 일에도 웃음을 터뜨렸다. 펠릭스는 오늘 사람들을 웃기는 것이 쉽다고 생각했다.

파란색 방에서는 난로 안에서 작은 불이 타고 있었다. 식사를 마치고 사람들은 그 방의 커다란 안락의자에 자리를 잡았다.

"보통 때는 지금쯤 말텐 부인이 「크로이츠 차이퉁」 신문을 읽어 줘. 아주 재미있어. 말텐 부인은 가족들의 뉴스를 읽을 때 모든 친척 관계를 다 알고 있어." 안네마리는 약간 졸린 상태로 계속 떠들어 댔다. "아, 자기야, 그러지 말고 국회 의원으로 나가 봐. 틸로 삼촌의 연설을 읽어 줄 때 거기에 '왼쪽에서 웃음'이란 구절이 있으면, 말텐 부인은 항상 아주 화가 나서 말해 'ils rirent, ils ne savent pas de quoi(이 사람들 웃고는 있지만, 무엇에 대해 웃고 있는지는 몰라요).'"

말텐 부인이 들어와 알렸다. "나이팅게일이 시작했습니다." 옆방 창문이 열리고, 하인들에게는 조용히 하라는 지시가 내려졌다. 그리고 모두들 귀를 기울였다. 안네마리는 깍지 낀 두 손을 두 다리 사이에 놓고는 꼼짝도 하지 않았다. 밀라는 마치 힘들게 꿈을 꾸고 있는 듯 두 눈을 감고 젖은 입술을 열었다. 아주 정열적인 나이팅게일이었다. 마치 심장이 부풀어 오르듯 목소리를 고조시키면 나이팅게일의 노랫소리는 거의 쓰디쓰게 들렸다. 그러다가 소리는 다시 달콤해지고 감동적으로 바뀌었다. 펠릭스는 완전히 감정에 휩싸여 소파에 누웠다. 자기 안에 이렇게 많은 감정이 있으리라고는 스스로도 생각하지 못했었다. 밀라가 눈을 뜨고 화난 듯 창 건너편을 바라보며 말했다. "저기 보여요." 이제 모두가 라일락 수풀 속의 검은 점을 보려고 했다. 정원은 달빛으로 하얬다. 안네마리는 저 밖으로 나가야만 했다. 담요를 가져오라는 지시가 내려졌다. 안네마리가 뭔가를 원할 때면 그사이 무슨 일이 일어날까 두렵다는 듯이 모두들 서둘렀다. 안네마리는 펠릭스의 팔짱을 끼고 정원 길 아래쪽으로 내려갔다. 밤은 이상하리만치 따뜻했다. 초원 위로는 검은 구름이 깔려 있었고, 그곳에서 끊임없이 번개가 치고 있었다. "우리가 처음 겪는 거친 날씨네." 펠릭스가 말했다. 그래. 안네마리는 그것을 핏속에서 느끼고 있었다. 마치 미열처럼. 혹시 저 안에도 구름 속에서처럼 황금 같은 것이 나왔다 들어갔다 하는 것인지.

아! 그녀는 고개를 뒤로 젖혔다. 깊은 숨을 쉬었다. "내일은 모든 나무들이 꽃을 피울 거야, 모든 것이 하얗게 될 거야."

"그게 좋아?" 펠릭스가 물었다. 그는 자기 안에서 애정이 커지는 것을 느꼈다. 거의 고통스러울 정도로, 마치 동정처럼.

"응, 좋아. 오늘은 아주 멋진 날이었어. 나는 처음엔 두려웠어."

"내가?"

"어쩌면 자기도. 그건 모르는 거야. 갑자기 무언가가 와서 — 거기에 있고, 그러면 더 이상 전혀 살고 싶지 않게 되는 거야." 안네마리는 허공을 향해 웃었다. "이렇게 별들을 들여다보는 건 신기한 일이야. 사람을 어지럽게 만들어. 난 저 별들이 어떻게 걸려 있는지, 어떻게 움직이는지를 봐. 목마르게 만들기도 해. 저 별들을 마시고 싶어 할 수도 있겠어. 그렇지 않아? 아마 저런 음료수가 틀림없이 있을 거야 — 파랗고 황금빛이고 또 차가운. 말텐 부인에게 물어봐야겠어. 말텐 부인은 모든 요리법을 다 알고 있으니까."

펠릭스는 위로 별들을 바라보고 있는 얼굴에 고개를 숙이고 키스했다. 하인들의 집이 있는 매자나무 울타리 뒤쪽에서 한 소녀가 크게 외치는 소리가, 그다음에는 남자의 웃음소리가 들렸다. 안네마리가 깜짝 놀랐다.

"외양간지기와 우유 짜는 여자애야." 펠릭스가 설명했다. "저 애들은 이 밤중에도 즐거워하는군. 밤이 저 애들을 흥분시키는 거야."

"밤중에도?"라고 말하며 안네마리가 일어섰다. "아, 그래. 저기 저 사람들도 나름대로 자기들의 관습이 있지. 우리 공원으로 더 깊이 들어가지 않을래? 거기는 더 조용할 거야."

공원 안에서는 조명을 받은 길 위에 드리워진 그림자가 더 촘촘했다. 연못은 조용히, 그리고 물결도 없이 잠들어 있었다. 달빛이 검은 물 위에서 황금빛 기름처럼 헤엄치고 있었다. "여기 이 근처에 제비꽃이 있을 거야. 향기가 나지?" 안네마리가 물었다.

"응." 아무 냄새도 맡지 못했지만 펠릭스는 그렇게 대답했다.

정자(亭子)에서 바스락거리는 소리가 들리기 시작했다. 바람 한 줄기가 나무 꼭대기로 불어왔다. 펠릭스는 안네마리를 두 팔로 번쩍 안고 집으로 달려갔다. 비가 쏟아졌다. 그녀는 미동도 하지 않고 안겨 있었다 ― 단지 한 번 이렇게 이야기했을 뿐이었다. "좋아."

나중에 펠릭스가 조용하고 어두운 집을 가로질러 안네마리에게 갔을 때, 그는 하얀 방 안에, 천장에 매달린 등의 하얀 불빛 속에서 침대 위에 앉아 있는 그녀를 보았다. 그녀 자신도 완전히 하얬다. 오로지 두 눈만이 그 모든 하얀색 속에서 거의 까맣게 보였다. 그리고 그 눈은 그를 조용히, 깊은 생각에 잠긴 채 바라보았다.

'다나에' 하고 그는 생각했다. 그러고는 하얀색 플란넬 잠옷에 노란색 터키'식 슬리퍼를 신은 자기 모습이 그녀의 눈에 우스워 보이지 않을까 하는 생각이 들었다.

밤 열 시였다. 다른 사람들은 일찍 방으로 돌아갔다. 펠릭스는 자기 방으로 가서 창문을 열고 달이 뜬 밤을 향해 우울한 휘파람을 불었다.

"아름다워, 아름다워. 하지만 뻐꾸기야, 집어 가 버려라." 그는 중얼거렸다. "여기선 모두들 마치 유리 가게에 있는 것처럼 행동하잖아!"

오늘 밤도 그랬다. 그는 기분이 좋았다. 밀라를 놀리며 장난쳤고, 재미있는 이야기를 들려주었고, 모든 일들을 즐겁게 받아들였다. 그러다가 그는 말텐 부인이 체념한 듯 고개를 떨구고 있다는 것, 안네마리가 지루해하는 듯한, 경멸하는 듯한 표정을 짓고 있다는 것을 알아차렸다. 그의 무엇이 마음에 들지 않았는지 그는 알지 못했다. 모두들 평소보다 일찍 헤어졌고, 그의 기분은 완전히 엉망이 되었다.

이곳의 모든 것들은 신경을 가지고 있었다. 모든 사람들, 모든 가구들, 모든 꽃들까지도. 그 자신도 또한 신경을 가지게 되었다. 도대체 그가 여기에 앉아 자기 부인을 생각하는 것이 자연스러운 일일까? 사랑에 빠진 채 한밤중에 창문으로 빠져나와, 어두운 정원으로 몰래 들어와서는 자두나무 아래 쪼그려 앉아 이슬에 젖어 축축한 차가운 살구를 먹으며 상사병에 걸렸다고 느끼는 사내아이처럼 자기 부인을 생각하는 일이? 그건 자연스럽지도 못하고, 있을 법하지도 않은 일이었다. 뭔가 달라져야만 하는 것이었다.

펠릭스는 화가 나서 창문을 세게 닫아 버렸다.

펠릭스가 저녁에 멧도요새 사냥을 마치고 집으로 돌아왔을 때 그의 장인과 안네마리의 삼촌인 틸로가 와 있었다. 뚱뚱한

각하는 붉은 얼굴에 갈색 곱슬머리 가발을 쓰고 마치 어제 처음 본 사람에게 하는 듯이 그에게 인사를 했다. 틸로는 항상 그렇듯 격식을 갖추었다. 멋진 옆모습과 비단 같은 잿빛 금발 턱수염을 가진 틸로는 화려해 보였다. 그는 안락의자에 깊숙이 기대앉은 채 무거운 눈꺼풀을 내리깔고 조용한 목소리로 안네마리에게 이야기를 들려주고 있었다. 안네마리는 매우 주의 깊게 듣고 있었다. 그녀의 볼이 약간 빨개져 있었다. 방에서는 앳킨슨 향수와 영국제 담배 냄새가 났다. 점심 식사 중에 각하는 모두가 이미 다 알고 있는 비스마르크 일화를 들려주었고, 틸로는 폰 말텐 부인과 부쿠레슈티에서 사신으로 있었던 말텐 가문 사람에 대해 이야기했다. 식사가 끝나자 부인들은 식탁을 떠났고, 남자들은 오래된 포트와인을 마셨다. 틸로가 있을 때면 사람들은 이 영국식 전통을 따랐다.

각하는 아주 낮은 목소리로 여자들에 대해 이야기하기 시작했다. "혼동하면 안 돼. 세 명의 무희가 있었어. 페피타, 페티파스 그리고 페티타였지. 난 이 셋 모두와 알고 지냈어. 페티파스는 새우나 게 같은 걸 아주 많이 먹었어. 그 여자가 말하기를, 갑각류가 피부를 투명하게 만든다는 거야. 그래서 페티파스에게 갈 때면 사람들은 새우를 가져가야 했지."

틸로가 조심스럽게 자기 턱수염을 쓰다듬었다. "무희들은." 그가 말했다. "무대 위에서 그리고 무대 뒤에서는 좋지요. 신발 끈을 묶을 때나 연습을 할 때도요. 하지만 먹을 때나 말할 때라면 – 아니에요."

이제 펠릭스가 자신이 무희들과 겪은 일들에 대해 이야기했다. 하지만 그 이야기는 틸로의 마음에 들지 않은 것 같았다. 틸로는 일어서서 부인들이 있는 방으로 건너갔다.

펠릭스와 그의 장인이 파란색 방으로 따라왔을 때, 틸로는 이미 안네마리와 말텐 부인 사이에 앉아 그 조용한, 노래하는 목소리로 이야기하고 있었다. 두 여인은 틸로의 입술을 집중하여 바라보고 있었다. 그리고 두 사람이 들어서자 마치 예배 중에 방해를 받은 것처럼 고개를 들어 두 사람을 바라보았다. 각하는 파시앙스'를 하기 위해 카드를 깔기 시작했다. 펠릭스는 조금 떨어져 앉았다. 기분 나쁜 불쾌함이 그를 괴롭혔다. "그래, 여행은 어땠지요?" 틸로가 그에게 물었다. "아, 아주 좋았어요!" 펠릭스가 대답했다. 펠릭스는 이제 자기가 이야기를 하려고 했다. "작년 바로 이맘때쯤엔 카프리에 있었어요. 한쪽에는 보름달이 떠 있고, 꼭대기에 거대한 불꽃 수풀이 있는 베수비오산, 바다, 거룻배들이 떠 있는 나폴리 – 믿을 수 없을 정도였지요."

"카프리는." 틸로가 말했다. "극장의 특별석입니다. 그곳에서 보는 것은 우리에게 사실로 여겨지지 않지요."

"아주 멋져." 폰 말텐 부인이 작은 목소리로 중얼거렸다.

"저한텐 아말피도 좋았어요." 펠릭스는 계속했다. 그는 자기 이야기를 빼앗아 가는 것을 내버려 두고 싶지 않았다.

"아말피엔 부인과 함께 가셔야 합니다." 틸로가 말을 끊었다. "내가 호텔 테라스에 앉아 있었을 때– 바로 안네마리가 빠졌다는 걸 느꼈어요. 안네마리는 거기에 딱 어울려요. 아말피가 그녀의 배경인 거지요. 푸른 비단 같은 바다— 그리고—."

"그저 배경 때문에요?" 펠릭스가 비웃듯이 물었다.

"왜 안 되겠습니까?" 틸로가 말했다. "자기 부인에게 어울리는 옷을 사 준다면, 그녀에게 올바른 배경을 만들기 위해서 여행을 할 수도 있는 거지요. 그곳에서 네가 몹시 보고 싶었단다." 틸로는 안네마리 쪽으로 몸을 돌렸다. 안네마리는 살짝 얼굴을 붉혔다.

"여자들이야 그곳에 충분히 많지요." 펠릭스는 중얼거렸다. 적당하지 않은 말을 하고 있다는 것을 분명히 인식하면서. 틸로가 눈썹을 치켜올렸다. "맙소사! 그래요! 그곳 여자들을 봤을 때 나는 '저곳에 서 있다니 너무하는 것 아닌가?' 하는 생각을 했지요!"

펠릭스는 안락의자에 깊숙이 기대앉아 시가를 빨았다. 좋다! 틸로가 모든 걸 더 잘 알고 더 잘 말한다면, 그가 얘기를 하면 되는 것이었다. 말텐 부인이 나이팅게일이 왔다는 걸 알렸고, 이제 모두들 귀를 기울였다. 각하는 가끔씩 두 손으로 박수를 치며 말했다. "브라보— 브라보!"

"유별난 나이팅게일이군." 틸로가 설명했다. "저 나이팅게일은 마치 조금 전에 싸움을 한 것처럼 노래를 부르는군요."

"부부 싸움이지." 각하가 키득키득 웃으며 말했다. 펠릭스가 너무 크게 웃어서 모두들 그를 바라보았다.

"우리는……." 펠릭스가 말했다. "우리는 부부 싸움을 하고 나서 라일락나무에 올라가 밤새워 노래를 부르지 않아도 되니 다행이라고 생각해." 이 말에 대해 진심으로 웃은 것은 밀라뿐이었다.

"저 새가 나를 감동시켜요." 안네마리가 말했다. "저 새는 마치 무언가를 두려워하고 있는 것처럼 노래를 불러요. 무언가에 대해, 모든 것이 조용해지고 어두워지고, 그리고 홀로 남게 되었을 때 찾아올지도 모를 무언가에 대해 두려워하고 있는 것처럼요."

"그래서 우리가 함께하고 있지 않니?" 각하가 말했다.

펠릭스가 조롱하듯 웃었다. "그럼요. 우리는 여기서 너무나 다정다감해서 다음엔 모든 새 둥지 옆에 등불을 달아 줄 거예요. 새들이 어둠 속에서 무서워하지 않도록 말이에요."

다른 사람들이 방을 떠난 후에 틸로와 펠릭스는 남아 잠깐 더 함께 있으며 담배를 피웠다. 두 사람은 할 말이 많지 않았다.

"다시 집에 있게 되어 아마도 기쁘겠지요?" 틸로가 툭 던지듯 말했다.

"예 – 아, 그래요!" 펠릭스가 대답했다. 그는 더 말하고 싶은 기분이 들었다. 모든 것을 알고 있고, 모두가 놀라워하며 자기 자신에 대해 말할 수 있도록 해 주는 이 남자에게. "물론 –." 그는 주저하며 말하기 시작했다. "한번 심각하게 혼란에 빠진 삶이 곧바로 다시, 간단하게 자연스러운 것이 되기는 쉽지 않지만 말입니다."

틸로는 담배를 벽난로에 던지고 일어섰다.

"자연스러운 것이라고요?" 틸로가 되풀이해서 말했다. "아니에요, 아마도 그렇게 되지는 않을 겁니다. 그리고 왜 그래야만 하겠어요? 안녕히 주무세요."

"기분 나쁜 늙은 예언자 같은 인간!" 펠릭스는 그의 등 뒤에 대고 중얼거렸다.

펠릭스는 자신이 자기 집의 삶에서 멀리 떨어져 나온 듯한 느낌이 들었다. 그가 밖에서 돌아오면 다른 사람들은 즐겁게 지내고 있었다. 안네마리가 자기 아버지와 2인용 연주곡을 연주하고 있거나, 모두들 베란다에 앉아 그가 그 앞의 내용을 알지 못하는 대화를 이어 갔다. 또 사람들은 그가 없을 때 한 농담을 다시 꺼내며 웃기도 했다. 오전에 안네마리와 틸로는 파란색 방에 앉아 단테를 읽고 있었다. 그가 들어오자 두 사람은 읽는 것을 멈추고 영지 관리에 대해, 그리고 날씨에 대해 물었다. 안네마리는 우리가 행복하다고 느낄 때 그런 것처럼 친절했다. "왜 우리와 함께 있지 않아, 자기야? 아, 그 바보 같은 영지 관리!" 그녀가 멍하니 말했다. 식사 시간이 돌아오고, 파시앙스, 나이팅게일이 뒤를 이었다. 펠릭스는 말수가 적었다. 틸로가 다른 사람들이 훨씬 더 좋게 생각하는 무언가를 말하려고 자기 말을 중단시키는데, 무언가를 이야기하는 게 무슨 쓸모가 있겠는가?

영지 관리를 위해 밖을 돌아다닐 때면 그는 항상 정원 울타리 쪽으로 다시 발걸음을 돌리게 되었다. 그는 안네마리와 틸로가 길을 따라 걷고 있는 것을, 그리고 꽃들 앞에 멈춰 서는 것을 보았다. 틸로가 말을 했고, 안네마리는 그를 보기 위해 머리를 뒤로 젖혔다. 펠릭스는 수풀 뒤에 숨어 있었다. 자신이 그런 짓을 한다는 사실에 대해 스스로도 깜짝 놀랐다. 안네마리는 꽃이 만개한 과일나무 아래에 서 있었다. 과일나무는 하얀색 둥근 천장처럼 그녀 위에서 둥글게 굽어 있었다. 그녀는 걱정 없는 미소를 지으며, 마치 그 모든 하얀색에 도취된 듯 몸을 흔들었다. "이제 온다!" 틸로가 외쳤다. 오고 있는 것은 바람이었다. 바람은 하얀색 나무 우듬지로 불어왔다. 꽃잎들이 가득 안네마리 위로 떨어졌다. 안네마리는 머리를 뒤로 젖히고 작은 신음 소리를 냈다. 꽃잎은 그녀의 얼굴 위로 떨어지고, 머리에 매달렸다. 틸로가 벚꽃 잎을 잔뜩 붙인 채 그 옆에 서서 무거운 눈꺼풀을 치켜뜨고 자기 앞의 광경을 기분 좋은 몽상에 빠진 듯 바라보았다. 그가 이 놀이를 생각해 냈고, 꽃잎 목욕이라는 이름을 붙였으며, 이를 안네마리에게 처방했다.

펠릭스는 발길을 돌려 밭 쪽으로 걸어갔다. 그는 길가 잔디 옆에 앉았다. 그의 앞에서 나이 든 한 남자가 늙은 말과 함께 살괄퀴 꽃밭을 갈고 있었다. 까맣고 무겁게 흙덩이들이 뒤집혔다. 말과 사내가 힘들게, 그리고 게으르게 계속 밭을 왔다 갔다 했다. 벌판은 한낮의 햇빛 아래 조용히 놓여 있었다. 밭의 한가운데 있는 버드나무가 꽃을 피워 달콤한 꿀 냄새가 나는 흰색과 노란색 꽃술에 덮여 있었다. 나무는 벌로 가득해서 마치 나무가 졸음 속에 노래를 부르고 있는 듯한 소리가 났다.

펠릭스는 비참한 기분이었다. 비참함은 그의 사지에, 심장에, 목구멍에 놓여 있었다. 펠릭스는 거기에 대해 아무 생각도 하지 않으려 했다. 저기 저 건너편에 있는 자들은 그가 여기에 앉아 있고, 그리고 — 그리고 — 질투심에 사로잡혀 있다는 사실을 안다면 언짢은 표정을 지을 것이다. 장인은 소리 없이 웃을 것이고, 틸로는 눈썹을 치켜올리며 이런 말을 하려는 듯한 모습을 보일 것이다. "나는 그런 일은 무시합니다." 그러면 안네마리는? 맙소사! 그렇다! 그는 한 번쯤 이 멋지고 단조로운 삶에 모두가 귀를 기울이게 만드는 악센트를 불러들이고 싶었다.

"우리 시골 생활의 기쁨을 즐겨 봅시다." 각하가 말했다. "나이팅게일과 소의 체온으로 따뜻해진 우유는 벌써 경험했지요. 이제 멧도요새 상태가 어떤지 알아보고 발을 적셔 봅시다."

일행은 긴 좌석이 달린 길쭉한 마차를 타고 숲속을 달렸다. 태양은 전나무들 사이로 붉게 빛났다. 숲은 마치 잔뜩 연기를 피운 조용하고 어두컴컴한 방과 같았다.

작은 습지 앞에서 마차가 멈춰 섰다. 그곳에는 작년의 목초들이 검은 물웅덩이 사이에 노랗게 흐트러져 있었다. 일행은 이상하게 자란 소나무들과 새하얀 자작나무 사이를 이쪽 땅덩어리에서 저쪽 땅덩어리로 조심스럽게 건너뛰며 가야 했다.

펠릭스가 남자들의 자리를 정해 주었다. 각하 옆에는 폰 말텐 부인이, 틸로 옆에는 안네마리가, 그리고 펠릭스 옆에는 밀라가 자리를 잡았다. 밀라는 회색 팔토* 주머니에 손을 집어넣고, 하얀색 스포츠 모자를 쓴 채 발을 약간 넓게 벌리고 서 있었다. 그러고는 하늘을 바라보며 멧도요새를 기다렸다. 그 모습이 마치 예쁘장한, 조금은 폭력적인 소년처럼 보였다. 밀라는 화가

난 듯 아랫입술을 내밀었다. "저 옆에서 저렇게 큰 소리로 떠들면…….' 그녀가 말했다. "멧도요새가 날아가 버린다고요."

펠릭스와 밀라는 옆에서 틸로가 말하고, 안네마리가 웃는 소리를 들었다. 펠릭스는 어깨를 으쓱했다. 하지만 건너편의 소리를 들으려고 애를 썼다.

하늘이 붉은색으로 물들었다. 새들이 소리를 내기 시작했다. 붉은빛이 모두를 흥분시켰다. 농부들 마을의 개들이 짖어 댔다. 야경꾼들의 슬픈 울음이 아니라 즐거움을 이야기하는 유쾌한 언어였다. 소치기 소년과 소치기 소녀가 있는 힘을 다해 소리를 질렀다. 그러고는— 조용해졌다.

"와요." 밀라가 알렸다.

숲에서부터 기름진 울음소리가 들려왔다. 멧도요새 한 마리가 아주 검은 모습으로 창백한 하늘을 향해, 자작나무 우듬지 위로 날아왔다. 펠릭스가 총을 쏘자 멧도요새가 떨어졌다. 멀리서 두 번째 멧도요새가 보였다. 펠릭스는 소리 나는 쪽으로 몸을 돌렸다. 총을 쏘고 다시 총알을 장전하려 할 때, 펠릭스는 밀라가 총에 맞은 멧도요새를 한 손에 들고 있는 것을 보았다. 밀라는 다른 손의 넓적한 손가락을 멧도요새의 날개 아래에 밀어 넣고 새의 가슴을 움켜쥐었다. 조용히, 그리고 주의 깊게. 검은 눈동자와 긴 부리를 가진 멧도요새의 얼굴은 변화 없이, 거의 기분 좋게 앞을 바라보고 있었다. 그러다가 점점 눈이 감기더니 힘없는, 가망 없는 움직임 속에 머리가 옆으로 기울어졌다.

"거기서 뭐 하는 거예요?" 펠릭스가 물었다.

"이렇게 해야만 하는 거라고요." 밀라가 대답하고는 죽은 새를 던져 버렸다. 그러고는 다시 두 손을 주머니에 집어넣고 하늘을 올려다보았다. 마치 사냥개처럼 주의 깊게.

펠릭스는 그 소녀를 바라보았다. 맙소사! 뜨거운 피로군, 하고 그는 생각했다. 그리고 그건 편안하고 쉽게 이해될 수 있는 것이지. 밀라는 펠릭스가 자신을 바라보고 있는 것을 알아차렸다. 밀라는 그에게 잠깐 검은색 시선을 던졌다. 짧은 웃음 속에 눈에 띄게 하얀 이가 보였다. "한 마리 더 와요." 그녀가 알렸다.

벌써 날이 어두워지기 시작했다. 일행들은 출발했다. 습지 위로 안개가 흘렀다.

하늘밥도둑'이 검은 물가에서 밝고 단조로운 울림을 내기 시작했다. 자작나무 꼭대기에는 한 조각 달이 걸려 있었다.

"이리 와." 펠릭스가 말했다. 그러고는 안네마리를 자신의 팔로 안고 습지 위로 이끌고 갔다.

안네마리는 무척 흥분해 있었다. "훌륭해. 여기 이 모든 것들이 얼마나 아름답게 하얀 안개 속에서 잠을 자러 가는지! 그리고 물가에서 노래 부르는 작은 생물들!"

"많이들 웃던데?" 펠릭스가 물었다.

"응, 그랬어! 틸로 삼촌도 훌륭했어!" 안네마리가 대답했다.

마차는 마치 검은색의 높은 벽들 사이로 달리듯 어두운 숲속을 달려갔다. 밀라는 펠릭스 옆에 앉아 자신의 둥근 어깨를 그의 팔에 확실하게 기대고 있었다. '이 아가씨, 당돌하군.' 펠릭스는 생각했다. 하지만 그녀는 최소한 틸로가 무언가 재치 있는 이야기를 하지 않을까만 기다리는 여자는 아니었다. 그래서 펠릭스는 팔을 뒤로 빼지 않았다. 그때 틸로가 또다시 이 봄의 밤 속에 너무나 잘 어울리는 부드러운 목소리로 이야기했다. "아주 기이한 죽음이야, 멧도요새의 죽음은 말이야! 붉은색 하늘 아래 밀회를 즐기려고 날아올랐다가 총이 한 발 발사되면 끝나 버리는 거야."

"뭐, 죽음이 나쁜 것은 아니에요." 밝고 차분한 목소리로 안네마리가 어둠을 향해 대답했다. "확실하게 쳐진 커튼 – 그러면 안전해요. 그리고 어쩌면……."

각하가 키득거리며 웃었다. 그에게는 대화의 전개가 너무 끔찍했던 것이다. "수컷 멧도요새한테는 밀회에서 돌아오는 길에 총이 발사되면 더 좋겠군."

"왜요?" 틸로가 말했다. "어쩌면 실망할 일을 하나 덜었을지도 모르지요. 암컷들이 항상 나타나는 건 아니거든요."

"아주 멋져요." 말텐 부인이 인정했다. 대화가 끊어졌다. 모두가 아무 말도 없이 향기로 가득한 어둠을 바라보며 각자의 꿈을 꾸고 있었다.

펠릭스는 도시에 다녀오고자 했다. 말 시장이 있었고, 기회가 되면 선거에 대해서도 조금 이야기를 나눠 봐야 했다.

"옳은 말이네." 펠릭스의 장인이 말했다. "같은 신분의 형제들과 가끔씩 곡물 관세를 위한 적포도주를 마시면서 즐기는 건 건강한 일이지."

펠릭스는 이 외출을 고대하고 있었다. 비가 내렸었지만, 이제는 다시 햇빛이 비쳤다. 시장은 축축했고 반짝거렸다. 동물들은 새로 페인트를 칠한 듯 반짝거렸다. 여기저기서 펠릭스는 아는 사람들을 만났다. "이거 뭐야! 바세노가 돌아왔잖아!" "아, 바세노, 탈영병. 자, 이제 우리가 붙잡는다." 비단처럼 부드러운 말의 옆구리를 두드리고, 입 속을 들여다보고, 꼬리를 끌어당기고, 또 유대인들을 놀리는 일은 좋았다. 그 뒤에는 '황태자'에서 아침 식사가 있었다. 사람들은 정치에 대해 큰 목소리로 떠들었고, 책상을 내려치기도 했으며, 날카로운 대립에 아주 열을 올리기도 했다. 나이 든 사람들이 일어선 뒤에 젊은 사람들은 샴페인을 마시면서 더 앉아 있었다. 시가를 잇새에 끼고, 탁자를 두 팔로 누르고 앉아 여자들 이야기를 했고, 예의를 차리지 않고 거침없이 이야기를 했으며, 아주 크게 웃어 댔다. 펠릭스는 여행 중에 겪었던 일들을, 이 방면에서 스스로를 가장 경험 많은 사람이라고 생각해 왔던 금발의 팡코조차 깜짝 놀랄 만한 최고의, 매우 강렬한 이야기들과 함께 늘어놓았다. 그러나 사람들이 카드놀이를 하기 위해 자리를 잡을 때 펠릭스는 집으로 돌아가야 했다.

그는 직접 마부석에 앉아 말을 몰았다. 술기운이 머리까지 올라왔다. 그는 샴페인을 빠른 속도로 많이 마셨고, 여전히 앞을 보면서 그가 했던 이야기들을 생각하며 웃었다. 가볍고 즐거운 기분이었다. 삶은 그에게 간단하고 좋은 일인 것처럼 보였다.

집에 와서 그는 차가운 물로 샤워를 했다. 그는 자기가 마차에

서 내리고 사람들이 계단에서 자기에게 인사했을 때 자신이 완전히 자연스러웠는지에 대해 생각했다. 뭐 – 어쨌거나 상관없었다.

점심 식사 때 그는 아주 좋은 기분으로 이야기하고 웃었다 — 아무것도 신경 쓰지 않고, 자연스럽게. 단지 다른 사람들은 그렇게까지 자유분방하지 않다는 정도는 그도 느낄 수 있었다. 사람들은 그에게 특별한 것이 없다는 사실을 강조라도 하려는 듯 그의 말에 서둘러 동의하고, 조용히 대답했다. 안네마리는 자기 그릇을 밀어 놓았다. 그녀의 입술은 거만하게 실룩거렸다. 안네마리는 말텐 부인과 잠깐 시선을 주고받았다. 펠릭스가 아무 말도 하지 않으면, 다른 사람들이 자기들도 관심이 없어 보이는 별것 아닌 일들에 대해 이야기했다. 하인 중 하나가 요란한 소리를 내며 디저트 접시를 떨어뜨렸다. 펠릭스가 벌떡 일어났다. 얼굴이 아주 빨개져 있었다. "이게 뭔가?" 펠릭스가 소리를 질렀다. "술 취했나?" 동시에 그는 자기 냅킨을 채찍처럼 휘둘러 식탁을 쳤다. 말텐 부인이 하인에게 물러가라고 눈짓했다.

"뭐 저런 녀석이!" 펠릭스가 말하며 다시 자리에 앉았다.

"게다가 요령이 조금 없습니다." 말텐 부인이 작은 목소리로 말했다.

한동안 침묵이 이어졌다. 그리고 마침내 말텐 부인이 그녀의 여동생이 보내온 소식으로 침묵을 깨뜨렸다. 그녀의 여동생이 편지에 적기를, 메클렌부르크에는 비가 온다는 것이었다. 그러고 나서 각하가 갑작스럽게 상당히 오래전 이야기를 늘어놓기 시작했다. 도박에서 가진 돈을 전부 잃고 마지막으로 자기 귀를 걸었다가 이기자 카드를 구겨 버린 폴란드 백작의 이야기였다.

"끔찍하군요!" 폰 말텐 부인이 말했다. 밀라는 너무나 격렬하게 웃어서, 모두들 그녀가 폴란드 백작의 귀 때문에 웃는 것이 아니라, 그동안 쌓여 왔던 웃음이 터져 나온 것이라는 사실을 알아차렸다.

"믿을 수가 없어! 저렇게 접시를 던져 버리다니!" 펠릭스는 자신이 이야기하는 소리를 들었다. 그는 그렇게 말하는 것이 우스꽝스럽다는 것을 알았지만, 그 말은 마치 저절로 그렇게 된 것처럼 새어 나왔다. 아무도 그에 대해 대답하지 않았다. 안네마리는 아랫입술을 깨물었다. 그녀는 무언가에 고통받는 것 같은 표정을 짓고는 식사를 마쳤다.

건너편 벽난로 방에서도 상황은 나아지지 않았다. 대화는 다시 조용히, 그리고 펠릭스에게 특별히 신경을 쓰지 않으며 오고 갔다. 펠릭스가 환자이기 때문에 사람들이 그를 흥분시키지 않는 내용에 대해서만 이야기하는 것 같았다. 안네마리는 매우 창백했고, 아무 말도 하지 않았다. 얼굴에는 차가운, 거부의 표현이 역력했다. '아, 아니야 – 고마워. 하지만 나에겐 맞지 않아' 정도를 나타내는 표현이었다. 게다가 방 안은 덥고 답답했다. 틸로가 태우는 영국산 담배 연기가 펠릭스의 신경에 거슬렸다. 펠릭스는 조용히 앉아 마음 놓고 방에서 나가려면 어떻게 해야 좋을지 고민했다. 마침내 그는 일어섰다. "아직도 비가 오나요?" 펠릭스가 내뱉듯 물었다.

"아, 비요— 잘 모르겠네요—." 말텐 부인이 말했다.

"한번 둘러봐야겠어요." 이렇게 말하며 펠릭스는 천천히 방을 나가 베란다로 향했다.

별빛이 밝았다. 수선화 화단이 희미한 어둠 속에서 하얗게 빛났다. 그때 나이팅게일까지 노래를 불렀다. 누군가가 라일락 앞에 서 있었다. 그 형체는 몸을 구부려 땅에서 무언가를 집어 올리더니 나무를 향해 던졌다. 나이팅게일은 노래를 멈췄다. 그러고는 바쁜 날갯짓과 함께 어둠 속으로 날아가 버렸다. 그 형체는 몸을 돌려 정원 길 쪽으로 걸어 내려갔다. 말텐 부인이 보지 않을 때 밀라가 걷는 큰 걸음, 아무것도 신경 쓰지 않는 엉덩이의 움직임이었다. 뭘 하려는 거지? 펠릭스는 그녀를 뒤따라갔다. 그녀는 언덕에서 멈춰 서더니 잔디 위에 완전히 누워 버렸다. 그러고는 언덕을 굴러 내려갔다. 그러면서 그녀는 박쥐의 울음소리 같은 나지막하고 날카로운 소리를 질렀다. 아래쪽에 도착하자 그녀는 일어서서 다시 언덕 쪽으로 뛰어왔다. 펠릭스가 그녀에게 다가갔다.

"한 번 더 굴러 내려가려고요?" 펠릭스가 물었다.

밀라가 멈춰 섰다. 숨을 헐떡거렸다. 그녀의 이가 별빛 속에서 하얗게 빛났다.

"예." 그녀가 말했다.

"그러면 마음이 편해요?"

"예, 좋아요. 그리고 저 안은……."

"숨이 막히지요." 펠릭스가 보충했다.

"그렇게 앉아 있으면 다리가 근질거려요." 밀라가 말했다.

"나도 그렇게 굴러 내려가 봤으면 좋겠군요." 펠릭스가 진지하게 말했다.

"펠릭스 씨 —." 밀라가 손등을 입에 가져다 대고 웃었다.

"이리 오세요." 펠릭스가 말했다. 밀라가 순순히 그의 옆에 서서 함께 걸었다. "여기에 굴러 내려가려고 자주 오나요?" 펠릭스가 물었다.

밀라는 걸어가면서 손을 앞뒤로 흔들었다. 마치 어떻게 해도 움직임이 충분하지 않은 듯했다. "자주요? 아, 아니요. 전 밖에 자주 나올 수 없어요. 하지만 오늘은 말텐 부인이 아래층에서 바세노 부인과 함께 주무시거든요."

이 아이는 마치 우리가 한뜻이라도 되는 것처럼 이야기하는구나 — 펠릭스는 문득 그런 생각이 들었다 — 주인이 듣지 못하는 곳에서 말하는 두 명의 하인처럼. "그리고 그 나이팅게일, 그 새가 밀라 양에게 뭘 어떻게 했나요?" 펠릭스가 계속 물었다.

"나이팅게일요? 난 그 새를 좋아하지 않아요. 항상 그렇게 오랫동안 우는 소리에 귀를 기울여야만 하잖아요."

두 사람은 옆으로 돌아 넓은 밤나무 길로 들어섰다. 그곳은 완전히 깜깜했다. 펠릭스는 멈춰 섰다. 그러고는 빠르고 거칠게 소녀의 팔을 잡고 자기 품으로 잡아당겼다. 밀라는 더 빠르고 더 크게 숨을 쉬었지만, 펠릭스가 자기를 끌어안는 것을 가만히 내버려 두었다. 그렇다. 그녀는 마치 암컷 흑뇌조처럼 굴복해 버렸다.

두 사람은 잔디 위에 앉았다. 펠릭스는 밀라를 다시 끌어안았다. 마치 그가 그렇게, 그럴 수 있었다는 데 대해 소녀에게 보상이라도 하겠다는 것처럼 거칠고 나쁜 욕망을 가지고.

다음 날 저녁 벽난로 방에서 각하가 말했다. "그러니까 틸로, 자네는 내일 나와 함께 떠나지 않는다고?"

틸로는 턱수염을 부드럽게 쓰다듬었다. "예, 안네마리가 좀 더 머물러 달라고 요구했어요. 너희들이 그러니까 나를 붙잡아 두면—."

"아, 그래요." 안네마리가, 그리고 거의 동시에 말텐 부인이 외쳤다.

"아주 잘됐군요." 펠릭스가 중얼거렸다. 하지만 그의 안에서 쓰디쓴 감정이 솟구쳐 올랐다. 왜 저자는 남아 있으려 하는 걸까? 펠릭스는 고개를 돌렸다. 이상한 표정을 짓고 있다고 느꼈기 때문이었다. 그러나 아무도 그에게 주의를 기울이지 않았다. 밀라만 반짝이는 눈으로 그를 바라보았을 뿐이었다. 이 소녀는 이제 너무나 굶주린 듯한 표정으로 그를 바라보기 시작했다. 그것이 펠릭스를 당황스럽게 만들었다. 그는 정신을 차렸다. 그리고 뭔가 중요하지 않은 일을 말하려고 했다.

"팡코 씨를 오늘 봤어요." 펠릭스가 말했다. "저 아래 공원 쪽으로 마차를 타고 지나가더군요."

"그랬군. 뭐라고 하던가?" 각하가 말했다.

펠릭스는 웃었다. "한 번에 멋진 이야기 몇 개를 해 주었어요. 괜찮은 젊은이예요. 곧 우리를 방문하겠다고 하더군요."

"그 사람요!" 안네마리가 지루하다는 듯 말했다. "난 그 사람을 좋아하지 않아요. 그 사람 이야기는 항상 너무 길고, 또 그렇게 깨끗하지도 않아요. 그리고 자기가 한 이야기에 대해 아주 오랫동안 웃고요."

"그래." 틸로가 맞장구를 쳤다. "마치 따뜻한 욕조 속에 앉아 있는 것처럼 자기 이야기 속에 푹 빠져서 다시 나오려고 하지 않는 사람들은 편한 사람들이 못 되지."

펠릭스가 버럭 화를 냈다. "나는 그 사람을 무척 좋아해. 그럼 도대체 누가 우리 집에 와도 되는 거지? 우리는 마치 마법에 걸린 성에 살고 있는 것 같아. 어떤 사람은 커프스단추를 달고 있어서 오면 안 되고, 또 어떤 사람은 이야기를 길게 하기 때문에 오면 안 되고, 헤르만은 빨간 눈을 가지고 있기 때문에 시중을 들어서는 안 돼. 다음부터 우리 집 문지방을 넘어오려는 사람들은 모두 미학 시험을 치러야만 하겠군. 우습잖아. 우리가 도대체 어디에 천사 자격증이라도 가지고 있다는 거야? 팡코는 내 친구고, 그는 우리 집에 오게 될 거야." 이 이야기를 그렇게 큰 목소리로 거침없이 퍼부었다는 것이 펠릭스의 마음에 들었다.

"맞아. 오게 될 거야." 안네마리가 약간 떨리는 목소리로 입을 열었다. "난 그저 그가 내 마음에 드는지 안 드는지 말하고 있을 뿐이야."

말텐 부인이 큰 소리로 코를 풀었다. 틸로는 고개를 뒤로 젖히고 눈을 감았다. 안네마리는 일어서서 밖으로 나갔고, 그 뒤를 말텐 부인이 따랐다. 밀라는 미끄러지듯 문 쪽으로 빠져나가서는 펠릭스에게 신호를 주려는 듯 그를 바라보았다.

방 안에는 정적이 감돌았다. 각하는 열심히 파시앙스를 했다. 한동안 카드를 뒤집는 소리만 들렸다. 마침내 틸로가 눈을 뜨고 말했다. "내 생각에 자네 부인이 조금 흥분해서 나간 것 같네. 자네가 따라가 봐야 하는 거 아닌지?"

틸로의 말이 펠릭스를 제대로 자극했다. "흥분했다고요." 펠릭스가 외쳤다. "그래도 사람이 한마디는 할 수 있는 거예요. 내가 옳습니다."

"아마 그렇겠지." 틸로가 말했다. "하지만 그런 건 전혀 중요하지 않아."

"왜 중요하지 않지요?" 펠릭스는 일어서서 흥분한 채 이리저리 걸어 다녔다.

"여기는 나의 집입니다. 그렇지만 나는 입을 열 엄두도 내지 못해요. 사방에서 부딪칩니다. 항상 오해만 있지요."

"그래, 그건 오래전부터 그래 왔어." 틸로가 말했다. "우리는 이 특별히 선택된 창조물들과 결혼하는 거야. 마치─ 마치 우리가 연주할 줄 모르는 소중한 악기를 사는 것처럼 말이야. 우리 모두가 그래."

"모두라고요?" 펠릭스는 멈춰 섰다. 그러고는 화난 표정으로 틸로를 내려다보았다. "당신은 그렇지 않지요!"

"맙소사!" 틸로가 지루하다는 듯 대답했다. "내가 결혼했더라도 다르지 않았을 거야. 여성들은 문화에서 우리보다 앞서 있어."

"여자들은 참 불쌍하군요! 만약 섬세한 감각을 가진 젊은이들과 결혼할 수 있다면 덜 오해받겠군요." 이렇게 말하고 나서 펠릭스는 자기 말의 신랄함에 스스로 깜짝 놀랐다. 틸로는 힘이 빠진 미소를 지었다. "미안합니다." 펠릭스가 중얼거리듯 말했다. "무례하게 말하려고 한 건 아니에요."

"아!" 틸로가 펠릭스의 말을 가로막았다. "사과할 필요는 없어. 자네 이야기는 우습군. 내가 사과를 해야겠지. 내가 자네 일에 상관하고 있는 거니까."

"어쨌든 내가 옳습니다." 펠릭스는 더 자신 있게 계속했다. "남자는 자기 부인과 속내를 털어놓고 이야기할 수 있어야 합니다."

"그게 아마 고통과 기쁨의 유명한 부분이지?" 틸로가 물었다.

"물론입니다!"

"이상하군!" 틸로는 나지막이, 그리고 맥없이 말을 이어 갔다. "우리 여자들은 식탁에서 제일 먼저 음식을 받도록 교육을 받아. 우리는 또 닭구이를 먹을 때 여자들이 간을 전부 가져갈 것이라고 기대하지. 그리고 케이크를 먹을 때는 위에 놓인 과일들을 전부 가져갈 것이라고 말이야. 우리는 여자들이 그러기를 원하는 거야. 그런데 갑자기 또 우리는 우리 자신들에게조차 맛이 없는 것을 여성들과 함께 나누려 한단 말이야."

"아, 무슨 말씀이세요!" 귀 기울여 듣지 않은 펠릭스가 말했다. "난 닭 간은 어차피 먹지 않아요." 펠릭스는 안네마리가 자기 방에서 어쩌면 자기 때문에 울고 있지 않을까 생각하고 있었다. 그녀에게 가 봐야 할까? 사람들은 서로 흥분해서 이야기하지만, 또 화해하는 것이다. 그것이 서로를 더 가깝게 해 준다.

"한번 가 봐야겠어요"라는 말과 함께 펠릭스는 방을 나섰다.

"또 저런 교양 없는 행동." 펠릭스가 사라지자 틸로가 중얼거렸다. "자기가 옳다는 데 대해서 저렇게 즐거워하다니. 틀렸다는 사실에 대해서도 똑같이 즐거워하는 것이 불가능하다는 듯 말이야."

각하는 소리 내지 않고 속으로 웃었다. 그 바람에 그의 어깨가 들썩였다.

안네마리의 방 문에서 펠릭스는 말텐 부인과 안네마리가 함께 이야기하고 웃는 소리를 들었다. 펠릭스는 실망했다. 펠릭스는 화장용 외투를 입고 거울 앞에 앉아 있는 안네마리를 보았다. 말텐 부인은 그녀의 뒤에 서서 안네마리의 어두운 금발의 긴 머리를 빗겨 주고 있었다. 안네마리는 거울로 그가 들어오는 것을 보았다. 조금 전까지도 웃고 있던 얼굴이 이내 조용하고 피곤해졌다.

"아, 자기구나." 안네마리가 말했다.

펠릭스는 조금 당황했다. "그래, 내가 왔어." 펠릭스가 앉았다. 말텐 부인은 소리 없이 물러갔다. "자기 흥분했었지?" 펠릭스가 말을 이었다. "어떤지 살펴보고 싶었어. 내가 자기 마음을 아프게 했지?"

안네마리가 미소를 지었다. "아니, 별일 아니었어. 내가 그런 말을 하면 안 되는 거였어. 하지만 이제 다 지난 일이잖아. 또 폰 팡코 씨에 대해 이야기할 필요는 없어."

"팡코는 여기서 중요하지 않아." 펠릭스가 버럭 화를 냈다. 중요한 건, 내가 꼭 – 꼭 옆으로 밀쳐 놓여진 것처럼 느껴진다는 거야. 꼭 – 꼭 폐기 처분된 것처럼 말이야. 나는 더 이상 여기에 속하지 않는 거야. 나는 틸로처럼 재치 있지도 않고 우아하지도 않아. 좋아. 하지만 따지고 보면 우리는 재치 있는 사람으로 살기 위해서 결혼하는 건 아니잖아."

"틸로 – 틸로가 왜?" 안네마리가 물었다. 그러고는 거울 속의 자기 모습을 바라보았다. 두 사람, 그녀와 거울 속의 모습은 얼굴을 붉혔다.

"바로 그 사람이……." 펠릭스는 흥분해 쉰 목소리로 말했다. "내가 그렇게 느끼는 건 아마도 우습고 또 조화롭지도 못한 일이겠지. 하지만 그게 나를 불행하게 만들어. 그렇게 사는 게 – . 그리고 나는 여기서 행복해질 권리가 있어 – 다른 그 누구가 아니라. 그리고 – 그리고 내 방식대로!" 펠릭스는 입을 다물었다. 그리고 어찌할 바를 몰라 하며 안네마리를 바라보았다.

"불쌍한 자기……." 안네마리는 거울을 보며 이야기했다. 그러면서 그녀와 거울 속의 모습은 서로를 바라보았다. 그 둘은 마치 이렇게 이야기하고 싶어 하는 듯했다. '아니 – 우리는 그 문제와 아무 관련도 맺고 싶지 않아.'

"뭘 할 수 있을까?" 안네마리가 고통스럽게 이야기했다. 두 손으로는 머리카락을 잡아 앞쪽으로 끌어당겼다. 마치 그 짙은 황금색 비단으로 몸을 감싸려는 것 같았다.

펠릭스는 무언가를 말해야 할지 말아야 할지 결정을 내리지 못하겠다는 듯 잠시 아무 말도 하지 않았다. 그러고는 작은 목소리로 입을 열었다. "틸로가 갈 수도 있는 거잖아."

"그래 – 아마도 그래야만 할 것 같아." 안네마리가 피곤한 목소리로 작게 말했다.

이제 두 사람 모두 말이 없었다. 안네마리는 머리카락을 더 단단히 가슴 쪽으로 끌어당겼다. 그러고는 무언가를 기다리듯 거울 속을 들여다보았다.

내가 가기를 기다리는구나. 펠릭스는 그렇게 생각하며 일어섰다. 펠릭스는 목소리에 상쾌한 느낌을 주려고 애쓰며 말했다. "그럼 모든 게 다 괜찮아질 거야. 속내를 터놓고 이야기하는 것이 더 나아. 그렇지 않아? 자기, 아마 피곤하겠지?" 펠릭스는 그녀 위로 몸을 숙여 차갑고 창백한 그녀의 이마에 키스했다. "잘 자."

방을 나서면서 펠릭스는 앞방에서 말텐 부인이 흥분을 가라앉히는 레모네이드를 젓고 있는 것을 보았다.

이제 무얼 한다? 펠릭스는 자기 자신에 대해서도, 안네마리에 대해서도 만족스럽지 못했다. 그녀는 — 진지하게, 그리고 거부하면서 거울에 비친 자기 모습을 바라보는 — 그에게 그 어느 때보다 더 낯설고 더 멀게 느껴졌다. 하지만 그녀에게 온전히 속하고 싶다는 바람은 너무나 고통스럽게 강렬했다. 잠을 잘 수는 없었다. 그는 자기 침실의 고요함이 두려웠다. 저 아래 정원으로 밀라를 만나러 가는 것 또한 원치 않았다. 아니, 지금은 아니야! 펠릭스는 총을 들고 숲을 향해 갔다.

별빛 아래 잠들어 있는 넓은 대지와 젖은 초원 위를 스치고 지나가는 바람이 기분 좋았다.

펠릭스는 숲속으로 꺾어 들어가, 칠흑 같은 어둠 속을 걸었다. 오래된 전나무의 이슬에 젖은 턱수염들이 그의 얼굴을 쓰다듬었다. 오소리 한 마리가 숨을 헐떡이며 그의 옆을 지나쳐 갔다. 산지기 페터가 우거진 숲속에서 나와 그에게 다가왔다.

"아, 주인님! 주인님! 아마도 풀밭 위로 기어 나온 흑뇌조를 쏘시려는 모양이지요?"

그렇다, 펠릭스는 페터가 흑뇌조 사냥에 대해 이야기한 적이 있었던 것을 기억해 냈다. 이제 둥근 아이 얼굴을 한 금발의 거인은 그의 옆에서 따라 걸으며 흑뇌조에 대해 이야기했다. 올해 이 새들이 얼마나 훌륭한지.

"자네 결혼했지?" 펠릭스가 물었다.

"예, 그 마리하고요. 성에서 일했었죠. 거기서 좋은 빵을 굽는 걸 배웠어요."

펠릭스는 그녀를 기억했다. "키가 크고 예쁜 여자애였지."

"저도 개한테서 잘못된 건 찾지 못했어요." 페터가 맞장구를 쳤다. "성격이 약간 고약하지만요."

"그래서— 가끔씩 또 때리기도 하나?"

페터가 웃었다. "상황에 따라서요. 그게 전혀 없으면 아마 안되지 싶어요."

펠릭스는 거기에 관심이 있었다. "그러면— 어떻게— 어디를— 때려?"

"되는대로요, 주인님."

"그러고 나면?"

"뭐, 대성통곡을 하지요. 그러고 나면 다시 아주 상냥해져요. 여자들이 원래 그렇죠—."

"그래, 여자들이 원래 그런 거지." 펠릭스는 생각에 잠겨 되풀이했다.

풀밭에서 펠릭스는 노간주나무 가지를 엮어 만든 작은 움막 안으로 기어 들어갔다.

"그놈들이 틀림없이 여기로 올 거예요." 페터는 이렇게 말하고 돌아갔다.

희미한 어둠이 아직 풀밭 위에 놓여 있었다. 동쪽 수평선에는 하얀 빛줄기가 걸려 있었다. 가까운 숲에서 쏴아— 하는 소리가 나지막하고 변화 없이 건너왔다. 펠릭스는 팔다리를 펴고 누웠다. 약간의 졸음이 그의 눈꺼풀을 무겁게 만들었다. 나방들이 차가운 벨벳 날개로 그의 볼을 쓰다듬었다. 누워 있는 곳 바로 위 아주 높은 곳에서 벌써 아침을 알리는 멧도요새의 울음소리가 들렸다. 맙소사! 그에게는 집 안의 자기 방이 너무나 멀리—멀리, 그리고 실체가 없는 것으로 느껴졌다. 램프가 놓여 있는 침대 옆 탁자도— 그리고 하얀색 등이 달린 하얀색 방도. 모든 것이 다 멀리 있었다 — 여기서 누가 그런 것들에 대해 알고 있을까! 여기서 사람들은 쉬고, 바스락 소리를 내고, 또 아주 깊이 숨을 쉰다. 그 이상은 필요가 없다.

어둠이 점점 엷어졌다. 거미줄들이 마치 회색 손수건들처럼 벌판을 뒤덮었다. 어디선가 까치 한 마리가 수다를 떨기 시작했다. 그러고 나서 숲의 끝 쪽 자기들의 둥지가 있는 전나무 위에서 흑뇌조들도 깨어나 소리 내어 울었다. 이어 바람 소리가 들리더니 새들이 가까이 날아왔다.

수컷 한 마리가 움막 바로 앞에 앉아 깃털을 부풀리고, 빙글빙글 돌며, 열심히, 끊임없이 꾸룩거리며 울어 댔다. 그러자 암컷 흑뇌조 한 마리가 다가오더니, 그 모습을 바라보며 이 놀라운 춤에서 자기 차례가 올 때까지 기다렸다. 사방에서 다른 수컷 흑뇌조들이 대답했다. 벌판 전체에 지치지도 않고 빙빙 도는 이 진귀하고 작은 형상들이 흩뿌려져 있었다. 펠릭스는 총을 쏘지 않았다. 이들을 바라보는 것, 또 단조롭지만 정열적인 음악을 귀 기울여 듣다 보니 마음이 편안해졌다. 그것은 너무나도 자연스러웠다. 구름이 붉은색으로 변했다. 첫 햇살이 벌판 위에 비스듬히 떨어졌다. 풀 위의 이슬들이 불타기 시작했다.

갑자기 모두가 울음을 멈췄다. 사방에서 푸드덕거리는 소리가 들렸다. 흑뇌조들이 날아올랐다. 무슨 일이지? 펠릭스는 멀리 벌판 위를 살펴보았다. 건너편에 화려한 차림의 사람 모습이 서 있었다. 농가의 아가씨였다. 그녀는 밝은 색 무명옷을 빨간색 짧은 속치마 위로 높이 걷어 올리고 걸어갔다. 하얀 양말을 신은 다리를 이슬에 젖은 잔디 위로 높이 들어 올리며 벌판을 가로질러 갔다. 커다란 붉은빛 얼굴이 아침 햇살에 반짝거렸다.

'일요일이구나.' 펠릭스는 생각했다. '교회에 가는구나.'

숲의 끝에서 한 청년이 나왔다. 역시 일요일의 옷을 입었으며, 모자를 목덜미에 걸치고 있었다. 세수를 한 얼굴은 빨개져 있었다. 두 사람, 아가씨와 청년은 멈춰 서서 서로를 보았다. 그리고는 천천히 서로를 향해 똑바로 걸어갔다. 이제 두 사람이 만났다. 넓적한 웃는 두 얼굴이 바로 옆에 있었다. 청년이 과일을 따려는 듯 침착하고 단호한 두 손을 아가씨 쪽으로 뻗었다. 아가씨는 청년을 향해 주먹을 휘둘렀다. 하지만 결국 두 사람은 바짝 끌어안고 숲 쪽으로 걸어가더니 전나무 가지들 사이로 사라졌다.

"저 아이들은 오늘 교회에 가지 않는구나." 펠릭스는 말했다.

펠릭스는 집으로 향했다. 지난밤이 그를 진정시켰고, 또 힘이 나도록 해 주었다. 그렇다! 삶은 간단한 것이었다. 우리는 그저 침착하고 단호하게 삶을 붙잡기만 하면 되는 것이다. 저기 저 청년이 자기 여자의 가슴을 붙잡는 것처럼. 펠릭스는 틸로와 터놓고 이야기를 하고자 했다.

우리가 얼굴 앞에 둘러맨 가면은 우리를 질식하게 만든다. 가면이란 말이 그의 마음에 들었다. 펠릭스는 그 말을 틸로에게 써먹으리라 마음먹었다. 틸로는 그런 비유를 좋아했다.

성의 창문들이 햇빛을 받아 반짝거렸다. 정원은 튤립과 수선화로 가득했다. 꽃들은 화단에서 꼿꼿이 서 있었다 ― 완전히 순결하게, 완전히 향기에 젖은 채. 꽃들은 그렇게 온밤을 서서 낮을 기다렸다. 이 꽃들은 사라지게 할 수 없었다. 아마도 안네마리는 이런 것을 요구하는 것이겠지? 하지만 그는 수선화가 아니었다. 안네마리는 이 사실에 익숙해져야만 한다.

자기 방에서 펠릭스는 침대에 누웠다. 그러고는 낮이 될 때까지 깊은 잠을 잤다. 펠릭스가 일어났을 때에는 정오가 지나 있었다. 펠릭스는 자기 방 창문 앞 잔디밭에서 안네마리와 틸로가 배드민턴을 치는 것을 보았다. 틸로가 아침 식사 후에 추는 춤 대신 권한 것이었다. '아마 그 사람한테 춤은 더 이상 맞질 않는 모양이지.' 펠릭스는 그렇게 생각하며 기지개를 켰다. 펠릭스는 오늘 기분 좋은 젊음과 힘을 느꼈다.

　얼마 후 펠릭스는 베란다에서 생각에 잠겨 담배를 피우고 있는 틸로를 발견했다. 틸로는 건성으로 사냥에 대해 물었다. 펠릭스는 창살에 기댄 채 정원을 내려다보았다.

　"뭔가 말하고 싶었어요." 펠릭스는 입을 열었다. 한마디 한마디 힘주어 강조하면서. "쉽지는 않군요. 하지만 기분 나쁘게 받아들이게 되지는 않을 거예요. 항상 터놓고 이야기하는 것이 더 나은 법이지요."

　펠릭스는 주의 깊게 바라보았다. 틸로는 조용히 서서 길게 타버린 담뱃재를 내려다보았다. 마침내 그가 대수롭지 않다는 듯 단어를 길게 늘이며 말하기 시작했다. "그러지 않는 것이 좋겠다고 말할 수밖에 없군. 그렇게 터놓고 다 이야기해 버리면 나중에 항상 불쾌하다네." 펠릭스의 얼굴이 빨개졌다. 이제 가면 이야기가 나와야만 했다. "정반대지요. 항상 가면을 쓰고 있어야 한다면 결국 질식해 버립니다."

　틸로가 미소를 지었다. "나는 가면은 벗어 버릴 수 없는 거라고 생각하네." 틸로는 마치 대수롭지 않은 조용한 대화라도 나누는 듯 이야기했다. "그리스 사람들이 연극배우들에게 가면을 쓰게 했던 걸 나는 항상 잘한 일이라고 생각했다네. 그랬기 때문에 오이디푸스가 어제 술집에서 맥주를 마시고 무를 먹었던 사내처럼 보이거나, 안티고네가 식당에서 팔꿈치를 탁자에 괴고 담배를 피우던 여자처럼 보이는 일이 벌어지지 않을 수 있었던 거지."

"그런 건 지금 아무 상관 없어요." 펠릭스가 버럭 화를 냈다. "나는 내게 아주 중요한 무언가를 이야기하려는 거예요 ― 탁 터놓고 ― 친척들끼리 하는 것처럼 말입니다. 내가 힘든 건……."

"난 항상 그렇게 터놓고 이야기하지 말라고 충고한다네." 틸로가 펠릭스의 말을 가로막았다.

펠릭스는 아무 말도 하지 않았다. 이건 예상하지 못한 일이었다. 펠릭스는 두 손이 아플 정도로 쇠창살을 꽉 잡았다. 이제 무슨 말을 해야 한단 말인가?

틸로는 작은 손가락으로 시가의 긴 담뱃재 끝을 털어 내기로 마음먹었다. 그러고는 신중한 목소리로 침착하게 말했다. "지난밤에 처리해야 할 일들 몇 가지가 떠올랐네. 그래서 좀 더 자네들 곁에 머물러 달라는 친절한 초대는 유감스럽게도 받아들일 수가 없네. 나는 오늘 자네 장인과 함께 떠나게 될 걸세. 매우 유감이네. 그렇지만 ―."

"그렇군요. 아, 몹시 안타깝네요." 펠릭스가 중얼거렸다. 그러면서 그는 실망한 표정을 지었다. 그렇다면 모든 일이 다 잘된 것이고, 그의 결정들은 모두 쓸모없는 일이 되어 버린 것이다. 모든 일들이 저절로 이루어졌다. 틸로는 공원 나무들 사이에 오솔길을 만들면 잘 어울릴 것이라는 이야기를 했다. 펠릭스는 틸로의 말에 열정적으로 맞장구를 쳤다.

안네마리와 틸로는 천천히, 그리고 아무 말 없이 정원 길을 따라 라일락 정자로 걸어갔다. 두 사람은 그곳에 앉았다.

"그런데 어디로 가실 거예요?" 안네마리가 물었다.

"뭐가 되었든 배를 하나 구할 생각이야." 틸로가 대답했다. "한동안 물 위에서 떠다니려고. 그게 딱 맞는 일이 될 거야!" 틸로는 우리가 감정 이입을 하고 바라보는 그림을 쳐다보듯 생각에 잠겨 안네마리를 바라보았다. 안네마리는 눈을 감았다. 그리고 이 시선 아래서 마치 애무를 받듯이 가만히 있었다.

"우리 40대들은……." 틸로가 말을 이었다. "우리의 감정을 조심스럽게 다뤄. 소중한 것 하나를 얻게 되면 우리는 그걸 가지고 고독 속으로 들어가지. 그것에 맞는 주변 환경을 찾는 거야."

"내게도 분명히 보여요." 안네마리가 말했다. "혼자 배에 앉아 어둑한 바다를 바라보고 계시는 모습이요."

틸로는 고개를 끄덕거렸다. "그런 모습일 거야. 신기한 일이지. 우리의 환상은 어둠 속에서 바다를 바라볼 때 너무나 분명해져. 놀라운 시간들이지. 너도 알 거야. l'ora che volge il desio / Ai naviganti e intenerisce il cuore(뱃사람들의 마음을 설레게 하고 / 마음을 부드럽게 하는 시간)."

안네마리는 미소를 지었다. 흘러내리려고 하는 눈물을 용서해 주는 그런 감동적인 여인의 미소였다.

"그리고 너는……." 틸로가 물으며 몸을 앞으로 숙였다.

안네마리는 살짝 어깨를 으쓱했다. "Desio(바람, 소망) — 그 걸로도 살 수 있는 건가요?"

틸로가 벤치 등받이 위에 놓여 있던 안네마리의 손을 조심스럽게 잡았다. 그러고는 자신의 손바닥 위에 그 손을 놓았다. "너는……." 틸로가 말했다. "너는 항상 온전한 너 자신이어야 해. 그 어떤 낯선 것도 들어오도록 허용해서는 안 돼. 너는 그 어떤 낯선 것도 견딜 수 없는, 창조주의 특별한 작품이니까." 틸로는 잠시 혼자서 생각하더니 자기 손 위에 가만히 놓여 있던 안네마리의 손을 가볍게 쓰다듬었다. "너……." 틸로가 주저하며 말했다. "너 죄와도 같은 것 — 죄의 상징을 — 나를 — 나를 위해 짊어질 수 있겠니? 보렴, 죄 같은 것을 서로 나누는 것이 — 반지를 교환하는 것보다 더 단단하게 두 사람을 묶어 준단다." 틸로는 노래하는 듯한 목소리로 조용히 이야기했다. 그러고 나선 말을 멈췄다. 안네마리가 아무 말도 하지 않자 틸로는 그녀를 자기 쪽으로 조심스럽게 끌어당겼다. 그러고는 그녀 위로 고개를 숙여 그녀의 꽉 닫힌 입술에 자기 입술을 아주 살짝 건드렸다. 두 사람은 재빨리 자세를 바로잡았다. "환상을 위한 양식이야." 이렇게 말하며 틸로는 미소를 지었다. 그리고 틸로는 시계를 보고 일어섰다. "한번 가 봐야겠어. 네 아버지는 쉽게 조급해지시거든. 너는 여기 더 있을 거지?"

안네마리가 고개를 끄덕였다. 틸로가 떠나자 안네마리의 창백하고 무표정한 얼굴 위로 눈물이 흘러내렸다.

자갈이 바스락거리는 소리가 들렸다. 펠릭스가 급하게 다가왔다.

"어디 있었어?" 펠릭스가 소리쳤다. "출발하려고 하셔. 어? 자기— 자기 울고 있어?"

"어, 응 - 조금." 안네마리가 대답했다. "떠나신다니 마음이 아파."

"당연하지. 아쉬워." 펠릭스가 작고 급한 목소리로 말했다.

"어쩔 수 없잖아! 가자. 기다리고 계셔."

이제 자유로웠다. 다른 삶이 시작되어야만 했다. 펠릭스는 좋은 기분을 마음껏 드러냈다. 점심 식사 때는 말을 많이 했으며, 말텐 부인과 밀라를 짓궂게 놀렸고, 안네마리의 손을 부드럽게 쓰다듬었다. 자신의 좋은 기분이 호의적으로 받아들여지지 않는다는 것을 그도 알아차리기는 했지만, 그는 방해받고 싶어 하지 않았다. 벽난로 방에서 폰 말텐 부인이 『크로이츠 차이퉁』을 소리 내어 읽어 줄 때에도 역시 그렇게 좋은 분위기는 아니었다. 평온하고 행복한 표정을 얼굴에 띠고 있던 안네마리도 머릿속으로는 아주 먼 곳으로 가 있는 듯했다. 이 방, 이 시간은 아직까지 틸로의 존재로 가득했다. 밀라는 뜨거운 시선을 펠릭스에게 고정시킬 수 있는 이 기회를 이용했다. 그리고 펠릭스는 시가의 연기를 빨아 마시며 어리석고 폭력적인 일들을 생각했다. 만약 지금 무언가를 말한다면, 무언가를 한다면, 그러니까 천둥처럼 이 고요함 속에 내리치는 무언가를 말한다면, 아무도 기대하지 못했던 것, 안네마리를 화나게 하고 눈물 흘리게 만드는 것, 여기 사람과 사람 사이를 가로막고 있는 유리벽을 깨뜨리는 무언가를 해 버린다면 어떨까?

창문은 열려 있었다. 밤의 숨결이 달콤하게 방 안으로 불어왔다. 때때로 창문 앞에 서 있는 보리수나무에서 쏴─하는 소리가 들렸다. 폰 말텐 부인은 가족 소식을 읽고 있었는데, 옛 이름들을 품위 있게 들리도록 발음했다.

그렇게 지내는 동안 펼쳐진 자연 위로 꽃들이 멋지게 만개했다. 라일락이 하얀색과 옅은 보라색 모슬린으로 만든 벽처럼 집을 둘러쌌다. 작은 불꽃들이 길게 늘어선 것처럼 튤립은 정원 길의 가장자리를 장식했다. 사람들은 매일 낮이면 안네마리가 이 길을 왔다 갔다 하는 것을 볼 수 있었다. 얼굴은 평온하고 행복했다. 그녀는 조용히 혼자서 노래를 부르거나 멈춰 서서 바깥을 향해 귀를 기울였다. "안네마리는 항상 그와 함께 있어, 항상." 펠릭스는 말했다. 펠릭스가 그녀와 함께할 때면 안네마리는 건성으로 고개를 끄덕거렸고, 중요하지 않은 일들, 그러니까 '그의 영지 관리'나 정원에 대해 이야기했으며, 우리가 빨리 가주기를 바라는 손님과 이야기를 나눌 때 그러듯 친절하고 예의 바르게 이야기를 나눴다.

"올해는 라일락이 아름다워, 그렇지 않아?"

"그래서 행복해?"

"응─ 난 라일락을 제대로 들을 수 있어. 오래전부터 난 색깔이 소리를 낸다는 걸 알았어. 틸로 삼촌도 그 소리를 듣는다고 했어."

"틸로! 당연하겠지." 중얼거렸다.

"틸로 삼촌이 그랬어." 안네마리가 말을 이었다. "라일락은 성령 강림절 일요일에 멀리 있는 교회에서 아이들이 합창하는 것 같은 소리를 낸다고 했어."

"그래! 난 아무 소리도 안 들리는데." 펠릭스는 기분이 상해서 대화를 끝내고 가려고 돌아섰다. 안네마리는 다시 상냥하게 고개를 끄덕이고는 옆쪽 길로 들어섰다. 마치 그곳에 누군가가 그녀를 기다리며 서 있다는 듯이.

어떤 때는 펠릭스가 오전에 안네마리를 방문했다. 그는 다른 사람들처럼 하고 싶었다. 남편들은 일 도중에 긴 장화를 신고 잠깐 부인에게 와서 독주를 한잔 마시고, 이런저런 이야기를 나누는 것이다.

앞방에서는 폰 말텐 부인이 어린 하인 하나를 교육시키고 있었다. 말텐 부인은 반복해서 문 쪽으로 들어왔고, 그러면 하인은 커다란 안락의자에 가서 손님의 방문을 알려야 했다. 또는 말텐 부인이 앉아 있고, 하인은 반복해서 식사가 준비되었다는 사실을 알려야 했다.

안네마리는 자기 방에 앉아 있었다. 안네마리는 그녀가 걸고 다니곤 했던 진주 목걸이를 빼서 천천히 손가락 사이로 미끄러져 내리게 하고 있었다. "아! 자기구나." 펠릭스가 들어서자 안네마리가 말했다. "독주 한잔했어?" 안네마리는 펠릭스가 말하는 것을 귀 기울여 들었고, 그가 거기에 앉아 있는 것이 자연스럽다는 듯 행동했다. 하지만 펠릭스는 자기가 그녀를 방해했으며, 무언가를 중단시켰다는 사실을 잘 알고 있었다. 그리고 그가 방을 나가면 안네마리는 그녀의 원래 삶을 다시 살기 시작할 것이다. 밀라가 그녀에게 책을 읽어 주기 위해 왔다. 안네마리는 진주를 내려다보며 짧게 말했다. "고맙지만 괜찮아요. 오늘은 쉬죠."

펠릭스는 그녀의 말에 담겨 있는 적의의 표현에 깜짝 놀랐다. 밀라는 치마로 휙 — 소리를 내며 돌아섰다.

"밀라가 책을 읽어 주기로 하지 않았어? 밀라 목소리가 이제 편안하지 않은 거야?"

"아니." 안네마리가 쳐다보지도 않으면서 대답했다. "그 아이 목소리는 이제 더 이상 편안하지 않아."

"아!" 그날 밤 공원에서 밀라가 말했다. "폰 말텐 부인은 아무것도 눈치채지 못해요. 하지만 아가씨는, 아가씨는 이 이상 절 괴롭힐 수 없어요. 내가 방에 들어가면 아가씨는 저를 내보내려 해요. 내가 아가씨 손에 입을 맞추면, 무슨 개가 손을 핥는다는 듯이 행동해요."

"안네마리에 대해 이야기하지 마— 절대로!" 펠릭스는 호통치며 밀라의 어깨를 잡고 흔들었다. 밀라는 울었다. 밀라는 눈물로 반짝이는 얼굴을 그의 얼굴 위로 숙이고 키스했다. 자기의 모든 분노를 키스에 담으려는 것 같았다.

'이런 삶을 살아갈 수는 없어.' 펠릭스는 다시 살갈퀴 밭 옆에 서서 하얀 말과 노인 그리고 반짝이는 흙덩이를 보면서 생각했다. '살아갈 수 없어.'

그러나 안네마리와 펠릭스는 잘 알고 있었다. 말끔한 질서로 정돈된 낮에는 드러나지 않는 무슨 일인가가 일어났다. 그 어떤 말도, 그 어떤 눈빛도 그 사실을 떠올리게 하지 않았다. 그러나 펠릭스는 그 모습을 항상 마음에 품고 다녔다. 밤이 되어 아무 소리도 들리지 않게 되면, 어두운 방 안에 놓인 가구들이 하얀 천 아래에서 잠을 잘 때면, 꽃들이 화병 속에서 시들어 갈 때면, 말텐 부인의 훌륭한 태엽 장치가 멈추고 나면 하얀 방 안의 하얀 등 아래에 하얗고 작은 모습이 침대 위에 웅크리고 앉아 있었다. 이 모든 하얀색 속에 새까맣게 보이는 눈동자는 두려움에 가득 차서 그를 바라보았다. 그리고 그 작고 차가운 몸은 미동도 없이 그의 팔에 안겨 있었다. 창백한 얼굴은 거만하게 감춰진 고통을 드러내고 있었다. 그런 밤을 지내고 나면 펠릭스의 마음은 쓰라리고 끔찍한 권력의 자각으로 상처를 입었다. 그러나 그는 그것을 자꾸만 반복해서 경험해야 했다. 이상한 불안함이 펠릭스를 괴롭혔고, 잠을 앗아 갔다. 펠릭스는 밤의 거리들을 배회했다. 초여름의 하얀 밤들은 너무나 무시무시하게 벌판 위에 놓여 있었고, 이 하얀 밤들에는 무겁고 숨 막히는 꿈들이 가득 매달려 있었다. 농부들의 마을 여기저기에서 하모니카 소리가 들려왔다. 졸린 듯, 그러나 쉬지 않고 펄쩍펄쩍 뛰는 멜로디를 어둠 속으로 불어넣고 있었다. 목초지 두렁에 농부 하나가 팔다리를 쭉 펴고 얼굴을 별 쪽으로 향한 채 누워 자고 있었다. 펠릭스는 시골길을 따라 걸었다. 우리가 꿈속에서 꿈을 꾸고 있는 우리 자신을 볼 때처럼, 낯선 꿈의 세계에서 낯설게 느끼는 것처럼 자기 자신이 낯설게 느껴졌다. 그의 뒤 라일락들 사이로

성이 서 있었다. 하얀 방에서는 하얀 형체가 두려움에 가득 차서 바깥에 귀를 기울이고 있었다 ─ 혹시 발소리가, 그의 발소리가 다가오는지. 아래 공원에서는 밀라가 앉아 그가 오지 않는다는 이유로 울고 있었다. 그리고 그는 여기 이 조용한 거리를 배회하고 있다. 왜, 왜 이래야만 하는 걸까? 펠릭스는 이해할 수 없었다.

그는 길가에 드러누웠다. 그는 목초지 두렁의 사내처럼 눕고 싶었다. 얼굴을 별들 쪽으로 향한 채 잠을 자고 싶었다. 멀리서 들리는 하모니카의 나른한 춤곡에 잠들고 싶었다.

달 한 조각이 다시 정원의 나무들 우듬지에 걸려 있었다. 펠릭스는 밤나무 아래 잔디 위에 누워 있었다. 밀라는 그의 옆에 앉아 그의 손을 잡고 규칙적으로 그 손에 키스를 했다. 짧은 키스들. 키스와 키스 사이마다 그녀는 반복해서 말했다. "나의 주인님─ 나의 주인님." 그들 앞에는 연못이 있었다. 옅은 초록색의 수초들이 수면 위로 퍼져 있었다. 소태나물과 쇠뜨기가 자라 있었고, 격자 구조물처럼 달빛을 받아들이고 있었다. "나의 주인님─ 나의 주인님." 밀라가 부드러운 목소리로 반복했다. 펠릭스는 그 소리를 반쯤 꿈을 꾸고 있는 상태에서처럼 들었다. 그리고 또 다른 소리가 들려왔다. 밝은 노랫소리─ 그 소리는 점점 가까워져 왔다. 목소리는 아주 가까웠다. '안네마리.' 펠릭스는 생각했다. 그때 안네마리가 그들을 벌써 지나쳐 갔다. 천천히. 그녀는 라일락 가지 하나를 손에 들고 있었고, 노래에 박자를 맞추려는 것처럼 그 나뭇가지를 부드럽게 움직였다. 하얀 모슬린 옷자락이 자갈길 위에서 바스락거리는 소리를 냈다. 그녀가 잠깐 두 사람이 앉아 있는 옆쪽 그늘로 머리를 돌리는 것 같았다. 펠릭스는 그 갸름한 얼굴을 분명히 보았다 — 조용하고 낯선 얼굴. 입술은 노래를 부르느라 반쯤 열려 있었다. 그렇게 그녀는 지나갔다. 노랫소리는 멀어지면서 약해졌다. 그리고 물 위에서 노랫소리가 다시 더 분명하게 들렸다. 노래는 자장가처럼 들렸다. 두 눈이 반쯤 감긴 상태에서 엄마가 하얀색 요람 옆에서 침대 등(燈)의 불빛을 받으며 부르는 노래. 이제 안네마리는 연못 반대편에 있었다. 그녀의 하얀 형체가 물속으로 들어가도록 만들어진 작은 나무다리를 따라 걸었다. 다리 끝에서 그녀는 멈춰 섰다. 라일락 가지를 흔들며 노래를 불렀다. 펠릭스가 벌떡 일어섰다.

"안네마리!" 펠릭스가 소리쳤다.

그러나 하얀색 형체는 사라져 버렸다. 물속에서 소리가 들렸다. 야생 오리들이 갈대숲에서 날아올랐다. 건너편 물 위의 달빛이 한순간 동요하더니 이리저리 흔들거렸다.

"가서 사람들을 불러와!" 펠릭스는 외쳤다. 그는 연못 쪽으로 달려가 점퍼를 벗어 던지고 물속으로 뛰어들었다. 건너편으로 가야만 했다. 매끄러운 바스락 소리와 함께 녹색 수초들이 그의 앞에서 뒤로 밀려갔다. 물은 미지근했다. 연못 한가운데에 소태나물의 섬이 있었다. 펠릭스는 그 사이를 통과했다. 똑바로 선 작은 꽃들이 그의 얼굴에 살짝 꿀 냄새가 나는 꽃가루를 뿌렸다. 이제 펠릭스는 소태나물 섬의 한가운데에 있었다. 그때 무언가가 그의 발을 잡았다. 펠릭스는 힘차게 두 팔로 밀쳐 냈다. 그러자 그것이 그의 팔을 붙잡았다. 그가 뿌리치려 하자 그것은 사방에서 몰려와 부드럽고 차가운 손가락으로 그를 감쌌다. 물러났다가는 다시 다가오고, 물러서는 것 같으면서도 통과할 수 없는 그 그물망 같은 것과 펠릭스는 숨 가쁘게 싸웠다. 펠릭스는 손을 안으로, 차갑고 비단처럼 매끄러운 관절들의 뭉치 안으로 집어넣었다. 그러고는 그것을 찢어 버렸다. 빠지직거리는 소리가 작게 들렸다. 그를 둘러싸고 있는 이 소리 없는 음흉한 생명과의 격렬한 싸움의 와중에 그는 모든 것을 잊어버렸다. 그리고 숨을 쉬려고 잠시 멈췄을 때 그는 가만히 주위를 둘러보았다. 달빛에 반짝이는 조용한 연못을. 수련의 커다란 이파리들만 부드럽게 흔들리고 있었다. 마지막 절망적인 몸부림 끝에 그는 풀려났다. 그의 주변에는 맑은 물만 있었다. 기분 좋게 그는 크게 숨을 쉬었다. 사지를 펴고 물 위에 떠서 물결에 흔들거렸다. 그때 펠릭스는 나무다리를 보았다. 그리고 자기가 왜 여기에 있는지를 다시 깨달았다. "안네마리가 기다려— 위험에 빠져 있어." 펠릭스는 서둘러 다른 쪽 물가를 향해 헤엄쳤다. 여기임이 틀림없었다. 물은 깊고 투명했다. 꽃이 핀 라일락 가지가 그 위에 떠 있었다.

펠릭스는 물속으로 들어갔다. 그리고 또다시 펠릭스는 옷을— 팔을— 손을 붙잡은 것 같았다. 펠릭스는 물가로 헤엄쳤다. 작고 차가운 손을 자기 손에 꼭 잡은 채.

펠릭스는 안네마리를 물가로 들어 올렸다. 그녀 위로 몸을 굽히고 서둘러 옷을 찢었다. 그녀 앞에 무릎을 꿇고 앉아 그녀를 바라보았다. 가슴, 팔다리가 물 때문에 반짝거렸고 투명할 정도로 하얬다. 얼굴은 낯설었고 깊은 고요함 속에 경직되어 있었다. 입술은 반쯤 열려 있었다. 파란빛을 띤 이의 표면이 입술 사이로 반짝였다. 윗입술은 약간 위로 올라가 있었다. 거만하게, 그리고 거절하는 듯이. 그녀는 피곤한 듯 팔다리를 쭉 펴고 이렇게 말하고 있는 것 같았다. "아, 아니야— 고마워— 나한테는 맞지 않아."

(1905)

파도

제1장

장군 부인인 폰 팔리코와 그녀의 오랜 동반자이자 친구인 말비네 보르크 부인이 거실로 들어왔다. 두 사람은 잠깐 쉬고자했다. 장군 부인은 이제 막 반짝이는 검은색과 붉은색 무명천으로 씌워 놓은 소파 위에 앉았다. 더위에 지친 부인은 턱 밑의 모자 끈을 풀었다. 연보라색 여름옷이 가볍게 바스락거렸다. 관자놀이의 하얀색 머리핀이 비뚤어져 있었다. 부인은 숨을 크게 몰아쉬었다. 그녀는 한동안 아무 말도 하지 않고 약간 튀어나온 반짝이는 파란색 눈으로 방 안을 비판적으로 둘러보았다. 방은 하얀색으로 칠해져 있었고, 몇 개의 무거운 가구들이 사방의 벽에 놓여 있었다. 나무 바닥에는 모래가 흩뿌려져 저녁 햇살에 반짝이고 있었다. 여기선 석회와 바다 이끼 냄새가 났다.

"딱딱해." 장군 부인이 말하며 소파 위에 손을 올려놓았다.

보르크 부인은 조금 희끗해진 머리를 왼쪽 어깨 쪽으로 기울이고 삐딱하게 코안경 너머로 장군 부인을 바라보았다. 현명한 노인의 얼굴 같은 갈색으로 그을린 얼굴이 다 이해한다는 듯 신중한 미소를 지었다. "소파는……." 그녀가 말했다. "당연해요. 하지만 다른 걸 바랄 순 없어요. 이 상황에선 이 정도도 아주 좋은 거예요."

"말비네." 장군 부인이 말했다. "부인은 모든 일을 나에게 반대해서 변호하는 버릇이 있어요. 나는 소파가 나쁘다고 말하는 게 아니라, 그냥 딱딱하다는 거예요. 그 정도는 말할 수 있잖아요."

보르크 부인은 대답하지 않고 모든 것을 다 이해한다는 듯한 미소를 지으며 코안경 너머로 삐딱하게 집 앞에 놓여 있는 창밖 정원을 바라보았다. 그곳에선 양상추와 양배추가 옹색하게 자라고 있었고, 커다란 까만색 심장을 가진 해바라기들이 서 있었다. 그리고 그 모든 것 위에 얇은 황금색 베일이 드리워져 있었다. 그 뒤로 해변이 저녁 햇살 속에 오렌지 빛으로 반짝이고 있었고, 부딪혀 깨지는 파도가 만들어 낸 두 줄의 규칙적인 하얀 선이 바다의 윤곽을 불분명하게 그리고 있었다. 바다 위에는 불안한 반짝임이 헤엄치고 있었다. 쏴아쏴아 소리가 밀려왔다. 단조롭게. 마치 졸린 지휘봉의 지휘에 따르는 듯.

장군 부인은 이곳 바닷가로 가족들을 모으기 위해 '불렌크루크'를 여름 동안 빌렸다. 3일 전에 부인은 모든 것을 준비하고자 보르크 부인, 클링케 부인, 가정부, 어린 하녀 에르네스티네와 함께 이곳에 도착했다. 모든 사람들에게 자리를 만들어 주려면 많은 일과 생각이 필요했다. 그러나 마련해 줘야 할 것은 자리만이 아니었다. 장군 부인은 이렇게 말하곤 했다. "왜냐하면 나는 우리 아이들을 잘 알기 때문이에요. 그 아이들은 내가 뭔가를 줄 때마다 항상 극장 관객처럼 까다롭게 군답니다." 오늘은 장군 부인의 딸인 폰 부틀레어 남작 부인이 아이들, 그러니까 이제 막 성인이 된 여자아이인 롤로와 니니 그리고 열다섯 살인 남자아이 베디히와 함께 도착했다. 부틀레어 남작도 추수가 끝나는 대로 오기로 했고, 롤로의 약혼자이자 브라운슈바이크 기병 장교인 힐마르 폰 뎀 함도 오기로 되어 있었다.

"오늘 밤에도 모두 배불리 먹을 수 있을까?" 장군 부인이 말했다. "여행을 하면 배가 고프잖아."

"그럴 거예요." 보르크 부인이 대답했다. "고기도 있고, 감자도 있고, 딸기도 있어요. 그리고 베디히는 비프스테이크를 먹게 될 거고요."

"그래요, 그래요." 장군 부인이 말했다. "그런데 그렇게 항상 비프스테이크만 먹어야 한다면 그 아인 사는 게 쉽지 않을 거예요."

보르크 부인이 어깨를 으쓱하고 이해할 수 있다는 듯 말했다. "너무 연약하잖아요." 하지만 그 말이 장군 부인을 화나게 만들었다. "그래요. 나는 그 아이에게 기꺼이 비프스테이크를 줄 수 있어요. 그러니 그 아이를 두둔할 필요는 없어요. 단지 말비네, 사람들이 일반적인 언급이라고 하는 것에 대해 제대로 이해를 했으면 좋겠어요." 그러고는 둘 다 아무 말도 하지 않았다.

바깥 나무 베란다에서 소음이 들려왔다. 접시가 달그락거리는 소리와 높은 톤의 목소리였다. 그곳에서 에르네스티네가 저녁상을 차리면서 베디히와 다투고 있었다. 롤로와 니니도 나타났다. 둘은 얇고 날씬한 여름옷을 입고 베란다 나무 난간에 기대 있었다. 바닷바람이 불어 거의 병자같이 섬세한 모습을 한 예쁜 얼굴 위로 약간 붉은 기가 도는 머리카락이 날리도록 만들었다. 소녀들은 살짝 눈썹을 모으고 반짝이는 붉은 갈색 눈으로 꼼짝도 않고 바다를 바라보았다. 그리고 미소를 지으려는 듯 입술을 벌렸다. 하지만 눈앞의 요동치는 빛 때문에 현기증이 났다. 이제 베디히도 그들에게 와서 역시 조용히 밖을 내다보았다. 그 모든 빛이 아픈 듯 병자 같은 소년의 얼굴이 일그러졌다.

"자." 안에서 장군 부인이 보르크 부인에게 말했다. "아주 편하고 조용한 시간이었어요. 내 딸이 계단을 올라오는 소리가 들리네요. 이제 다시 시작이에요."

폰 부틀레어 부인은 잠깐 잠을 잤다. 아침 옷을 입고 있던 그녀는 한기를 느껴 양모 숄로 몸을 감쌌다. 예전에는 그녀도 아마 딸처럼 예쁘고 아주 섬세한 얼굴을 가지고 있었을 것이다. 그러나 이제 그녀의 볼은 처지고 피부에는 살짝 노란빛이 돌았다. 어머니로서, 또 주부로서의 일에 지쳐 그녀는 병약할 수 있는 권리와 더 이상 외모를 가꾸는 데 많은 시간을 투자하지 않아도 될 권리를 깨달았다.

모두가 저녁 식사를 위해 베란다 탁자 앞에 앉았다. 탁자 위에는 저녁의 붉은빛이 물결쳤고, 바닷바람이 식탁보와 냅킨을 끌어당겼다. 이 풍경이 사람들을 조용하게 만들었다. 그들 앞의 바다도 그랬다. 그들은 혼자 있는 것 같지 않았다. 그들끼리만 있는 것 같지 않았다.

"저는 바다가 더 클 거라고 생각했어요." 마침내 베디히가 말했다.

"손자야, 당연하지." 장군 부인이 말했다. "아마도 너를 위한 또 다른 바다를 원하는 거겠지."

폰 부틀레어 부인이 감동해서 미소 지으며 나지막하게 이야기했다. "얘는 상상력이 풍부해요." 보르크 부인이 코안경을 통해 삐딱하게 베디히를 바라보며 말했다. "아이의 상상력에는 대양조차도 미치지 못하는군요."

이제 폰 부틀레어 부인이 그녀의 어머니와 이야기를 시작했다. 그녀의 영지인 레페노와 그녀가 까먹고 하지 못한 일들, 절여서 저장해야 할 채소들, 믿지 못할 하인들 등에 대한 이야기였다. 롤로는 그런 것들이 기이하고 낯설게 들릴 뿐만 아니라 바다의 철썩임과 어울리지 않는다고 생각했다. 그러나 식탁 아래쪽에서는 베디히와 에르네스티네 사이에 싸움이 벌어졌다. "에르네스티네." 보르크 부인이 엄격하게 말했다. "내가 얼마나 자주 얘기했니? 식사를 나르는 동안에는 말을 해선 안 된다. 오! Cet enfant!(이 아이!)" 보르크 부인은 이렇게 덧붙이며 한숨을 쉬었다. 장군 부인이 웃었다. "그래, 우리 보르크 부인은 에르네스티네를 교육시키는 데 애를 먹고 있단다. 생각해 봐. 오늘 오후에 저 아가씨가 수영하러 가기로 결정했단다. 손가락처럼 발가벗고 바다로 들어간 거야. 벌건 대낮에."

"그렇지만 엄마!" 폰 부틀레어 부인이 소곤거렸다. 여자아이들은 접시 위로 고개를 숙였다. 그사이 베디히는 생각에 잠겨 킥킥 웃으며 사라지는 에르네스티네의 뒷모습을 바라보았다.

저녁 햇살이 갑자기 완전히 빛나는 붉은색으로, 비현실적으로 탁자 위를 비췄다. 보르크 부인이 소리쳤다. "저기 좀 보세요!" 모두가 고개를 돌렸다. 창백하게 파란 하늘에 구리처럼 빨간 거대한 구름이 떠 있었고, 점점 어두워지는 바다에는 태양이 붉게 빛나는 커다란 쇳조각처럼 헤엄치고 있었다. 그러는 동안 해안에 부딪혀 깨진 파도가 모래 위를 마치 분홍빛 모슬린 천처럼 덮었다. 베디히가 빨간 속눈썹을 깜빡이고는 마치 이 모든 것이 고통스럽다는 듯 얼굴을 찡그렸다. "진짜 빨갛네요." 베디히가 말했다. 그러나 장군 부인은 불만이었다. "나를 깜짝 놀라게 만들었어요, 말비네. 자연의 아름다움을 알려 줄 때, 매번 깜짝 놀라서 벌이 얼굴 어디에 앉아 있다고 생각하게 만드는 식이에요."

식사가 끝났다. 여자아이들과 베디히는 바다를 바라보기 위해 베란다 난간에 기대섰다. 폰 부틀레어 부인은 숄로 더 단단히 몸을 싸매고, 근심 어린 낮은 목소리로 집안일에 대해 이야기했다.

강렬했던 하늘의 색깔은 빠르게 사라졌다. 여름 석양의 색깔 없는 투명함이 땅 위에 펼쳐졌고, 이제 빛이 없는 바다는 갑자기 끝없이 크고 낯설어 보였다. 파도 소리 역시 더 이상 정돈되고 단조롭고 박자에 맞는 것으로 들리지 않았다. 각각의 파도 소리가 하나하나 구별될 수 있을 것만 같았다. 파도들은 서로 부르고, 서로 말을 섞고 있는 것 같았다. 흐릿한 모래 언덕 위에 어부의 집들이 작고 어둡게 웅크리고 있었다. 그 집들 여기저기에서 작은 노란 불빛이 깨어나, 떠오르는 밤 속으로 짧은 불빛을 깜빡거리며 비추었다. 베란다 위가 조용해졌다. 무한함의 한가운데에 아주 작은 존재로 있다는 기이한 느낌이 모두에게 순간 약간의 현기증을 불러일으켰으며, 떨어질까 봐 두려워하는 사람들처럼 조용히 있도록 만들었다.

"그런데 저기엔 누가 살지요?" 폰 부틀레어 부인이 마침내 말문을 열며 해변의 작은 불빛을 가리켰다.

"저기는……." 장군 부인이 대답했다. "해안 감시원의 집이야. 꼽추 각하가 저 집 방을 하나 빌렸어. 너도 아는 사람이야. 추밀고문관 크노스펠리우스 말이야. 제국 은행인가에서 일한다고 하더라. 내 기억엔 지폐에 서명하는 일을 한다는 것 같아."

그렇다, 부틀레어 부인은 그를 기억했다. "그 작은 꼽추 말이군요. 진짜 끔찍하게 생긴 사람이에요."

"하지만 아주 흥미로운 사람이죠." 보르크 부인이 거들었다.

"다른 집들은요?" 폰 부틀레어 부인이 계속해서 물었다.

"어부들 집이에요." 보르크 부인이 설명했다. "저기 제일 큰집은 어부 바르다인의 집이고, 그리고 저기는, 그러니까 그 사람들이 살고 있어요."

"그 사람들요?" 보르크 부인이 목소리를 너무나 비밀스럽게 낮췄기 때문에 불안해진 부틀레어 부인이 물었다.

"뭐, 그러니까……." 보르크 부인이 속삭였다. "그 여자요, 도랄리체 백작 부인, 도랄리체 쾨네-야스키요. 그 여자가 저기서― 그러니까 말하자면, 남편이랑 살고 있어요."

폰 부틀레어 부인은 완전히 이해하지 못했다.

"도랄리체 쾨네, 공사의 부인이요. 그 화가랑 함께 있는 게 바로 그 여자예요 – 그 여자가 여기 산다고요. 끔찍하죠, 다 알잖아요."

그러나 장군 부인은 화를 냈다. "뭐가 끔찍하다는 거예요. 예전엔 알았지만, 이젠 모르는 사람이지. 해변은 서로 지나다닐 수 있을 만큼 충분히 넓어요. 우리는 모르는 그릴 부인, 그 이상은 아니야. 아마 그 화가 이름이 한스 그릴일 거야."

"두 사람은 최소한 결혼은 했겠죠?" 폰 부틀레어 부인이 탄식하듯 물었다.

"그래, 그 사람들은 그렇게 말하지만, 난 모르겠어." 장군 부인이 말했다. "하지만 그게 무슨 상관이야. 그 여자가 바다에서 수영을 한다 해도 바다가 더러워지지는 않아. 벨라,' 너와 네 아이들이 길을 잃었다는 듯한 표정을 지을 만한 일이 아니야."

"그래도 아주 저급한 인간이에요." 폰 부틀레어 부인이 탄식했다."

"그렇죠." 보르크 부인이 말했다. 보르크 부인은 여전히 나지막한 목소리로 말했다. 하지만 그녀의 목소리에는 마치 시를 읽듯 부드럽고 일상적이지 않은 울림이 있었다. "슬픈 일이죠. 그렇지만 또 나름대로 아름다운 면이 있긴 해요. 그 늙은 백작님이 가난한 학교 선생 아들의 재능을 발견하고, 교육시켜 주고, 또 젊은 백작 부인의 초상화를 그리게 하려고 성으로 부르고 –

두 사람은 사랑할 수밖에 없었던 거예요. 어쩔 수 있겠어요. 하지만 두 사람은 사랑을 비밀로 한 채 바람피우려고 하지 않았어요. 두 사람은 함께 백작 앞에 나서서 말했던 거죠. 우린 사랑해요. 우리도 어쩔 수가 없었어요. 우리에게 자유를 주세요. 그러자 그분이, 그 고귀한 노인이 —."

"늙은 바보지." 장군 부인이 이야기를 중단시켰다. "누가 사실이라고 그래요, 누가 거기 있었나요? 아마도 두 사람이 노인에게 간 것이 아니라, 노인이 두 사람에게 간 걸 거예요. 그럼 얘기는 달라지죠. 쾨네는 항상 바보였어요. 자기 아내보다 서른 살이 많다면 부인의 초상화를 그리게 하고 예술의 친구인 척해서는 안 되는 거예요. 그리고 그 도랄리체라는 여자는, 내가 그 엄마를 알았는데 멍청한 여자였어요. 두통에 시달리고 '우리 도랄리체는 너무 특이해요!'라고 말하는 거 외에는 하는 일이 아무것도 없는 사람이었어요. 그래요, 도랄리체는 특이하지요. 어쨌든 거기에는 하늘을 향해 눈을 뜨고 '얼마나 아름다운지!'라고 얘기할 만한 게 없어요. 그림은 그냥 그림이도록 내버려 두세요, 말비네. 환상을 섞어 그 여자를 여주인공으로 만들어 버리면, 아이들이 그 여자한테 빠져 버릴 거예요. 그렇잖아도 에르네스티네는 틈만 나면 그 도망친 백작 부인을 보려고 해안으로 달려가려 하잖아요. 부탁이니 부인의 시는 혼자서 간직하세요."

"끔찍해요, 끔찍해." 폰 부틀레어 부인이 한숨을 쉬었다. 그러나 보르크 부인은 장군 부인의 꾸지람을 듣고 있는 것 같지 않았다. 그녀는 꿈을 꾸는 듯 어둠 속을, 어둠이 부드럽게 밝아지는 것을 바라보았다. 달이 떠올라 파도의 어둠 속에 은색이 섞였고 해변은 달빛을 받아 밝게 빛났다.

"저기 있네요!" 보르크 부인이 외쳤다.

깜짝 놀라 모두가 돌아보았다. 모래 언덕 가장자리에 밝은 하늘을 배경으로 키 큰 남자와 그 옆에 바짝 붙어 선 여인의 모습이 나타났다. "매일 밤 저기에 서 있어요." 보르크 부인이 비밀스럽게 속삭였다.

폰 부틀레어 부인이 두려움에 가득 차 모래 언덕 위의 두 사람을 바라보다가 흥분해서 소리쳤다. "애들아, 너희들 아직도 거기 있니? 왜 자러 가지 않는 거야? 너희들 피곤하잖아, 아니, 아니, 가거라. 잘 자거라." 아이들이 들어가고 나서야 폰 부틀레어 부인은 진정할 수 있었다. 부인은 건너편에서 이제 바짝 붙어 해안을 따라 걷고 있는 두 사람을 한 번 더 바라보았다. 그러고는 깊이 한숨을 쉬며 걱정에 가득 차서 말했다. "이런 일이 있을 줄은 예상하지 못했어요. 예상치 못한 불운이에요. 무언가 기대하기만 하면 꼭 이런 일들이 끼어든다니까요. 아이들 때문에라도 불쾌한 일이에요."

"알아, 알아." 장군 부인이 말했다. "너는 항상 너를 괴롭히는 뭔가가 있어야 하지, 그렇지 않으면 편하질 못해. 어린아이였을 때부터 모두가 산책에 대해 기뻐하고 있을 때 너는 이랬지. 그렇지만 신발에 돌이 들어갈 텐데요. 우리 아이들! 걔들은 규율이 몸에 밴 아이들이야. 아이들에겐 저기 그릴 부인이라는 사람이 있다, 아는 체하지는 않을 거다, 라고 말해라. 그릴 부인이 지나갈 때 롤로와 니니가 입술을 깨물고 똑바로 앞만 보더구나."

"네, 그리고······." 폰 부틀레어 부인이 다시 조용히 이야기하기 시작했다. "솔직히 말씀드리면 롤프 때문이기도 해요. 그 여자는 아주 예쁘게 생겼어요. 그런 사람들은 항상 예쁘게 생겼어요. 그리고 롤프는, 아시잖아요 ─."

장군 부인이 손바닥으로 탁자를 쳤다. "당연하지, 그럴 줄 알았다. 넌 벌써 그릴 부인을 질투하는구나. 하지만, 벨라, 네 남편은 그런 사람이 아니야. 그래 뭐, 또 그 가정 교사와의 옛이야기라면, 이제 잊어도 좋을 거야. 봄에는 때때로 그 사람 안에서 기병 장교가 튀어나오지만, 그건 일종의 재채기 같은 거야. 하지만 남자들을 쓸데없는 생각으로 이끌고 가는 건 바로 너희들의 그 질투야. 아니야, 벨라, 모든 바람난 작은 여자들을 두려워한다면 우리가 왜 우리겠니, 우리가 왜 사회적 지위와 오래된 가문 이름을 가지고 있겠니. 너는 폰 부틀레어 남작 부인이야, 그렇지 않니, 그리고 나는 장군 부인 팔리코야. 그러니까 그건 우리 둘 다 우리에게 속하지 않는 사람은 들어올 수 없는 두 개의 요새라는 뜻이야. 그러니까 이제 우리 조용히 자러 가자. 그릴 부인 같은 사람은 없는 것처럼 말이야. 간단히 그릴 부인은 없다고 명령하면 되는 거야."

집 안으로 들어가기 위해 모두가 일어섰다. 보르크 부인이 한번 더 멀리 바다를 보고 동정 어린 노래를 부르는 듯한 목소리로 말했다. "도랄리체 백작 부인도 한때는 그런 불쌍하고 작은 요새였지요."

장군 부인이 문에서 돌아섰다. "제발, 말비네, 내 비유를 부인의 시에 오용하지 말아요. 그러라고 말한 게 아니에요. 그리고 하나 더, 그릴 부인을 부인의 방어 능력을 활용할 대상으로 만들지 말아요. 그릴 부인은 두둔해 줄 만한 사람이 아니에요."

롤로와 니니의 침실인 다락방에서는 두 여자아이가 여전히 창가에 서서 밖을 내다보고 있었다. 바깥 달빛을 받아 빛나는 바다와 파도 소리와 바람이 이들의 마음에 평온을 허락하지 않았다. 오히려 거의 아프도록 흥분시켰다. 그리고 저 아래 부서지는 파도의 반짝이는 기둥들 옆을 걷고 있는 두 사람 역시 여자아이들의 피에 기이한 열기를 불어넣는, 저 바깥 흥분되는 것과 비밀로 가득한 것들의 일부였다.

아래 교회 앞 벤치에는 클링케 부인이 앉아 바닷바람에 뜨거운 요리사의 손을 식히고 있었다. 그녀의 앞에는 에르네스티네가 서서 아래쪽 해안을 가리키며 말했다. "아녜요, 클링케 아주머니, 두 사람이 결혼했다는 거, 저는 믿지 않아요."

한스 그릴과 도랄리체는 해안을 따라 걸었다. 파도로 인해 반들반들하게 펴진, 물기로 촉촉한 모래 위를 걷는 것은 좋았다. 두 사람은 때때로 멈춰 서서 달이 물 위에 만드는, 부드럽게 휘어지는 넓은 빛의 길을 내려다보았다.

"없어, 오늘은 아무것도 없어." 한스가 말하며 바다를 옆으로 밀어 버리는 손짓을 했다. "오늘은 얌전해. 마음에 들기에는 너무 작고 달콤해."

"그럼 내버려 둬." 도랄리체가 말했다.

"그래, 그래, 내버려 두려고." 한스가 초조하게 대답했다.

계속 걸으면서 도랄리체는 한스의 팔에 단단히 매달렸다. 덕분에 도랄리체는 그저 따라 걷기만 하면 됐다. 이 팔은 강했다. 도랄리체는 문득 부서질 것 같고 격식을 차리는 다른 팔을, 엄숙하게 그녀에게 내밀지만, 단 한 번도 의지할 생각을 할 수 없었던 그 팔을 생각했다.

"피곤해?" 한스가 물었다.

"응." 도랄리체가 신중하게 대답했다. "내 생각에는, 길고 밝은 낮이 피곤하게 만드는 것 같아."

"그 길고 밝은 낮 동안에 우리는 별로 한 게 없네." 한스가 말했다.

"한 거⋯⋯." 도랄리체가 말했다. "전혀 없지. 모래에 누워 바다를 바라보긴 했지만. 그렇지만 어쨌든 가능한 것들을 전부 할 수도 있었어. 전에는 전혀 하지 않았던 것들, 들어 보지도 못했던 것들 말이야. 아무것도 나를 방해하지 않아. 여행하는 동안에는 달랐어. 그때는 여행안내책에 쓰여 있는 대로만 하잖아. 하지만 여기선 새로운 일이 있어야만 하고, 그게 아마도 피곤하게 만드는 것 같아."

"맞아, 맞아." 한스가 늘 그렇듯 열정적으로 말하기 시작했다. "가능성, 당연히 가능성이지. 자유로운 인간이 가진 것이 바로 그거야. 그걸 행하느냐는 중요하지 않아. 하지만 아무것도 강요하는 것이 없고, 아무것도 우릴 몰아가지 않고, 아무것도 우릴 구속하지 않아. 우리가 무얼 하든 하지 않든, 모두 우리 자신의 책임하에 하는 거야. 맞아, 그것이 피곤하게 만들 수 있지." 그리고 한스는 바다 위로 하! 하! 하고 크게 웃었다. "자유로운 인간, 자유로운 사랑, 왜냐하면 그 늙은 영국 사람이 런던에서 우리에게 콧소리로 한 말, 우리가 이해할 수 없는 그 말은 중요하지 않기 때문이야. 그건 구속력이 없어. 그러니까 자유로운 인간, 자유로운 사랑, 자유로운─." 한스가 갑자기 말을 멈추고 물었다. "왜 웃어?"

도랄리체는 한스를 올려다보기 위해 고개를 뒤로 꺾었다. 그러고는 웃었다. 얇고, 아주 빨간 입술의 선이 살짝 열리면서 한순간 달빛 속에 작은 이의 하얀색이 반짝였다. 그렇게 밝은 빛을 받자 얼굴이 정말 예뻤다. 아이처럼 갸름한 얼굴, 바람에 흔들리는 금발의 머리카락, 회색빛 도는 파란색 눈동자에는 달빛이 특이하고 생기 있게 빛나고 있었다. 그랬다, 도랄리체는 한스가 거창한 말을 할 때면 항상 웃을 수밖에 없었다. 한스의 거창한 말들은 마치 신문이나 지루한 책에 쓰여 있는 것들처럼 들렸지만, 한스가 그 말들을 소리 내어 말하면, 그것은 무언가 젊은 것, 살아 있는 것이 되었으며, 한스가 그 말들을 건강하고 하얀 잇새로 중얼거리면, 그것은 맛있는 것처럼 들렸다.

"아, 아무것도 아니야." 도랄리체가 말했다. "자기, 자유로운 인간에 대해 계속 말해 줘." 하지만 한스는 예민해져 있었다. "내 자유로운 인간, 거기에 웃을 만한 건 없어." 그러고는 아무 말도 하지 않았다.

"자기 말이 맞아." 도랄리체는 한스와 화해하기 위해 말했다.

"아마 우리가 그 무엇에도 묶여 있지 않다는 사실이 피곤하게 만드는 것 같아. 우리가 살던 시골에서는 호밀을 수확할 때 여자애들도 호밀 베는 사람들 뒤를 따라가며 잘린 호밀 이삭을 묶어 짚단으로 만들었어. 이게 엄청 힘든 일이야. 좀 덜 힘들게 하려고 여자애들은 천을 허리에 아주 꼭 묶었어. 거기선 아마도 그랬던 것 같아. 그런데 아무것에도 묶여 있지 않은 지금은―."

"말도 안 돼." 한스가 도랄리체의 말을 중단시켰다. "난 자기가 왜 그곳에서 비유를 가져오는지 이해할 수 없어. 우린 그곳에 대해 이야기하는 게 아니잖아."

"아니지, 거기에 대해 이야기하는 건 아니지." 도랄리체가 반복해서 말했다.

두 사람은 해안 감시원의 작은 집을 지나갔다. 열린 창문으로 남성의 커다란 목소리가 들려왔다. 그 목소리에 여성의 목소리가 열정적으로, 꾸짖듯 섞여 들려왔다. 아래쪽 해변에는 추밀 고문관 크노스펠리우스가 서 있었다. 놀랍게 뒤틀린, 작은 형상이었다. 그는 물에 아주 가까이 서 있어서 기이한 형상의 그림자가 파도 속에서 헤엄을 치고 있었다. 한스와 도랄리체가 다가오자, 그는 인사를 하며 쓰고 있던 파나마모자를 아주 높이 들어 올렸다. 회색 머리가 바람에 펄럭였다. 그는 미소를 지었다. 수염이 없는 규칙적인 얼굴은 마치 커다란, 창백한 소년의 얼굴 같아 보였다. "안녕하세요." 한스가 말했다. 추밀 고문관은 소리 없이 속으로 웃었다. 그러고는 기이하게 길고 가느다란 손가락으로 해안 감시원의 집을 가리켰다. "또 싸우는군요." 한스가 말했다. "저기선 항상 활발하게 일하고 있지요." 추밀 고문관이 은밀하게 대답했다. "저 사람들은 눈이 감길 때까지 삶을 살아가는 일을 해요. 저는 저런 소릴 즐겨 듣는답니다."

"그렇군요, 흠!" 한스가 말했다. "안녕히 계세요." 그리고 두 사람은 계속해서 걸어갔다.

"뭐라 그래?" 도랄리체가 걱정되는 듯 물었다. 한스는 어깨를 으쓱했다. "아마 미쳤나 봐. 저런 작은 기형들은 보통 조금은 미쳐 있지. 그런데 저 사람 알아?"

도랄리체가 곰곰이 생각했다. "응, 알아. 내 기억에, 어떤 큰 모임이었을 거야. 늦은 시간에 모두가 지쳐서 마차를 기다리고 있었어. 그때 작은 남자가 갑자기 내 옆에 앉았어. 발이 바닥에 닿지도 않아서, 아이들처럼 의자 아래 허공에 매달려 있었지. 사람들이 보통 하지 않는 방식으로 내 눈을 아주 뻔뻔스럽게 쳐다보고는 이렇게 말했어. '백작 부인, 모두들 벌써 졸려 하는 지금 백작 부인의 눈은 아직 생생하게 깨어 있다는 게 눈에 띄는군요. 두 눈은 아직 기다리고 있어요.' 나는 아마도 엄청 바보 같은 표정을 짓고 이렇게 물었어. '뭘요?' 그러자 그 사람이 지금 막 웃은 것처럼 웃고는 이렇게 말했어. '그러니까 무슨 일이 벌어지는지, 무엇이 오는지를 기다리고 있지요. 오, 그 눈은 물러서지 않아요. 아직 보초를 서고 있어요.' 아주 끔찍했어. 바로 그 순간에 마차가 왔다는 소식을 들어서 기뻤지."

"자기가 그 기억들에 또 무엇을 가지고 있는지는 모르겠지만, 즐거운 기억은 아니네." 한스가 기분이 상해서 말했다.

"내가 뭘 어쩌겠어." 도랄리체가 자신을 변호했다. "난 다른 기억은 없어. 게다가 그 기억들이 여기저기서 따라 기어 나와. 저기에선 갑자기 추밀 고문관 크노스펠리우스가 해변에 서 있고, 저 건너 불렌크루크에는 폰 팔리코 장군 부인이랑 부틀레어 남작 부인이 이사를 오고, 여기저기에 옛 삶들이야. 내가 원하는 게 뭔지 알아? 저기 저 너머 바다 위에 그물 침대를 걸어 놓는 거야. 파도가 닿지는 않지만 내가 손을 아래로 뻗으면 파도의 하얀색 끝에 닿을 수 있을 만큼만 높게 말야. 그러면, 알겠어? 그러면 내 생각에 아무 기억도 찾아오지 않을 거고, 크노스펠리우스나 팔리코 사람들과 마주치는 일도 없을 거야." 한스가 생각에 잠겨 멈춰 섰다. "자기야." 한스가 말했다. "그거 한번 해 보자." 한스가 도랄리체를 붙잡고 두 팔로 그녀를 안았다. "누워 봐." 한스가 소리쳤다. "세례를 받을 때 아기가 대부의 팔에 안기듯이 말이야." 그리고 한스는 천천히 바다로 걸어 들어갔다. 도랄리체는 그렇게 누운 채 꼼짝도 하지 않고 달빛으로 창백한 하늘을 올려다보았다. 바다에서 불어오는 바람, 그녀 아래의 파도 소리, 사방을 둘러싼 황금색 흐름과 반짝거림, 그 모든 것들이 그녀를 굴복시키고, 또 앞뒤로 흔드는 것 같았다. 그러다가 그녀는 떨어지는 것 같은 기분이 들었다. 끝없는 빛의 심연으로 떨어지는 듯했다. 하지만 그 빛은 그녀를 받치고 또 붙잡고 있었다.

"그렇게, 그렇게, 계속해, 계속해. 이제 우리는 완전히 그들과 함께 있어, 그들 사이에 있어. 바보 같은 육지는 사라졌어." 도랄리체는 잠자는 사람이 내는 목소리로 말했고, 그네에 앉아 있는 아이들처럼 아주 밝게 웃었다. 도랄리체는 손을 아래로 늘어뜨려 파도의 거품을 잡고, 마치 작은 강아지를 뛰게 만들려는 것처럼 손가락으로 딱 소리를 냈다. "파도가 나한테까지 올라오려고 해." 도랄리체가 소리쳤다. "어서, 어서, 아니야, 이건 너무 높아." 한스는 무릎 위까지 물에 잠기도록 서서 미소 지었다. 얼굴은 힘이 들어 벌게져 있었다. 한스는 점차 지쳐 갔다. 물속에 안정감 있게 서 있기란 쉬운 일이 아니었다. 한스는 천천히 해변으로 돌아왔다. 만족스러운 목소리로 "자, 힘든 일이었어"라고 말하며 한스는 도랄리체를 모래 위에 세워 주었다. 두 발로 선 도랄리체는 취한 듯 약간 비틀거렸다. 그녀는 손으로 두 눈을 가렸다. 그녀 주위의 모든 것들이 아직도 부드럽게 흔들리는 듯했다. 도랄리체는 한스에게 기댔다. "알겠어?" 그녀가 말했다. "나는 그 바보 같은 육지를 더 이상 견디지 못한다고."

"곧 그렇게 될 거야." 한스가 말했다. "이제 육지는 아주 맛있을 거야. 따듯한 방과 레드 와인, 나는 다 젖었어. 추워."

"그래, 돌아가자." 도랄리체가 작은 목소리로 말했다. "우리는 저기 저것들에 속하지 않아. 그런데 나를 그렇게 들고 서 있을 수 있다니, 자기 힘세다."

"그렇지?" 한스가 의기양양하게 대답했다. "그리고 그거 알아? 내가 자기를 그렇게 들고 있는 건, 내 생각에, 사실은 굉장히 상징적인 일이야. 파도 한가운데서 내가 자기를 들고 서 있는 거."

그러나 도랄리체는 피곤한 듯 말했다. "아, 아니야. 그건 상징적이지 않게 내버려 두자." 한스는 놀라서 그녀를 바라보더니 조금 예민해져서 중얼거렸다. "그럼 그냥 두지 뭐."

바르다인의 집 마당 주위에 짚으로 지붕을 덮은 낮은 집들이 있었다. 헛간과 마구간, 지금은 어부 가족이 사는 곡물 저장소와 한스 그릴이 임대한 집이었다. 그곳은 낮의 열기가 아직 갇혀 있는 것 같았다. 공기는 짚과 줄에 매달려 말라 가는 생선과 젖은 그물 냄새로 무거웠다. 열린 작은 창문을 통해 잠자는 사람의 숨소리가 들려왔다. 어디선가 수탉이 홰 위에 서서 날갯짓을 했고, 헛간에선 꿈을 꾸는 돼지가 꿀꿀거렸다. 그리고 여기에서 광활한 넓이와 빛에 도취되었던 도랄리체는 현실로 돌아왔다. 아주 갑자기. 그것은 거의 육체적인 통증이었다. 너무 낮아서 한스가 깊이 허리를 숙여야만 했던 문에 들어설 때 도랄리체가 비탄하듯 말했다. "이렇게 우리는 다시 우리 구멍으로 미끄러져 들어가는구나."

"그래, 그래." 한스가 열정적으로 말했다. "기분 좋을 거야." 작은 거실의 탁자 위에선 석유램프가 타고 있었다. 그 빛이 얼마나 추하게 탁한지, 하얗게 칠한 공간을 얼마나 지루한 일상성으로 가득 채우는지가 도랄리체의 눈에 띄었다. "훌륭해, 훌륭해." 한스가 말했다. "저기 나뭇가지로 만든 의자에 앉아 있어. 금방 올게." 한스는 사라졌다가 부드러운 펠트 신발을 신고 돌아와서 왔다 갔다 하며 포도주 잔 두 개와 레드 와인을 가져와 잔을 가득 채웠다. 그러고는 식탁 앞 도랄리체의 건너편에 앉아 두 손을 비비며 얼굴 전체로 활짝 웃었다. 한스는 아주 어려 보였고, 공기로 인해 얼굴이 붉어져 있었다. 턱수염과 짧은 곱슬머리는 꿀 같은 노란색이었다. 갈색 눈은 기쁨에 반짝거렸다. "훌륭해." 한스가 다시 한번 반복했다. "이런 걸 나는 삶의 상황이라고 불러. 이렇게 나란히 앉아 있고, 램프가 타오르고, 레드 와인이 있고, 거기다 너무나 아름다운 여인이 있어." 도랄리체는 나뭇가지 의자에 기대앉아 눈을 감았다. "아." 도랄리체가 피곤한 듯 말했다. "제발 나를 여인이라고 부르지 마. 잘 모르겠어. 그건 하얀색 점무늬가 있는 느슨한 파란색 재킷과 감자 수프처럼 들려."

한스가 얼굴을 붉혔다. "아냐, 아냐." 그가 말했다. "그럼 여인이라고 안 할게. 여인은 아름다운 독일어지만, 자기가 원한다면 안 할게."

두 사람은 잠시 침묵했다. 옆방에서 이제 두 사람의 살림을 꾸려 주는 한스 그릴의 먼 친척 아그네스가 코 고는 소리가 분명하게 들렸다. 아그네스는 기이하고, 슬프고, 언짢게 코를 골았다. 그녀는 낮에 조용히, 정확하게 자기의 일을 했다. 그러나 페인트칠한 곳의 갈라진 틈같이 작은 주름들로 가득한 늙은 얼굴은 항상 끈기 있고 거만한 복종의 표현을 담고 있었다. 이제 도랄리체에게는 잠에 취한 소리와 함께 노파가 품고 있는 그녀에 대한 모든 반감이 다 밖으로 표출되는 것처럼 느껴졌다. 도랄리체는 아주 빨간 얇은 입술을 꾹 다물었다. 하얀색 마도로스 칼라가 달린 커다란 짙은 파란색 옷을 입고, 젖은 금발 머리로 이마가 덮인 도랄리체의 모습은 혼나는 작은 소녀 같았다. 아니,

계속 옆방의 그르렁 소리를 듣는 것은 참을 수 없다. 모든 것, 모든 것이 슬퍼지고, 의미 없어졌다. 도랄리체는 더 이상 왜 자기가 여기에 앉아 있는지 알 수 없었다. 왜 —. 그리고 한스는. 도랄리체는 눈을 뜨고 한스를 바라보았다. 한스는 고개를 가슴 위로 숙이고 짧은 파이프로 담배를 피웠다. 그리고 때때로 와인을 급하고 빠르게 홀짝거리며 마셨다.

"여인이란 말을 쓰지 못하게 해서 화가 난 거야?" 도랄리체가 물으며 미소 지으려 애썼다. 한스는 재빨리 고개를 들고 말하기 시작했다. 그러나 흥분해서 목이 메었기 때문에 몇 번이고 다시 시작해야 했다. "여인이냐 아니냐는 중요하지 않아. 중요한 건 말투야, 말투. 자기가 그런 말투로 얘기하면, 그러면 자기가 갑자기 아주 멀리 있는 것 같아. 아주 낯설어져. 그 말투는 우리가 함께 겪은 것들을 갑자기 모두 지워 버려. 나는 분위기가 편안해지기를, 나란히 앉아 웃으면서 행복해지기를 기대하며 기뻐해. 그런데 자기가 뭔가를 말하는 거야. 그리고 그 말투가 거기 있지. 그러면 곧바로 모든 게 차가워지고 낯설어지고 곤혹스러워져. 마치 우리가 저 성에서 작은 텐트처럼 접어 놓은 하얀 냅킨 앞에 늙은 백작과 함께 아침 식사를 하려고 앉아 있는 것만 같다고."

도랄리체는 한스의 말을 긴장해서 듣고 있었다. 이 흥분한 목소리, 폭풍처럼 쏟아지는 말들이 도랄리체를 뜨겁게 만들었다. 그는 말을 계속해야 했다. "그 말투가 어떤데?" 도랄리체가 물었다.

"어떻냐고? 어떻냐고?" 한스가 열정적으로 말을 이어 갔다. "무언가가 자기 입맛에 맞지 않으면 자기는 접시를 밀어 놓으면서 적의를 가지고 이야기해. '이거, 저는 싫어요.' 그런, 그런 말투야. 마치 자기가 나를, 우리가 함께한 그 모든 이야기들을 옆으로 밀어 버리듯이. 하지만 자기는 그래도 괜찮아, 그게 자기 권리니까. 그렇게 이야기해."

도랄리체는 이제 그녀 특유의 예쁘고 빛나는 미소를 지었다. 그녀는 두 팔을 높이 들어 펼쳤다. "아, 한스, 말도 안 되는 소리야. 난 그냥 피곤한 거야. 하늘과 바다 사이에서 떠다니는 건 힘든 일일 거라고 생각하지 않아?"

한스는 놀라서 도랄리체를 바라보았다. 그러고는 같이 웃기 시작했다. 크고, 조금은 못 배운 것 같은 웃음이었다. "그러니까 그게 힘들었단 말이야? 그리고 나는 — 물속에 단단하게 서서 여자 한 명을 파도 위에 들고 그물 침대 놀이를 하는 건 쉽다고 생각해?"

"자기는……." 도랄리체가 말했다. "자기는 완전 힘이 세잖아."

한스는 만족해서 의자에 기대앉았다. 와인을 따르고, 마치 운 좋게 위험이 넘어갔다는 듯 기분이 좋아 몸을 흔들었다.

"그리고 그 모든 건 거기서 오는 거야." 한스는 설명하며 설교하듯 파이프로 허공을 찔렀다. "우리에겐 어떤 협소함이, 구속하는 게, 형식, 형식, 형식이 없어. 그것이 바로 우리를 상처받게 만들고 불안하게 만드는 거야. 무한함만 가지고 살 수는 없어. 항상 한 사람은 일어서지 않고, 다른 사람은 달빛 비치는 하늘과 바다 사이에서 버텨 줘야 해. 그러니까 우리는 우리의 삶을 나눠야 해. 규칙적인 일, 살림, 일상성을 우리는 가져야 해. 영원한 휴일은 우리를 병들게 만들어."

"자기는 다시 그림을 그리면 되잖아." 도랄리체가 툭 내뱉듯 말했다.

"그것도 할 거야." 한스가 열정적으로 말했다. "내가 죽치고 앉아서 자기 돈으로 먹고살 거라 생각해?"

"아, 뭐라고, 바보 같은 돈 이야기."

"어쨌든 나는 일을 하게 될 거야. 나는 내가 뭘 그려야 할지도 알고 있어. 나는 너희 두 모델을 연구하고 있어."

"우리 둘?"

"그래, 자기하고 바다. 너희 둘이 함께 그림에 나와야 해. 자기와 바다의 통합이야, 이해하겠어?"

"응, 그래." 도랄리체가 말했다. "우선 바다를 먼저 그려 보든지. 나는 못 그리겠다고 말했었잖아."

이 말이 다시 한스를 화나게 만들었다. "그래 그곳에서, 그곳에서 나는 당연히 자기를 그릴 수 없었어. 나는 자기한테 빠져 있었어. 우리는 어느 정도는 객관적으로 모델을 마주 볼 수 있어야 하거든."

"이제는 나를 객관적으로 마주 볼 수 있어?" 도랄리체가 놀라서 물었다.

"응." 한스가 대답했다. "적어도 점점 그렇게 되어 가고 있어. 무언가 냉정함이, 스스로 만들어 내서 그 안에 확실하게 우리를 포함시킬 수 있는 시민성이 필요해. 자기는 예전에 저기서 감자 수프가 필요 없다는 듯 이야기했지. 내가 말하고 싶은 건, 그 어떤 삶도, 심지어 가장 이상적인 삶에서조차도, 하루에 한두 시간 정도 감자 수프 냄새가 나지 않는 것은 불가능하다는 거야." 한스는 웃으며 승리했다는 듯, 자기 이야기에 의기양양해져서 도랄리체를 바라보았다.

도랄리체는 한숨을 쉬었다. "아, 거기서 숨을 쉴 수만 있다면 말이야. 완전히 좁고, 단단히 갇힌 채 감자 수프 냄새가 나. 아그네스가 만든 것 같은 세계야."

"제발!" 한스가 예민하게 말했다. "숨을 쉴 수 없을 땐 밖으로 나가면 돼. 우리는 자유로운 사람들이야. 우리가 우리 스스로를 구속하는 건 우리 자유야. 하지만 우리 중 누구도 구속되어 있지 않아."

도랄리체는 눈썹을 치켜뜨고 상당히 졸린 듯 말했다. "아, 우리 그 오래된 자유 얘기는 그만두자. 문 하나가 항상 열려 있다는 건 좋은 일이지만, 그렇다고 계속 그걸 가리키고 있을 필요는 없어. 자유는 그래서 거의 저곳의 'tenue, ma chère(자세를 바로 해, 내 사랑)'처럼 지루해. 자기도 알잖아."

한스는 당황해서 도랄리체를 바라봤다. 그리고 무언가 말을 하려 했지만 그대로 꿀꺽 삼켜 버렸다. 한스는 일어서서 방 안을 이리저리 걸어 다녔다. 한스는 빠르게 움직였으며, 펠트 신발로 세게 바닥을 디디며 걸었다. 도랄리체는 호기심 어린 눈길로 그를 좇았다. 이제 한스는 분노해 있었다. 이제 그는 정열적으로 말하기 시작할 것이다. 도랄리체는 그것을 기대하며 기뻐했다. 그녀는 한스가 뜨겁게 말을 쏟아 내며 화난 아이 같은 얼굴을 하는 것을 좋아했다. 그것이 저곳, 끊임없는 자기 절제의 세계에서 그녀의 마음에 들었었다. 그러나 그는 시작하지 않았다. 여전히 빠르게, 아무 말 없이 좁은 방 안을 이리저리 걸어 다닐 뿐이었다. 갑자기 한스가 도랄리체 앞에 멈춰 서더니 두 무릎으로 바닥을 세게 부딪히며 무릎을 꿇었다. 그러고는 머리를 도랄리체의 무릎에 대고 말하기 시작했다. 나지막하게, 그리고 비탄하듯. "어떻게 그런 말을 할 수 있어, 나는 ─ 나는 ─ 나는 문을 가리켜. 하지만 네가 그 문으로 나가면, 모든 게 끝이야. 그러면 아무것도 의미가 없게 될 거야. 그러면 나는 아무런 의미도 없게 될 거야. 온 세계가 아무런 의미도 없게 될 거야."

도랄리체는 손으로 그의 곱슬곱슬한 머리를 쓰다듬었다. "아니야, 아니야." 그녀는 말했다. 그녀의 목소리는 피곤하게 들렸고 동시에 동정심이 담겨 있었다. "함께, 우리는 함께 있을 거야. 우리에겐 이제 우리 둘밖에는 없잖아."

한스가 일어섰다. 다시 웃고 있었다. 확신과 승리감에 가득 차서 도랄리체의 팔을 잡고 흔들었다. "내가 하고 싶은 말이 그거야. 그리고 나는 누구도 자기 곁에 오지 못하게 할 거야." 그러고 나서 한스는 도랄리체의 작은 몸을 아이처럼 두 팔로 안고, 건너편 침실로 데리고 갔다.

제2장

도랄리체가 눈을 떴을 때는 아침이 밝아 오고 있었다. 이제
는 항상 그랬다. 누우면 빠르게, 또 깊이 잠들었고, 해가 뜨기 한
참 전에 깨어났다. 그것으로 잠은 끝이었다. 그러면 도랄리체는
그대로 누운 채 팔을 위로 뻗어 두 손을 정수리 위에 올리고, 크
게 뜬 두 눈으로 회색빛 도는 파란색 밝은 빛을, 그 빛이 하얀색
과 붉은색 줄무늬가 있는 커튼을 통해 방 안으로 쏟아져 들어오
는 모습을 바라보았다. 그 빛이 세면대와 두 개의 볼품없는 의
자, 커다란 노란색 나무 장(欌)이 여명 속에 서서히 모습을 드러
내게 만드는 것을 보았고, 방이 활기를 띠거나 깨어나도록 하
지 않으면서도 밝아지게 만드는 것을 보았다. 그러면 배의 선실
처럼 작은 이 방은 전혀 자신의 것으로 느껴지지 않았다. 도랄
리체는 좁은 침대에 흉측한 분홍색 무명 이불을 덮고 누워 있었
다. 하지만 도랄리체는 이것이 그녀의 현실이라는 느낌이 들지
않았다. 현실적인 것은 오히려 그녀가 이제 막 헤엄쳐 나온 꿈

속의 세계였다. 매일 밤 꿈은 도랄리체를 이전의 삶으로 이끌고 갔다. 매일 밤 그녀는 이전의 삶을 계속 살아야만 했다. 가장 좋았던 것은 그녀가 어렸을 적 살던 옛 고향집에, 작은 지방 도시에 있을 때였다. 어머니는 다시 작은 침대에 누워 있었고, 두통이 있어 화장수를 적신 수건을 이마에 올리고 있었다. 도랄리체는 다시 탄식하는 소리를 들었다. "아가야, 언젠가 네가 결혼하고 내가 더 이상 존재하지 않게 되면 내가 너에게 한 말을 자주 생각하게 될 거야." 어머니와의 대화에서 항상 등장했던 '네가 결혼하고'라는 말이 도랄리체에게 다시 기분 좋고 비밀스러운 기대의 감정을 품게 만들었다. 그늘이 없는 바깥 정원은 햇빛으로 노랬다. 길게 늘어선 구스베리 관목들과 거의 이파리 없이 크게 부풀어 오른 구릿빛 심장만을 가진 국화밭. 정원 벤치 위에선 미스 플러머스가 졸고 있었다. 그녀의 선량한 늙은 얼굴이 한낮의 열기에 빨개져 있었다. 도랄리체는 불안하게 자갈길을 이리저리 걷고 있었다. 그녀를 둘러싼 단조로운 여름의 윙윙거리는 소리가 외로움과 무료함의 목소리처럼 여겨졌다. 그러나 바로 이 오래된 정원에서 그녀는 저기 정원 울타리 건너편에서 사건들이 일어나는 아름다운 세계가 그녀를 기다리고 있다는 것을 항상 분명하게 느꼈다. 도랄리체는 자신의 핏속에서 기이한 불안을 육체적으로 느꼈으며, 우리가 서 있는 곳 앞의 닫혀 있는 문에서 들려오는 축제의 웅성거림을 듣는 것만 같았다. 때때로 그 세계는 쾨네-야스키 백작의 형상으로 그녀에게 찾아왔다. 그 아름다운 중년의 신사는 새로 벤 건초 냄새를 너무나 강하게 풍겼고, 도랄리체에게 너무나 놀라운 인사를 했으며, 항상 값비싼 물건들과 아름다운 장소들이 등장하는 재미있는 이야기들을 들려주었다. 어느 날 도랄리체가 분홍색 장식 끈이 달린 하얀색 옷을 입었다는 것, 어머니가 눈물을 흘리며 그녀를 안아주고, 작고 새까만 백작의 턱수염이 키스를 하며 그녀의 이마를 눌렀다는 것은 당연히 벌어질 수밖에 없었던 무언가였으며, 어머니와 딸이 지금까지의 삶을 통해 기다려 온 것처럼 보이는 무언가였다.

그러나 도랄리체가 꿈속에서 가장 자주 있었던 곳은 드레스덴 공사관의 커다란 살롱이었다. 그때는 항상 겨울 오후의 빛이 반짝이는 나무 바닥을 비추고 있었다. 창가에 서 있는 히아신스의 달콤한 향기에 벽에 걸린 커다란 유화가 옅은 송진 냄새를 더해 주었다. 홀의 다른 쪽에서는 아주 날씬하게 검은색 양복을 입은 그녀의 남편이 마주 오고 있었다. 콧수염 양쪽 끝이 윗입술을 살짝 건드리고 있었다. 그가 그렇게 도랄리체에게 다가올 때면 조금 지나치게 우아하고, 매우 아름다운 모습이었다. 매끄럽고 하얀 이마, 규칙적인 코, 긴 속눈썹. 그러나 꿈은 기이한 놀이를 했다. 백작이 점점 가까이 다가올수록, 그의 얼굴은 점점 더 나이가 들었다. 점점 시들었고, 눈에 띄게 망가졌다. 그는 팔로 도랄리체의 허리를 안으며 그녀의 손을 잡고 키스를 했다. "매혹적이야, 매혹적이야"라고 그는 말했다. "다시 기분 좋은 선물이야. 우리는 외출을 안 나가기로 했어. 남편이 오늘 오후에 한 시간 짧은 자유 시간을 갖게 되었다는 걸 알고 있기 때문이지. 그때 우리 함께 있도록 해. 그리고 남편에게 직접 차를 끓여 줘. 나는 좋은 아내들을 이미 충분히 많이 봐 왔어. 다행히도 그런 부인들이 아직 있지. 하지만 나의 작은 백작 부인은 결혼이라는 훌륭한 음식의 세련된 예술가야." 도랄리체는 아무 말도 하지 않고 입술을 꾹 다물었다. 교육받고 있다는, 불쾌하고 몸을 죄어 오는 듯한 느낌이 들었다. 도랄리체는 당연히 외출할 생각이었고, 당연히 남편이 오늘 한 시간 비는 시간이 있다는 사실을 몰랐으며, 남편과 함께 있을 의도가 전혀 없었다. 그것이 백작의 교육 방식이었다. 그는 도랄리체가 마치 자신이 원하는 대로 할 거라는 듯이 행동했다. 그는 끊임없이 이제 막 그가 그녀에게 주입하고자 하는 것에 대해 잘했다고 칭찬을 했으며, 동시에 자신이 의도하는 그녀가 이미 존재한다는 듯이 행동함으로써 도랄리체가 그런 여자가 되도록 강요했다. 모임에서 도랄리체가 젊은 남성들과 너무 잘, 너무 즐겁게 이야기를 나누면 이렇게 말했다. "우리는 조금 너무 많은 걸 바랐어. 약간은 예민하기도 하고. 우리는 사람들을 항상 찾아다닐 수는 없어. 하지만 당신 말이 맞아. 저 젊은 남자는 매너가 썩 좋지는 못해. 가능한 한 저 사람을 멀리하면 되는 거지." 혹은 도랄리체가 극장에서 백작의 마음에 들지 않는 공연을 보고 너무 많이, 또 너무 아이처럼 웃으면 집으로 돌아오는 길에 다음과 같이 말했다. "우리는 조금 기분이 상했어. 충격을 받았지. 우리는 조금은 너무 엄격한지도 몰라. 하지만 그래도 관계없어. 당신 말이 맞았어. 이런 공연에 당신을 데려온 건 내 실수였어. 나의 작은 백작 부

인을 더 잘 알았어야 했어. 이번에는 용서해 줘." 모든 일에서 이
랬다. 그녀에게 강요된 이 낯선 도랄리체가 그녀에게 폭정을 휘
둘렀고, 그녀를 주눅 들게 만들었으며, 마치 그녀를 위해 만들
어진 것이 아닌 옷처럼 그녀를 압박했다. 그녀를 둘러싼 삶이 흔
히 예쁘고 다채롭다고 한들, 또 아름다운 야스키 백작 부인이라
고 사람들이 칭송한다 한들 그것이 무슨 소용이 있었겠는가? 그
것을 즐겨도 되는 사람은 그녀가 아니었다. 그것은 항상 예민하
고, 나서기를 좋아하지 않으며, 남편에 대해 언제나 옳은, 그 불
쾌한 '나의 작은 백작 부인'이었다. 그녀는 마치 엄격한 가정 교
사처럼 도랄리체를 따라다니며 모든 것을 싫어하게 만들었다.
    쾨네 백작은 그의 표현대로 실각한 뒤에 모욕당하고 토라진
상태로 이별을 고하고 자신의 외로운 성에 돌아와 앞으로는 쾨
네-야스키 집안의 역사를 쓰고 우울하게 늙어 가는 데에만 전
념하고자 했다. 그리고 그 낡은 성에서 도랄리체를 기다리고 있
던 것은 바로 새로운 도랄리체였다. "아, 나의 작은 아가씨가 마
침내 제대로 된 활동 공간에 있게 되었어. 조용하고 평온한, 무
언가 꿈꾸는 것 같은 일들, 좋은 일을 하는, 남편의 선한 천사. 우
리에겐 그런 것이 부족했어." 그리고 갑자기 그녀가 되어야만
했던 조용한, 좋은 일을 하는 천사는 납으로 만든 옷처럼 도랄
리체를 짓눌렀다.
    그때 도랄리체의 초상화를 그리기 위해 한스 그릴이 성으로
왔다. 한스는 커다란 소리로 웃었고, 아이와도 같이 분별없이
행동했으며, 그의 머릿속에 지나가는 모든 생각을 직접적으로,

또 열정적으로 분별없이 말했다. "내가 후원하는 화가를 소개하지." 백작이 자기 아내에게 말했다. "말동무로는 분명 적합하지 않은 사람이야. 당신 말이 정확히 맞아. 그 사람과는 거리를 둬야 해. 하지만 그럼에도 불구하고 당신 마음에 들기를 바라며 그 사람을 소개할게." 이제 도랄리체는 북쪽을 향해 있는 성의 모서리 방에서 오랫동안 앉아 있기 시작했다. 한스는 화폭 앞에 서서 도랄리체를 그리고, 또다시 문질러 버렸다. 그러면서 한스는 끊임없이 이야기하고, 질문하며 거창한 말들이 울려 퍼지도록 했다. 도랄리체는 처음엔 호기심에 귀를 기울였다. 누군가가 그토록 거리낌 없이 자신의 내밀한 존재를 밖으로 드러내는 것이 그녀에겐 새로웠다. 그는 끊임없이, 때로는 완전히 아이와 같은 만족감과 허영에 사로잡혀서 자기 자신에 대해 이야기했다. 그러다가 그는 도랄리체에게 자기 스스로에게 의심스러워 보이는 것을 선량하게 터놓고 얘기했다. "때때로 개성이 없어요." 그는 말했다. "어휴, 어휴!" 하지만 그의 말에서 가장 두드러진 것은 삶에 대한 제어할 수 없는 욕망과 가지고자 하는 것은 모두 이룰 수 있다는 무한의 믿음이었다. "아, 그거 제가 하게 될 거예요, 저는 걱정하지 않아요"라는 게 그의 말이었다. 그것이 도랄리체에게는 위안이 되었다. 그리고 그것이 또한 그녀 안에서도 삶에 대한 갈망을 다시 불러일으켰고, 그녀 안에서 잊고 있던 무언가를, 그녀의 젊음을 일깨웠다. 거리를 두는 것에 대해서는 더 이상 얘기할 수 없는 상황이 되었다. 너무나 예민한 성의 여주인 모습은 그녀에게서 완전히 떨어져 나갔고, 이제 모서리 방에서는 흔히 아주 유쾌하고 친구 사이 같은 분위기가 생겨났다. 그러나 때때로 그녀는 막 큰 소리로 웃다가 갑자기 웃음을 멈추고 바깥에서 들려오는 소리에 귀를 기울였다. "조용히 하세요." 한스가 말했다. "그분의 장화 소리가 들려요." 그러면 마치 두 사람 사이의 비밀스러운 공동체가 자명한 일인 것만 같았다. 한스는 당연히 도랄리체에게 사랑에 빠졌다. 그리고 그 감정에 대해 어쩔 줄 몰라 했다. 한스는 자신의 감정을 도랄리체에게 보여 주었고, 이를 천진난만하고 거의 뻔뻔스럽게 대놓고 이야기했다. 그리고 도랄리체는 이를 내버려 두었다. 이 일은 그녀에게 삶이 그녀를 강하고 폭력적인 팔로 움켜쥔 채 어딘가로 데리고 떠나는 것처럼 느껴졌다. 이때, 그 늦은 가을날에 도랄리체의 사랑 이야기가 시작되었다. 밝고 차가운 낮에, 또 어두운 밤에, 밤이슬에 갈색이 되어 버린 달리아 화단에서, 또 시든 나뭇잎으로 가득한, 아무리 조심조심 걸어도 바스락거리는 공원의 가로수 길에서. 그때를 생각하면 도랄리체는 다시 기이하게 무더운 피가 솟구쳐 오르는 것을 느꼈다. 앞으로 벌어질 수밖에 없는, 무언가 끔찍한 일에 대한 끊임없는 두려움을, 모든 사랑의 순간에 지독하게 흥분되는 열기에 뒤섞여 있던 그 두려움을 다시 느꼈다. 도랄리체는 놀랍도록 느슨하고, 혼란스러운 감정을, 흔히 첫사랑의 도취에 빠져 있는 여성들을 사로잡는 그 숙명론을 다시 느꼈다. 그럼에도 불구하고 도랄리체는 한스보다 더 쉽게 비밀과 거짓을 버텨 냈다. "나는 더 이상 못 하겠어." 한스가 말했다. "내가 속이고 있는 누군가를 항상 내 앞에 둬야 한다는 거 말이야. 어디로 도망가든지, 아니면 말해 버리자."

"그래, 그래." 도랄리체가 말했다. 자신의 남편에게 행하는 부당한 일에 대한 양심의 가책이 그렇게 작다는 사실에 그녀 자신도 놀랐다. 그렇다, 그것은 마치 그녀가 미스 플러머스를 속일 때와 다름없었다. "그리고 그도 예감하고 있어." 한스가 말했다. "그 사람은 우리를 감시해. 어디서든 그 사람을 만나잖아. 눈치챘어? 그의 장화도 더 이상 소리를 내지 않아. 우리가 선수를 쳐야 해."

하지만 백작이 그들보다 빨랐다. 회색 안개가 낀 날이었다. 도랄리체는 커다란 홀의 창가에 서서 바람이 늙은 배나무의 꼭대기를 이리저리 흔들어 가지에서 노란 나뭇잎을 떨어뜨리는 모습을, 그리고 그 나뭇잎을 미친 듯 몰아가서 하늘로 소용돌이치게 만드는 모습을 보고 있었다. 그것은 보기에 좋았다. 마치 밝은 노란색의 작은 이파리들이 나무에서 떨어져 나온 것을 기뻐하는 것처럼 보였다. 이파리들은 그렇게 제멋대로 붕 날아올라 사라져 버렸다. 도랄리체는 남편이 홀 안으로 들어오는 소리를 들었다. 그는 몇 번 작은 발걸음 소리를 내고는 안락의자를 벽난로 옆으로 밀어 놓고 그 위에 앉아 부지깽이를 들어 그가 평소 좋아했던 것처럼 벽난로의 불꽃을 이리저리 쑤셨다. 그가 "ma chère(내 사랑)" 하고 말문을 열자 도랄리체는 몸을 돌렸다. 그가 병자처럼 보인다는 것, 특히 더 창백하고 뾰족한 그의 코가 도랄리체의 눈에 들어왔다. 그는 올려다보지 않고 그가 들쑤시고 있는 벽난로의 불을 바라보았다. "ma chère." 그가 말했다.

"당신의 인내심에 놀랐어. 하지만 이제 그만 끝내지. 지금 막 그릴 씨와 그가 오늘 떠난다는 데 합의했어. 그림은 완성되지 않을 거야. 당신이 모델로 앉아 있는 지루함과 그와 함께 있는 것을 견뎌 내게 만들었으니, 내가 너무 많이 바란 것 같아. 이제는 다시 우리끼리만 있게 될 거야. 정말 좋지 않아?"

도랄리체는 홀 한가운데까지 걸어와서는 그곳에 멈춰 섰다. 회청색의 면 옷을 입은 그녀의 두 팔은 아래로 늘어뜨려져 있었다. 마치 뛰어오르려는 듯 그녀의 몸 전체에 긴장이 흘렀다. 두 눈은 뛰어오르기에 앞서 약간의 현기증을 느끼는 사람처럼 반짝반짝 빛났다.

"한스 그릴이 떠나면 저도 떠나요." 그녀가 말했다. 침착하려고 애쓰는 그녀의 목소리는 그녀 자신에게도 낯설게 들렸다.

"어떻게? 뭐라고? 이해를 못 하겠군, ma chère." 부지깽이가 그의 손에서 쨍그랑 소리를 내며 떨어졌다. 그리고 도랄리체는 그가 자신을 잘 이해했음을, 그가 오래전에 이해했음이 틀림없음을 잘 알고 있었다. 그의 눈 주위로 많은 주름이 잡혔고, 그의 윗입술 위 콧수염 끝이 놀랍게 떨렸다.

"제 말은……." 도랄리체가 말을 이었다. "제가 더 이상 당신의 부인이 아니라는 거예요. 더 이상 당신의 부인일 수 없다고요. 저는 한스 그릴과 함께 갈 거고, 그리고, 그리고—" 도랄리체는 말을 멈췄다. 안락의자에 앉아 있는 남자의 얼굴에 떠오른 경악과 놀라움이 그녀가 계속 말하도록 내버려 두질 않았다. 그는 확 움츠러들었다. 그의 얼굴은 일그러져 작고 주름투성이

가 되었다. 고통이었을까? 분노였을까? 그것은 끔찍하도록 장난스럽게 얼굴을 찌푸린 것일 수도 있었다. 도랄리체는 두려움에 가득한 커다란 눈으로 그를 바라보았다. 그는 몸을 흔들고 손을 얼굴 위로 가져갔다. 그러고는 꼿꼿하게 몸을 일으켰다. "allons, allons(가자, 가자)"이라고 그는 중얼거렸다. 그는 일어서서 뻣뻣하고 떨리는 다리로 창가로 걸어가 밖을 내다보았다. 도랄리체는 두려움에 가득 찬 채로 기다렸다. 그러나 또한 이제 무슨 일이 벌어질지 무척 궁금하기도 했다. 마침내 백작이 그녀 쪽으로 몸을 돌렸다. 얼굴은 잿빛이었지만 침착했다. 그는 조끼 주머니에서 시계를 꺼냈고, 뚜껑이 바로 열리지 않아 약간 조바심을 냈다. 그러고는 숫자판을 유심히 바라보고는 신중하고 친절한 목소리로 말했다. "5시 30분에 기차가 떠나." 도랄리체가 천천히 방에서 나갈 때에도 그는 올려다보지 않았다.

"내 심장은 그때 엄청 세게 뛰었어." 후에 도랄리체가 한스 그릴에게 말했다. "나는 심장이 뛰는 소릴 들었어. 그 소리가 방 안에서 가장 큰 소리 같았지. 그게 뭐였는지는 나도 모르겠어. 아마도 그건 갑작스러운, 아주 강렬한 기쁨이었을 거야."

"당연하지, 당연하지." 한스 그릴이 말했다. "그거 아니면 뭐일 수 있었겠어."

제3장

　바르다인의 집이 활기를 띠었다. 마구간 문이 삐걱거렸고, 맨발들이 집 앞 나무 계단 위를 이리저리 쿵쿵 걸어 다녔다. 도랄리체는 생각에서 깨어났다. 밤의 꿈을 계속 살아가는 것에서 깨어났다. 방은 이제 완전히 밝아졌다. 커다란 받침목이 있는 천장과 튼튼하고 못난 가구들이 조금 전 존재 없는 어스름 속에서처럼 다른 생각을 하지 못하도록 만들었다. 그것들은 도랄리체를 현실로 부르고, 그녀가 여기에 속해 있다고 경고했다. 옆방으로 이어진 문이 열려 있었다. 거기에선 한스가 자고 있었다. 도랄리체는 그를 바라보았다. 한스가 어떻게 침대에 등을 대고 누워 있는지 바라보았다. 볼은 빨갰고, 노란색 머리는 엉클어진 채 이마를 덮고 있었으며, 입술은 반쯤 열려 있었다. 한스는 깊게, 큰 소리로 숨을 쉬었다. 그의 넓은 가슴이 올라갔다 내려갔다 했고, 눈썹은 약간 치켜뜨고 있어서 마치 잠을 자는 것이 온 힘을 다해야 하는 진지하고 어려운 일이라는 듯한 표정이 되었다. '한스는 해낼 거야.' 도랄리체는 생각했다. '저렇게 잘 수 있는 사람은, 잠잘 때 저렇게 있는 사람은 자기 일에 확실한 사람이야.' 그것이 아침의 불분명한 슬픔에 빠져 있던 도랄리체를 조금은 위로해 주었다. 하지만 그녀는 다시 잠들고 싶지는 않았다. 도랄리체는 꿈을 꾸는 것, 다시 이전의 삶으로 미끄러져 넘어가는 것이 두려웠다. 도랄리체는 침대에서 나와 옷을 입었다.

도랄리체가 밖으로 나와 모래 언덕 위로 올라섰을 때 활기차고 시원한 바닷바람이 그녀에게 불어왔다. 창백한 파란색 하늘 위로 밝은 회색의 작은 구름이 바쁘게 지나갔다. 바다에선 거품 없는 파도가 일었다. 강력하고도 커다랗고 조용한 녹회색 숨결이었다. 파도는 해변에 이르러서야 더 활기를 띠며 하얀색 거품의 천을 펄럭거렸다. 이 바다의 호흡은 도랄리체에게 무언가를 기억나게 만들었다. 그것이 무엇이었을까? 아, 그렇다, 한스였다. 이제 막 방에서 조용히 그리고 힘차게 오르락내리락하던 그의 가슴이었다. 도랄리체는 해안을 따라 걷기 시작했다. 바람이 그녀의 옷 안으로 들어가 그녀를 몰고 갔다. 도랄리체는 바람이 짧게 짧게 밀치면서, 한 번은 뒤에서, 한 번은 옆쪽에서 그녀를 덮치는 것을 분명히 느낄 수 있었다. 그것은 아주 훌륭하게 기운을 북돋아 주는 놀이였다. 파도도 이런 기분이겠구나. 도랄리체는 이리저리 흔들리며 걸어갔다. 그녀는 자신이 넘실대고 있는 것처럼 느껴졌다. 이번에는 강한 바람이 그녀의 머리로 불어와 그녀를 흔들었다. 도랄리체는 큰 걸음을 내디디며 즐거움에 작은 소리를 내뱉었다. 이제 나는 해변에 부딪혀 부서진다, 이제 부서진다, 그녀는 생각했다. 그녀의 머리 위에서 날카로운 외침이 대답했다. 커다란 흰색 갈매기가 물 위에 떠 있었다. 갈매기는 날갯짓을 하더니 갑자기 즐거움에 사로잡힌 듯 물 위로 낮게 날아가 그곳에서 헤엄을 쳤다. 물결치는 녹회색 비단 위의 작은 하얀 점. 모래 언덕 위 어부들의 집 앞에는 어부의 부인들이 서 있었다. 그들의 회색 치마와 빨간색 숄이 바람에 펄럭거렸다. 그들은 손차양을 하고 바다 너머로 밤에 고기잡이를 나간 남편들 쪽을 바라보았다.

도랄리체가 모래 언덕의 툭 튀어나온 부분을 돌아섰을 때 그녀 앞쪽에서 해변을 따라 걷고 있던 추밀 고문관 폰 크노스펠리우스가 보였다. 그는 노란색 리넨 양복을 입고, 파나마모자를 걸치고, 아름다운 세터* 한 마리를 데리고 걷고 있었다. 그는 두꺼운 산책용 지팡이를 멀리 휘두르며 큰 걸음으로, 어깨를 양쪽으로 번갈아 크게 기울이며 걷고 있었다. 기형들이 흔히 그렇듯, 크고 강한 사람의 몸짓이었다. 폰 크노스펠리우스가 뒤에서 걸음 소리를 듣고 몸을 돌렸다. 그는 깊이 고개를 숙여 인사했다. 크고 창백한 소년 같은 얼굴이 미소를 지었다. 그가 뭔가 말을 하려는 것 같아서 도랄리체는 멈춰 섰다. "안녕하세요, 부인." 그는 말문을 열며 쇠 같은 파란색 눈으로 날카롭고 주의 깊게 도랄리체의 얼굴을 올려다보았다. "해도 뜨기 전부터 자리에 계시는군요?"

도랄리체가 얼굴을 붉히며 웃었다. "추밀 고문관님, 지난번에 우리가 대화를 나눴을 때도 자리 비슷한 말이 들어간 얘기를 하셨던 걸 아마 깜빡하셨나 봐요?"

"아, 아." 크노스펠리우스가 말했다. "그랬을 수 있겠어요. 제가 그런 것에 관심이 많답니다. 기억력이 좋으시군요. 제가 잠시 같이 걸어도 괜찮겠습니까, 부인?"

도랄리체는 아래쪽에서 냉담하게, 사람이 아니라 동판화를 바라보듯 자기를 쳐다보는 이 작은 괴물이 옆에 있는 것이 마음에 들지 않았음에도 불구하고 고개를 끄덕였다. 걸어가면서 그는 낮은 목소리로 말했는데, 금속 톤의 목소리가 그 자신에게는 마음에 드는 것 같았다. "잠을 자는 것이, 부인, 여기서도 잘되지 않는 것 같아 보이는군요."

"아니요." 도랄리체가 말했다. "단지 다른 사람들이 모두 너무 일찍 일어날 뿐이에요. 어부의 식구들, 닭들이요. 그리고 바다는 애초에 잠을 자지 않지요."

크노스펠리우스가 특유의 소리 없는 웃음을 웃었다. "맞아요, 맞아요, 여기선 모두 일들을 하고 있지요, 여기선 무언가 배울 수가 있어요. 왜냐하면, 보세요." 그가 진지해졌다. 그의 얼굴은 악한, 거의 증오에 가득한 표정을 하고 있었다. "보세요, 불면증보다, 침대에 누워서 잠을 기다리지만 잠을 자지 못하는 것보다 더 바보 같고 더 의미 없는 것은 없습니다. 그럴 때마다 저는 제가 인간으로서의 권리를 빼앗긴 것 같다는 생각이 들어요. 나는 인간으로서의 의무를 다하지 않고 있는 거지요."

"인간으로서의 의무요." 도랄리체가 조금 무관심한 목소리로 반복했다.

"예, 바로 그거예요." 추밀 고문관이 계속해서 얘기했다. 마치 누군가가 그에게 반론을 제기하기라도 한 것처럼 호전적으로. "제 인간으로서의 의무는 자든가, 아니면 인간으로서 할 일을 하는 거예요. 저기 어부들처럼 일을 하든가, 부인과 화가 선생처럼 사랑을 하든가, 아니면 우리 집 사람들처럼 싸움을 하든가, 무엇이 되었든 인간으로서 해야 하는 일들을 하는 거지요. 그리고 그렇게 하지 못할 땐 잠을 자야 하는 겁니다. 우리 카로도 그걸 알고 있어요. 개로서 해야 할 일을 할 수 없을 땐 자거든요. 그렇지만 우리가 잠들지 못하는 밤에 생각하고 느끼는 것은 완전히 쓸모없는 것이에요. 아무짝에도 쓸모없는 버려진 삶이지요. 아시겠어요? 저는 계산을 많이 합니다. 그게 제 직업이지요. 하지만 잠 못 드는 밤에도 저는 계산을 해야만 합니다. 맞지 않는 계산이자 아무런 의미도 결과도 없는 계산이지요. 그건 인간의 품위에 맞지 않는 일이에요. 카로가 누워서 코로 자연의 책을 읽고 있으면, 그건 전혀 존재하지도 않는 의미 없는 짐승의 냄새가 아니라 진짜 토끼와 진짜 닭의 냄새를 맡는 거예요. 아니에요, 아니에요, 제가 말씀드리죠. 잠을 잘 수 없다는 것은 추문이에요. 사람에게 일어나서는 안 되는 일입니다." 크노스펠리우스는 입을 다물고 화가 나서 바다 위를 바라보았다.

도랄리체는 이 작은 남성 때문에 마음이 아팠다. 그녀에게 이야기하고 있는 것은 고통이었다. 도랄리체는 그에게 무언가 친절한 말을 해 주려고 했다. 그러나 입 밖으로 나온 것은 차갑고 평범한 말이었다. "바다 공기가 부디 좋은 영향을 끼쳤으면 좋겠네요, 추밀 고문관님." 크노스펠리우스가 다시 이야기를 시작하며 중얼거렸다. "아, 저요? 그런 말이 아니에요. 저는 그냥 일반적인 이야기를 한 겁니다. 사람이 깨어 있으면 무언가를 경험할 수 있지요. 사람이 자려고 하면 잘 수 있어야만 하고요. 우리는 그런 걸 요구할 수 있습니다." 그가 갑자기 미소를 지었다. 곱상하고, 거의 수줍은 미소였다. "그러니까 뭐, 이 사람 혹은 저 사람에게 이러저러한 사정이 있다고 하면, 그 사람들에게 뭔가 장애물이 있다고 하면, 그러면 우리는 다른 사람의 경험에 의존해야 하는 거지요. 저는 다른 사람들의 경험에 관심이 많답니다. 여기서 저는 제 주변 사람들의 일에 많이 신경을 써요. 그래요, 그래요, 삶과 관련된 거라면 저는 공산주의자랍니다. 저는 사유 재산을 부정해요, 하, 하!"

"여기서 사람들이 그렇게 많은 것들을 경험하나요?" 도랄리체가 물었다.

"아, 충분히 많이요." 추밀 고문관이 대답했다. "저 어부들을 보세요. 저 사내들은 바다로 나가지요. 그건 긴장되는 일이에요. 믿으셔도 좋습니다. 그러면 부인들은, 그 여인들은 저기 위에 서서 기다려요. 저렇게 서서 남편이나 아들을 기다리는 거, 그건 긴장되는 일이지요. 저 여인들의 눈을 보신 적이 있으세요? 그건 목적 없이 사물들을 둘러보는 눈빛이 아니에요. 그건 둘러보지 않고, 즉각 그들에게 중요한 점을 바라보는 시선이에요. 마치 노련한 수공업자가 손에 들고 있는 망치로 똑바로, 그리고 강하게 항상 정확한 지점을 때리는 것과 같지요. 그리고 남편이나 아들이 돌아오지 않았을 때 그 여인들의 눈을 한번 보셔야 해요. 그때 여인들은 며칠이고 해안을 이리저리 걸어 다니면서 물이나 해안 위의 모든 어두운 점들을 주의 깊게 살펴보고 엄청나게 집중해서 관찰한답니다. 그건 무슨 일을 해야 하는지 잘 알고 있는 눈이에요. 그건 그렇고, 저는 부인이 여기로 오신 것에 대해 흥미가 아주 많답니다. 부인께서는 여기 일들에 색채를 입히실 거예요. 남편 되시는 화가분을 알게 된다면 기쁠 겁니다. 생기가 가득하신 분 같더군요. 그런 분을 보는 걸 전 좋아하지요. 하, 하, 마치 사기꾼이 두둑한 지갑을 가진 사람을 즐겁게 바라보는 것처럼 말입니다." 그리고 그는 자신의 농담에 소리 없이, 계속해서 웃었다.

이제 하늘이 색깔을 띠기 시작했다. 수평선 위 구름의 가장자리는 두꺼운 황금색이 되었고, 파도는 하늘빛을 받아 빨간색이 되었다. 회녹색 바다에도 빛나는 선들이 섞였다. 해안에서 부서지는 파도의 움푹 들어간 곳은 장밋빛 빨간색으로 가득 찼다. 갑자기 바다가 수평선 쪽에서 붉은 황금빛으로 불타기 시작했다. 크노스펠리우스는 멈춰 서서 마치 도랄리체 앞에 바다를 펼쳐 놓으려는 듯 커다란 동작으로 긴 팔을 바다를 향해 뻗었다.

"보십시오." 그가 말했다. "이것이 매일 아침 벌어지는 색깔의 향연이에요. 위생적인 조치지요. 자연은 저기서 무자비하게 이 빨간색과 황금색을 쏟아붓습니다. 아침에 하는 샤워나 아침에 마시는 커피처럼 힘을 북돋아 주는 거예요. 몇 걸음만 더 가시면 예쁜, 네, 제가 말씀드리지만, 바로 예쁜 광경을 볼 수 있을 겁니다."

그렇게 두 사람은 계속 걸어갔다. 그들은 높은 모래 언덕이 물과 아주 가까이까지 닿아 있는 해안가의 한 지점에 이르렀다. 파도가 모래 언덕의 아래쪽을 쓸어내려 모래 벽이 부분적으로 무너져 있었다. 파도가 높이 일었을 때 땅덩어리의 커다란 조각이 떨어져 나가는 바람에, 여기저기 움푹 들어간 곳과 갈라진 틈이 보였다. 그 모든 것에 이제 붉은 아침 햇살이 흘러넘치고 있었다. 밝은 빛이 비치는 모래 위 여기저기에 썩은 나무들이 솟아 쇠처럼 반짝였다. 그리고 하얀 조각들, 그것은―. "그런데……." 도랄리체가 외쳤다. "저기 저건 손이네요."

　　"물론이지요." 추밀 고문관이 설명했다. "저기 저건 손과 팔이고 저기에는 두개골이 예쁘게 핑크색으로 반짝이고 있지요. 그리고 저기 썩은 관 안에는 남자가 누워 있어요. 보시다시피 여기는 바다가 천천히 청소를 하는 공동묘지예요. 공동묘지의 낭만이나 공포에 대해서는 별로 관심이 없어요. 그런 건 싸구려죠. 하지만 이건 마음에 들어요. 폭풍이 불어오는 밤마다 케이크처럼 한 조각씩 잘려 나가는 공동묘지 말입니다. 이 모든 고요함은 모래사장 쪽에서 내다보며 바닷바람이 해골 주위로 불어 나가게 합니다. 저 해골들이 아침의 붉은빛 속에서 얼마나 요염하게 물드는지 한번 보세요. 마치 장미꽃처럼 피어납니다. 그러다 폭풍이 불어오는 밤이 찾아와 해골들을 가져가고, 그러면 바다로의 여행이 시작되는 거예요. 생각할 수 있는 가장 좁고 조용한 곳에서 가장 넓고 시끄러운 곳으로 나가는 거죠. 그게 마음에 들어요. 마치 부두에서처럼 저 해골들은 여기 서서 자신들을 데려갈 배를 기다리는 거예요. 그런 게 저를 매혹시킨답니다. 저기서도 뭔가 일이 이뤄지고 있어요. 사람들은 죽음을 부패한 것들로 둘러싸길 좋아하지만 여기선 죽음으로부터 부패한 것들이 떨어져 나가 없어집니다. 그렇지 않은가요?"

크노스펠리우스는 도랄리체 쪽을 올려다보았다. 도랄리체는 약간 창백해져 있었다. 그녀는 입술을 꾹 다물고 눈썹을 찡그렸다. 그녀는 화가 난 것처럼 보였다. "음, 부인의 마음엔 들지 않는 것 같군요." 추밀 고문관이 말했다. "어쩌면 무서우신 건가요? 하긴, 우리는 저런 것들을 무서워하도록 교육받았지요."

"아니에요." 도랄리체가 대답했다. "무섭지 않아요. 여기 이것들은 정말 기이하군요. 단지, 모르겠어요, 어쩌면 이것들을 오늘 아침에 보지 않는 편이 더 좋았을 것 같네요."

"그렇군요, 그렇군요." 추밀 고문관이 말했다. "그럼 이제 가시죠. 그런데 부인 말씀이 옳아요. 죽음 그리고 그와 관련된 것들에 대해 생각하는 건 지금 부인이 해야 할 일이 전혀 아니겠죠."

돌아오는 길에 도랄리체는 아무 말이 없었다. 크노스펠리우스는 기분이 좋아서 혼자 떠들어 댔다. 팔리코 장군 부인, 그렇다, 그는 그녀를 알고 있었다. 현명하고 나이 든 부인, 약간 늙었고, 다른 사람들의 일을 확실히 자기 손에 쥐는 것을 좋아한다. 장군 부인은 항상 다른 사람의 일에 책임을 느낀다. 부틀레어 남작, 그러니까 그 사람은 아주 아름다운 금발 콧수염을 가지고 있다. 남작이 베를린에 오면 많은 샴페인을 필요로 하고, 모험을 찾는다. 그런 콧수염을 가진 사람은 그런 법이다. 그리고 또

한 기독교적인 아버지들과 남편들을 흔히 불안하게 만든다. 그 딸들은, 예쁜 아가씨들인데, 날씬하고 버들가지처럼 유연하다. 그게 현대적인 양식이다. 젊은 아가씨들은 이제 아라베스크처럼 보여야만 한다. 그는, 크노스펠리우스는, 예전의 3차원적인 형식을 오늘날의 양식보다 선호한다.

도랄리체는 그가 말하는 것을 거부감을 가지고 들었다. 그녀는 이제 자신과 동행하는 이 남자가 끔찍하게 여겨졌다. 그가 아름다운 아침을 망쳐 버렸다. 꼽추의 세계가 그녀에게 무슨 상관인가. 도랄리체는 등이 똑바른 사람들이 그리웠다. 게다가 그는 불쾌한 방식으로 아래에서부터 날카롭게 입술을 올려다보았다. 도랄리체는 뭔가 쓴맛이 나는 듯 입술을 찡그렸다.

해가 뜨면서 바람이 잦아들었다. 바다는 잔잔해졌고 멀리까지 반짝거렸다. 많은 어선들이 돌아왔다. 모래 언덕에서 어부의 부인들이 해안으로 달려 내려갔다. 남편들이 모래사장 위로 배를 끌어 올리는 것을 돕기 위해 옷을 높이 걷어 올리고 물속으로 철벅거리며 들어갔다. 부서지는 파도의 거품 한가운데에 모든 사람들이 서서 물과 햇빛에 반짝거렸다. "아, 우리 어부들." 추밀 고문관이 말하고는 한 어선 쪽으로 다가섰다. "안녕하세요, 안드레, 안녕하세요, 바르다인, 어때요? 소득이 있었나요?"

"저기 조금 있어요." 바르다인이 말하며 회색 턱수염에 묻은 파도 거품을 닦아 냈다. 배 바닥에 있는 고기들을 보기 위해 크노스펠리우스가 배의 가장자리에서 허리를 숙였다. 그는 소매를 걷어 올리고 긴 손가락으로 창백한 은빛 몸을 가진 대구들,

놀라우리만치 일그러진 얼굴이 자리 잡고 있는 갈색 황동판 같은 넙치들, 그리고 갓 찍어 낸 마르크화 동전같이 반짝이는 수많은 작은 물고기들 사이를 휘저었다. 크노스펠리우스는 한쪽 눈을 꼭 감고 신난 소년 같은 웃음을 웃었다. "일이에요, 이것도 일이에요." 그가 말했다.

도랄리체는 잠깐 동안 그를 바라보다가 짧게 "좋은 아침 보내세요"라고 말하고는 돌아서서 빠르게 걸어갔다. 이제 도랄리체는 서둘러 한스 그릴 곁으로 가야 했다. 그때 벌써 한스가 하얀색 리넨 옷을 입고, 수건을 어깨에 걸치고 빨개진 얼굴로는 활짝 웃으며 도랄리체를 향해 걸어왔다. 나를 보고 저렇게 기뻐하는구나 하고 도랄리체는 생각했다. 그 기쁨이 갑자기 그녀를 따듯하게 해 주는 무언가처럼 느껴졌다. 한스는 자기 물건을 챙기듯 팔로 그녀의 허리를 감싸고 끌어당겼다. 한스는 벌써 수영을 했다. 그에게서 바닷물 냄새가 났다. "차가웠어." 한스가 보고했다. "하지만 난 파도가 살을 꼬집는 게 좋아. 자기도 수영하지 않을래?" 아니, 도랄리체는 나중에 하고 싶었다. "알았어, 알았어." 한스가 말했다. "자기는 바닷물이 미지근한 차인 걸 좋아하지. 좋아, 좋아. 그런데 배고프다. 아그네스에게 우리에게 각각 최소한 달걀 네 개씩은 준비해 달라고 말해 놨어."

"아그네스가 뭐라 그래?" 도랄리체가 물었다. 한스가 웃었다. "아, 아그네스, 얼굴이 돌처럼 굳어지더니 귀족 부인들이 그렇게 많이 먹어야 하는지 몰랐었다고 하더라."

제4장

낮은 매우 뜨거웠다. 장군 부인은 해변용 안락의자들을 모래 언덕 위에 가져다 놓으라고 시켰다. 장군 부인과 그녀의 딸은 그곳에 앉아 뜨개질을 했다. 보르크 부인은 그들 앞 모래에 앉아 바다를 그렸다. 보르크 부인은 항상 바다를 그렸다. 가볍게 파도치는 긴 선들, 수평선에는 돛단배 하나. 베디히는 어머니 옆에 앉아 페늘롱의 『텔레마코스』를 소리 내어 읽어야 했다. 베디히는 탄식하는 노래처럼 아주 단조롭게 읽었다. 그 소리는 이 뜨거운 시간을 위한 자장가처럼 들렸다. 베디히 자신은 완전히 아무런 희망도 없다고 느꼈다. 그의 휴가 기분은 완전히 사라져버렸다. 영원히 반짝이는 바다와 그의 손가락에 매달려 짜증 나게 만드는 뜨거운 모래, 아무 일도 벌어지지 않는 무료함, 이 모든 것들이 베디히에겐 평범한 일상처럼 느껴졌고 그를 비관적으로 만들었다. 게다가 끝없이 말을 늘어놓는 이 멘토르.* 베디히는 할 수 있다면 그의 코를 잡아 뜯고 싶었다. 폰 부틀레어 부인은 아들이 책 읽는 것을 건성으로 들으며, 그저 기계적으로 가끔씩 산만하게 "faites les liaisons, mon enfant(연결하거라, 나의 아이야)"이라고 말했다. 그녀는 해안을 내려다보기 위해 자주 오페라글라스를 집어 들었다. 그곳에선 롤로와 니니가 물속으로 들어가기 전에 이리저리 돌아다니며 몸을 식히고 있었다. 빨간색 수영복을 입고 하얀색 천 모자를 머리에 쓴 두 사람은 날씬한 소년들 같아 보였다. 두 사람은 똑바로 서서, 내놓은 다리가 익숙지 않아 조금은 수줍고 뻣뻣하게 움직이며 아주 꼿꼿하게 서서 걸어 다녔다.

"말비네, 얘기 좀 해 보세요." 장군 부인이 물었다. "우리도 어렸을 때 수영 가면 저래 보였나요?"

보르크 부인이 한쪽 눈을 꼭 감고 풍부한 감성으로 미소 지었다. "아, 너무 예쁘네요." 그녀가 말했다. "녹색등의 갓에 드리운 작은 빨간색 실루엣 같아요."

"그래요, 아, 그래요." 장군 부인이 대답했다. "우리가 젊었을 때 엉덩이라고 불렀던 것이 이제는 점점 더 날씬해지네요."

이제 여자아이들은 바다로 들어갔다. 조심스럽게 부서지는 파도 사이를 철벅거리더니, 어느새 하얀색 거품 속으로 완전히 사라졌고, 수영을 하기 위해 마침내 몸을 던졌다. 오늘 바다의 색깔은 하얀빛이 도는 녹색이었다. 그리고 그 안에 두 줄의 빨간색. 두 아이는 수영을 잘했다. 그러나 롤로가 니니를 훨씬 앞질렀다. 놀랍도록 가볍고 빠르게 앞으로 치고 나갔다. 똑바로. 마치 목적지라도 있는 것처럼.

"그런데 어딜 가려는 거지요?" 폰 부틀레어 부인이 외쳤다. "왜 함께 있지 않는 거죠? 함께 붙어 있으라고 말했는데요. 두 번째 모래톱까지 가지 말라고 했는데요. 롤로! 롤로!" 폰 부틀레어 부인이 외치며 손수건으로 신호를 보냈다. 그러나 저 건너편의 빨간 줄은 점점 더 바다 한가운데로 나아갔다. "제가 항상 말하잖아요." 폰 부틀레어 부인이 탄식했다. "롤로는 성격이 까탈스러워요. 순종할 줄을 몰라요. 쟤 남편은 아마 고생 좀 할 거예요. 롤로! 롤로!"

"저기 바다로 나가는 게 누구예요?" 베디히가 물으며 아래쪽 해변을 가리켰다.

"저건……." 장군 부인이 말했다. "쾨네 부인이 틀림없을 거야."

"어디요? 뭐라고요?" 폰 부틀레어 부인이 소리쳤다. "아, 저 여자를 쾨네라고 부르지 마세요, 엄마. 이제는 그 이름이 아니잖아요."

"아, 뭐라고?" 장군 부인이 말했다. "사람들이 끊임없이 이름을 바꾸면, 내 늙은 머리로는 다 기억할 수가 없단다. 그리고, 그릴이라니, 누가 그 이름을 기억할 수 있겠니. 그건 아무 의미 없다."

잠시 동안 모두가 아무 말 없이 긴장한 채 바다를 내려다보았다. 베디히는 『텔레마코스』를 던져 놓고 모래 위에 일자로 몸을 눕혔다. 그렇게 누워서 물개처럼 앞쪽을 뚫어지게 바라보았다. 이제 아마도 무슨 일인가 일어날지도 모른다.

"매력적이에요." 보르크 부인이 말했다. "네이비블루에 작은 노란색 삼각 모자, 게다가 수영하는 것 좀 보세요!"

"완전 우아해." 베디히가 중얼거렸다. 하지만 그 말이 다시 폰 부틀레어 부인을 흥분시켰다. "조용히 해라." 그녀는 아들에게 호통쳤다. 그녀는 일어서서 손수건을 흔들고는 다시 한번 외쳤다. "롤로! 롤로! 그런데 두 사람이 서로를 향해 헤엄치네요. 모래톱에서 만나겠어요. 아, 맙소사, 우리 불쌍한 아이!"

"자, 좀 앉아라, 벨라." 장군 부인이 딸을 진정시켰다. "이제 어쩔 수 없잖니. 저 여자가 롤로에게 뭘 곧장 전염시키는 것도 아니고."

"이런 일을 겪어야만 하나요." 폰 부틀레어 부인이 한숨을 쉬며 의자에 기대앉았다. 모두가 긴장한 채 온통 반짝이는 수면 위 빨간색 점과 네이비블루색의 점을 눈으로 좇았다.

"저 부인이 누나보다 먼저 도착했어요." 베디히가 의기양양하게 외쳤다.

"롤로는 지친 것 같아요. 천천히 헤엄치네요." 보르크 부인이 말했다. "아, 아, 백작 부인이 롤로 쪽으로 가네요. 도와주려는 거예요."

"말도 안 돼." 폰 부틀레어 부인이 탄식했다.

"이제 롤로에게 손을 내미네요." 베디히가 말했다. "아, 롤로가 일어섰어요. 부인이 팔로 허리를 잡아 주고, 롤로는 저 부인의 어깨에 기댔어요."

"저렇게 아무 생각 없이 바다로 헤엄쳐 나가니까 저 팔에 몸을 맡기게 되는 거야." 폰 부틀레어 부인이 탄식했다. 그러나 장군 부인은 화를 냈다. "벨라, 또 과장하는구나. 아이가 수영하다 힘이 빠졌을 때, 누군가 손을 내밀어 주는 건 좋은 일이야. 그리고 아이는 손을 잡고 곧장 이렇게 묻지는 않을 거야. 당신은 남편을 속이고 바람피우지 않았나요!" 롤로는 저 건너편 모래톱 위에 섰다. 그녀는 창백해져 있었고 숨이 가빴다. "오, 제가 잡고 있어요." 도랄리체가 말했다. "팔을 제 어깨에 올려놓으세요. 춤출 때 남자의 어깨에 손을 올려놓는 것처럼요─ 그렇게요. 너무 멀리 왔어요. 아가씨에겐 익숙하지 않은 거리예요."

"고맙습니다, 부인." 롤로가 말하며 얼굴을 붉혔다. "이제 좀 나아졌어요. 저는 바다에 익숙하지 않아요. 저는 저기 햇빛 속에서 계속 헤엄치고 싶었는데 조금 지나쳤나 봐요."

"이제 우리 조금 쉬어요." 도랄리체가 말을 이었다. "맞아요, 햇빛 속에서 수영하는 걸 저도 좋아해요. 그러면 햇살이 피부 위로 작고 따뜻한 물고기들처럼 지나가지요. 전 그걸 좋아해요. 하지만 아가씨 심장이 너무 빨리 뛰네요. 돌아갈 때는 똑바로 헤엄쳐서 가는 게 좋아요. 첫 번째 모래톱까지는 얼마 되지 않아요."

롤로는 대답은 하지 않고 나중에 말을 할 거라고만 생각했다. 힘들게 수영한 뒤에 찾아오는 달콤한 즐거움이 그녀를 사로잡았다. 롤로는 오랫동안 미지근한 물속에, 이 아름답고 비밀스러운 여인에게 마치 자매처럼 기대어 그렇게 서 있고 싶었다. 이 기이하게 반짝이는 눈, 이 얇고 너무나 빨간 입술을 가진 입 아주 가까이에 있고 싶었다. 도랄리체는 이제 대수롭지 않은 일들에 대해 이야기했다. 뜨거운 낮에 대해, 불렌크루크 주변엔 그늘이 거의 없다는 것에 대해, 또 수영에 대해 이야기했다. 롤로는 그녀의 말을 무언가 흥분되는 것, 금지된 것처럼 들었다. 그것의 아름다움은 그녀가, 오로지 그녀만이 지금 갑작스럽게 깨달은 것이었다.

"이제 수영을 하면 어떨까요?" 도랄리체가 제안했다. 두 사람은 물속으로 뛰어들어 나란히 바짝 붙어서 수영을 했다. 그러다 때때로 얼굴이 마주치면 미소를 지었다. "괜찮아요?" 도랄리체가 외쳤다. "거의 다 왔어요."

"아, 괜찮아요, 아주 괜찮아요." 롤로가 대답했다. 마치 두 사람이 기차의 공단으로 된 긴 의자에 누워 대화를 나누는 것처럼 편안하다는 생각이 들었다. 그렇다. 그것이었다. 그녀는 대화를 하고 싶었던 것이다. 롤로는 더 이상 모래톱 위에서처럼 당황하지 않았다. 바르다인의 집이 너무 좁지는 않냐고 물어야 할까? 아니다, 그건 너무 특색 없다. 그래서 룰루는 이렇게 말했다. "부인, 저는 매일 밤 제 창문에서 부인이 달빛 속에 산책하시는 걸 봐요."

"그렇군요." 도랄리체가 대답하고 롤로를 바라보기 위해 옆쪽으로 돌았다. 그녀의 얼굴은 반짝이는 물방울로 가득했다. "그 얘긴 아가씨 창문이 매일 밤 불빛이 보이는 저 위 뾰족지붕에 있다는 거군요?"

"맞아요." 롤로가 신나서 대답했다. 도랄리체가 그녀를 올려다보았다는 사실에 기분이 좋았다. 두 사람은 뭍에 도착해서 해안으로 걸어갔다. "좋았어요." 도랄리체가 말했다. "이렇게 둘이서 헤엄치는 거요." 그러고는 롤로에게 손을 내밀었다. 롤로는 젖은 작은 손을 잡고 잠시 가만있다가 그 손을 재빨리 입술로 가져갔다.

"감사해요, 감사해요, 부인." 롤로가 작은 소리로 말했다.

"그러실 거 없어요." 도랄리체가 말하고는 허리를 굽혀 롤로의 입술에 키스했다.

모래 언덕 쪽에서 한 무리가 급하게 롤로를 향해 다가오고 있었다. 제일 앞에서 폰 부틀레어 부인이 끊임없이 "롤로!"라고 외치며 손수건을 흔들었다. 그녀의 뒤를 따라 보르크 부인이 목욕 수건을 들고 왔고, 그 뒤에는 베디히가 바지 주머니에 손을 넣고 입술에는 빈정대는 듯한 미소를 띤 채 뒤따랐고, 맨 마지막에는 장군 부인이 더위에 취한 듯 숨을 헐떡거리며 따라왔다. 롤로는 조금 주저하며 무리를 향해 다가갔다. "드디어 돌아왔구나." 폰 부틀레어 부인이 외쳤다. "네가 벌이는 일들이 나를 죽이고 말 거야." 롤로는 말없이 목욕 수건으로 몸을 감싸도록 내버려 두었다. 사람들은 그녀의 고집스러운 얼굴에서 그녀가 사과의 말을 하지 않을 것임을 한눈에 알았다. 이제 모두가 탈의실로 가는 동안 폰 부틀레어 부인은 그녀의 딸 뒤를 따라가며 계속해서 꾸짖었다. "이런 일은 너한테밖에 안 일어날 거다. 다른 사람도 아니고 바로 그런 인간 품에 안기다니, 게다가 그 여자가 너에게 키스했지. 어떻게 그런 생각을 했을까, 그 뻔뻔스러운 사람이? 게다가 넌 그걸 그냥 보고만 있었어. 도대체 또 어떤 사람이 네게 키스하게 할 거니."

그때 롤로가 살짝 고개를 돌리더니 단호하게, 그리고 고집스럽게 말했다. "그분은 제가 그분 손에 키스를 했기 때문에 저한테 키스를 한 거예요."

"그 여자 손에 키스를 했다고." 폰 부틀레어 부인이 소리쳤다. "이런 일을 들어나 봤어요? 근데 왜? 제발 부탁이다. 그 사람은, 그 여자는 절반은 알몸이었다고. 소매도 없고, 깊게 파인 옷하며! 그런데 넌 자존심도 없단 말이니? 너는 약혼한 몸이야, 너는 정숙한 부인이 되어야 해. 우리 정숙한 부인들은 그런 여자들을 적대시한다고. 그런데 너는 그런 여자들 손에 키스를 해? 네 신랑이 참 좋아하겠구나. 아, 맙소사, 기분이 너무 안 좋아. 너무 창피해."

그때 장군 부인이 끼어들었다. 장군 부인은 롤로를 달의실로 밀어 넣고 말했다. "지금은 그걸로 충분해, 벨라. 아이가 지쳐 있잖니. 일어난 일은 이미 일어난 거야. 이제 쥐오줌풀 차로 야스키 부인의 키스를 씻어 내자."

집에서 폰 부틀레어 부인은 롤로를 즉시 침대로 보냈다. 롤로 자신도 또한 침대에 누웠다. 에르네스티네가 쥐오줌풀 차를 가지고 계단을 올라갔다 내려왔다.

롤로는 위층 자기 방에서 여전히 창백한 채 침대에 누워 흥분된 눈으로 생각에 잠겨 천장을 바라보았다. 니니가 그녀의 옆에 앉아 있었다. 그녀는 아무 말도 하지 않고, 무언가를 기다리며 롤로를 바라보았다. 마침내 롤로가 말하기 시작했다. 천천히,

그리고 꿈꾸는 듯이. "맞아, 그분은 훌륭했어. 하지만 그건 알고 있었어. 그리고 내가 그녀를 사랑하게 되리라는 것도, 그것도 알고 있었어. 하지만 그녀가 사람을 울게 만들 수도 있는 무언가를 가지고 있다는 건 몰랐어. 나는 소설의 아주 감동적인 부분을 읽을 때 느꼈던 그런 감정을 목에서 느꼈어. 그건 당연히 모두가 그녀에 대해 안 좋게 말하기 때문이야. 모두가 그녀를 적대시하기 때문이라고. 하지만 나는 그녀 편이야."

"나도야." 니니가 말했다.

"네가?" 롤로가 놀라서 물었다. "넌 그녀를 전혀 모르잖아."

"그건 아무 상관 없어." 니니가 말했다. "난 그녀가 달빛 속에서 산책하는 걸 본 첫날 밤에 이미 그녀 편이었어. 그런데 이제 어떻게 할 거야?"

"난 내가 뭘 해야 하는지 알아." 롤로가 진지하게 말했다. 그녀는 일어나 책상 앞에 가서 앉았다. 그리고 편지를 쓰기 시작했다. 니니는 참을성 있게 기다리다가 물었다. "그녀에게 쓴 거야?"

"아, 아니야." 롤로가 거만하게 대답했다. "도시에서 붉은 장미를 아주 많이 배달시켰어. 그걸 밤에 창문으로 그녀의 방에 던져 넣을 거야."

"그럼 나는……." 니니가 결정했다. "두 번째 모래톱까지 헤엄쳐 갈 수 있을 때까지 연습할 거야. 그러다 물에 빠져 죽는다 해도 말이야."

제5장

구름 한 점 없는 하늘과 무자비하게 햇살이 내리쬐는 날들이
이어졌다. 어디에나 날카로운 빛이 있었다. 햇빛은 물 위에서
수영하며 흔들렸다. 모래 위에 흩뿌려졌고, 조약돌과 갯보리와
사초(沙草)의 딱딱한 줄기 위에서 불꽃을 일으켰다.

"더 이상 햇빛을 피할 수가 없어." 한스 그릴이 말했다. 하지
만 저녁도 밤도 시원함이나 어둠을 가져오지 않았다. 가벼운 서
풍은 무더위를 움직였을 뿐, 무더위를 약하게 해 주진 않았다.
보랏빛 구름 속에서 매일 밤 번개가 번쩍였지만, 그러고는 거의
가득 찬 달과 번쩍임과 빛의 흩뿌림이 모든 곳에서 다시 나타나
기 시작했다.

"이런 영원한 밝음에 대해서 이렇게 말할 수 있겠어." 한스 그
릴이 다시 말했다. "난 휴식이 필요해."

그러나 방에서조차 휴식을 취할 수 없었다. 그곳은 너무 좁고
너무 뜨거웠다. 어둠은 잠자는 사람 위에 검고 두꺼운 이불처럼

덮였다. 어둠이 깔리면 집으로 사라지곤 했던 어부들조차 집 밖에 앉아 바다를 뚫어지게 바라보았다. 바르다인 가족들도 집 문앞의 긴 벤치 위에 앉아 있었다. 낭떠러지에 앉은 바닷새들처럼모두가 나란히 줄지어 앉아 있었다. 남자처럼 크고 뼈만 남은80세의 할머니는 기이하게 거친 손바닥을 무릎 위에 올려놓고식혔다. 바르다인은 파이프 담배를 피웠다. 그의 창백한 아내는막내를 가슴에 안고 있었다. 다른 아이들은 셔츠를 입고 맨발을흔들거리며 앉아 있었다. 아무도 말을 하지 않았다. 모두가, 아이들조차도 진지하게, 그리고 끈기 있게 앞을 바라보았다. 저쪽에서 번개가 급하게 수평선을 밝히면 바르다인은 아무 말 없이 파이프로 그쪽을 가리켰다. 아래 해안에서는 조용한 연인들이 걷고 있었다. 그들은 팔을 늘어뜨리고 나란히 서서, 활기 없이 모래 위에 발을 끌며 걸어갔다. 그들이 무슨 말을 해야 할까.여기선 유사 이래로 바다가 말을 했으니, 무엇 때문에 쓸데없이끼어들겠는가.

도랄리체와 한스는 이제 거의 하루 종일 모래 언덕의 움푹 들어간 곳에서 살았다. 한스는 그곳에서 파라솔을 펼치고 도랄리체가 누울 수 있도록 모래 위에 담요를 깔았다. 한스 자신은 이젤 앞에 앉아 바다를 그렸다. "이게 유일한 방법이야." 그릴이주장했다. "우리는 닭들처럼 땅에 구멍을 내고 거기서 몸을 식혀야 해."

도랄리체는 눈을 감고 중얼거렸다. 입술을 움직이기조차 귀찮았다. "아주 조용히 누워서 꼼짝도 하지 않는 거야. 그러면 자기도 느껴져? 이 안에서, 그리고 저기에서 햇빛이 마치 바다 위에서처럼 떨리고 깜빡거려. 그게 피곤하게 만들어."

"좋아, 좋아, 그렇게 조용히 누워 있어." 한스가 아버지처럼 진정시키며 말했다. 두 사람은 한동안 아무 말도 하지 않았다. 그러다가 한스는 붓을 집어 던지고 모래 위에서 기지개를 켰다.

"절대로, 절대로 안 그려져." 한스가 화를 내며 말했다. 도랄리체가 눈을 뜨고 이젤 위의 그림을 바라보고 나서 말했다. "왜, 아주 좋은데. 투명하고, 녹색이야."

한스는 화가 났다. 흥분하여 열정적으로 이야기했다. "투명하고, 녹색이지. 유리 조각도 투명하고, 한 조각 천도 녹색일 수 있어. 아니야, 그건 아직 바다가 아니야. 바다는 그려져야만 해, 봐봐. 오직 선만이 움직임과 삶을 가지고 있어. 나는 자기의 파란색 옷을 그릴 수 있어. 그보다 더 쉬운 일은 없지. 하지만 누가보든 자기가 그 파란색 옷 안에 들어 있는 것처럼 보이도록 그리는 것, 그게 예술이야. 바다에도 마찬가지로 투명한 것과 녹색 아래 무언가 살아 숨 쉬면서 움직이는 것이 있어. 그게 바로바다야."

"아, 그렇구나." 도랄리체가 다시 눈을 감은 채 말했다. "그럼 그렇게 그려, 자기야."

"그리기, 그리기." 한스가 반복했다. "바로 그거야. 내 재능이 도대체 어디로 가 버렸는지 알고 싶어. 재능이 있었는데 말이야."

"내 책임일까?" 도랄리체가 조용히, 졸린 듯 물었다.

한스는 곧바로 대답하지 않았다. 그는 누워서 하늘을 올려다보며 생각했다. 그래, 그게 어떻게 된 거더라? 그는 천천히, 마치 자기 자신에게 말하듯 이야기를 시작했다. "책임, 그게 책임일 수는 없어. 하지만 그거야. 자기가 이제 내 안에서 너무 큰 자리를 차지하고 있어서 재능이 끼어들 자리가 더 이상 없는 거야. 당연히 그거지. 자기는 내 삶에 마치 기적처럼 들어왔고, 여전히 자기는 매 순간 이해할 수 없는 기적이야. 어떻게 다른 것이 자리를 잡을 수 있겠어. 끊임없이 기적을 경험하는 건 힘든 일이야."

"그러면 자기 생각에⋯⋯." 도랄리체가 약간 기분이 상해서 말을 끊었다. "그럼 항상, 매일 기적이어야 하는 건 힘들지 않은 일인 것 같아?"

한스가 선량하게 웃었다. "내버려 두자. 나는 그 기적에 금방 익숙해질 거야."

"아, 맞아. 자기는 익숙해질 거야." 도랄리체가 말했다.

"그럼." 한스가 말을 이었다. "지금 우리에게 당연해 보이는 모든 것들이 한때는 기적이었어. 자기도 나에게 역시 당연한 것이 될 거야. 기다려 봐. 우리가 자리를 잡을 때까지."

"아, 그래. 자기가 자리를 잡는다는 거, 이제 그거에 대해서 얘기해 줘. 작은 집, 그렇지? 그것부터 시작이지?"

"물론 작은 집부터야." 한스가 기분이 상해서 말했다. "어딘가, 일단 뮌헨 근교라고 말해 보자. 그곳 어딘가의 작은 집, 자기가 직접 창조한 곳, 자기 존재의 표현, 그런 작은 집을 관리하게 될 거야. 내 작업실은 당연히 시내에 있을 거야. 나는 점심에 집에 오고, 자기는 나를 기다리고―."

"그건 이미 전부 다 알고 있어." 도랄리체가 말을 끊었다. "그럼 나는 오전 내내 뭘 하는지 알고 싶어."

"자기는 자기의 영역이 있지." 한스가 설명했다. "자기는 자기의 색깔을 입힐 집안일이 있잖아."

도랄리체가 어깨를 으쓱했다. "글쎄, 나는 오전 내내 혼자 앉아 집안일에 내 색깔을 입히고만 있을 수는 없어."

한스가 얼굴을 붉히면서 매듭을 풀 수 없어 몸부림치는 사람 같은 표정을 지었다. "혼자라고? 왜 혼자라는 거야? 거기에도 사람들이 있을 거야, 우리는 우리 인간관계를 만들고 우리 집단을 만들게 될 거야. 우리는 어떤 집단에도 묶여 있지 않아. 우리는 우리 집단의 창조자야. 바로 그거야."

도랄리체가 몸을 조금 일으켜 한스를 바라보았다. 그녀의 동그래진 두 눈은 당혹스러움과 두려움을 드러내고 있었다. "사람들." 그녀가 나직하게 말했다. "자기도 알잖아, 나는 사람들이 두려워."

한스는 분노 속에 이야기함으로써 그녀의 눈이 그에게 불러일으킨 고통스러운 동정심으로부터 자신을 구했다. 그는 소리질렀다. "두려워하다니, 내가 있는데. 자기는 그래선 안 돼, 그럴 순 없어. 그건 나에 대한 모욕이야. 그리고 우리는 항상 외로움 속에서 살 수만은 없어. 나는 우리가 예외적인 존재가 되는 걸 원하지 않아. 자기는 나에게 특별한 존재로 남아서는 안 돼. 아니, 자기는 나의 일상이어야 하고, 나의 일용할 빵이어야 해. 그래야 나는 비로소 자기를 완전히 소유하는 거야. 그리고 우리는 다른 사람들과 똑같이, 다른 사람들과 함께 살아갈 거야. 세상은 선량하고 훌륭한 사람들로 가득해. 자기도 여자들을 찾을 수 있을 거야. 너그럽고, 자유롭게 생각하는 고귀한 여자들 말이야."

도랄리체는 다시 조용히 뒤로 기대고 두 눈을 감았다. "그런 여자들을 알아." 도랄리체가 말했다. "그 여자들은 벨벳으로 된 개량복을 입고 객관적인 것과 주관적인 것에 대해 이야기해. 두 명의 옛 학생이 한번은 미스 플러머스를 찾아왔었어. 그 여자들이 그랬어. 그리고 미스 플러머스는 그 여자들을 'very clever indeed!(정말로 아주 똑똑해!)'라고 했어."

한스는 두 손 가득 갯보리를 쥐고 있었다. 화가 나서 잡아 뜯은 것이었다. "항상 이 모양이야." 한스가 말했다. "자기는 나를 이해하려고 하질 않아. 자기가 자기 집단을 떠났기 때문에, 자기는 자기에게 걸맞은 인간은 없다고 생각하는 거지. 그건 오만이야, 아니면 사람들 앞에서 내가 창피한 거야? 말해 봐. 내가 창피해?"

도랄리체는 눈을 감은 채 미소 지었다. "아니, 자기는 좋아." 그리고 대답했다. "자기는 나한테 좋은 사람이야. 단지 그녀만의 특징을 가진 그릴 부인, 그 사람에겐 호감이 가지 않네. 그 사람은 별로 알고 지내고 싶지 않아."

"하지만 자긴 그 사람을 알아야 해." 한스가 외쳤다. "자기가 나를 원한다면, 자기는 그릴 부인 역시 원해야 해. 나는 그녀의 편이야. 나는 자기가 오만하게 그녀를 옆으로 치워 두는 걸 허락하지 않을 거야. 그렇지만 항상 이 모양이야. 우리는 말하고, 또 말해. 마치 한 사람은 첫 번째 모래톱에 서 있고, 다른 한 사람은 두 번째 모래톱에 서 있는 것처럼 말이야. 아무도 다른 사람이 말하는 것을 이해하지 못해. 우리는 계속해서 뭐라고? 뭐라고? 하며 서로에게 외쳐 대기만 해."

한스가 벌떡 일어섰다. 그러고는 도랄리체 앞에 서서 그녀를 바라보았다. 그녀는 노란 여름옷을 입고 얼마나 평온하게 누워 있는지. 뜨거운 얼굴이 금발 머리로 온통 반짝거리는 그녀는 마치 평화롭게 잠자는 아주 어린 소녀처럼 보였다. 단지 얇고 너무나 빨간 입술의 실룩거림만이 그녀의 안에서 깨어난 흥분을 말해 주고 있었다. 그녀는 내가 무엇 때문에 고통받는지 모르는 걸까? 한스는 생각했다. 그는 밀짚모자를 더 깊이 눌러쓰고 모래 언덕을 내려가 바다로 갔다. 바다로 가서 수영하는 것, 그것이 그 순간에 그가 할 수 있는 유일한 일이었다.

한스 그릴은 삶이 그를 편안하게 해 주길 기대한 적이 한 번도 없었다. 그는 충분히 용감하게 어려움과 불운에 맞서 싸웠다. 그런 일들은 익숙했다, 때때로 어렵게 느껴질 때도 있었다. 하지만 이해할 수 없을 때는 없었다. 세상의 모든 불분명한 문제도 20년간 지켜 온 자신의 이기주의와의 관계 속에서 생각하면 즉시 분명해졌다. 모든 수수께끼는 그 이기주의가 이렇게 질문하면 풀려 버렸다─너는 한스 그릴 편인가, 그렇지 않은가? 그러나 이제 그는 이해할 수 없었다. 마치 다른 사람이 그를 위해 살고 있는 듯, 무언가 자신에게 낯선 것이 그의 삶 안으로 들

어 왔다. 소녀들 그리고 사람들이 사랑이라 부르는 것들을 그는
이전에 만나 보았다. 그것들은 때때로 혼란스러웠고, 바보 같
은 짓을 했다. 그러나 결국에는 이해할 수 있었으며, 별문제 없
이 일반적인 경험 속으로 잘 녹아 들어갔다. 단지 확실하게, 조
금은 가차 없이 붙잡아야 했을 뿐이었다. "팽팽하게 유지하고
있으면 엉키지 않는단다." 돈을 벌기 위해 뜨개질로 양말을 만
들었던 한스의 할머니는, 어린 한스가 실을 풀기 위해 실타래
를 들고 있을 때면 그렇게 말하곤 했다. 그런데 그는 여기 이 여
인을, 왜 이 여인을 이토록 고통스럽게 갈망하는가? 그가 그녀
를 소유하고 있는 지금도 왜 그는 평온하고 행복한 소유의 느낌
을 가질 수 없는 걸까? 왜 그는 그녀를 가장 단단하게 붙잡고 있
는데도 끊임없이 그녀를 잃을까 봐 두려워해야 할까? 그의 내면
에 있는 모든 것이 그녀로 가득했다. 그럼에도 불구하고 그녀는
그에게서 멀리 있었다. 그는 이해할 수 없었다. 도무지 이해할
수 없었다. 그에게 남은 것이라곤 남들이 앗아 가지 못하도록 맹
수처럼 으르렁거리며 자신의 포획물을 붙들고 있는 일뿐이었
다. 한스는 옷을 벗고 천천히 부서지는 파도를 지나 바다로 들어
갔다. 나는 억지로라도 그렇게 하고 말 거야. 한스는 분노 속에
서 생각했다. 나는 그녀를 한스 그릴의 것으로 만들고 말 거야.

"안녕하십니까?" 한스 옆에서 목소리가 들렸다. 마치 유리로
만든 녹색 아치 아래 있는 것처럼 부서지는 파도 아래에 크노스
펠리우스가 노란색 수영복을 입고 서 있었다. 파도가 그를 덮치
자 그는 하얀색 거품 커튼 뒤로 사라졌다가 곧 다시 나타났다.

그는 고개를 흔들어 물을 털어 내고 고개를 끄덕인 후 말했다. "폰 크노스펠리우스입니다. 저는 이미 선생님의 아내분과 인사를 나눌 영광을 가졌었죠." 한스는 뻣뻣하게 고개를 숙였다. "뜨거운 날이에요." 추밀 고문관이 말을 이었다. "아무리 수영을 해도 모자랄 지경이에요. 그것만 아니라면 여기서 머무르는 건 좋습니다. 사람들과 좀 더 교류할 수 있다면 좋겠지만요. 그렇지만 여기도 사람들이 많아지기 시작하네요. 부틀레어 남작이 곧 장래의 사위와 함께 온다고 하네요."

"아, 저와 제 아내는 교류를 좋아하지 않는답니다." 한스는 대답하며 호기심 어린 눈으로 크고 창백한 아이 같은 얼굴을 내려다보았다. 크노스펠리우스가 웃었다. "저도 알아요, 알고 있습니다. 허니문, les jeunes mariés(신혼부부)란 말이죠. 매혹적인 여인에게 종사하는 것은 모든 일 중에서 가장 중요한 일이라고 할 수 있지요. 평범한 사람들은 그런 일을 하고 있거나 찾고 있죠. 그 외에 다른 모든 일들은 부수적인 거예요. 하지만 그런 부수적인 일만 하고 있는 저같이 나이 든 총각은 사교적이어야만 한답니다. 아주 작은 노르더나이'를 우리는 여기서 만들어야만 해요. 곧 한번 선생님 댁을 방문하겠습니다."

"제 생각에……." 한스가 말했다. "대부분의 사람들은 여기서 혼자 있고 싶어 합니다." 그가 말을 하는 사이 추밀 고문관은 밭고랑의 쥐처럼 파도 아래로 사라졌다. 그러고 나서 다시 물 밖으로 나왔을 때 그는 설교하듯 긴 손가락을 위로 들고 말했다. "외로움을 찾는 시끄러운 사람들로 이뤄진 모임이 항상 가장 즐

거운 법이지요. 이제 저는 가 봐야겠습니다. 우리 클라우스가
벌써 저를 기다리는군요."

그는 형식적으로 고개를 숙인 후, 크고 진지한 사내가 목욕 수
건을 들고 그를 기다리는 해변 쪽으로 갔다.

한스는 어깨를 으쓱했다. 저 사람은 또 뭘 원하는 거야? 그는
생각했다. 이제 별 희한한 사람이 다 들러붙는구나. 그는 계속
걸어가서는 수영을 하기 시작했다. 아주 먼 바다까지 헤엄쳐 나
갔다. 그것은 좋았다. 여기선 이해할 수 없는 것이 아무것도 없
었다. 팔과 다리를 힘차게 뻗고 물을 가르면 항상 위에 머물러
있는다. 그 아래 놓여 있는 어두운 심연에 대해서는 신경 쓰지
않아도 된다.

수영은 한스에게 좋은 영향을 끼쳤다. 그는 자기 자신에 대해
더 자신감을 갖게 되었고, 다시 해낼 수 있다는 믿음을 갖게 되
었다. 한스가 모래 언덕을 올랐을 때 그는 크노스펠리우스가 도
랄리체 곁에 있는 것을 보았다. 그는 벌써 멀리에서부터 두 사
람이 웃는 소리를 들었다. 또 저 인간이야. 한스는 파리가 자꾸
만 다시 콧등에 앉을 때 우리가 갖곤 하는 화나는 감정을 느끼며
생각했다. 추밀 고문관은 한스가 그림 그릴 때 쓰는 의자에 앉
아 흥분해서 이야기하고 있었다. 도랄리체는 몸을 일으키고 있
었다. 팔꿈치로 몸을 기대고, 얼굴은 완전히 핑크빛이었다. 도
랄리체는 사랑스러운, 조금은 당혹스러운 표정으로 그의 이야
기를 듣고 있었다. 처음으로 자신의 살롱에서 사람들을 맞이하
는 젊은 부인의 표정이었다.

"보세요." 추밀 고문관이 한스를 향해 외쳤다. "제가 이제 막 사교를 시작했습니다. 제가 방금 선생님 아내분에게 삶의 상황에 대해 찬사를 드렸습니다. 훌륭해요! 화가에게는 더할 나위 없이 좋은 상황이지요. 노란 모래, 옷의 노란 삼베, 황금빛 머리, 황금빛의 향연이에요. 그렇지 않습니까?"

"네, 흠." 한스가 투덜거렸다.

"하지만 이제 가야겠네요." 크노스펠리우스는 말하고 의자에서 내려왔다. "저는 부틀레어 가족을 방문하려고 해요. 떠나기 전에 un mot pour rire(웃기는 이야기)를 해 드릴까요. 딸을 일곱이나 둔 폰 로소 부인 아시지요? 셋째 딸 카롤리네가 민족 자유주의자인 크랍 박사와 약혼했을 때 해 준 얘기예요. '유감이에요. 우리 로소 가문은 보수적이지만, 그렇게 많은 딸을 시집보낼 때는 한 정당만 고집할 순 없잖아요.' 어때요? 훌륭하죠? 집안에서의 연합 정치죠." 그는 자기 얘기에 대해 신나게 웃었다. 그리고 도랄리체 역시 따라 웃어서 한스는 깜짝 놀랐다. 도랄리체는 저걸 재밌다고 생각할 수 있단 말인가?

추밀 고문관이 떠난 후에 한스는 아무 말 없이 모래 위에 몸을 뻗고 누웠다. 도랄리체 역시 한동안 아무 말이 없었다. 그녀는 하늘을 올려다보며 여전히 사랑스러운 사교적 미소를 띠고 있었다. 아직도 그 꼽추의 이야기를 되새기며 웃고 있는 건가? 한스는 생각했다. 마침내 그녀가 말했다. "왜 저 작은 사람에게 그렇게 불친절해?"

"도대체 우리한테 원하는 게 뭐래?" 한스가 짜증을 내며 물었다.

"아, 아무것도 없어, 내 생각엔……." 도랄리체가 말했다. "얘기를 하고 싶은 거야. 자기, 질투해? 그냥 그로테스크한 장식품 같은 사람이잖아."

한스가 화를 냈다. "나는 전혀 질투하지 않아. 자유로운 사람들에게 그런 건 없어. 지켜야만 하는 사랑이라면 사양하겠어. 아니, 하지만 저 작은 추밀 고문관은 나한텐 자기 과거의 일부야. 다시 자기에게 몰려와서 자기와 나 사이에 서려고 하는 자기 사교 모임의 일부란 말이지. 바로 그거야."

"나의 사교 모임." 도랄리체가 조금은 피곤한 목소리로 말했다. "그건 분명 나에게 다가오지 않아. 저기 모래톱 위 부틀레어 집안의 작은 여자아이를 봐. 아주 기이한 표정을 짓고 있어. 마치 너무나 무모하고 완전히 금지된 모험을 앞두고 있는 것 같은 표정이야."

"그 사람들은 내버려 둬." 한스가 외치며 도랄리체의 어깨를 잡고 분노의 열정으로 그녀를 끌어안았다. "저 사람들은 모두 우리랑 아무 관계가 없어."

"응, 그래." 도랄리체가 대답했다. "나는 저 사람들을 내버려 두고, 저 사람들도 나를 내버려 두는 거지."

해가 가라앉았다. 가혹한 빛이 녹아내려 꺼지기 전에 붉은색과 보라색 안개의 베일이 되었다. 그러고 나선 달이 높이 뜨기 전에 눈을 편하게 해 주는 짧은 황혼이 있었다. 그러나 이 창백한 황혼은 회색으로 변해 가는 바다 위에 끝없는 외로움을 얹어 주었다. 바다는 진지해지고 슬퍼졌다.

"왜 아무 말도 안 해?" 매일 밤 그렇게 하는 것처럼 두 사람이 해안을 따라 걷다가 한스가 도랄리체에게 물었다.

"나도 모르겠어." 도랄리체가 대답했다. "이 시간이면 공기가 항상 걱정으로 가득해."

"우린 걱정할 게 없어." 한스가 힘주어 말했다.

"그래, 우린 걱정할 게 없어." 도랄리체가 반복했다. "나는 자기가 '자유로운 사람들은 걱정할 게 없어'라고 얘기할까 봐 무서웠어."

"만약에 내가 그렇게 얘기했다면?"

도랄리체가 웃었다. "그거 봐, 오늘은 말하기 좋은 날이 아니야. 우리가 말하기 시작하면 싸우기만 하잖아."

"아, 그건 괜찮아." 한스가 설명했다. "우리 안에 있는 것은 밖으로 나와야만 해. 그래야 신뢰가 생겨난다고."

도랄리체가 피곤한 듯 고개를 기울였다. "아, 그건 너무 복잡해. 그거 알아? 우리가 서로를 완전히 이해하기 위해서는 저기 우리 앞에 있는 저 사람들처럼 해야 해." 도랄리체는 아무 말 없이 함께 있는 연인 한 쌍을 가리켰다. 사내와 여자가 그들의 무거운 몸을 기분 좋게 이리저리 기울이면서 늘어뜨린 팔을 박자에 맞춰 흔들고 있었다. 도랄리체는 한스의 팔을 놓았다. "완전히 저 사람들처럼." 그녀가 말했다. 그러고서 두 사람은 똑같이 나란히 걸었다. 엉덩이를 흔들고 팔을 흔들면서 아무 말 없이 걸었다. 한동안 그렇게 걷고 나서 한스가 멈춰 섰다. "아니야, 이건 안 되겠어." 한스가 말했다. "자기가 아무 말도 없이 내 옆에서 걸으니까, 자기가 나에 대해 뭔가 호의적이지 못한 거나 나를 반대하는 뭔가를 생각하는 것만 같아."

"유감이야." 도랄리체가 말했다. "너무 좋았는데. 난 이제 막 저기 저 여자애처럼 됐다고 느끼기 시작하던 참이었거든. 멈춰서서 입을 활짝 벌리고 바다 쪽을 보고 하품을 하며, 호호호, 그 애가 그렇게 했던 거랑 똑같이 하려고 했어. 생각, 사람들은 저렇게 걸어갈 땐 아무 생각도 하지 않아. 그래서 서로 이해하는 거야."

아니야, 아니야. 한스는 그것을 원하지 않았다. "무언가를 하자." 그가 제안했다. "달이 떴어. 다시 자기를 안아 파도 위에서 잡고 있든지 아니면 배를 타고 바다로 나가든지, 아니면 오늘 밤 바르다인이 고기 잡는데 함께 갈까? 뭔가 하기, 하기, 알겠어? 우리한텐 그게 부족해."

그러나 도랄리체는 오늘은 아무것도 하고 싶지 않았다. 그래서 두 사람은 집으로 돌아가는 길로 접어들었다.

집에 돌아온 두 사람은 거실로 들어섰을 때 아그네스가 거실의 불을 밝혀 놓지 않았다는 것을 알았다.

방 안은 달빛으로 가득했고, 강렬한, 매우 달콤한 향기가 그들에게 밀려왔다. 밝게 비춰진 바닥에는 그러나 짙은 붉은색 웅덩이 같은 것이 놓여 있었다. "저길 좀 봐, 장미야, 장미들뿐이야." 도랄리체가 외쳤다. 그녀는 장미들 앞에 무릎을 꿇고 그 위로 완전히 몸을 굽혀 장미들을 두 팔로 가득 잡았다. 그리고 마치 그 안에서 목욕이라도 하려는 듯 장미 속에 얼굴을 묻었다. 꽃다발 중 하나에 종이쪽지가 달려 있었다. 그 위에는 '롤로'라고 쓰여 있었다.

 "아, 이거 봐." 도랄리체가 말했다. "귀여운 롤로가 이 장미들을 창문으로 던져 넣었어. 착한 아이야." 그때 도랄리체는 한스가 뒤에서 허리를 잡고 자신을 들어 올리는 것을, 그 모든 장미들로부터 자기를 들어 올리는 것을 느꼈다. 그리고 그가 조용히, 그러나 격노해서 말하는 소리를 들었다. "이제 모두가 다 창문을 통해 우리 집으로 들어올 거야. 롤로와 그녀의 뚱뚱한 장미들은 내버려 두자. 우리가 그걸로 뭘 하겠어." 도랄리체는 자신의 머리를 그의 어깨에 기댔다. "아, 그래." 그녀는 낙담한 듯 말했다. "나를 장미들로부터 꺼내 줘." 그녀의 뻣뻣해진 팔에서 장미들이 마치 어두운 붉은색 물결처럼 무겁게 바닥으로 떨어졌다.

제6장

불렌크루크에 남자들이 도착했다. "이제 여기 우리 생활이 완전히 남작님다워지겠어요." 에르네스티네가 비밀스럽게 말했다. 베란다에 차려진 거창한 저녁 식탁에는 축제 같은 느낌이 났다. 보르크 부인은 약간 모래가 섞인 장식 콩과 양귀비 꽃다발로 식탁을 장식했다. 장군 부인은 흥분해서 이리저리 왔다 갔다 하며 끊임없이 질문을 던졌다. "말비네, 우리 사위가 딸기술에 얼음을 넣을까? 아스파라거스가 충분히 부드러워질까? 우리 사위를 알잖아." 보르크 부인은 그녀 특유의 비밀스럽고 산만한 미소를 지으며 대답했다. "마님, 아스파라거스는 훌륭해요."

식사 때 부틀레어 남작은 장모와 아내 사이에 앉았다. 그는 긴 금발 콧수염을 쓰다듬으며 기분이 좋아서 넓은 어깨를 살짝 흔들었다. 그는 아주 사랑스러웠고, 아주 재미있었으며, 커다랗게 울리는 목소리로 모두가 흥미 있어 할 법한 이야기를 들려주었다. 폰 부틀레어 부인은 열렬하게 그 이야기들에 관심을 보였다. 그녀의 초췌한 볼은 살짝 빨개져 있었다. 그녀는 오늘 자기 자신을 완전히 잊은, 아이들 때문에 걱정 많은 어머니가 아니었다. 오늘 그녀의 존재는 사교계에서 활동하는 부인들이 보여 주는 무언가를 가지고 있었으며, 거의 애교를 떠는 듯한 모습도 보여 주었다. 식탁 아랫자리에는 젊은이들이 앉아 있었다. 힐마르 소위가 이야기를 하자 베디히와 니니가 너무 크게 웃어서 폰 부틀레어 부인이 엄하게 "애들아!"라고 외쳐야만 했다. 힐마르는 날씬하고 어깨가 좁은, 눈에 띄게 잘생긴 청년이었다. 숱 많은 검은색 머리 사이로 가르마가 간신히 길을 내고 있었다. 이마에는 나폴리 청년들처럼 두꺼운 검은색 곱슬머리가 내려와 있었다. 갈색 얼굴의 규칙적인 모습에는 아주 오래된 가문 사람에게서 간혹 나타나는 지나친 날카로움과 약간의 긴장이 있었다. 검은 눈은 매우 활기찼으며, 그 안에서는 끊임없이 무슨 일인가가 일어나고 있었다. 그의 눈에서는 때로 불꽃이 번뜩여 눈동자의 검은색 벨벳 위로 황금빛 작은 점들이 지나가는 것을 확연히 볼 수 있었다. "눈에 규율이 없다"라고 삼촌인 폰 뎀 함 장군은 말했었다. 딸기술이 들어오자 부틀레어 남작은 미식가가 되었다. 그는 아바나산 시가에 불을 붙이고 딸기술을 한 모금 마신 후 달빛이 비치는 바다를 바라보고는, 깊은 이해심으로 모든 것들에 감동을 받았다. 그는 이내 감상적이 되었다. "달빛과 바다, 달빛과 바다." 그가 말하며 고개를 살짝 기울였다. "여기선 누구나 감상적이 될 수 있어요, 그래, 감상적이 되어야만 합니다. 바다는 항상 큰 인상을 남기지요. 무한함은 정말 무한합니

다, 그렇지 않은가요?" 모두가 한순간 아무 말 없이 바다를 바라
보았다. 그러나 그때 폰 부틀레어 부인이 화제를 그녀의 영지로
돌렸다. 그녀는 자신의 가축과 소젖 짜는 하녀들, 닭들과 그녀의
버터에 대해 이야기하는 것을 좋아했다. 그녀의 생각은 항상 그
기름진 부유함으로 되돌아왔다.

　식탁 아랫자리의 젊은이들이 부산해졌다. 니니와 베디히가 모
래 언덕에 가겠다고 선언했다. 그들은 이를 은밀하게 이야기했
다. 두 사람은 새롭게 할 일을 찾았던 것이다. 두 사람은 매일 밤,
그들이 그렇게 불렀던 것처럼, 백작 부인 사냥에 나섰다. 도랄리
체와 마주치는 것이 목적이었다. 약혼자 두 사람도 바다로 내려
가고자 했다. "나는 물수제비를 떠야 해." 힐마르가 말했다. "돌을
열두 개는 얼굴에 던져야 바다하고 서로 좀 알게 된단 말이야."

　"저 친구는 가만히 있는 법이 없어요. 항상 무언가를 계획하
고 있지요." 부틀레어 남작이 말하며 예비부부 쪽을 호의적으로
바라보았다. 그러나 폰 부틀레어 부인은 한숨을 쉬며 말했다.
"그렇지만 그게 걱정이 될 때도 많아요. 너무 무모하다고요. 지
난번 승마 경주 때 또 넘어졌잖아요."

　"열정적이지." 남작이 동의했다. "저 친구는 말을 잘 타. 처음
에는 이성적으로 타기도 하고. 하지만 열정이 넘치면, 그 열정을
말과 함께 나누고 말이 이어받지. 그 때문에 사고가 나는 거야."

　"충분히 상상이 가요. 소위님은 자기 열정을 다른 사람들과
나눌 수 있어요." 보르크 부인이 꿈꾸는 듯한 목소리로 말했다.
그러나 장군 부인이 바로잡았다. "말들에 대해 얘기하고 있잖아

요, 말비네, 좀."

폰 부틀레어 부인이 여전히 걱정스러운 표정으로 말했다. "저는 힐마르에게 말이나 자동차를 가져가지 못하게 했어요. 배를 탈 때는 롤로를 데려가지 못하게 하고요. 제가 그 아이를 보호하는 동안에는, 힐마르가 아이를 죽이지 않도록 해야지요."

"죽인다고." 남작이 기분 좋게 소리쳤다. "장모님, 제게 벨라를 주실 때도 제가 벨라를, 말하자면 심연으로 끌고 갈 거라는 느낌을 가지셨었어요?"

"아마도 심연은 아닐 거야." 장군 부인이 대답했다. "하지만 바람이 어디로 불지 모르는데, 그 애를 열기구에 태우는 것 같기는 했지."

"잠깐만요." 부틀레어 남작이 소리쳤다. "아주 쉽게 조종할 수 있는 기구죠. 벨라도 그걸 잘 알아요." 그러고는 자기 농담에 대해 아주 크고 아주 길게, 어쩌면 필요 이상으로 길게 웃었다. 주변에 즐거움을 퍼뜨리는 재치 넘치는 집안의 가장이라는 느낌이 그의 기분을 좋게 만들었던 것이다.

보르크 부인은 함께 웃지 않았다. 그녀는 여전히 생각에 잠겨 예비부부 쪽을 바라보다가, 마음속에 담고 있던 이야기를 끄집어냈다. "저는 소위님을 아주 훌륭하다고 생각해요. 그분은 스페인 왕비의 시동처럼, 아니면 샘 가에서 공주를 기다리는 노래 속의 시동처럼 생겼어요— 나는 사랑을 하면 죽는 그 아스라 가문 출신이랍니다."

"뭐? 뭐라고?" 장군 부인이 화를 냈다. "그게 뭐야, 아스라? 사랑을 하면 누가 죽어? 함 가문은 그렇지 않아. 그 사람들을 내가 잘 알지. 분명히 아니야. 말비네, 그런 이야기는 제발 롤로 앞에서는 하지 말아요. 안 그래도 그 아이는 엉뚱한 생각을 잘하니까 말이에요."

"아, 맞아요." 폰 부틀레어 부인이 탄식했다. "또 큰 걱정거리가 하나 있어. 생각해 봐, 여보." 폰 부틀레어 부인은 걱정스러운 목소리로 도랄리체와, 모래톱과 키스에 관한 이야기를 보고했다. "어떻게 생각해?" 그녀가 말을 마쳤다. "나는 밤새 한숨도 못 잤어." 남작은 심각하게 생각에 잠긴 채 손가락 사이로 콧수염을 당겼다. "그랬군, 흠! 쾨네 백작 부인이 여기 있었군. 아주 훌륭한 여성이긴 해. 하지만 아주 안 좋은 일이었지. 백작은 심장 발작을 일으켰고, 여동생 베네딕테 백작 부인이 간호하고 있어. 아주 슬픈 일이야! 이제 그 여자는 사교계에 더 이상 발을 들여놓을 수 없지. 하지만 우리에게 고마운 일을 했으니, 기회가 되면 내가 그 일에 대해 감사 정도는 할 수 있겠어."

"자기가?" 폰 부틀레어 부인이 소리쳤다. "왜? 뭣 때문에?"

"그 모든 일에도 불구하고 그녀에게 친절하게 대할 순 있는 거잖아." 남작이 반박했다. 그러나 그의 아내는 몹시 흥분해 있었다. "내가 바로 알았어." 그녀가 말했다. "그 여자는 나를 어려운 시험에 들게 하려고 여기 온 거야."

아래쪽 해변에서는 힐마르가 지치지도 않고 계속 조약돌을 물 위로 던졌다. 롤로는 그 옆에 서서 진지하고 반짝거리는 눈으로 그를 바라보았다. 마침내 돌 던지기에 지친 힐마르는 롤로의 팔을 잡았다. 그리고 두 사람은 해안을 따라 천천히 걸었다.

"자." 힐마르가 말했다. "이제 난 바다를 이해할 수 있어. 그나저나 오늘은 달빛과 모든 것들이 다 계획대로야. 그리고 자기는 특히 더 계획대로야."

"유감인데." 롤로가 말했다. "계획대로 되는 일은 결코 놀랄 만한 게 아니잖아."

힐마르가 웃었다. "나를 놀라게 하고 싶어? 뭐 때문에? 아니야, 우리 신부들은 놀랄 만한 일이 되어선 안 돼. 예쁜 필수 요소여야 하지."

두 사람이 어부들의 집을 지나갈 때 롤로 역시 도랄리체에 대해 이야기하기 시작했다. 그녀는 자신의 모험에 대해서, 또 키스와 빨간 장미에 대해서 이야기했다. "아, 도망친 백작 부인이 여기에 있었군." 힐마르가 말했다. "그래, 그 여자가 자기를 구해 준 것은 좋아. 그런데 왜 그 여자 얘기를 그렇게 감동받은 목소리로 하는지 말해 줄래? 그 여자가 무슨 성녀라도 되는 듯이 말이야. 도망친 백작 부인들은 특별히 성스럽지는 않은 거 아냐?"

"그분이 나를 감동시키기 때문이야." 롤로가 흥분해서 대답했다. "왜 그런지 나도 잘 모르겠어. 아마도 그분이 너무 예쁘고 착해서이지 않을까. 하지만 누군가 그렇게 예쁘면, 사람들은 그 사람을 사랑할 수밖에 없는 거야. 그런데 그게 조금 아프단 말이야. 그 사랑은, 내 생각에 누군가 그 백작 부인을 사랑하게 되면 그 사람은 고통을 겪게 될 거야."

"그래, 그래." 힐마르가 롤로를 진정시켰다. "그 아름다움이 그렇게까지 나쁜 거야?"

"예를 들어……." 롤로가 말을 이었다. "나를 사랑하는 데 고통스러운 건 없지? 말해 봐."

"없어, 전혀 없어." 힐마르가 확언했다. "정반대야. 자기를 사랑하면 엄청 기분이 좋아져, 엄청 우아한 기분이야. 나는 매번 그걸 느껴. 그럴 때마다 나는 그런 나 자신에게 당황하게 된다니까. 나는 어렸을 때 일요일마다 하얀색 레이스 칼라가 달린 벨벳 겉옷을 입었어. 머리는 오렌지꽃 냄새가 진하게 나는 포마드로 매끈하게 펼치고 말이야. 그렇게 단장하면 나는 너무나 세련되고 너무나 우아하다는 기분을 느꼈어. 나 자신에게 푹 빠져서 거의 움직일 엄두도 내지 못할 만큼 말이야."

"그럼 나는……." 롤로가 실망해서 외쳤다. "나는 자기한테 파란색 벨벳 겉옷이랑 오렌지꽃 포마드구나."

"그리고 일요일." 힐마르가 보충했다. "그래, 대략 그런 거야. 그런데 저기 오는 게 누구지?"

"바로 그분이야." 롤로가 속삭였다.

두 사람 맞은편에 한스와 도랄리체가 오고 있었다. 그들이 스쳐 지나갈 때 도랄리체는 미소 지으며 롤로에게 고개를 끄덕였다. 두 남성은 형식적으로 인사를 했다. "어때?" 그들이 지나가자 롤로가 곧장 물었다.

"그렇네, 당연하지." 힐마르가 말했다. "아름다운 아이 같은 얼굴과 기이하게 운명으로 가득한 입이야."

롤로는 한동안 아무 말도 하지 않았다. 그러더니 생각에 잠겨 힐마르가 한 말을 반복했다. "운명으로 가득한 입, 그 말 잘했어. 그 입을 표현할 말을 오래전부터 찾고 있었어. 운명으로 가득한 입을 가진다는 건 특별한 일일 거야. 난 충분히 생각할 수 있어. 그래, 나는 지금 너무나 분명하게 느껴, 너무나 강하게 느껴. 나도 지금 이 순간 운명으로 가득한 입을 가지고 있어. 지금 키스해 봐. 그럼 알게 될 거야." 롤로가 멈춰 서서 달빛에 밝게 비친 진지한 얼굴을 내밀었다. 힐마르가 키스하자, 롤로는 긴장해서 물었다. "어때?"

힐마르는 고개를 가로저었다. "운명의 흔적은 없는걸. 그보단 시골의 평화로운 성령 강림절 일요일 같아." 롤로는 어깨를 으쓱하고 한숨을 쉬었다. "아니야, 기다려 봐." 힐마르가 말을 이었다. "그렇지만 달라. 여기 바다 앞에서 자기에게 키스하는 건 마치 엄청나게 도발적인 일처럼 느껴져. 마치 다섯 개 대륙이 모두 우리를 보고 있는 것 같아. 아주 특이한 기분이야."

"아냐, 그건 내가 원하는 게 아니야." 롤로는 그렇게 외치며 힐마르의 손을 뿌리쳤다.

제7장

다음 날은 일요일이었다. 장군 부인과 폰 부틀레어 부인은 해변용 안락의자에 앉아 기도서를 읽고 있었다. 폰 부틀레어 부인은 때때로 고개를 들어 밝게 빛나는 해안과 바다를 보았다. 바다는 오늘 파란색과 금색이었고, 연못처럼 잠잠했다. 그녀의 두 눈이 갑자기 노란색 모래 언덕 옆을 따라 걷고 있는 화사한 두 형상에 고정되었다. 터키 옥색 여름옷을 입고 허리띠에는 롤로가 준 장미 몇 개를 꽂고 빨간 양산을 받쳐 든 도랄리체가 부틀레어 남작과 나란히 걷고 있었다. 남작은 활기차게 이야기하는 것처럼 보였고, 그가 걸어가는 방식은 정중한 상냥함을 표현하고 있었다. 부틀레어 부인이 손바닥으로 책을 치며 말했다. "저기 있네요." 장군 부인도 고개를 들어 바라보고 말했다. "뭐, 고마움을 표하는 게 급했던 모양이구나."

"고맙네요." 폰 부틀레어 부인이 소리쳤다. "그럴 필요가 전혀 없었는데 말이에요. 부틀레어를 이해할 수가 없어요. 아내가 있

파도 155

고, 다 큰 딸들이 있는데, 저렇게 우리를 웃음거리로 만드네요. 저 여자가 부틀레어에게 해 줄 수 있는 게 뭐죠? 부틀레어는 저 여자한테 뭘 바라는 거래요?"

"아무것도 없어, 아무것도." 장군 부인이 진정시켰다. "부틀레어는 여자들 앞에서 잘 보이는 걸 멈출 수 없는 거야. 항상 똑같은 이야기야. 너희들이 결혼할 때는 잘생긴 남자들을 원하지. 하지만 잘생긴 남자들은 우리보다 외모가 오래간단다. 남자들은 애를 낳지 않잖아. 남자들은 자기 자신을 더 잘 보존하고, 여자들 앞에서 잘 보이려는 생각도 우리보다 더 오래가는 거야."

"하지만 엄마." 부틀레어 부인이 화가 나서 저항했다. "부부는 그런 일이 고려되기에는 너무 신성한 거잖아요."

"부부는, 딸아." 장군 부인이 대답했다. "아마도 아주 신성한 거겠지. 하지만 남편들은 그렇지 않단다. 그런데 저 아래는 점점 더 화사해지는구나."

힐마르와 롤로가 팔짱을 끼고 해변의 다른 쪽을 따라 오고 있었다. 도랄리체와 폰 부틀레어 남작과 마주치자 두 사람은 멈춰 섰다. 인사가 이뤄졌다. 다른 쪽에서는 한스 그릴과 추밀 고문관이 나타나 모임에 합류했다. 이 사람들이 직열하는 햇빛 속에 모여 있는 모습, 옷의 밝은 색, 머리카락의 빨간색과 황금색이 노란 모래 언덕을 배경으로 피어나 반짝이는 모습은 예뻤다. 폰 부틀레어 부인은 더 이상 화낼 힘이 없었다. 그러기엔 근심이 너무 컸다. "저기서 다들 뭘 하는 거죠? 엄마?" 그녀가 탄식하며 물었다.

"딸아." 장군 부인이 말했다. "주도권을 잡는 것 외에는 방법이 없단다. 넌 저 부인과 어떤 식으로든 관계를 가져야 해. 저런 금지된 것, 예를 들어 우리 앞에서는 이야기될 수 없는 부인 같은 것이 근처에 있으면 남자들은 미친단다. 우리가 그 부인을 어느 정도 알게 되면 그녀도 매력을 많이 잃게 된단다. 그런 거야."

"제 생각에 전 절대로 그렇게 못 할 것 같아요." 폰 부틀레어 부인이 탄식했다. "저는 충분히 괴로움을 겪지 않았나요? 지금까지 가정 교사랑 싸웠는데, 이번에는 저 여자예요."

아래쪽에서는 사람들이 헤어지고 있었다. 모두들 인사를 하고 헤어졌다. 폰 부틀레어 부인은 진지하고 근심에 가득 찬 표정으로 남편을 마주 보았다. 그러나 남편이 그녀 앞에 서자 그녀는 책을 내려다보며 아무 말도 하지 않았다. 하지만 폰 부틀레어 남작은 억지로라도 즐거운 듯 서둘러 무언가 말할 필요를 느꼈다. 그는 이제 그러니까 저 장소에서 무슨 일이 벌어졌었는지 알게 되었다. 맙소사. 그건 그렇게까지 나빠 보이진 않았다. 그런데 솔직히 말하자면, 그렇게 하는 것이 좋았다. 여기서 만나는 걸 피할 수야 없으니 장기적으로는 난처해질 것이 틀림없다. 그러니 서로 인사를 하고 중립적인 땅 위에서 서로 이야기를 나눈 거다. 여기 세상과 동떨어진 좁은 구석에서는 그런 일이 우리를 웃음거리로 만들지도 않을 것이다. 진정한 교류란 어차피 말도 안 되는 거다, 그렇지 않은가? 폰 부틀레어 부인은 이제 올려다보며 마치 지금까지 남편이 이야기한 것을 듣지 못했다는 듯이 물었다. "오늘은 우리, 설교집을 읽지 않나요?"

"당연히 읽지, 여보." 폰 부틀레어 남작이 외쳤다. "벌써 시간이 그렇게 됐나? 그럼 가지." 가족들은 불렌크루크로 돌아가서 거실에 모였다. 폰 부틀레어 남작이 설교 하나를 소리 내어 읽었다. 설교를 읽는 도중 그의 부인이 눈물을 흘렸다는 것이 대부분의 사람들의 견해였다.

그 뒤에 이어진 점심 식사 때는 침울한 분위기가 모여 앉은 사람들을 짓눌렀다. 폰 부틀레어 남작은 대화가 이어지도록 하기 위해 애를 써야 했다. 그는 그 과정에서 보르크 부인에게만 말을 걸었고, 문학에 대해 이야기했다. 그는 문학에서의 사실주의를 안 좋게 평가했다. 예술은 사람들을 기쁘게 해 줘야 하는 것이지 사실이 되어서는 안 된다, 삶이란 그렇게 단순히 복제될 만큼 충분히 즐거운 것이 되지 못하는 게 분명하다는 것이었다. 이때 그의 아내가 한숨을 쉬었기 때문에 그는 재빨리 주제를 바꿔 황제에 대해 이야기했다.

일요일 오후는 아주 뜨거웠다. 노란 햇빛이 하얗게 칠해진 방 안과 모래가 깔린 작은 정원에 가득했다. 폰 부틀레어 남작은 거실에서 신문을 펼친 채 앉아 졸고 있었고, 예비부부는 베란다에서 이리저리 거닐고 있었다.

"제발, 자기야." 힐마르가 말했다. "그렇게 기대하는 눈빛으나를 바라보지 마. 무슨 말이냐면, 자기는 나를 바라볼 권리가 있고, 내가 유쾌하고 재미있기를 기대할 권리도 있지만 말야. 그렇지만 모르겠어, 이런 일요일 오후는 나를 꼼짝 못 하게 마비시킨다고."

"불쌍한 힐마르." 롤로가 살짝 비웃듯 이야기했다. "하루 종일 벨벳 옷을 입고 있어야 하다니."

"말도 안 되는 소리야, 말도 안 되는 소리." 힐마르가 외쳤다. "그냥 기분 문제야. 나는 항상 일요일 오후를 견딜 수가 없었어. 자, 이리 와, 그늘에 앉아서 피케*를 가르쳐 줄게."

저녁때가 되어서야 집 안에 활기가 돌았다. 장군 부인이 거실로 와서 그녀의 에너지 넘치는 큰 목소리를 울리게 했고, 그것으로 잠든 집을 깨웠다. 이어 폰 부틀레어 부인도 나타났다. 그녀는 화장을 하고 이삭과 양귀비꽃으로 장식한 모자를 썼다. 그녀는 여전히 진지했다. 폰 부틀레어 부인은 장갑을 끼고 남편에게 말했다. "팔 줘, 여보. 이제 우리 석양을 감상하러 갈 거야. 아이들은 어디 있어? 롤로, 니니, 베디히!" 그들은 모두 모여야 했다. 그리고 이제 가족은 쌍쌍이 해안으로 걸어 내려갔다. "잘했어, 벨라!" 장군 부인이 말했다. "항상 주도권을 쥐고 있어야지." 그러나 베디히는 불만이었다. "참 재미도 있겠다. 백작 부인을 만날 수도 없잖아. 그분은 이 시간에 산책을 하지 않는단 말이야."

다음 날 아침 힐마르가 열이 오른 채 번뜩이는 눈으로 아침 식사 자리에 나타났다. 그는 벌써 멀리까지 산책을 했으며, 어부들을 알게 되었다. "훌륭한 사람들이에요! 거기에 안드레 슈티베라는 사람이 있었는데, 금발의 거인이에요. 꼭 상한 우유처럼 밝은, 아주 밝은 파란색 눈을 가지고 있어요. 그 사람이 누군가를 바라보면, 마치 거만한 대구가 사람을 쳐다보는 것 같아요." 힐마르는 그와 타고 나갈 배에 대해 이야기했다. 힐마르는 슈티베와 고기잡이를 함께 나가고자 했던 것이다. 그 밖에 슈티베는 곧 폭풍이 몰려올 거라고 확언했다. 힐마르는 화가도 보았다. 그는 씩씩한 사내 같아 보였다. 그의 아름다운 부인은 막 수영을 하러 갔는데, 특이한 네이비블루색 수영복을 입고 있었다. 마지막으로 그는 추밀 고문관 크노스펠리우스와도 이야기를 나눴다. 엄청나게 흥미로운 사람이었다. 그는 이곳의 사교 생활에 대해 아주 관심이 많았다. 그는 이탈리아의 밤과 같은 연회를 열려고 한다. 재세례파의 신도이자 엄청나게 진지한 그의 하인이 벌써 연회를 위해 종이로 만든 등을 붙이고 있다는 것이다. "클라우스는……." 추밀 고문관은 이렇게 말했다. "우리가 죄악이라고 일컫는 것들을 할 때 무척 유용하지요." 롤로는 주의 깊게 듣고 있다가 순종적으로 말했다. "자기가 바다에 자주 나가면, 나는 모래 언덕에 앉아 자기가 나간 곳을 바라봐야 되겠네."

"어째서, 어째서?" 힐마르가 외쳤다. "그건 그냥 잠깐 시간 날 때 하는 거야. 자기도 알잖아, 내가 지루하고, 자기도 나랑 아무것도 할 수 없는 그런 때 말이야. 그런 때 배를 타고 나가겠다는 거야. 게다가 성서에도 그렇게 쓰여 있잖아. 여자는 집에 머무르고 남자는 문 앞에서 유명하다."

"그 문구를 기억해 두거라, 힐마르." 장군 부인이 말했다. "그게 결혼 생활 중에 자주 나타날 거야."

"저도 같이 배를 탈래요." 베디히가 탁자 아랫자리에서 말했다. 그의 어머니는 동정 어린 시선으로 그를 바라보았다. "베디히, 불쌍한 아가, 안 된다. 너는 집에 있어야 해."

그때 아이의 모습에 기이한 변화가 생겼다. 병약하고, 지나치게 섬세한 그의 창백한 얼굴이 빨개지더니, 그의 눈에 눈물이 가득 찼다. 그러고는 열정적이고 날카로운 목소리로 말하기 시작했다. "저는 항상 집에 머물러 있어야 하고, 저는 아무것도 해서는 안 되고, 항상 옆에 찌그러져 있어야만 해요. 왜죠? 저는 뭐예요? 제가 꼽추인가요? 사람들이 뭐라고 생각하겠어요? 저는 아주 우스꽝스러운 존재라고요. 어제는 백작 부인과 마주쳤어요. 인사를 했더니 멈춰 서서 물었어요. 그쪽도 바다에서 수영을 하세요? 저는 그렇다고 대답했어요. 하지만 저는 바닷속에 들어가면 안 된다고, 따뜻한 바닷물에서 물장난이나 친다고 말할 수는 없었다고요."

"베디히, 네 방으로 가라." 폰 부틀레어 부인이 말했다. 베디히는 다시 몹시 창백해졌다. 그러고는 일어서서, 저항심에 뻣뻣해진 걸음으로 밖으로 나갔다. 식탁에는 침묵이 흘렀다. 모두가 이 사건에 충격을 받았다. 마침내 폰 부틀레어 부인이 걱정스럽게 말했다. "어디서 우리 아이들이 전부 다 이렇게 말도 안 되는 성격을 가졌는지 모르겠네요."

"여보." 폰 부틀레어 남작이 대답하며 자기 손을 부드럽게 아내의 손 위에 올렸다. "어쨌든 천재성은 전부 당신에게서 온 거지." 장군 부인이 웃었다. "그럼, 그럼." 그녀가 말했다. "너희들이 전부 천재적이 되는 건 날씨 때문이야. 하지만 다행히도 온도가 떨어지고 있단다."

제8장

   뭔가를 해야 한다, 해야 한다고 한스 그릴이 말했었다. 그리고 두 사람은 바르다인과 함께 밤에 고기잡이를 나갔다. 하늘에는 달이 높이 떠 있었다. 고요한 바다는 오르락내리락하는 부드럽고 긴 호흡의 파도에 의해서만 움직였다. 배는 마치 유리로 만들어진 것 같은 언덕을 미끄러지듯 오르내렸다. 바르다인은 조종간을 잡고 앉아 담배를 피웠다. 금발 머리를 짧게 깎은 두 청년 마티스와 토마스가 노를 저었다. 두꺼운 외투를 입은 볼품없는 두 사람은 박자에 맞춰 몸을 이쪽저쪽으로 구부렸다. 외투와 담요로 단단히 몸을 감싼 도랄리체의 자리는 집이식 의자 위에 마련되었다. 모두 아무 말도 하지 않았다. 때때로 바르다인이 명령을 내렸는데, 그 소리는 낮은 으르렁 소리처럼 들렸다. 먼 바다에는 섬세한 은빛 안개가 깔려 있었다. 도랄리체는 그녀 아래의 어두운 깊이는 물론 끝없는 넓이도 느껴진다고 생각했다. 그 두 가지, 깊이와 넓이가 짓누르듯 그녀 위에 놓여 있었다. 그녀를 깜짝 놀라도록 만들고, 두려움에 떨도록 만들고, 또 길을 잃었다는 느낌과 외로움을 느끼도록 만들어 주는 무언가처럼. 이 남자들은 왜 아무 말도 하지 않는 걸까? 왜 그녀는 외투를 입고, 모자 테를 얼굴 위로 깊이 드리우고 어둡고 낯선 꿈속의 형상처럼 여기 조용히 앉아 있는 것일까? 그때 한스가 도랄리체 쪽으로 몸을 굽히고 그녀의 손을 잡았다. 그러고는 물었다. "괜찮아?"

"좋아." 그녀가 대답하며 미소를 지었다. 그녀가 두려워한다는 사실을 누구도 알면 안 되었다. 그러나 맞잡은 손과 침착하고 친절한 목소리가 그녀에게 위로가 되었고, 다시 조금은 안전하다는 느낌을 주었다. 그것을 느끼기라도 한 듯 한스가 이야기를 계속하며 바르다인에게 물었다. "저 너머 넙치들 있는 곳으로 가나요?"

"네, 네, 넙치들 있는 곳으로요." 바르다인이 으르렁거렸다. "넙치들은 거기 아래 모래 속에 누워 있어요."

"아하." 한스가 말했다. "모래 속에 구멍을 파고 들어가서 사냥감을 기다리는군요, 납작한 미끼들이에요." 배 위에 앉아 노를 젓는 청년들이 크고 거칠게 넙치 이야기를 하며 웃기 시작했다. 도랄리체도 함께 웃었다. 밤은 무더웠다. 마티스는 노를 젓다가 너무 더워 외투를 벗으려고 했다. 한스는 자기가 대신 노를 젓겠다고 나섰다. 이제 두 사람은 일어서서 마치 방 안에서처럼 배 안에서 이리저리로 걸어갔다. 마티스는 외투를 벗고 셔츠 차림으로 서 있었다. 한쪽 발을 배의 가장자리 위에 올리고 바다에 침을 뱉고는 조용히 휘파람을 불었다. 그렇게 도랄리체 주변의 모두가 조용하고 익숙하게 움직이자 그녀는 바다 한가운데가 집처럼 느껴졌다. 이제 도랄리체에게서 두려운 감정은 사라졌다. 그렇다, 점차 이 세계에 속하는 무언가처럼 받아들여진다는 것을 느끼는 기분은 아주 좋았다. 도랄리체는 가슴속에서 무언가 아주 크고 아주 강한 것을 느끼는 듯했고, 자신의 호흡을 조용하고 깜빡거리는 주위의 파도에 맞출 수 있을 것 같았다. 어린아이 같은 자부심과 우쭐대는 기분이 그녀를 기쁘게 만들었다. 여기 바다 위가 집인 사람들, 두려워하지 않는 사람들에게 속한다는 것이 그녀에게는 무언가 아주 중요하고 커다란 일처럼 느껴졌다. 이제 여기저기에서 다른 배들이 나타났다. 불안한 빛 속의 아주 크고 검은 배들. 바르다인이 건너편으로 뭐라 외치자 저쪽에서 대답을 했고, 누군가는 심지어 농담을 해서 토마스와 마티스가 웃었다. 이제 배들은 서로 아주 가까워졌다. 전부 세 척이 반원을 이루며 노를 저어 왔다. 남자들은 그물을 옮기며 일하기 시작했고 배에서 배로 서로 이야기를 나눴다. 모든 단어를 깊이 울리게 하여 더 잘 들리도록 만드는 그 목소리들에 갑자기 높고 날카로운 목소리가, 마치 다른 언어를 이야기하듯 기이하고 낯설게 들리는 목소리가 섞여 들려왔다. "폰 함 소위야." 도랄리체가 말했다. 이 발견은 그녀에게 불쾌했다. 정당한 자격을 가진 사람들이 모여 있는 곳에 자격 없는 사람이 침입이라도 한 것처럼 도랄리체는 거의 분노를 느꼈다.

배 안에서는 사람들이 활기를 띠기 시작했다. 커다란 그물이 조심스럽게 물속으로 내려졌다. 사람들이 다른 배를 불러서 그쪽으로 밧줄을 던졌다. 소용돌이치는 물에서 작은 은빛 불꽃 같은 물방울이 튀었다. 그물에는 반짝이는 물방울들이 매달려 있었다. 마티스가 물속에서 일하기 위해 소매를 걷어 올렸다. 그가 맨팔을 들어 올리자 은빛 물이 그를 타고 흘러내렸다. 도랄리체는 외투의 옷깃을 더 바짝 여몄다. 모든 두려움과 흥분은 사라졌다. 그녀는 안전하고 편안하게 느꼈다. 약간의 피로가 그녀의 눈꺼풀을 무겁게 만들었고, 그녀가 눈을 감으면 어린 시절로 돌아간 것 같았다. 침대에 누운 채 절반쯤 잠들어 있으면 어른들이 그녀 주변에서 일을 하거나 말하는 소리가 들렸다. 그것은 어린 그녀에게 항상 보호받고 있다는 좋은 느낌을 주었다. 그러다가 눈을 뜨면 하얀빛으로 가득한 광활함이 거대하고 차가운 아름다움으로 계속 새롭게 기분 좋은 감동을 주었다. 그럴 때마다 도랄리체는 끊임없이 좁고 뜨거운 자아의 틀이 흐려져 사라지는 것을 다시 한번 느꼈다. 그녀의 내면도 광활해지고 차가워지는 것을 느꼈다. 그리고 그렇게 눈앞의 그림이 교차하는 것, 한 번은 반쯤 잠든 상태에서 보는 어린 시절의 익숙한 얼굴과 공간들, 또 한 번은 달빛에 빛나는 바다의 모습이 교차하는 것은 좋았다. 한 번은 그녀가 눈을 떴을 때 다른 배들이 가까이 다가왔다. 남자들은 소리를 지르고 말을 했다. 그물이 당겨졌다. 도랄리체는 다시 한번 그곳에 어울리지 않는 소위의 목소리를 들었다. 물고기들이 배 안의 커다란 광주리 안에서 철퍼덕거리고 찰싹거렸다. 그러고는 다시 조용해졌다. 배는 계속 앞으로 나아갔다. 얼마쯤 지나 도랄리체는 주위가 어두워진 것을 느꼈다. 달이 가라앉았음이 틀림없었다. 하늘에 별들이 떠 있었고, 바다가 어둠 속에서 마치 조용히 움직이는 더 검은 어둠처럼 물결쳤다. 도랄리체는 얼마나 오랫동안 그렇게 배를 타고 왔는지 알 수 없었다. 그러나 그녀가 다시 눈을 떴을 때 수평선에 하얀색 빛이 보였고, 회색빛 여명이 물 위에 깔렸다. 강한 바람이 그녀를 얼어붙게 만들었다. 좋았던 기분이 갑자기 모두 사라졌다. 회색빛 여명은 바다와 하늘을 엄격하고 무미건조한 것으로 만들어 버렸다. 마티스와 토마스가 힘들게 노를 저었다. 외투를 어깨에 걸치고 가슴을 내놓은 채 가쁜 숨을 쉬고 있었다. 옆의 배와 경주를 하고 있는 것 같았다. 광주리에는 반짝거리는 살찐 물고기의 몸이 속삭이듯 찰싹거리고 있었다. 한스는 배 안에 서서 대구의 아가미를 잡고 들어 무게를 어림해 보고는 웃었다. 한 무리의 갈매기가 날아왔다. 불분명한 빛 속의 크고 하얀 모습. 갈매기들은 날카롭고 탐욕적인 울음을 뱉어 냈다. 이 모든 것들이 얼마나 폭력적이었던가. 이 모든 것들이 얼마나 강하고, 가차 없는 삶을 숨 쉬고 있었던가. 그것들은 도랄리체에게 너무 강렬했다. 그녀는 갑자기 자신이 아주 약하다고 느꼈다. 이 모든 것들이 그녀를 병들게 만들었다. 바닷물 냄새, 물고기, 젖은 어부의 외투, 남자들의 모든 살, 그리고 우람한 물고기들이 그녀를 짓눌렀다. 도랄리체는 아주 창백해졌다. 그때 그녀의 배와 옆에 있던 배 사이에 대화가 오고 갔다. 두 배는 서로를 향한 채 바로 옆에 붙어 있었다. 가볍고도 능숙하게 배의 모서리에서 균형을 잡으며 힐마르가 이쪽 배로 펄쩍 뛰어왔다. 그러고는 도랄리체 옆에 서서 웃었다. "아침 방문입니다." 그가 말했다. 한스는 그를 향해 고개를 끄덕이고는 아가미를 잡고 있던 대구를 보여 주었다. "그래요, 그래요, 그거 좋지요." 힐마르가 말했다. "축복받은 낚시였어요." 그러고는 도랄리체 건너편의 의자에 앉았다. "제가 보기에, 피곤하신 것 같군요, 부인." 도랄리체는 눈썹을 찡그리며 거절하듯 대답했다. "아마 빛 때문에 그럴 거예요."

"맞아요, 맞아요." 힐마르가 정중하게 확인해 주었다. "안 좋은 시간이지요." 도랄리체가 아무 말도 하고 싶어 하지 않는 듯 보였기 때문에 힐마르도 입을 다물었다. 그러고는 담배에 불을 붙였다. 아래로 늘어진 펠트 모자의 테 아래 드러난 그의 얼굴은 날카롭고 긴장된 표정과 불안한 검은 눈동자 때문에 병자처럼 창백해 보였다. 무언가 너무 섬세한 것이, 병약한 것이 그의 모습 전체에 깃들어 있었다. 순간 도랄리체에게는 그것이 마음에 들었다. 자기 자신과 같은 약함을 가지고 있는 동료를 옆에 두고 있다는 느낌 때문이었다. 그리고 이집트 담배의 달콤한 냄새가 그녀에게 친숙한 세계의 공기 한 덩어리를 가져다주었다. 이제 힐마르가 이야기를 계속해야 한다고, 그녀는 생각했다. 그래서 그녀는 웃으며 말했다. "그런데 소위님도 약간은 지쳐 보이는데요? 아니면 그것도 빛 때문인가요?"

"아니요, 아니요. 조금 지치기는 했어요." 힐마르가 대답했다. "어쩌면 조금 슬픈 일이지요. 아마도 그래서는 안 되는 일일 텐데요. 자연적인 거니까요. 슈티베는 그런 걸 느끼지 못합니다. 위대한 자연은 우리를 취하게 만들고, 취해 있는 건 피곤한 일이에요. 부인께서는 당연히 모르시는 일이겠지만요."

도랄리체가 고개를 끄덕였다. 네, 네, 아마 그럴 수도 있겠어요. "그렇지만……." 그녀가 말을 하도록 용기를 북돋워 줬다는 데 기분이 좋아진 힐마르가 이야기를 이어 갔다. "취해 있다는 느낌만은 아니에요. 그건, 그건─ 커다란 사랑에 빠져 있다는 느낌이에요. 이 자연을 마주하면서 우리가 느끼는 감정은 말이에요. 딱 그거예요. 똑같은 불안함, 완전히 밀접하게 거기에 속하고 싶다는 똑같이 괴로운 느낌, 그리고 이것이 가장 중요한 건데, 좋은 인상을 주고 싶다는 강렬한 욕망. 왜냐하면 사랑에 빠졌을 때 우리는 잘 보이고 싶어 하거든요. 그게 그 상태에서 전형적인 거죠. 누구나 다 경험해 봤잖아요."

"소위님은 약혼하셨지요." 도랄리체가 끼어들었다.

"맞아요. 그것도 그렇죠." 힐마르가 계속했다. "그렇지만 보세요, 부인, 아까 배에서 저는 바다에, 혹은 어부들에게 ─ 무엇이든 마찬가지지요, 어부는 바다를 대표하는 사람이니까요 ─ 그러니까 저는 바다에 잘 보이고 싶다는 욕망이 세 안에서 너무나 강력하게 꿈틀대는 것을 느꼈어요. 그래서 배의 앞 끝으로 올라가서 아무것도 잡지 않고 균형을 잡았지요. 저는 그런 일을 하는 데 잘 훈련되어 있답니다. 하지만 제 목적을 달성하는 데는 실패했어요. 안드레 슈티베가 딱딱하게 이렇게 말했거든요. 장교님이 바보 같은 짓을 하다 바다에 빠지면, 우리 아니면 누가 장교님을 건져 내겠어요, 라고요. 효과를 얻는 데 실패한 거죠. 하지만 전 그렇게 해야만 했어요."

"그것참 기이한 일이네요." 도랄리체가 생각에 잠겨 말했다.

"그렇게 기이한 일은 아니에요." 힐마르가 말했다. "검은색 수뇌조는 공중제비를 돌거나 울어 댈 때, 작은 회색 암컷에게 그러는 것과 똑같이 숲과 벌판에도 잘 보이려고 하는 거예요. 그녀석은 작은 회색 암컷뿐만 아니라 숲과 벌판에도 똑같이 사랑에 빠진 거예요."

도랄리체가 웃었다. "재미있네요. 네, 그래요, 누구나 거기에 있고 싶을 거예요. 거기에 속하고 싶을 거예요."

힐마르가 살짝 몸을 숙였다. "부인, 부인은 여기에 완전히 속하시는 것처럼 보입니다. 이 자연 속에 완전히 받아들여지신 것 같아요."

도랄리체는 얼굴을 붉혔다. 그리고 그가 그렇게 하는 것에 화가 났다. 그러나 힐마르는 한숨과 함께 말을 마쳤다. "아, 그래요, 우리 주변의 모든 것들이 이렇게 아름다우면 우리 또한 장식이 되고 싶은 불타는 욕망을 느끼지요."

배가 이제 부서지는 파도를 지나 하얀색 거품의 언덕을 넘어 파도에 깎인 녹회색의 움푹 들어간 곳으로 들어섰다. 한스가 와서 의자 위의 힐마르 옆에 앉았다. 그는 손을 비볐고, 무척 즐거운 것 같았다. "대단한 밤이었어, 훌륭해, 훌륭해. 어떻게 생각해, 자기야? 춥지, 그렇지? 소위님도 추우신 것 같네요, 그래요, 바다 위에서의 아침이 그렇지요! 집에서 따뜻한 차를 만들자.

기분 좋을 거야. 저희와 함께 차 한잔하지 않으시겠어요, 소위님? 그렇지, 자기야? 우리에게 차를 끓여 줄 거지?"

도랄리체는 조금 놀라서 한스를 바라보았다. 그러고는 말했다. "아, 그럼." 힐마르가 허리를 굽혀 인사했다.

배가 모래 위에 부딪혔고 모두 내리기 시작했다. 한스가 도랄리체를 두 팔로 안아 들고 땅 위로 데리고 갔다. 모래 언덕에서 어부의 부인들이 숄과 치마를 펄럭이며 탐욕스러운 갈매기처럼 배들 쪽으로 달려왔다.

거실에서 한스는 불을 붙이기 위해 서둘러 램프 쪽으로 갔다. "새벽의 어둑함은 안 되지." 그가 말했다. 그러고는 찻주전자를 제자리에 놓고, 찻잔을 가져오고, 럼주를 가져왔다. "자, 자, 좋을 거야, 따뜻한 차. 그래, 우린 그럴 자격이 있어, 내 생각에는 말이야. 우리는 정말로 자격이 있어." 한스는 자신이 하는 말의 유쾌함으로 자신과 다른 사람들을 따뜻하게 해 주려는 듯 열심히 혼자 이야기를 했다. "앉으시지요, 여러분, 앉으세요." 그들은 탁자 주위에 앉아 아주 피곤한 사람들의 멍하니 앞을 바라보는 눈을 하고 찻주전자가 끓는 소리에 귀를 기울였다. 마침내 힐마르가 무언가를 말해야만 하겠다고 생각한 듯 이야기했다. "정말 좋았어요."

"정말 좋아서……." 도랄리체가 말하고는 눈썹을 치켜떴다. "거기에 대해선 차라리 아무 말도 안 하는 게 좋을 지경이죠." 이 말은 거절하는 듯이, 거의 적대적으로 들렸다. 이제 도랄리체는 힐마르가 배에서 자신의 환영을 받는 존재였던 것이 못마땅했다. 힐마르는 의자 뒤로 기대앉아 담배를 피웠다. 그러나 한스는 웃었다. "보세요, 제 아내는 항상 이래요. 무언가가 아주 마음에 들면 거기에 대해선 이야기를 하면 안 되죠. 그러면 그것은 신성한 것이고 다른 누구도 건드려선 안 된답니다. 자, 자, 차를 따라 줘."

도랄리체가 찻잔에 차를 가득 따랐다. 뜨거운 김과 차의 강한 향기가 피로함을 더 무겁게 만들어 주는 것 같았다. 모두가 다시 한동안 말이 없었다. 마침내 한스가 한숨을 쉬며 이야기했다. "어쨌든 이런 밤을 보내고 나면 일종의 숙취를 겪는다는 건 유감이에요. 광활함에서 오는 숙취죠. 땅이 견딜 수 없을 만큼 좁게 느껴진단 말이에요. 그때는 우리가 살고 있는 동굴을 어둡게 만들고 그 안에 기어 들어가는 것이 더 나아요."

"그 감정의 기복이 자연법칙이죠." 힐마르가 멍하니 중얼거렸다.

"그렇지만……." 한스가 말을 이었다. "저는 아주 기이한 만족감을 느껴요. 왜일까요? 그건 우리가 그렇게 많은 고기를 잡았기 때문이죠. 그건 또한 손으로 잡을 수 있는 노동의 결과예요. 제가 통통한 대구를 잡고 있으면, 제가 뭘 가지고 있는지 알아요. 제가 그림을 그릴 때 저는 그것이 무엇인지 알고 있을까요?"

"그리고 제가……." 힐마르가 말을 잘랐다. "제가 한 시간 동안 신병들에게 나무 인형처럼 움직이는 것을 가르치고 나면, 저는 결과에 대해 어떤 만족을 느껴야 할까요?"

"아, 그래요." 한스가 말하며 하품을 했다. "삶이 현금으로 지불하는 경우가 거의 없다는 건 유감이에요."

다시 침묵이 흘렀다. 도랄리체는 안락의자에서 잠들었다. 새벽의 파란 그늘 속에서 아주 창백해 보이는 얼굴은 잠의 평화로운 무력함으로 인해 놀랍도록 아이 같은 아름다움을 보여 주었다. 두 남자는 이제 조용히 앉아 잠자는 얼굴을 경건하게 바라보았다. 마침내 힐마르가 일어나 한스에게 손을 내밀고 속삭였다. "저는 이만 가겠습니다. 해가 뜨네요." 그러고는 조용히 밖으로 나갔다.

밖은 이미 대낮처럼 밝았다. 수평선 위로 첫 황금빛 햇살이 솟아올랐다. 힐마르는 아주 빨리 걸었다. 해가 뜨기 전에 집에 있고자 했다. 그는 자기 자신에 대해 놀랐다. 왜 그는 비참한 기분이 들까? 롤로가 옳았다. 이 여인은 너무나 아름다워서 우리는 슬퍼진다. 아니면 그 화가가 뭐라고 말했던가. "땅과 한낮의 빛이 비좁아 보이도록 만드는 광활함의 숙취." 불쌍한 작은 롤로, 힐마르는 어쩔 수 없었다. 그러나 이제 롤로를 생각하면 그녀는 무언가 땅과 한낮의 빛을 가진 존재로 생각되었다.

제9장

추밀 고문관 폰 크노스펠리우스가 오후 커피를 마시기 위해 불렌크루크에 왔다. 그는 베란다에 있는 긴 탁자 앞에 편하게 앉아 있었다. 탁자 위에는 덩굴을 타고 올라가는 완두콩 잎의 그림자가 흔들리고 있었다. 완두콩 꽃다발과 막 구운 빵 냄새가 났다. 크노스펠리우스는 싱긋 웃으며 탁자 끝 쪽에 있는 젊은 얼굴들을 바라보았다. "가족 식사, 가족 식탁." 크노스펠리우스는 장군 부인에게 말했다. 그의 긴 입은 이 말을 굴을 홀짝거리며 들이마시듯 발음했다. "그건 제게 드물고도 각별한 즐거움입니다. 튀링겐에 살고 있는 제 누이에게서 때때로 이런 즐거움을 얻지요. 가족 식사에는 뭔가 성찬식과도 같은 것이 있어요. 그건, 제 견해입니다만, 가족의 토대이지요. 가족 식사가 잘 이뤄지는 한, 그 가족은 잘못될 리가 없습니다."

"이제……." 부틀레어 남작 부인이 말했다. "우리는 다른 토대들에 대해서도 신께 감사해야겠어요."

"제 매형은……." 추밀 고문관이 말을 이었다. "제 누이에게 이렇게 말했지요. '카롤리네, 내가 오전에 죽더라도 오후의 식사를 평소처럼 차려야 해. 안 그러면 혼란만 더 커질 테니까.' 그렇지 않습니까, 커다란 증기 여객선에서와 마찬가지예요. 무언가 와서 부딪혀도 그 위에선 마지막 순간까지 저녁 식사가 제공되지요. 그것이 또한 도덕적 질서의 상징이기도 합니다." 부틀레어 남작이 진지하게 고개를 끄덕이며 말했다. "그렇죠, 가족이야말로 국가의 근본 아니겠습니까. 가족과 영지 말입니다." 그러고는 대화를 세금과 브랜디 쪽으로 끌고 갔다. 그러나 추밀고문관만은 그쪽으로 주제를 옮겨 가지 않았다. 그는 오늘 식탁 끝의 젊은이들에게서 성공을 거두려 했다. 그는 재미난 일화를 이야기하고는 그들도 웃는지 확인하려고 젊은 사람들 쪽을 건너다보았다. 그러다 나중에 그는 자신의 부탁을 끄집어냈다. 내일 작은 야외 파티를 여는데, 가족들 전부 파티에 참석해 주길 바란다는 내용이었다. "파티를 열게 된 계기는……." 그가 말했다. "제 생일입니다. 네, 네, 나이 든다는 건 좋은 점도 있어요. 하지만 축하할 만한 계기가 되지는 못하지요. 여기 이 세상은 정말로 의심스럽지만, 특별히 서둘러 세상을 떠나야 할 이유도 없어요. 왜냐하면 첫째, 후에 어떤 일들이 계획되어 있는지가 분명하지 않고, 둘째, 어쨌든 죽은 뒤의 삶이 우리에게 남아 있기 때문입니다. 아니에요. 저는 제가 태어난 날짜를 기념합니다. 왜냐하면 태어나는 건 그래도 어떤 일이 벌어질지 알 수 없는 우리 삶의 가장 진기한 순간이기 때문이지요. 보세요, 크노스펠리우스가 없는 세상과 크노스펠리우스가 있는 세상은 제게는 어마어마한 차이가 있습니다."

자신의 논리에 만족한 채 크노스펠리우스는 니니를 바라보았다. 니니는 얼굴을 붉혔다.

"지금 말씀하신 건, 추밀 고문관님." 장군 부인이 말했다. "분명 아주 영리해요. 하지만 종교적인 관점에서 보면 조금 불분명한 지점이 있기도 하군요."

크노스펠리우스가 자신의 너무 높이 있는 어깨를 으쓱했다. "뭐, 그래서 국가에서 저를 설교가 아니라 계산하는 데 투입했나 봅니다. 하지만 다시 제 파티로 돌아오겠습니다. 그러니까 사소한 사정 하나를 말씀드려야 할 것 같습니다. 파티에는 그릴 부부도 옵니다. 그 부부를 초대하는 걸 피할 수가 없었어요. 이것이 다른 분들을 불쾌하지 않게 했으면 좋겠습니다."

"당연하지요." 부틀레어 남작 부인이 눈썹을 찡그리며 말했다. "그 부부는 우리에게 피할 수 없는 것 같아요. 피할 수 없는 우리의 운명이 되어 버린 것 같아요."

크노스펠리우스는 웃었다. "운명이라니, 아주 좋아요. 어쨌든 그 작은 부인은 잔혹한 운명은 아니에요. 우리가 과거를 과거로 내버려 둔다면 말이지요. 이제 상황은 뭐 결함 없는 것이 되었답니다. 두 사람은 런던에서 결혼을 했대요."

"런던에서요?" 장군 부인이 말했다. "요즘 그런 얘기를 많이 듣네요. 새로운 발명인가 봐요. 런던에서는 결혼도 더 빨리 되나 보군요. 현대적인 공장 생산품처럼 말이에요."

크노스펠리우스는 어깨를 으쓱했다. "부인, 그 가내 수공업은 드문 것이 되어 가고 있습니다. 그러니까 제가 그럴 부부를 초대한 일이 승인된 것으로 받아들여도 되겠지요."

부틀레어 남작 부인이 의자 뒤로 몸을 기대며 한숨을 쉬었다. "나는 아무 말도 하지 않겠어요. 저는 런던에서의 결혼에 대해 존중할 수도 없고, 과거를 과거로 내버려 둘 수도 없네요. 그렇지만 그건 구식 생각인 것 같아 보이네요."

그러자 부틀레어 남작이 화를 냈다. "벨라." 그가 화가 나서 말했다. "그 사람들이 지금까지 우리를 괴롭힌 적이 없었다는 걸 인정해야 해. 인사 한 번, 친절한 말 한마디뿐이었잖아. 게다가 그냥 야외 파티에서의 교류일 뿐이고—."

"야외 파티에서의 교류, 브라보!" 추밀 고문관이 외쳤다. "그것참, 적당한 표현입니다. 이제 우리도 공식을 갖게 됐어요. 중요한 건 모든 삶의 상황에서 공식을 찾는 거죠. 나머지 다른 것들은 금방 찾게 됩니다. 그러니 제 파티는 확실해졌습니다. 저는 내일 오후에 여러분이 오실 거라고 기대해도 되겠지요. 작은 자작나무 숲속에 있는 치베의 오두막 옆입니다. 바다는 제외합니다. 바다는 아늑하진 않거든요. 모든 것이 아주 조화롭게 흘러가는 걸 보실 거예요." 그러고서 그는 기분이 좋은 듯 길고 창백한 두 손을 문질렀다.

다음 날 오후에 불렌크루크에 머무르는 사람들이 치베의 숲속 오두막으로 올라갔다. 아주 넓적한 흰색 피케 옷을 입고, 열에 뜨거워진 얼굴 위로 밀짚모자를 쓴 장군 부인이 앞장을 섰다. 롤로와 니니는 하얀색 옷을 입고 담녹색 끈을 맸다. 햇빛이 하얀색 자작나무 줄기들을 황금색으로 물들였다. 자작나무 줄기들은 바닷바람 때문에 모두 바다 반대 방향으로 휘어져 있어, 그 모습이 마치 앞쪽으로 기울어지게 서서 얼굴을 가린 초록색 베일이 나부끼도록 만들고 있는 처녀들 같았다. 추밀 고문관이 손님들을 맞이했다. 장군 부인과 남작 부인을 위해서는 등나무 의자가 마련되었고, 다른 사람들을 위해서는 땅 위에 방석이 놓였으며, 하얀 식탁보가 히스' 위에 펼쳐졌다. "앉으시지요." 추밀 고문관이 말하며 두 손을 비볐다. "곧 커피가 올 거예요. 젊은 부인들께서는 저를 좀 도와주실 수 있을까요, 콜롬비나,' 하하!"

클라우스가 커피를 가져왔다. 그는 검은색 양복에 단추를 채운 아주 격식에 맞춘 복장을 하고 있었으며, 진지하고 슬퍼 보였다. 대화는 제대로 시작되질 않았다. 사람들은 자작나무에 대한 일반적인 이야기를 했고, 부틀레어 남작은 브랜디와 독점에 대해 이야기했다. 힐마르는 별말 없이 멍하니 롤로 옆에 앉아 담배 연기로 고리를 만들고 있었다. 붉은 햇살 속에서 모기들이 춤을 췄고, 따뜻해진 히스와 따뜻해진 자작나무 잎의 향기가 사람들을 졸리게 만들었다. 베디히가 하품을 하며 니니에게 말했다. "이제 올 때가 됐는데."

"누굴 기다리는 거니?" 부틀레어 남작 부인이 엄하게 말했다. 하지만 이렇게 함께 모여 있는 것이 서막에 불과하다고 모두가 느끼고 있다는 건 너무나 분명했다. 바로 그때 그들이 언덕을 올라왔다. 한스가 앞장섰고, 창백하고 진지한 도랄리체가 뒤를 따랐다. 도랄리체는 오지 않으려 했지만 한스가 벌컥 화를 냈다. "사람들이 우리를 두려워하더라도, 제발, 제발, 우리는 누구도 두려워할 필요가 없어." 그래서 도랄리체는 그녀가 유행을 타지 않는 옷이라고 말하는 창백한 보라색 모슬린 옷을 입고, 산호 목걸이를 목에 두르고, 커다란 검은색 모자를 쓰고 함께 왔다. 추밀 고문관은 새로운 손님들을 맞이하고, 그들을 소개하고, 자리를 찾아 주고, 커피를 가져오라고 외칠 때 조금 흥분된 상태였다. 도랄리체는 장군 부인 옆에 더 창백해진 얼굴로 앉아 있었다. 마치 나이 많은 사람들이 말을 걸어오기를 조용히 기다리는 어린 소녀처럼.

"좋은 날씨예요." 장군 부인이 말했다. "부인도 밖으로 나오셔서 좋네요. 우리는 항상 부인이 수영하는 걸 본답니다. 제 눈에는 부인께서 좀 대담하게 수영을 하시는 것처럼 보여요." 장군 부인이 어머니의 목소리로 격식 없이 이야기하는 동안 다른 사람들은 아무 말도 하지 않았다. 부틀레어 남작 부인은 얼굴을 붉혔고, 보르크 부인은 황홀한 미소를 지었으며, 두 소녀는 입술을 살짝 벌린 채 반짝이는 갈색 눈을 도랄리체에게 고정시키고 있었다. 사람들은 이 아름다운 여인에 대한 경탄이 그들에게서 살짝 호흡을 앗아 갔다는 것을 알 수 있었다. 그때 부틀레어 남작이 갑자기 대화에 끼어들었다. 쾌활하고 예의 바르게. 그는 오로지 도랄리체하고만 이야기를 했으며, 느닷없이 파리와 불로뉴 숲에 대해 이야기를 했다. 힐마르 역시 생기가 돌기 시작했다. 그는 니니와 롤로에게 무언가를 얘기해서, 그들을 웃게 만들었다. 그는 자기가 앉아 있는 구석이 재미있는 시간을 보내는 걸 중요하게 여겼다. 한스와 이야기를 나누던 추밀 고문관은 이제 활기를 띠기 시작하는 것처럼 보이는 사람들을 흡족하게 바라보았다.

　자작나무들 뒤에서 가늘고 깡충거리는 음악이 들려왔다. 해안 감시원이 하모니카를 연주했고, 활기 없는 마을의 재단사가 바이올린을 연주했다. 추밀 고문관이 뛰어나와 외쳤다. "춤을 시작하시길 부탁드립니다. 부틀레어 남작님, 부탁이에요, 무도회를, 야외 파티를 열어 주세요. 해가 지고 있어요. 제대로 된 조명입니다. 함 소위님, 독일 제국의 사교성이 소위들에게서 시작된다는 걸 잊지 말아 주세요." 부틀레어 남작은 살짝 거절하는 아내를 데리고 춤을 췄다. "하지만 여보, 우리, 나이 든 사람들이." 힐마르는 롤로와 춤을 추었다. 베디히는 새빨개진 얼굴로, 마치 울기라도 하려는 것처럼 보일 만큼 흥분해서 도랄리체에게 춤을 청했다. 넓은 공간에서 머리카락이 휘돌았다. 부드럽게 떨리는 붉은빛이 나무들 사이로 몰려와 넘쳐흘렀다. 그러나 자작나무 뒤에서는 무언가가 불타고 있는 것 같았다. 그것은 지는 해의 빛을 받은 바다였다.

　"아주 멋집니다." 크노스펠리우스가 눈앞에 펼쳐진 풍경을 거의 탐욕스러울 정도로 주의 깊게 바라보며 장군 부인에게 말했다. "저 풍경이 여기 모인 사람들에게 분위기를 만들어 줄 거예요. 여기에 춤보다 더 적합한 건 없지요. 아무 말도, 생각도 하지 않고, 발만 가지고 서로를 이해하는 겁니다. 그게 제대로 된

스파크가 일어나도록 할 거예요."

"무슨 이해요? 무슨 스파크요?" 장군 부인이 말했다. "젊은 애들이 즐거워하면 나도 기쁘지만, 추밀 고문관님의 이해와 스파크는 우리에겐 필요 없어요."

"그렇다면……." 추밀 고문관이 생각에 잠겨 말을 이었다. "저는 우리 모임에 낯선 요소가, 아웃사이더가 들어오면, 소다에 뿌려진 레몬즙같이 흥분시키는 영향을 끼친다는 걸 알고 있습니다. 누구나 낯선 사람을 관객으로 보는 거지요. 아하! 남작님이 우리 백작 부인과 춤을 추는군요. 얼마나 승리에 대한 자신감으로 가득 찬 미소인지요! 그리고 우리 화가님은 남작 부인과 춤을 추는군요, 브라보! 탄산을 만드는 분말이 완벽하게 작용하고 있습니다."

"추밀 고문관님의 작은 쾨네 부인은……." 장군 부인이 대답했다. "지금까지는 사랑스럽고 상냥한 사람이군요. 그녀에겐 안된 일이에요."

"왜 안된 일이라는 거죠?" 크노스펠리우스가 물었다. "이제 그녀는 아마도 연로한 쾨네 씨가 만들어 낼 수 있었던 것보다 더 가치 있는 무언가가 될 겁니다." 그러나 장군 부인은 그에 대해서는 아무것도 알고 싶어 하지 않았다.

"아, 추밀 고문관님, 우리 여자들은 저렇게 열(列)에서 완전히 자유롭게 이탈해 버리면 더 이상 딛고 설 자리를 찾지 못해요. 재봉틀의 체인 스티치처럼 말이지요. 바늘땀 하나가 풀어지면, 바느질한 것 전체가 풀어져 버리는 거예요."

추밀 고문관이 미소 지었다. "체인 스티치는 별로 좋지 못한 바느질 방법이군요. 아하! 이제 카드리유*예요. 아주 좋습니다. 왈츠가 분위기를 띄워 주었어요. 보세요, 남자들의 다리가 얼마나 표현력이 풍부해지고, 많은 걸 말해 주게 되었는지를요."

카드리유는 정말로 아주 활기찼다. 힐마르는 도랄리체와 춤을 추었고, 그 건너편에서는 롤로가 자기 아버지와 춤을 추었다. 도랄리체의 얼굴은 완전히 빨간색이 되었다. 힐마르의 표현대로 빨간빛이 드리워진 모래 위를 전속력으로 달릴 때 그녀는 웃었다. 이 춤, 이 사람들, 이 모든 것이 도랄리체에게 그녀가 이제 옛 세계 속에, 지난 1년 동안 오로지 꿈속에서만 알고 있던 그 세계 속에 다시 있는 듯한 느낌을 주었다. 그녀는 자신이 여기서 이방인이라는 사실을 잊어버렸다. 그리고 아무 생각 없이, 예전에 남편이 지켜보지 않는다고 느낄 때 사람들 속에서 그랬던 것처럼 즐거움을 만끽했다. 그리고 힐마르는 정말 다루기 쉬운, 편안하게 즐거움을 나눌 수 있는 동무였다. 그라면 마치 평생 함께 춤을 춰 온 듯 너무나 당연하게 편안히 춤을 출 수 있었다. 평생 함께 이야기하고 웃어 왔던 것처럼 힘들이지 않고 이야기하고 웃을 수 있었다. "Grand rond, s'il vous plaît(큰 원을 그려 주세요)." 힐마르가 프랑스어로 콧소리를 섞어 말했다. 사람들은 손을 잡았다. 저녁 햇살 속에 모두의 얼굴이 붉어진 것처럼 보였다. 이제 '산책' 순서였다. 힐마르가 앞장선 흥겨운 산책 행렬이 자작나무 줄기들 사이로, 히스 위로 지나갔다.

"우리 소위님께서 자기 임무를 최고로 잘 수행하고 계시는군요." 크노스펠리우스가 말했다. "하지만 분위기가 가라앉으면 안 되지요. 이제 곧 노래를 부를 겁니다. 민요예요, 당연히 가슴 아픈 노래지요."

카드리유가 끝나고 모두 다시 방석 위에 앉았을 때 해가 졌다. 나무 아래는 빠르게 어두워지기 시작했다. 바다 쪽에서 자작나무들 사이로 바람이 불어와 자작나무가 흥분한 채 속삭이도록 만들었다. 아래쪽에서는 바다가 더 큰 소리로 철썩거렸다. 크노스펠리우스가 일어서서 긴 팔을 뻗치더니 크고 감정이 풍부한 목소리로 노래를 하기 시작했다.

엄마는 나를 좋아하지 않네
난 애인도 없다네
아, 나는 왜 죽지 않는 걸까
나는 무엇을 해야 하나.

모두가 함께, 심지어는 장군 부인도 노래를 불렀다. 여자아이들은 팔짱을 끼고 반짝이는 눈으로 앞을 바라보며 날카로운 소프라노 목소리를 탄식하듯 어둠 속에 뻗어 나가도록 만들었다. 도랄리체는 자신의 목소리를 통해 아무 생각 없는 부드러운 편안함 속에 빠져드는 것이 기분 좋았다. 그렇다, 아무 생각 없이. 왜냐하면 그녀도 기어 나올 기회만을 엿보며 몇 가지 작은 역겨운 생각들이 도사리고 있는 것을 느꼈기 때문이었다. 부틀레어 남작이 그녀와 이야기할 때 보여 준 당황스럽고 무시하는 듯한 태도에 대한 생각이 그랬다. 그것은 집안의 어머니들이 자선 축제 동안 낯선 여배우들에게 말할 때 볼 수 있는 태도였다. 혹은 부틀레어 남작이 춤추는 동안 눈동자를 굴리는 데 대한 생각이 그랬다. 남자들은 낯선 여자들과 춤을 출 때 눈을 굴리지 않는다. 아니다, 그녀는 그런 것에 대해 생각하고 싶지 않았다. 도랄리체는 노래를 부르고 싶었다. 그녀는 건너편 한스 쪽을 바라보았다. 그는 조용히 앉아서 입을 크게 벌리고, 자신의 아름다운 테너 목소리를 아주 크게 울리도록 하는 데 열중하고 있었다. 노래가 끝나자 모두가 잠시 아무 말도 하지 않았다. 그들은 어둠 속을 꿈꾸듯 들여다보았다. 마치 지금 막 노래를 불러 잠재운 무언가를 깨울까 봐 두렵기라도 한 것 같았다. 마침내 추밀 고문관이 손에 시계를 들고 알렸다. "이제 불꽃놀이를 하러 가시지요. 인공적인 불꽃을 저는 가지고 있지 않습니다. 저의 불꽃은 이제 막 떠오르는 달입니다. 그러니 자, 저와 함께 위로 올라가시길 부탁드립니다."

"제 딸과 저는 여기에 내버려 두세요." 장군 부인이 말했다. "저는 늙어서 달이 떠오르는 걸 자주 봤답니다."

"편하신 대로 하시지요." 추밀 고문관이 대답했다. "제 달은 뭔가 특별하다고 생각하지만 말입니다. 자, 부탁합니다, 여러분." 추밀 고문관이 보르크 부인과 함께 앞장섰다. 그들은 언덕 하나를 올라가야 했다. 부틀레어 남작은 도랄리체 옆에서 걸어갔다. 그는 노래하는 듯한 부드러운 목소리로 어둠 속 자연의 평화에 대해서, 농업의 어려움과 걱정거리에 대해서 이야기했다. 아, 농업은 이제 산업이에요. 거기에 시적인 것이 자리할 곳은 거의 없어요. 하지만 그가, 부틀레어가, 때때로 밤에 혼자 밭으로 나가 농작물과 함께 있으면, 그래도 무언가 자연의 시적인 것을 느낀다는 것이었다. 오늘날 삶의 투쟁에서는 그의 심장이 말할 수 있도록 내버려 둘 수 있는 순간이 너무 드물어졌다고도 했다. 모두가 언덕 위에 서서, 크고 붉은 달이 솟아오르는 검은 숲 가장자리 너머를 바라보았다. "제 불꽃입니다." 추밀 고문관이 말했다. 보르크 부인은 자연이 모든 인공적인 것보다 더 아름답다고 말했다. 그러고는 모두가 한동안 서 있었지만, 달에 대해서 특별한 것을 말할 수 없게 되자 모두 되돌아갔다. 힐마르가 단호하게 도랄리체를 독점했다. 길은 달콤한 향기가 나는, 젖은 버드나무 토끼풀밭 옆으로 이어졌다. 벌판에는 안개 띠가 드리워져 있었고, 방목하는 말들이 풀을 뜯어 먹고 있었다. 어둠 속의 크고 어두운 형체들. 사방에서 자고새 수컷들이 암컷을 유혹하는 소리를 내고 있었다.

도랄리체와 힐마르는 대수롭지 않은 일들에 대해 이야기했다. 두 사람은 말들에 대해서, 승마에 대해서 이야기했다. 그들의 목소리는 여름밤의 목소리가 흔히 그렇듯이 평온하고 친밀한 울림을 가지고 있었다. "그런데 지난번 경주 때 말이 넘어졌다면서요, 정말이에요?" 도랄리체가 물었다. "부틀레어 남작님이 얘기해 주셨어요."

"아, 네, 맞아요." 힐마르가 대답했다. "전문가들은 넘어지지 않지요. 그 사람들은 자기 말의 능력을 잘 알고 있고 장애물을 조심스럽게 받아들여서 결승선을 안전하게 통과해요. 당연히 그건 제 잘못이에요. 하지만 저는 고백해야겠습니다. 어떤 일에서든 즐거운 것, 무언가 우리를 고양시키는 건 딱 그런 순간이거든요. 모든 이성적인 것들이 떨어져 나가고 피가 귓속에서 노래를 부르고, 모든 것들이 내 안에서 뜨겁게 들끓으며 떨리고 있다는 걸 깨닫는 그런 순간 말이에요. 그러면 평소에 분명 새장 속에 갇혀 있던 무언가가 뛰쳐나오는 거죠. 이해하시겠어요? 그런 순간이면 저는 아무것도 신경 쓰지 않아요. 저는 모든 장애물을 감수하고 말이 죽든 제 목이 부러지든 신경 쓰지 않죠. 그때 저는 오로지 하나만 봐요. 오로지 하나만 원하죠. 결승선이에요. 저는 그걸 너무 강렬하게 원해요, 오로지 그것 하나만 원하죠. 저는 그 욕망으로 모든 신경까지 가득 차서, 결승선이 제게 다가오지 않으면 깜짝 놀라지요. 그렇게 하나만 원하는 것, 하나만 보고 그것을 향해 달려 나가는 것, 그것이 진짜 살아 있는 유일한 방법이에요."

두 사람은 멈춰 섰다. 도랄리체는 아래쪽을 바라보며 생각했다. '이 낮고 뜨거운 목소리는 무슨 소릴 하는 거지? 아, 그래, 말에 대해 이야기하고 있구나.' 그리고 갑자기 한스 그릴이 예전에 저쪽 성에서 그녀에게 너무나 열정적으로 자신의 예술에 대해 이야기하는 바람에 그녀가 이렇게 생각했던 것이 떠올랐다. '이제 한스는 더 이상 자기 예술이 아니라 자기 자신에 대해 이야기하는구나.' 그들 뒤에서 누군가가 웃었다. 언덕을 올라오는 니니와 베디히였다. 도랄리체가 활기차게 그들을 향해 몸을 돌렸다. "아." 도랄리체가 말했다. "어서 오세요. 함께 비탈길을 내려가요."

도랄리체는 한 팔을 베디히의 어깨에, 다른 팔은 니니의 어깨에 올려놓았다. 그리고 셋은 언덕을 걸어 내려갔다. 힐마르가 그들을 바라보고는 달을 올려다보며 기이하게 얼굴을 찌푸렸다. 다른 사람들이 다가오자 그는 그들을 먼저 보내기 위해, 그들과 함께 가지 않기 위해 약간 옆으로 물러섰다. 롤로는 아버지와 한스 그릴 사이에서 함께 걸어왔다. 그들은 회화에 대해 이야기하고 있는 것 같았다. 왜냐하면 부틀레어 남작이 이렇게 말했기 때문이다. "아니에요, 현대 회화는 저를 차갑게 만듭니다. 어쩌면 유행에 뒤처진 건지도 모르겠지만, 저는 라파엘로를 좋아해요."

그 뒤로 추밀 고문관과 보르크 부인이 뒤따랐다. 보르크 부인의 목소리는 어둠 속에서 아주 시적으로 울려 퍼졌다. "제가 추밀 고문관님께 가장 감탄하는 것은 바로 유머예요. 추밀 고문관님의 변함없는 유머요."

"부인!" 크노스펠리우스가 대답했다. "우리는 모두가 이따금 슬픔을 불어 대지만, 그길로 음악회를 여는 건 추천할 만한 일이 아니지요."

힐마르는 뒤로 물러섰다. 롤로가 힐마르 쪽을 돌아보았다. 그러나 아무 말도 하지 않았다. 그는 잠시 기다리더니 천천히 생각에 잠겨 그들을 따라갔다. 아래쪽 작은 숲에서 그는 자작나무들에 온통 화사한 종이 등(燈)이 달려 있는 것을 보았다. 부드럽게 흔들리는 다채로운 색깔의 빛이었다. 클라우스가 샌드위치를 나눠 주었고, 볼'을 들고 잔을 채워 주었다. 힐마르는 사람들을 둘러보고 곧장 도랄리체에게 가서 그녀 옆에 앉았다. 그때 그의 얼굴은 어둡고 고집스러운 표정을 하고 있었다. 크노스펠리우스는 콜롬비나들을 불러 두 소녀 사이에 앉아, 추위에 떠는 사람처럼 따뜻한 담요를 무릎 위에 덮고는 기분 좋게 어깨를 흔들었다. "친애하는 손님들." 그는 외치며 잔을 들었다. "여러분들을 위해 건배! 와 주셔서 감사합니다. 이제 술을 한잔하시지요. 그다음엔 「로렐라이」를 부르고 마지막으로 달빛 카드리유를 추도록 합시다."

"우리를 아주 학문적으로 다루고 있군요." 힐마르가 도랄리체에게 말했다. "우리를 자기의 규칙에 맞춰 설탕에 절이고 있어요."

도랄리체는 뭔가 대답하려 했지만, 그의 긴장되고 거의 분노한 듯한 표정이 그녀를 놀라게 했기 때문에 아무 말도 하지 않았다. "아!" 힐마르가 계속 이야기했다. "제게는 아주 쉬운 일일 거예요. 저는 여름밤의 효과에 무방비 상태거든요. 네, 군인들은 항상 감상적이지요. 하지만 제 경우는 예전부터 그랬어요. 제가 어렸을 때, 여름밤에 자러 가라고 끌려 들어오면 미친 듯이 울었던 게 기억나요. 어머니가 왜 우냐고 물어보셔도, 저는 그 이유를 몰랐죠. 저는 그냥 이렇게 말했어요. 뮐러 부인이 오늘 너무 못생겨서 운다고요. 뮐러 부인은 제가 사랑하던 제 유모였어요."

"이해할 수 있어요." 도랄리체가 말했다. "저도 요즘 그래요.

우리가 밤에 산책을 마치고 집에 돌아오면 아그네스가 등을 들고 기다려요. 그러면 저도 한동안 울 수 있을 것 같은 기분이 돼요." 힐마르가 무섭게 웃었다. "저는 그런 순간에 아그네스란 사람의 목을 졸라 죽일 수 있다고 해도 이해하겠어요."

"아, 아니에요." 도랄리체가 반박했다. "아그네스는 아주 좋은 노파예요. 하지만 그런 순간이면 그녀의 얼굴에서 분명하게 읽을 수 있어요. 뭐가 그리 좋으세요, 이제 곧 다시 모든 게 불편하고 불쾌해질 텐데요." 힐마르가 도랄리체의 얼굴을 보기 위해 몸을 굽혔다. 그의 새까만 눈동자에 아주 작게 빨간 불빛이, 피처럼 빨간 점이 반사되어 보였다.

"아그네스 말이 맞아요." 그가 조용히 말했다. "모든 것이 곧 다시 불편하고 불쾌해지겠지요. 그래서 어디선가 작은 행복의 순간을 가질 수 있는데, 그 순간을 좇는 것 말고 다른 걸 하는 건 바보 같은 짓이지요."

도랄리체는 그녀를 아프게 하는 검은 눈동자의 영역에서 벗어나기 위해 어둠 속으로 몸을 기댔다. 그러고는 무슨 말이든 하기 위해 물었다. "어려서 혼자였나요?"

"예." 힐마르가 대답했다. "서는 외동아들이었어요. 우울할 수도 있었죠. 성 앞에는 항상 뿌연 녹색 물이 가득한 강이 흘렀어요. 어두울 때는 거기서 물고기들이 찰싹거리고 땅강아지들이 노래를 했지요. 하지만 여름밤이면 저는 마을 길을 달려 내려갔고, 거기엔 친구들이 아마포 바지를 입고 금발 머리를 날리며 맨발로 그곳으로 왔어요. 여름밤의 작고 즐거운 악동들이었지요. 그러면 재미있었어요."

"분명 재미있었겠어요." 도랄리체가 생각에 잠겨 반복했다. "저는 여름밤에 우리 정원에서 늘 혼자였어요."

"유감이네요." 힐마르가 말했다. "제가 그때 작은 밤의 악동으로 부인께 갈 수 없었다는 게요."

"그랬다면 재밌었겠어요." 도랄리체가 말했다. "제 생각에, 저는 그때 항상 그런 걸 기다렸어요."

이제 크노스펠리우스가 「로렐라이」를 부르기 시작했다. 그는 마치 탄식하는 음조 속에 손님들의 마음을 완전히 녹여 버리려는 듯 템포를 장중하게 가져갔다. 노래가 끝나자마자 그는 카드리유로 넘어갔다. 하모니카와 바이올린이 연주를 시작했다. 힐마르는 마치 당연하다는 듯 도랄리체에게 손을 내밀었다. 춤은 나무들 아래 넓은 곳에서 시작됐다. 밝은 달빛 한 줄기 속에 화사한 등의 희미한 빛으로 만들어진 밝은 여성들의 형상이 갑자기 깊은 그림자 속으로 사라졌다가 다시 나타났다. 크노스펠리우스는 코안경을 끼고 극장 관람석에 앉아 있는 것처럼 그 연극을 유심히 관찰했다.

"잘 보세요." 그가 장군 부인에게 말했다. "달빛 속에서는 석양을 받을 때와는 다르게 카드리유를 춘답니다. 여성들의 움직임이 더 부드럽죠. 저기엔 뭔가 편안한 피로함 같은 것이 숨어 있어요. 밤에도 너무나 편안하고 부드러운 모슬린 옷하고 완전히 똑같죠."

"아, 뭐라고요." 장군 부인이 화가 나서 대꾸했다. "우리 아가씨들을 수집용 딱정벌레처럼 바라보는군요. 아니면 관심 있으신 것이 특별히 저 낯선 딱정벌레인가요?"

"아니요, 아니요, 모두입니다." 크노스펠리우스가 말했다. "저는 손님들의 분위기를 잘 연구해야 해요. 파티를 할 때는 손님들이 '이 모든 것들에도 불구하고 우리가 하고 있는 것 뒤에는 아무것도 숨어 있는 것이 없다'고 생각하는 순간이 와서는 안 되거든요."

"그 뒤에 뭐가 있어야 하나요?" 장군 부인이 소리쳤다. "모든 것 뒤에 뭔가 숨어 있는 걸 저는 전혀 좋아하지 않아요. 왜죠? 미친 숙모가 하나 있었어요. 모두가 즐겁게 모여 있을 때 이렇게 말하곤 했지요. '하지만 아직 방에 당신들이 모르는 사람이 하나 있어요.' 정말 끔찍했지요."

"아니요, 뒤에 숨어 있는 건 아무것도 없습니다." 추밀 고문관이 장군 부인을 진정시켰다. "저는 그저 거기에 대해 생각하는 것이 아주 즐거운 일은 아니라는 거예요. 그런데 이게 무슨 일인가요? 춤이 멈췄군요."

그는 서둘러 사람들이 춤추는 곳으로 가기 위해 펄쩍 뛰어 일어났다. 그곳에선 모두가 한 지점으로 모여들고 있었다. 바닥에는 달빛을 환하게 받은 롤로가 두 눈을 감고 창백하게 누워 있었다. 사람들이 물을 찾았다. 보르크 부인은 향염*을 가져왔다. 무슨 일이 일어난 걸까? 실신이었다. 롤로는 한스와 춤을 추다가 갑자기 조용히 쓰러졌던 것이다. 롤로가 조금 비틀거리며 완전히 창백한 얼굴로, 아버지와 힐마르의 부축을 받아 일어서자,

장군 부인이 서둘러 귀가할 것을 재촉했다. 두 남성의 도움을 받으며 롤로가 앞장서고 다른 사람들이 그 뒤를 따랐다. 사람들은 추밀 고문관과 작별 인사를 나눌 시간도 거의 갖지 못했다. 부틀레어 부인은 작은 소리로 혼자 꾸짖는 소릴 하는 걸 포기할 수 없었다. "뭔가 좋지 않은 일이 일어날 줄 진작에 알았어. 노인이 즐거운 시간을 갖고 싶으면 다른 데로 가라고 해. 왜 거기에 우리 아이들이 필요한 거야."

"난감하네요." 한스와 도랄리체만 남게 되자 추밀 고문관이 말했다. "이제 아무것도 의미를 가질 만한 게 없겠어요. 하지만 그 작은 아이가 달빛을 받으며 그렇게 하얗게 누워 있는 게 예뻐 보이긴 했습니다. 신경이지요. 가족의 약혼에는 항상 뭔가 폭력적인 게 있어요. 소설 한 권조차 읽어선 안 되는, 엄격하게 보호받은 소녀는 어느 아름다운 날 소위에게 넘겨지지요. 사랑을 공부해라. 그거예요. 그래요, 그런데 그게 가정의 보호를 받은 순수한 아가씨에게는 때때로 이상한 혼란을 야기한답니다. 뭐, c'est la vie(인생은 그런 거다). 와 주셔서 감사합니다. 부인께서는 축제의 여왕이셨어요, 당연하지요." 그는 도랄리체의 손에 키스를 하고 헤어졌다.

돌아오는 길에 한스는 말 없는 도랄리체에게 유쾌하고 열정적으로 이야기를 했다. 한스는 도랄리체가 즐거워했다는 사실이 기뻤다. 그녀는 즐거워했고, 한스가 그 모습을 보았던 것이다. "좋았어, 좋았어, 맙소사, 남자들이 당신 주위로 모여서는 달빛 같은 눈을 하고 있었지. 아버지부터 고등학생까지 모두가 말이야. 오, 그래, 그래." 두 사람은 달빛이 비치는 바다를 내려다보기 위해 잠시 멈춰 섰다. 한스가 입을 열고 깊이 숨을 쉬었다. "깊이 숨을 들이마셔." 한스가 말했다. "저기 나무 아래는 조금 비좁아. 사람들도 조금 비좁고, 그렇지 않아?"

집에 도착하자 한스는 자기 방으로 갔다. 도랄리체는 그가 이리저리 걸어 다니고, 상자를 열고, 장화를 집어 던지는 소리를 들었다. 도랄리체는 안락의자에 앉아 빛을 바라보았다. 머릿속은 기계적으로 이제 막 경험한 것들을 이어 갔다. 움직임과 공기와 그녀를 탐욕스럽게 바라보던 남성들의 눈동자로 인해 온몸이 조금 피곤했다. 이윽고 한스가 외투를 입고, 펠트 모자를 머리에 쓰고, 발에는 긴 장화를 신고 방에서 나왔다.

"바르다인하고 고기잡이 가려고." 그가 말했다. "자기는 힘들 거야. 피곤하잖아." 그러고는 도랄리체의 이마에 키스를 했다. "잘 자."

"잘 다녀와, 한스." 그러나 그가 이미 문 앞으로 갔을 때 도랄리체가 말했다. "그런데, 한스!" 한스가 돌아보았다. "응, 뭐?"

"자기, 화난 거야?"

"아니, 왜?" 그가 대답했다. 그러고는 다시 탁자 앞으로 왔다. 등의 불빛 속에서 도랄리체는 그의 얼굴이 붉어진 것을 보았다. "아니, 나는 화나지 않았어. 내가 왜 화가 나겠어? 그 사람들이 자기에게 사랑에 빠졌기 때문에? 그건 그 사람들 권리야. 그건 설명 가능하지. 하지만 그런 건 우리에게 접근할 수 없어." 그러고는 손가락 마디로 책상을 툭툭 쳤다. "아니, 내가 투덜거리며 자기 주위를 배회하는 걸 볼 수는 없을 거야. 그렇게 한다면 나 자신에 대해 구역질이 날 거야. 내가 자기에게 접근하는 모든 사람들에게 이를 드러내기 때문에, 혹은 다른 사람이 내게 제 때에 이를 드러내지 못했기 때문에 자기가 나의 것이 된 것이라면, 자기는 아직 내 것이 아닌 거야. 그리고 나는 나를 사랑하는 여인을 원하지, 전리품을 원하는 게 아니야. 그리고 내 생각에, 우리는 더 순수한 법칙들을 따르고 있어. 그리고 아무 일도 벌어지지 않았는데, 내가 왜 화가 나겠어?"

도랄리체가 눈썹을 찡그렸다. 그녀는 한스 그릴이 고상한 부인의 얼굴이라고 했던 표정을 지었다. 그러고는 가볍게 말했다. "아, 그럼 됐어. 그냥 알고 싶었어. 그럼 잘 다녀와."

"잘 자." 한스는 인사를 하고 무거운 장화를 세게 바닥에 디디며 밖으로 나갔다.

도랄리체는 여전히 빛을 바라보고 있었다. 그렇구나, 한스는 화가 나지 않았구나. 그녀는 생각했다. 그렇지 않다면 그렇게 말이 많았을 리 없지. 그럼 됐다. 그것이 그녀를 안심시켰다. 사랑을 받으면 확실하게 붙잡히고 싶다. 감시받고 싶다. 순수한 법칙들이라니, 그것은 무엇일까? 아마도 한스가 얘기하길 좋아하는 그 영원한 자유일까? 이제 도랄리체는 자러 가고 싶었다. 오늘 밤 그녀의 안에서 흥분했던 모든 것들에 대해 어둠 속에서 좀 더 꿈을 꾸고 싶었다. 그것은 어쩌면 한스에 대한 배신이었다. 그런데 왜 한스는 그녀가 이런 꿈을 꾸도록 혼자 내버려 두는 것일까?

제10장

크노스펠리우스는 해안 감시원의 집 창가에 서서 오페라글
라스를 눈앞에 대고 해안을 내려다보았다. 그는 노란색 해안에
서 화사한 인물들이 이리저리 오가고, 무언가를 찾고, 서로 만
나고, 나란히 서 있고, 다시 헤어지는 모습을 관찰하기를 좋아
했다. "전갈이 오가고 들판의 악마가 마주치는 곳"이라고 그
는 예언서를 인용했다. 하늘은 아침 햇살을 약하게, 또 은색으
로 만드는 구름으로 가득했다. 회색 바다는 수비둘기의 가슴처
럼 반짝거렸다. 생기 있는 바다 한가운데에 니니의 날씬하고 빨
간 모습이 보였다. 부틀레어 남작 부인은 해안을 오가며 딸이
헤엄치는 모습을 보았다. "아하, 아하!" 크노스펠리우스는 생
각했다. '그래, 이제 하얀 피케 옷을 입은 장군 부인이 나타나는
구나. 모든 돛을 활짝 펼친 배 같아. 그 옆에는 착한 보르크 부인
이구나. 소박하고, 별다른 게 없는 작은 배지. 장난꾸러기 베디
히는 당연히 바르다인의 집 문 앞에서 왔다 갔다 하며 기다리

지. 그런데 남작도 저기서 혼자 멀거니 외롭게 서서 모래를 쑤시고 있네. 남작도 기다리는 건가? 아, 예비부부가 팔짱을 끼고 있군. 작은 롤로는 여전히 창백하고, 신랑은 활기차고, 더 사랑스럽네. 아마 어제 일 때문에 양심의 가책을 느껴서겠지. 자, 이제 두 사람이 장군 부인을 만나는구나. 멈춰 서서 이야기를 나누네. 마침내, 저기 우리 도랄리체가 있군. 파란색과 하얀색 세일러복을 세련되게 입고 영국 소설을 손에 들고 있군. 당연하지, 남작이 벌써 그녀 옆에 있군. 도랄리체가 얼마나 냉정하게 고개를 끄덕이는지. 얼마나 똑바로, 그리고 잘 교육받은 사람답게 서 있는지. 모든 선이 다 공손한 거절을 표현하고 있어. 이제 천천히 가던 길을 계속 가서 남작이 자신을 바라보게 만드는군. 제기랄! 그렇지만 강력한걸. 소위가 신부의 팔을 놓고 메기가 낚싯바늘에 달려들듯 도랄리체에게 달려드는군. 저 젊은 친구는 망설임 때문에 고통받지는 않겠군. 화가는 대체 어디 있는 거야? 아, 저 아래 배들이 있는 곳에서 슈티베와 이야기를 하고 있군. 왜 자기 자리를 지키지 않는 거지? 저 바보 같은 녀석이 사랑에서 귀인 놀이를 하고 있구먼.'

그러나 크노스펠리우스는 이제 창문가에서 고통받고 있지 않았다. 그도 내려가서 함께해야만 했다. 그의 뒤에서 클라우스가 모자와 지팡이를 들고 서 있었다. 추밀 고문관이 모자를 받아들면서 클라우스의 진지한 얼굴을 올려다보며 말했다. "자네는 아마 저 아래 사람들이 전부 다 죄악을 저지른 자들이라고 생각하겠지?"

"추밀 고문관님께서 제 견해를 말씀드리는 걸 허락하신다면, 우리는 모두 죄악을 저지른 자들입니다." 클라우스가 얼굴을 찌푸리지 않고 대답했다.

"그렇지만 거기에도 차이는 있다네." 크노스펠리우스가 이의를 제기했다.

클라우스가 거의 눈에 띄지 않게 어깨를 으쓱했다. "어떤 사람들은 죄악을 저지르는 데 두려움을 느끼지 않고, 우리 다른 사람들은 두려움을 느끼지요."

"그래, 그래, 이해했어." 추밀 고문관은 대답하고 해안으로 내려갔다.

아래에서 그는 서둘러 자리에 있는 사람들에게 인사를 하고는 장군 부인 주위에 모여 있는 사람들에게로 갔다. 추밀 고문관은 잠들은 잘 잤는지 묻고 나서 롤로를 "우리 비극적인 콜롬비나"라고 부르고는 나란히 서 있던 힐마르와 도랄리체에게 향했다. 그는 두 손을 비비고 마치 자신이 바다의 주인이고, 손님들에게 인사라도 하는 것처럼 행동했다. 그는 천천히 다가오는 한스 그릴에게 손짓했다. "안녕하세요, 화가님, 어쩐 일이세요? 새벽에 고기잡이를 나갔다 오시더니 벌써 또 배 옆에 계세요? 얼굴에 땀을 흘리며 살고 계시군요.'" 그렇다. 한스 그릴은 배를 타고 나가려고 했다. 그는 웃었다. "바다가 저를 사로잡았어요. 이제 바다와 아무것도 하지 않으면 저는 불안해져요. 술꾼들의 갈증 같은 거죠. 같이 탈래, 도랄리체?"

"아니." 도랄리체는 함께 배를 타고 싶지 않았다. 바다가 오늘은 그녀에게 너무 회색이었다. 그녀는 자작나무 숲으로 올라가서 히스 밭에 누워 있고 싶었다.

"아하." 크노스펠리우스가 말했다. "알겠어요. 회색 바다는 오늘 부인의 정신에, 말하자면 올바른 치장이 아니군요. 저를 데려가시지요, 화가님, 저의 정신은 모든 바다에 다 잘 맞습니다."

다른 곳에 모여 있는 사람들 쪽에서 힐마르를 부르는 소리가 들렸다. 니니가 수영을 마친 터라 모두들 집으로 돌아가려는 참이었다. 하지만 롤로가 그에게 손짓했다. "거기 있어. 자기는 배를 타고 싶어 하잖아. 이따 봐." 힐마르는 잠깐 망설이며 그 자리에 서서 집으로 돌아가는 가족을 바라보았다. 그러고는 도랄리체가 모래 언덕을 올라가 자작나무 숲으로 가는 모습과, 한스와 추밀 고문관이 배들 쪽으로 내려가는 모습을 바라보았다. 생각에 잠긴 채 그는 조약돌을 집어 들고 파도 위에 돌을 던져 물수제비를 떴다. 그의 얼굴은 다시 고집스럽게 단호한 표정이었다. 그 표정이 그에게 어두운 아름다움을 가지도록 만들었다. 갑자기 힐마르는 돌아서서 가볍게 흔들거리는 걸음으로 빠르게 모래 언덕을 향해 갔다. 그의 걸음은 아마도 어린 힐마르가 여름밤에 아이 방에서 빠져나와 마을 길로 도망쳐 내려갈 때 걸었을, 즐겁고 의욕에 넘치는 그런 걸음이었다. 그는 작은 자작나무 숲으로 향하는 지름길로 접어들었다.

그는 등을 자작나무 줄기에 기대고 히스 밭에 앉아 있는 도랄리체를 발견했다. 그녀는 책을 펼친 채 다리에 올려놓고 있었다. 그러나 책은 보지 않고 머리를 뒤로 젖히고 반쯤 뜬 눈으로 자작나무들의 꼭대기를 올려다보고 있었다. 그녀의 얼굴은 자장가를 들으며 잠이 오기를 기다리는 사람의 얼굴처럼 평화로웠다. 그리고 그녀의 주변으로는 귀뚜라미가 열정적으로 우는 소리가 끊임없이 들렸다. 힐마르가 나지막하게 헛기침을 했다. 도랄리체가 올려다보았다. 그녀는 특별히 놀라지는 않았다. 단지 눈썹을 조금 치켜올리며 물었을 뿐이었다. "아, 당신이군요. 저를 따라오신 거예요? 배를 타러 가신다고 하지 않았나요?"

힐마르는 조금 당황스러워했다. "에, 흠, 부인을 따라왔어요. 허락해 주시겠지요?" 그러고는 도랄리체 건너편 나무 그루터기에 앉았다. "배를 타고 나가는 건 이제 아무것도 아니에요. 부인이 바다에 안 계시면 바다는 제게 아무 의미도 없어요."

"아." 도랄리체가 다시 그녀의 평온한 자세로 돌아가면서 말했다. "예전에 한 젊은 외교관이 말했어요. 젊은 여인과 한순간 함께 있으면서 사랑을 고백하지 않는 것은 예의에 어긋나는 일이라고요."

힐마르가 얼굴을 붉혔다. "말도 안 돼요." 그가 말했다. "저는 분명 예의를 차릴 기분은 아니에요. 어쨌든 부인이 지루해하실 거라 생각해서 왔어요."

"네, 왜 제가 지루해할 거라고 생각하셨나요?" 도랄리체가 물었다.

"음, 왜냐하면……." 힐마르가 말했다. "왜냐하면 부인이 책 한 권만 손에 든 것을 봤기 때문이죠. 이 무더운, 조금은 슬픈 날에, 너무나 분홍색인 볼과 너무나 황금빛인 머리카락을 가진 아가씨가 책 처음부터 끝까지 정원에서 한 남성에게 키스를 허락했다는 사실 때문에 괴로워하는 이야기는 부인을 슬프게 만들 거라고 생각했기 때문이에요."

도랄리체가 힘없이 미소 지었다.

"우리 담배나 한 대 피울까요?" 힐마르가 제안했다. "네." 도랄리체가 담배를 받아 들었고, 힐마르는 불을 붙여 주었다. 그리고 두 사람은 담배를 피우며 아무 말도 하지 않고 귀뚜라미의 날카로운 울음소리를 들었다. 마침내 도랄리체가 말문을 열었다. "저를 즐겁게 해 주려고 하신다면서요?"

"맞아요, 아, 맞아요." 힐마르가 눈앞의 밝은 모습을 조용히 바라보는 것을 방해받고 싶지 않다는 듯 주저하며 대답했다. "하지만 너무나 기분이 좋아서 말을 하면 망쳐 버리고 마는 그런 삶의 상황이 있지요. 저는 어렸을 때 체리 케이크를 먹을 때면 말하는 것을 신성 모독으로 생각했어요."

그러나 도랄리체는 웃지 않았다. 기이한 흥분이 갑자기 그녀의 눈을 선명하게 만들고, 빨갛고 얇은 입술의 선이 구부러졌다. 이렇게 말할 때 그녀의 목소리는 낮아지고 약간 떨렸다. "저와 이야기하는 것이 소위님에겐 쉽지 않기 때문이기도 하겠지요? 무엇에 대해서 이야기할 수 있겠어요? 제 뒤로는 모든 끈이 다 끊어졌어요. 그러니 소위님은 날씨에 대해서 이야기하거나, 사랑 고백을 하실 수밖에 없는 거죠."

힐마르는 손바닥으로 무릎을 쳤다. "제가 바로 말했잖아요. 의심스럽게 회색인 이런 날에 혼자서 히스 밭에 누워 있는 건 좋지 못하다고요. 말할 거리요? 부인에게 말할 거라면 산더미같이 많습니다. 누구도 들어 보지 못한 것들이지요. 이런 때 마로비츠 남작이 어떻게 지내는지, 파트키 백작 부인이 누구랑 관계를 맺고 있는지에 대해 얘기할 필요는 없어요. 하지만 부인이 원한다면 그런 얘기도 할 수 있어요."

도랄리체는 그의 이야기를 제대로 듣고 있지 않는 것 같았다. 그녀는 힐마르를 넘겨보며 자기 자신의 고통스러운 생각을 엿듣고 있었다. "그리고……." 그녀가 말을 시작했다. "저기에선 사람들이 저에 대해 뭐라고 이야기하나요― 다른 사람들이요."

"아무 말도 하지 않아요!" 힐마르가 조급하게 대답했다. "무슨 말을 하겠어요? 이제 거기에 대해선 더 이상 아무 말도 하지 않아요."

"이제 거기에 대해선 아무 말도 안 하는군요." 도랄리체가 반복했다. "그러니까 저는 죽었거나 잊힌 사람이군요."

"그런 걸 잊힌 거라고 할 수 있다면요." 힐마르가 비웃었다.

도랄리체는 잠깐 동안 혼자 생각에 잠겼다. 창백하고 고통스럽게. 그러고는 낮은 목소리로 물었다. "바닷가의 공동묘지를 아세요?"

"아니요." 힐마르는 그에 대해 아는 게 없었다. 그는 공동묘지에 대해 특별히 관심이 있지는 않았다. "추밀 고문관이 저에게 그걸 보여 주었어요." 도랄리체가 말을 이었다. "바다가 큰 부분을 파도로 쓸어 간 공동묘지지요. 관들과 죽은 사람들이 모래 위로 삐죽 나와 있어요. 추밀 고문관이 말하길, 폭풍이 부는 밤이면 바다가 관들을 쓸어 간대요. 조용한 남자들이 여행을 가는 거라고 그 사람이 말했어요."

"괴물 같은 난쟁이." 힐마르가 외쳤다. "그 사람이 왜 그걸 부인께 보여 준 거지요? 부인이 무서워하길 바란 거군요."

"전에는 죽는 것을 두려워한 적이 없어요." 도랄리체가 말했다. "우리들은 아마도 존재할 필요가 없는지도 몰라요. 단지 죽는다는 것이 끔찍하게 외롭게 들릴 때면, 저는 혼자 있을 수 없어요." 도랄리체는 살짝 몸을 일으켜 세우고, 한 손으로는 히스 밭을 받치고 앉아 있었다. 입술은 미소 짓고 있었지만, 얼굴은 진지했다. 끝없이 외로운, 얼어붙는 듯한 미소였다. 두 눈은 눈물로 가득 찼다.

"부인, 우시는군요." 힐마르의 입에서 튀어나온 말이었다. 갑작스러운 감동이 마치 고통처럼 그의 목을 메게 했다. "부인은 혼자이셔서는 안 됩니다." 그는 앉은 자리에서 잔디로 미끄러져 내려와 개울가에서 물을 마시려고 몸을 뻗치는 사람처럼 몸을 뻗쳐 히스 밭에서 쉬고 있던 도랄리체의 손에 입을 맞췄다. 잠시 동안 그 손은 움직이지 않고 가만히 있다가 빠져나갔다. 도랄리체의 얼굴에 옅은 홍조가 떠올랐다. 그녀는 이제 다시 깨어난 활기찬 목소리로 이렇게 말했다. "뭐 하시는 거예요. 일어나세요. 저는 혼자가 아닌걸요."

힐마르는 몸을 일으켜 히스 속에 무릎을 꿇고 앉았다. 그의 얼굴과 몸의 선이 너무나 커다란 흥분으로 팽팽하게 긴장됐다. "부인이 혼자라는 것. 부인이 혼자인 모든 순간들은 모두에게,

우리 다른 사람 모두에게 끔찍한 낭비입니다. 그렇지만 삶은 그런 정신 나간 낭비로 가득하죠. 우리의 삶이란 것이 너무나 소중한 순간들을 끊임없이 바보처럼 낭비하는 것이 아니라면 도대체 뭐겠어요."

도랄리체는 그의 말을 귀담아들었다. 호의를 가지고 들었다. 그의 말에 담긴 열정이 그녀를 편안하고 따뜻하게 만들어 주었다. 그러고 나서 그녀는 어머니의 말투로 이야기했다. "일어나서 집으로 가세요. 저도 가야 해요. 한스가 저를 기다린답니다." 힐마르는 순종했다. 그는 잠시 머뭇거리며 서 있었다. 그의 내면에서 무언가가 이뤄지고 또 싸우고 있었다. 그러더니 훌쩍 돌아서서 언덕을 뛰어 내려갔다. 도랄리체는 그가 내려가는 모습을 보며 미소 지었다. 그녀는 일어서서 손차양을 하고 돌아가는 길로 접어들었다. 이제 다시 진정되었고 또 위로를 받았다.

한스는 벌써 초조하게 도랄리체를 기다리고 있었다. 큰 걸음으로 그는 점심 식사가 차려진 식탁 주변을 걸으며 혼잣말로 야단치고 있었다. "내가 너무 늦었어. 화났어?" 그녀가 들어서며 말했다. 한스는 친절하게 미소 지었다. "응, 아주 많이 화가 났지. 하지만 자기가 왔으니까 그건 더 이상 의미가 없어. 아그네스! 수프 가져다주세요. 배고파. 어서 와. 앉자." 아그네스가 수프를 가지고 왔다. 그녀는 매우 진지했다. 도랄리체가 너무 늦게 온 것을 용서할 수 없었기 때문이다. 그녀는 접시를 채우고, 매일 그렇듯 한스가 먹는 모습을 유심히 살펴보기 위해 식탁 옆에 섰다.

"그런데⋯⋯." 한스가 좋은 기분으로 대화를 시작했다. "저 위에 히스 밭에서 혼자 있는 건 어땠어?"

"예뻤어." 도랄리체가 대답했다. "함 소위가 와서 잠깐 이야기를 나눴어."

"아!" 한스는 수프에 완전히 마음을 빼앗긴 것 같았다. "뭐래?"

"아, 별거 아니었어." 도랄리체가 말했다. 그녀는 저 위에서 벌어진 일을 이야기할 수도 있었다. 하지만 무엇 때문에? 그녀는 생각했다. 한스는 또 그걸로는 그녀에게 도달하지 못한다고, 더 순수한 법칙들과 자유에 대해 이야기할 것이 뻔했다. 한스는 의자에 기대앉아서 말을 시작했다. "그래, 그 사람들은 말은 하지만 진짜로 이야기하지는 않는 데 능하지. 어제도 그걸 느꼈어. 좋은 농담 하나와 좋은 의견 하나. 하지만 대부분은 의미 없는 말장난이야. 비둘기구이처럼 고기는 별로 없고 무의미한 것들로 가득하지."

"그래, 당연히 뭔가 배울 게 있지는 않았어." 도랄리체가 조금 기분이 상해서 말했다.

"아니, 그걸 요구하는 건 아니야." 한스가 그녀를 진정시켰다. "그리고 난 그 사람들을 공격하는 게 아니야. 그 사람들은 나름의 방식으로 분명 친절하고 현명한 사람들이야. 우리도 그런 방식에 익숙해져야 할 거야."

도랄리체는 대답하지 않았다. 한스가 갑자기 모든 걸 다 이해하고 있는 정의로운 사람인 척하는 것이 화가 났다. 왜 예전처럼 그들을 비난하지 않는 걸까? 아그네스가 접시를 들고 나갔다. 구운 닭고기를 가져오기 위해서였다.

"아그네스는 여기 서서 자기가 먹는 걸 감시해야만 하는 거야?" 도랄리체가 물었다.

"방해돼?" 한스가 말했다. "그만하라고 말해야 좋은지도 모르겠지만, 내가 먹는 걸 지켜보는 게 아그네스의 인생에서 가장 큰 즐거움인 것 같아 걱정이야."

"뭐, 그렇다면." 도랄리체가 말했다. 그러고는 생각에 잠겨 이렇게 덧붙였다. "아그네스는 나를 좋아하지 않아. 내가 먹는 건 전혀 보지 않아." 한스가 웃었다. "불쌍한 아그네스는 자기가 사랑할 수 있는 모든 능력을 다 나한테 집중하고 있어. 하지만 확실히 자기편을 들 거야. 나에게 속하는 모든 것들에 대해서 그런 것처럼 말이야. 아그네스는 개랑 비슷해. 자기 주인의 지팡이를 좋아하지 않아도 잘 지키고 방어하는 개 말이야."

"자기의 지팡이인 건 특별히 기분 좋은 일은 아니네." 도랄리체가 말했다. 그때 아그네스가 닭고기를 가지고 돌아와 대화가 중단됐다. 도랄리체는 배를 타는 것이 어땠는지, 추밀 고문관이 무슨 말을 했는지 물었다. "추밀 고문관은 나에 대해 이야기했어." 한스가 대답했다. "내가 어떤 사람인지 얘기해 줬지."

"자기는 어떤 사람이래?" 도랄리체가 호기심에 가득한 눈으로 올려보았다.

"내가 아주 좋은 사람인 것 같대." 한스가 말했다. "그렇지만 아주 좋은 사람들이 다 그렇듯이 나도 오해를 받으면서 산대."

"아, 뭐라고, 그 난쟁이가." 도랄리체가 조급하게 말했다. 커피를 마시며 담배에 불을 붙인 한스는 졸렸다. 그는 몸을 뻗치고, 살짝 하품을 했다. 바다에서 보낸 밤이 여전히 그의 뼛속에 스며들어 있었던 것이다. 이제라도 잠깐 눕는 것이 최고라고 그는 말했다.

도랄리체는 안락의자를 열린 창문가에 가져다 놓았다. 밖에서는 비가 내리기 시작했다. 창문 앞에 납빛 커튼처럼 드리우는 얇고 촘촘한 비였다. 방 안은 무미건조한 회색빛으로 가득했다. 아그네스가 식기를 치우며 저벅저벅 걸어 다녔다. 그러다 문을 닫고 그녀마저 가 버렸다. 도랄리체는 의자 등받이 위의 머리를 이쪽저쪽으로 천천히 움직였다. 그녀가 외로움을 느낄 때의 습관이었다. 이 비와, 이 좁은 방의 회색빛과, 아그네스의 기쁨 없는 눈빛에 감시당하는 점심 식사, 이 모든 암울한 일상성이, 그 모든 것들이 슬펐다. 그리고 자신도 곧 슬퍼지리라는 것을 도랄리체는 알고 있었다. 하지만 아직까지 그녀는 이 모든 것들로부터 이상하게 벗어나 있었다. 그것은 그녀에게 속하지 않는, 그녀를 지나쳐 가는 슬픔과 일상성이었다. 도랄리체는 잊힌 기차역에 남겨진 여행객 같은 생각이 들었다. 지저분한 기차역의 대합실에 앉아, 한동안 자신의 것이 아닌 삶의 우울에 잡혀 있는 여행객 같다는 생각이 들었다. 그러나 기차는 올 것이고, 그러면 작은 역과 그 회색빛 지루함은 기차 뒤로 가라앉은 채 잊힐 것이다. 하지만 그 뒤에는 무엇이 올 것인가! 도랄리체의 안에서 그녀가 오늘 아침에 들었던 말들이 다시 들렸다. 그녀가 혼자 있는 모든 순간은 "우리 다른 사람 모두에게 끔찍한 낭비입니다". 한스는 그 낭비에 대해 두려워하지 않았다. 그는 무언가를 놓친다는 것을 두려워하지 않았다. 그는 자러 갔다. 한스는 그녀에 대해 얼마나 확신을 가지고 있는지! 그녀와 함께할 평생을 앞두고 있다는 사실을 그는 얼마나 깊이 확신하고 있는지, 평생을. '평생'이라는 말이 빗소리의 박자에 맞춰 그녀 안에서 단조롭게 메아리쳤다. 바깥에서 내리는 비의 단조로운 찰싹거리는 소리는 바다의 거대하고 운명에 가득 찬 소리 속에 열정적으로 묻혀 버렸다. 그가 저 히스 밭 위에서 어떻게 그녀 앞에 무릎을 꿇고 있었던가. 그가 자신의 승마에 대해 뭐라고 말했던가? "오로지 하나만 생각해요. 너무나 강하게 그것 하나만 원해서 결승선이 제게 다가오지 않으면 깜짝 놀라지요." 낯선 욕망과 의지가 거칠게 자기를 끌고 간다고 느끼는 것은 기이하게 강한 삶이었다. 저기 성에서는 그것을 한스에게서도 느꼈었다. 그가 모든 걸 다 이해한다는 듯한 태도를 갖기 전에, 그가 폭풍처럼, 있을 법하지 않은 멋진 모험처럼 그녀에게 왔던 그때에는. 그리고 지금 다시 그 비슷한 것이 가까이 있다. 하지만 아니다, 그런 것을 그녀는 원할 수 없었다. 만약 그녀가 그것을 원했다면 그녀는 매우 놀랐을 것이다. 이제 갑자기 혼자인 것이, 아무 일도 벌어지지 않는 회색 낮이, 그녀가 내면에서 느끼는 낯선 가능성들이 그녀를 고통스럽게 만들었다. 무엇이든 하자. 그녀는 생각했다. 그러고는 벌떡 일어났다. 그녀는 이미 무엇을 해야 하는지 알고 있었다. 도랄리체는 쾨네 백작이 후에 그녀에게 보내 준 커다란 여행 가방들이 세워져 있는 침실로 건너갔다. 그녀는 여행 가방들 중 하나를 열었다. 무더운 재스민 향이 밀려왔다. 그것은 쾨네 백작이 좋아했던 그녀의 향수였다. "나이가 들수록……." 백작은 말하곤 했다. "점점 계절을 거슬러 올라가면서 그 향기를 좋아하게 돼. 지금은 초여름의 향기가 좋아." 거기엔 도랄리체가 지난 한 해 동안 더 이상 생각하지 않았던 옷들이 모두 있었다. 그녀는 생각에 잠긴 채 옷들을 하나씩 넘겨보며, 벨벳과 크레이프와 비단을 손으로 쓰다듬었다. 그 느낌이 그녀 안에서 무언가 축제를 맞이하는 듯한 기분을 불러일으켰다. 그녀가 너무나 사랑했던 파란색 옷이 있었다. 도랄리체는 그 옷을 끄집어냈다. 공작 같은 파란색의 비단옷이었다. 가슴 부분은 크림 빛 바탕에 녹색과 빨간색이 도는 금색 실로 만들어진 자수로 장식되어 있었다. 도랄리체는 의자 위에 옷을 펼쳐 놓고 바라보다가 천천히 그녀가 입고 있던 옷을 벗어 내려놓고 공작 같은 파란색 옷을 입었다. 이제 그녀는 옷을 입고 회색빛 속에 섰다. 비단과 황금색의 부드러운 반짝임이 그녀의 안에서 편안한 흥분을 불러일으켰다. 도랄리체는 다시 거실로 건너가 안락의자에 앉아 한스를 기다렸다. 그것이 그에게도 영향을 끼칠 것이다. 그것이 그에게 이전 날들의 무언가를 다시 가져다줄 것이다. 도랄리체는 오랫동안 기다렸다. 한스는 오후의 낮잠을 제대로 잤다. 도랄리체가 침실에서 한스가 움직이는 소리를 들었을 때는 벌써 해가 지기 시작할 때였다. 마침내 한스가 왔다. 그는 몇 걸음 걸어 들어와 물었다. "왜 여기서 이렇게 달콤한 냄새가 나지? 성에서처럼 무더운 거지?" 한스가 도랄리체를 보고는 이렇게 말했다. "아, 자기 멋지게 차려입었구나. 그 옷 나도 알아." 그 말이 조금 무뚝뚝해서 도랄리체는 당황했다. 도랄리체가 사과했다. "여기는 너무 회색이고 추해서 이 옷을 입었어. 나는 이게 자기 마음에 들 거라고 생각했어."

한스는 의자에 앉아 턱수염을 만지작거리며 도랄리체 너머 창문을 바라보았다. "아, 당연하지, 아주 예뻐, 아주 예뻐." 그는 건성으로 이야기했다. "그렇지만, 말해 봐, 그 옷에 가득한 기억들을 원하는 거야?"

"난 기억들은 전혀 원하지 않아." 도랄리체가 대답했다. 거의 울 것 같았다. 한스는 혼자 생각에 잠겼다. "그래, 그래." 그가 중얼거렸다. "여기가 자기에겐 회색이고 추해서 뭔가 예쁜 것을 가지고 싶었던 거야. 당연하지. 이해해. 좋아, 좋아."

두 사람은 한동안 아무 말도 하지 않았다. 도랄리체는 옷이 그녀에게 가져다준 약간의 축제 같은 기분이 사라져 버렸음을 느꼈다. 한스가 일어나서 짜증스럽게 방 안을 이리저리 걸어 다녔다. 그러고는 멈춰 서서 물었다.

"그 옷 입고 있을 거야?"

"다시 벗을 수도 있어." 도랄리체가 작은 소리로 대답했다.

"그래." 한스가 말을 이었다. "그 옷은 그러니까 여기 이 방에선 왠지 낯설단 말이야. 나는 모델이 내 옆에 있는 것 같은 느낌이 들어."

"모델이라고." 도랄리체가 기분이 상해 반복했다.

"아니야, 아니야, 모델이 아니야." 한스가 도랄리체를 진정시켰다. "그렇게 말한 건 어리석었어. 들어 봐, 설명해 줄게. 뮌헨이었어. 난 5층에, 당연히 아주 추한 방에 살았었지. 그때 나는 한 미술품 상인이 가지고 있던 프랑스제 유리그릇에 푹 빠졌어. 핑크색과 녹색 유리로 된 거였는데, 나한텐 너무 비쌌지. 좋아. 하지만 나는 사랑에 빠졌고 그림을 팔아 돈이 조금 생겼을 때, 그 그릇을 사서 집으로 가지고 왔어. 나는 그걸 내 책상 위에 올려놓았지. 책상 위에는 파란색 꽃이 그려진 끔찍한 노란색 책상보가 올려져 있었어. 아니, 그건 아니었어. 이번에는 상자 위에, 서툰 솜씨로 부식 처리된 노란색 상자 위에 올려놨어. 그건 더 아니었어. 세면대에도 올려놔 보고, 창가에도 놔 보고— 그러니까 뭐라고 해야 할까, 그 그릇을 어디에 놓든 분위기가 이상해지는 거야. 그게 마치 치통처럼 나를 괴롭혔어. 나는 그걸 다시 미술품 상인에게 돌려주고 나서야 행복해졌어. 알겠어? 그런 거야."

"내가 그 유리그릇이야?" 도랄리체가 물었다.

"자기가 아니라, 자기 옷 말이야, 자기 옷." 한스가 도랄리체 앞에 서서 그녀가 무슨 말을 할지 긴장한 채 기다렸다. 그러나 도랄리체는 아무 말도 하지 않고 일어나 옷을 갈아입기 위해 침실로 갔다. 한스는 다시 방 안을 이리저리 걷기 시작했다. 그는 분노해 있었다. 그러니까 그는 다시 그녀의 기분을 상하게 만들었다. 하지만 지금은 어쩔 수 없는 듯했다. 사랑이란 서로가 서로를 괴롭히기 위해 두 사람을 붙여 놓는 관습 같아 보이지 않는가? 정말 그런 것 같아 보였다. 그러나 달라져야만 한다. 도랄리체가 어두운 색 옷을 입고 돌아와 그녀의 안락의자에 조용히 앉았을 때 그가 말을 시작했다. "화났지? 나도 알아, 나도 알아. 하지만 보게 될 거야. 내가 자기가 여왕님처럼 옷을 입을 수 있는 환경을 만들어 줄 테니까."

"아, 그 작은 집." 도랄리체가 끼어들었다.

"이제 그것보다 훨씬 더 좋은 거." 한스가 조급해하며 말을 이었다. "뮌헨에선 많은 걸 할 수 있을 거야. 거기서 나는 미술 학교를 세울 거고, 그리고 일을 할 거야. 나는 아이디어가 넘쳐. 나는 너무 많은 것들을 내 안에 저장해 놓고 있어. 나는 폭탄처럼 장전되어 있다고. 그리고 내가 진부한 대도시 사람들의 세계에 들어서면 사람들은 깜짝 놀랄 거야. 나는 그걸 고대하고 있어. 등에 불을 켜고 곧장 함께 뮌헨에 편지 몇 장을 쓰자." 한스는 손을 비비고 웃었다. 그는 열정과, 뭔가 하려는 욕구로 가득했다. 그러나 도랄리체가 피곤한 듯 말했다. "아, 아니야, 등에 불을 붙이는 것만은 하지 말자."

한스는 잠깐 동안 서서 생각했다. 그러고는 천천히 의자에 앉아 담배에 불을 붙였다. 두 사람은 아무 말이 없었다. 방 안은 점점 더 어두워졌다. 어둠이 비처럼 땅 위에 흘러내리는 것 같았다. 어디선가 바람이 집 안으로 들어와 슬픈 웃음 같은 소리를 냈다. 도랄리체는 한스가 어둠 속에서 그녀 옆에서 자기 자신과 싸우고 있다는 것을 느끼고 있었다. 그 흥분에 대한 인식, 그가 아마도 열정적으로 나서게 될 것이라는 기대가 이 시간의 우울함 속에 있는 그녀를 위로해 주었다. 그때 한스가 다시 침착해

겨서 친절하게 말했다. "봐 봐, 그건 거기서 비롯된 거야."

"뭐가?" 도랄리체가 물었다.

"우리가 여기 이렇게 함께 앉아서 마치 적이라도 된 듯 서로 아무 말도 하지 않는 거 말이야. 우리는 적이 된 게 아니야. 해야 할 말들도 많고. 하지만 그건 우리 사랑의 무언가가 끝나고 무언가 새로운 것이 시작되어야만 한다는 데서 오는 거야. 이제 우리 영혼의 가장 섬세하고 예민한 부분들이 대결을 펼쳐야 하는 거야. 이제 세제곱근을 계산하는 것과 같은 아주 복잡한 계산이 시작될 거야. 항상 그래. 그래야만 하는 거야. 나는 그때처럼 항상 일상을 벗어나는 사건일 수는 없어."

"나는 자기가 사건이길 바라지 않아." 도랄리체가 말했다.

"나도 알아, 나도 알아. 그리고 나는 이제 우리가 이 가슴 아픈 시간을 끝내기 위해 무엇을 해야만 하는지도 알아. 우리는 바다로 나가야 해. 어둡고 비가 오지만 그건 문제가 아니야. 바다가 우리를 치료해 줄 거야. 바다는 항상 사건일 수 있어. 거기에 우리는 함께하려고 해. 그러면 자기도 보게 될 거야. 거기서 우리는 다시 서로 친구가 되었다고 느끼게 될 거야. 그러면 자기는 다시 불빛을 견딜 수 있을 거야."

한스는 도랄리체의 외투를 가져와서, 그녀를 단단하게 차려 입힌 후, 그녀를 데리고 밖으로 나왔다. 밖에서 두 사람은 거센 바람과 싸워야 했다. 바다는 아주 큰 소리로 철썩였다. 서로에게 소리 지르고 서로가 말을 끊는 커다란 목소리들의 대혼란이었다. 그리고 어둠 속에서 파도가 거대한 하얀 물체처럼 솟아올라 위로 펼쳐졌다가 기울고는 떨어져 부서졌다. 때때로 한스와 도랄리체는 갑자기 하얀색 차가운 천 위에 서 있었다. 그것은 그들에게까지 올라와 부서지는 파도였다. 두 사람은 웃었고, 서로를 꽉 끌어안았다. 한스가 철썩거리는 파도 소리에 큰 소리로 물었다. "자기도 느껴? 느끼고 있어? 우리가 다시 친구가 되었다는 걸?"

"응, 응." 강하게 요동치는 공기를 들이마시느라 숨이 찬 도랄리체가 대답했다.

불렌크루크에서도 비가 오는 오후가 분위기를 짓누르고 있었다. 그렇지 않아도 공기 중에는 긴장이 깔려 있었다. 그것은 사람들이 예민하고 지루한 불안과 함께 좁은 공간에서 몰고 다니는 긴장이었다. "우리 식구들이……." 장군 부인이 보르크 부인에게 말했다. "오늘 여기서 마치 우리에 갇힌 북극곰들처럼 돌아다니네요. 등불을 다 켜세요. 어두워져서는 안 돼요. 그건 위험해요. 그리고 좋은 음식을 많이 내주세요. 그렇게 해야 우리는 이 어려움을 제일 쉽게 건너갈 수 있어요." 집 안이 아주 밝아졌다. 장군 부인은 보르크 부인과 소파에 앉아 파시앙스를 했다. "짜증 나는 사랑에……." 장군 부인이 말했다. "카드놀이보다 좋은 건 없지요." 베디히와 니니는 체스를 두면서 다퉜다. 폰 부틀레어 남작은 짜증 섞인 작은 걸음으로 방을 이리저리 왔다 갔다 하며 자꾸만 온도계를 들여다보았다. 그때 그의 부인이 식당 쪽 문에서 나타나 말했다. "자기, 잠깐 얘기 좀 할 수 있을까."

"당연하지, 여보." 그는 대답하고 단숨에 더 꼿꼿하게 섰다.

"무슨 일이야?" 그는 부인을 따라 식당으로 갔다. 그들 뒤로 문이 닫혔다. 장군 부인이 불만족스러운 듯 고개를 가로저으며 말했다. "벨라는 옛날부터 논쟁의 효과를 너무 높게 평가해." 부부의 대화는 상당히 오래 이어졌다. 격앙된 남작의 목소리가 들렸다. 그러자 베디히가 니니에게 속삭였다. "들어 봐, 방금 아빠가 시적인 욕구라고 말했어."

힐마르와 롤로는 카드놀이에 전혀 집중하지 못했다. 마침내 식당 문이 다시 열렸다. 폰 부틀레어 부인이 거실로 나와 조용히 탁자 앞에 앉더니 뜨개질을 시작했다. 폰 부틀레어 부인은 창백했고, 사람들은 그녀가 울었다는 것을 알았다. 그러나 남작은 문 뒤에 멈춰 서서 엄숙하게 말했다. "힐마르, 잠깐 얘기 좀 하자."

"네, 명령하신 대로 하지요." 힐마르가 대답하며 벌떡 일어섰다. 그는 이때 눈썹을 찌푸렸으며, 순간적으로 너무나 분노한 표정을 지어 롤로가 놀라서 그를 바라보았다. 두 남성은 식당 문 뒤로 사라졌다. 장군 부인이 눈썹을 치켜뜨고 말했다. "이 회의가 어디에 좋은지 난 모르겠구나. 좋은 분위기를 만드는 데 기여하지는 못할 거다."

"아니에요, 엄마." 남작 부인이 열심히 뜨개질을 하면서 대답했다. "저는 기분이 좋지도 않고 산문적인 사람이에요. 그 말을 제가 방금 들었어요. 다른 사람들은 기분이 좋고 시적이죠. 저는 아니에요. 저는 누구나 필요로 하지만 아무도 좋아하지 않는 헌병 같은 사람이에요."

"하지만 벨라." 장군 부인이 이의를 제기했다. 그러나 보르크 부인은 그것이 좋다고 말했다. 보르크 부인은 어머니의 사랑이 다른 사람의 행복을 지켜 주는 경찰이 되는 것이 좋다고 말했다.

"말씀 잘하셨어요, 보르크 부인." 남작 부인이 말을 하자 장군 부인이 화를 냈다. "제대로 한 번 개입하는 것이 아주 유용하지 않다고는 말하지 않았다. 하지만 짧고 날카롭게 하는 것이 길게 화를 내는 것보다는 항상 더 나아."

"대체 누가 화를 낸다는 거예요?" 남작 부인이 물었다. 이에 대해 장군 부인은 대답하지 않았다. 그사이 롤로는 방에서 불안하게 왔다 갔다 하고 있었다. 유리문에 기대서서 어둠 속을 들여다보았다. 그러다가 문을 열고 베란다로 나갔다. 바람이 마치 그녀를 기다리고 있었다는 듯 즉시 그녀를 덮쳐 옷을 잡아끌고 머리카락을 헝클어뜨렸다. 커다랗고 바쁜 날개가 내는 소리 같이 큰 소리가 어둠 속을 날아다녔다. 바쁘고 자유분방한 삶이 여기 어둠 속에서 자신의 본질을 드러내고 있었다. 그리고 롤로는 거기 서서 깊이, 그리고 힘들게 숨을 쉬었다. 그녀는 괴로웠다. 그러나 저 안의 등불 빛 속에서 그 괴로움은 참을 수 없이 갉아 대는 고통이었다. 여기 밖에서 그녀는 그 괴로움을 위대한 것, 거의 아름다운 것으로까지 느꼈다. 그러다 식당 문이 열리고 두 남성이 다시 거실로 들어서는 소리가 들리자 롤로는 유리문을 살짝 열고 힐마르를 불렀다. 힐마르는 그녀가 있는 베란다로 나왔다. 두 사람은 한동안 조용히 어둠 속에서 나란히 서 있었다. 롤로는 힐마르의 팔을 잡고 그에게 단단히 기댔다. 마침내 그녀가 나직이 이야기했다. "아버지가 나 때문에 자기를 혼냈어?"

"아, 아버님이 옳으셔." 힐마르가 대답했다. 그의 목소리는 억눌리고 풀이 죽어 있었다. "자기가 나 때문에 괴로워하면 다른 사람들이 전부 옳아. 그러면 나는 못된 개야. 나는 자기한테 와서는 안 됐어. 자기는 안전하고 행복해야만 해."

롤로가 아주 부드럽게, 위로하는 투로 다시 이야기를 시작했다. "아니야, 자기는 어쩔 수 없어. 우리 둘 다 어쩔 수 없어. 세상에는 우리 둘보다 더 강한 것들이 있어. 이제 난 그걸 이해했어. 아, 이제 난 아주 많은 걸 이해해. 예전에 난 사랑이란 손에 손을 잡고 앉아서 긴 편지를 쓰는 거라고 생각했어. 하지만 이제 난 알아. 사랑을 한다는 건 끔찍하게 큰 일이고, 사랑을 할 때는 엄청 큰 일들을 할 수 있어야 한다는 걸 말이야. 그리고 내가 고통스럽지 않아야 될 이유가 뭐가 있어? 자기도 괴로워하고, 너무 많은 사람들이 괴로워하잖아. 아니야, 불쌍한 나의 힐마르, 나는 비록 운명으로 가득한 입을 가지고 있지는 않지만, 일요일에 입는 파란색 벨벳 겉옷도 아니야. 그렇지만 걱정 마, 우리는 올바른 길을 찾게 될 거야." 그러고 나서 롤로는 부드럽게 그의 팔을 쓰다듬었다.

"롤로! 롤로!" 남작 부인과 남작이 창문을 두드렸다. "부모님이 부르셔, 우리 이제 들어가자." 롤로가 말했다.

"나는 지금은 들어갈 수 없어." 힐마르가 한숨 쉬듯 말했다.

"그렇지만 자기는, 자기는 안전하고 행복해야 해. 그리고 나는—나는 못된 개야." 힐마르는 그녀 위로 고개를 숙여 뜨겁고 건조한 입술로 그녀의 눈에 키스를 했다. 그러고 나서 그는 롤로를 밀어내고 어둠 속으로 달려갔다. 롤로는 잠시 동안 더 서 있었다. 두 손을 가슴 위에 올리고, 뜨거운, 열광적인 눈으로 밤을 바라보며 자신의 커다란 고통에 매혹되었다.

집의 좁은 쪽 옆면에 난 부엌문에서 외투를 입은 세 명의 형상이 해안 쪽으로 빠져나왔다. 니니와 베디히였다. 그들은 거실에서 몰래 빠져나와 에르네스티네의 안내를 받아 자신들이 가장 좋아하는 모험, 즉 백작 부인을 보러 가고 있었다. 바르다인의 집 뒤쪽 오른편에 난 창문에 도달하기 위해서는 모래 언덕을 올라가야 했다. 그렇지 않아도 분위기가 무겁고 지루한 집의 숨 막히는 공기로부터 벗어나는 것, 모래 벽을 타고 올라오는 바람에 휘감기는 것, 축축한 노간주나무 수풀을 지나는 것, 그리고 무엇보다 어둠 속에서 무엇과 마주칠까 두려워하는 것은 즐거운 일이었다. 이제 그들은 창문의 작고 밝은 사각형을 볼 수 있었다. 에르네스티네가 쉿— 하고 신호를 보냈을 때, 그들은 모래 언덕의 완만한 경사를 조심스럽게 내려가 조용히 창문 쪽으로 다가가기만 하면 되는 상황이었다. 세 사람은 모두 즉시 노간주나무 수풀 속으로 몸을 낮췄다. 작고 밝은 사각형 앞에는 이미 한 사람이, 작고 기울어진 형상이 서 있었다. 길고 규칙적인 옆얼굴이 노란색 불빛이 밝혀진 유리창에 선명하게 드러났다. "추밀 고문관이야." 에르네스티네가 속삭였다. 그들은 움직일 엄두를 내지 못했다. 어둠 속에서 창문 앞에 서 있는 작은 사내는 무시무시하고 끔찍해 보였다. 그러더니 갑자기 그가 더 이상 그곳에 없었다. 그는 밤의 어둠 속으로 사라져 버렸다. 세 아이는 앞으로 나갈 엄두를 내지 못한 채, 노간주나무 수풀 속에서 웅크리고 앉아 있었다. 그러더니 밤 속에서 다시 한 형상이 나타나 창문 앞에 섰다. 날씬한 모습, 어두운 머리, 밝은 창문에 실루엣처럼 드러난 섬세한 옆얼굴. "힐마르야." 베디히가 설명했다. 그 형상이 어둠 속으로 사라지기까지 이번에는 오래 기다려야 할 것만 같았다. 그가 사라진 뒤에야 아이들은 숨어 있던 곳에서 나와 창문가로 가 한스 그릴이 책상 앞에 앉아 편지를 쓰고 있는 모습과 도랄리체가 안락의자에서 고개를 뒤로 기대고, 눈을 크게 뜬 채 꿈꾸듯 앞을 바라보고 있는 모습을 보았다. 후에 니니는 위층에 있는 자기 침실의 침대에 누워 롤로에게 이때 겪은 것들을 들려주며 이렇게 말했다. "그거 알아? 백작 부인은 그렇게 아름다운 것이 끔찍하게 피곤한 일인 것 같은 모습이었어."

"그래, 그렇게 아름다운 건 끔찍한 책임이기 때문이야." 롤로의 침대 쪽에서 엄숙하고 현명한 대답이 들려왔다.

제11장

　자정쯤에 날씨가 거칠어졌다. 갑자기 폭풍이 불어닥쳤고, 간
헐적으로 방향이 바뀌어 마치 폭풍이 사방에서 몰아닥치는 것
만 같았다. 파도는 높이 치솟았고 술 취한 것처럼 뒤뚱거렸다.
그러나 오래 계속되지는 않았다. 갑자기 닥쳤던 것처럼 폭풍은
갑자기 잦아들었다. 서쪽에서 부드러운 바람이 불어와 파도를
쓰다듬고 진정시켜 주었다. 구름 없는 맑은 낮이 밝아 왔다. 햇
빛이 화려한 녹색 바다를 비췄다. 내던져진 해초 때문에 해안은
비단으로 뒤덮인 것 같았다. 공기는 바다의 날카롭고 소금기 섞
인 향기로 가득했다.

　한스와 도랄리체는 오전 일찍 모래 언덕 위에 있는 그들의 자리
로 올라왔다. 도랄리체는 그곳에서 모래 위에 담요를 깔고 누워
바다를 바라보았다. 한스는 그림을 그렸다. 그는 품에 손을 포개
넣은 채 꼼짝도 않고 의자에 앉아 있는 바르다인의 할머니를 그렸
다. 단단하고 주름투성이인 얼굴의 피부가 햇빛에 반짝여서, 마

치 오래된 도금 흔적이 피부에 들러붙어 남아 있는 것 같았다. 흐리고 누런 두 눈은 꼼짝 않고 아득히 먼 곳을 무심하게 바라보는 시선으로 수평선 쪽을 향해 있었다. 한스는 그림을 그리면서 자신의 예술에 대해 이야기했다. 어제부터 그는 열정적으로 자신의 예술과 현실적인 전망에 대해 많은 말을 했다. "잘돼 가고 있어요. 어머님, 아주 훌륭한 모델이세요. 사람의 운명이 어머님 얼굴보다 더 선명하게 선으로 남을 수는 없어요. 뭐, 당연히 초상화는 우리에게 개인적인 삶에 대한 상상을 불러일으켜야 해. 그래서 우리는 모르는 사람들도 그려야만 해. 그렇지 않으면 우리는 너무 깊이 들어가려고 하거든. 그래서 예를 들면 자기를 그리는 게 내겐 어려운 거야. 나는 자기를 너무나 확실하게 잘 알고 있거든."

"자기는 나를 확실하게 잘 알고 있어?" 도랄리체가 물었다.

"당연하지."

"그럼 나보다 더 많이 알고 있는 거네." 도랄리체가 말했다.

한스가 붓을 내려놓고 놀라서 도랄리체를 바라보았다. "말 좀 해 봐. 최근 들어 자길 보면 가끔씩 추밀 고문관같이 불쾌한 인생 명언들을 늘어놓네."

도랄리체가 한숨을 쉬었다. "아, 그래, 내 안에서 추밀 고문관과 비슷한 게 생겨나는 걸 느끼는 건 편안한 일은 아니네."

한스가 어깨를 으쓱하고 붓을 잡았다. 이제 두 사람은 아무 말이 없었다. 도랄리체는 마치 아래쪽에서 그녀와 관계된 일들이 일어날 수 있기라도 한 듯 주의 깊게 아래쪽 해안을 살펴보았다. 아래쪽에는 짐수레들, 작고 갈기가 엉클어진 말들과 어부들이 서 있었다. 어부들은 밭에 뿌리기 위해 수레에 해초를 싣고 있었다. 그리고 조그만 회색 형체 하나가 두건을 흩날리며 쉼 없이 바닷가를 이리저리 걸어 다니고 있었다. 그러다가 때때로 멈춰 서서 멀리 바다를 내다보았다. "슈테게가 아직 안 돌아왔어요?" 한스가 물었다. "부인이 저 아래서 아직도 이리저리 걸어 다니는 게 보이네요."

"슈테게가 이제 돌아올지 안 올지는……." 노파가 남자 목소리처럼 깊게 울리는 목소리로 대답했다. "슈테게가 이제 배로 돌아올지, 아니면 배를 타지 않고 돌아올지는 알 수 없어. 내 남편 마티스는 둘째 날 저기 공동묘지에서 멀지 않은 곳에서 배를 타지 않고 바닷속에서 돌아왔지. 내 아들 에른스트는 아예 돌아오지도 않았고. 슈테게는 늘 남들이 배를 타고 나가려 하지 않을 때 나갔어. 그러면 혼자서 고기를 다 잡을 수 있을 거라 생각했지. 내가 자정에 살펴보러 나갔을 때 벌써 바람이 끔찍하게 불었어. 나는 항상 자정에 보러 나가. 남편을 기다렸을 때부터 그래 왔어." 낮고 쉰 목소리가 조용히 혼잣말하듯 이야기했다. 그 목소리는 다른 사람들을 위해서 말하는 것 같지 않았으며, 일단 시작되면 바로 다시 멈출 수도 없는 것 같았다. 도랄리체는 해안의 어부 부인을 더 잘 보기 위해 몸을 살짝 일으켰다. 그녀는 어쩔 줄 몰라 하며 부서지는 파도의 거품을 따라 이리저리 걸어 다니며 기다리고 있었다. 끔찍한 일을 기다리고 있었다. 그런데 바르다인의 어머니가 얘기한 것도 그런 삶이 아니었을까? 끊임없이 반복해서 끔찍한 일을 기다려야만 하는 끝없이 긴 삶. 도랄리체는 눈썹을 찡그렸다. 그녀는 울 수도 있었다. 하지만 그것은 동정 때문이 아니라 그 모든 어두운 일들이 갑자기 그녀에게 너무 가까이 다가왔기 때문이었다. 아침은 그 빛과 향기와 바람으로 그녀에게 많은 것을 약속하는 것처럼 보였었다. 아마 별 의미도 없는 것이긴 하겠지만, 그래도 위로가 되었다. 이제 그것들은 모두 지나갔다. 도랄리체는 낙담하여 뒤로 기대 앉았다. 그녀는 더 이상 아무것도 보고 싶지도, 듣고 싶지도 않았다. 그럼에도 불구하고 그녀는 그 회색 형상이 아직도 저 아래에 있는지 보기 위해 곧 다시 눈을 뜨지 않을 수 없었다. 그녀는 거기에 있었다. 그리고 뭔가 다른 것이 햇살 속에서 다가오고 있었다. 플란넬 양복을 입은 힐마르였다. 그의 붉은 넥타이가 멀리서 반짝였다. 그는 양쪽 어깨를 조금씩 기울이며 흔들거리는 걸음걸이로 빠르게 걸어왔다. 녹색 바다를 배경으로 우스꽝스럽게 도드라진 그 파란 형상의 모든 선들이 의욕에 넘치는 무분별함으로 가득 차 있어서 도랄리체는 미소 짓지 않을 수 없었다. 힐마르는 젊은 슈티베가 있는 배들 쪽으로 걸어 내려갔다. 힐마르는 돛단배를 준비하라고 명령했다. 오늘은 배를 타야 했다. 이런 날씨는 다시 오지 않는다. 힐마르는 돛단배를 타고자 했다. 그러나 오늘 그와 함께 일어난 것은 또 다른 바람이었다. 그의 안에서 열기처럼 불타오르는 바람이었다. 힐마르는 도랄리체와 배를 타야만 했다. 그래서 그는 곧장 그릴 부부가 있는 모래 언덕 쪽으로 걸어 올라왔다.

　'우리를 향해 똑바로 오네.' 도랄리체가 생각했다. "고삐 풀린 남자애야." 한스도 그가 오는 것을 보았다. 그의 관자놀이에 뜨겁게 피가 솟구쳤다. 그러나 힐마르가 그들 앞에 서서 인사했을 때 한스는 침착하고 친절하게 맞아 주었다. "안녕하세요, 소위님. 좋은 아침이에요."

"안녕하세요." 힐마르가 흥분에 조금 숨이 찬 채로 대답했다. "두 분 벌써 부지런하시네요. 아, 바르다인의 어머님, 맞아요, 할수만 있다면 저도 이분을 그렸을 거예요. 마치 영원을 그리는 것 같을 거예요."

"돛단배를 타기 좋은 날씨네요." 한스가 말했다.

"훌륭하지요!" 힐마르가 단언했다. "바다가 오늘은 마치 요람같아요. 네, 그래서 여쭤 보려고요." 힐마르가 도랄리체를 향해 몸을 돌렸다. "부인, 혹시 함께 배를 타지 않으실는지요? 배에는 세 명을 위한 자리가 있고, 슈티베와 저는 돛단배를 안전하게 몰 수 있답니다."

도랄리체가 놀라서 그를 바라보았다. 그러고는 그의 고집스럽고 단호한 얼굴 표정에 미소를 지었다. "아, 저요." 그녀가 말했다. "남편이 허락할 거라고 생각하지 않아요."

한스는 주홍색을 잔뜩 묻힌 붓으로 그림에 세게 붓질을 해서 바르다인 어머니의 볼에 넓적하고 붉은 생채기가 생겼다. 그는 자신의 목소리가 침착하게, 권유하듯 말하는 소리를 들었을 때 스스로도 깜짝 놀랐다. "왜 안 돼? 오늘은 아마 위험할 일이 없을 거야. 자기가 즐겁기만 하다면, 소위님은 또 안전하게 배를 몰 텐데."

도랄리체가 기이하게 놀란 차가운 시선으로 한스를 바라보았다. "그건 뭔가 다른 거네." 그녀가 말했다. "그럼 함께 배를 타요. 오세요, 소위님." 그녀가 일어서서 한스에게 짧게 고개를 끄덕였다. 두 사람은 모래 언덕을 내려갔다.

한스는 잠시 그곳에 앉아 있었다. 그러고는 바르다인의 어머니 얼굴에서 빨간 붓질 자국을 긁어냈다. 갑자기 그는 모든 것을 다 집어 던졌다. 그러고는 일어나 모래 언덕 가에 서서 두 사람 쪽을 바라보았다. 두 사람은 이미 배 옆에 서 있었다. 한스는 도랄리체가 배에 오르는 모습을 바라보았다. 슈티베 힐마르가 배를 물 위에 띄우는 모습을 바라보았다. 이제 세 사람은 모두 배 안에 앉았다. 배는 놀랍도록 가볍게 첫 번째 녹색 파도의 산을 올라갔다. 한스는 바르다인 어머니는 신경도 쓰지 않고 모래 언덕을 달려 내려가 바다로 갔다. 그곳에서 한스는 왔다 갔다 하며 때때로 멈춰 서서 배 쪽을 바라보았다. 그렇게 서서 턱수염을 잡아 뜯을 때 한스는 잘생기고 폭력적인 농부처럼 보였다. 한스는 바다를 향해 소리를 질러 대고 싶었다. 그러나 그는 이 뜨거운 한낮의 태양 아래 얼어붙었다. 대체 누굴 위해 그는 이 어리석은 신뢰와 관대한 태양의 코미디를 연기하고 있는 것일까? 신뢰? 그가 도대체 이 여인에 대해 무엇을 알고 있는가? 한스가 알고 있는 것은 그저 자신의 모든 피의 마지막 한 방울까지도 그녀를 잃을지 모른다는 생각에 저항하고 있다는 것뿐이었다. 그는 방금 모든 것을 다 알고 있는, 의심 많은 꼽추 추밀 고문관이 아니지 않은가. 그러나 그것이었다. 바로 질투가 마치 치욕이라도 겪은 것처럼 그를 고통스럽게 했고 굴욕을 느끼게 했으며, 그에겐 삶과도 같은 자부심과 독립성을 파괴했다.

아니, 달라져야만 한다. 그렇지 않으면 그는 끝이었다. 그렇지 않으면 그의 삶 전체에서 쾨네 백작으로부터 부인을 꾀어내 이제 그녀를 지키고 있는 사내 외에는 남는 것이 없다. "아직도 보이질 않아." 한스는 옆에서 탄식하는 목소리를 들었다.

어부 슈테게의 아내가 그의 옆에 서서 지친 눈으로 반짝이는 바다를 들여다보고 있었다. 멀리 떨어진 모래 언덕 위에서 여성들의 모습이 나타났다. 장군 부인의 하얀색 피케 옷이 바람에 나부꼈다. 보르크 부인과 부틀레어 남작 부인도 있었다. 그들은 오페라글라스를 눈앞에 들고 정오의 태양이 반짝이는 바다를 즐겁게 가르며 미끄러지는 하얀색 돛단배 쪽을 바라보았다. 그곳 하얀색 돛 옆에선 힐마르가 도랄리체 맞은편에 앉아 그녀를 바라보고 있었다. 도랄리체는 진지했다. 그녀는 한스가 자신의 기분을 상하게 만들었다는 막연한 느낌을 가지고 있었다. 한스가 조용히 배를 타고 가도록 그녀를 내버려 둔 것이 자신을 배신한 행위처럼 느껴졌다. 그러나 힐마르의 얼굴은 너무나 행복하고, 신이 난 웃음을 웃고 있었다. 그것은 허락받지 않은 휴일을 만들기 위해 학교에서 도망친 소년의 웃음이었다. 그래서 그녀는 함께 웃을 수밖에 없었다. 갑자기 신나는 휴가의 즐거움이 그녀 안에서 솟아올랐다. 게다가 배를 조종하기 위해 배의 다른 편에 앉아 있던 어린 슈티베 역시 하얀 금발 솜털 수염으로 뒤덮인 갈색 얼굴로 환하게 웃고 있었다. "그거 아세요?" 힐마르가 말했다. "만약 부인이 함께 오지 않으셨다면, 여기 앉아 계시지 않으셨다면, 저는 뭘 해야 좋을지 몰랐을 거예요. 하지만 저는

224

"자기는 나에게 일을 시키고 싶은 거야?" 도랄리체가 물었다.

"나는 자기에게 도움이 될 만한 일을 찾고 있는 거야." 한스가 대답했다. 그러나 도랄리체가 조금 화가 나서 말을 이었다. "그거 혹시 나에 대한 교육의 시작인 거야?"

한스가 얼굴을 붉혔다. "아니, 아니, 전혀 그렇지 않아." 그는 도랄리체에게 등을 돌리고 창밖을 내다보았다. 바깥 모래 언덕에서 한 남자와 여자가 올라오고 있었다. 마침내 돌아온 어부 슈테게와 그의 아내였다. 그는 마치 아무 일도 없었다는 듯 다리를 넓게 벌리고 여유 있게 걸어오고 있었고, 그의 작은 부인이 무거운 걸음으로 그의 뒤를 따르고 있었다. 모든 흥분이 사라졌고, 그녀는 평소처럼 커다란 돌들을 피하기 위해 무뚝뚝한 인내심을 가지고 그녀의 맨발을 내려다보았다. 이 장면이 한스에게 조금은 좋은 기분을 다시 가져다주었다. "슈테게가 돌아왔어." 한스가 말했다. "그리고 슈테게의 아내가 어떻게 남편 뒤를 따라 걷는지 좀 봐 봐. 기한을 지키지 않은 채무자한테서 마침내 돈을 받아 낸 불쾌한 채권자 같은 얼굴을 하고 있어. 남편을 체포했어." 한스는 도랄리체에게 돌아서서 선량한 미소를 지으며 말했다. "내 생각에 우리 산책을 하면 좋겠어. 밖에서라면 우리도 아마 다시 당연한 일처럼 나란히 걸을 수 있을 거야. 저기 슈테게 부부처럼 말이야."

두 사람은 해안 반대편으로 치베의 삼림 보호소를 지나 소나무 보호림까지 올라갔다. 그곳에는 똑같은 간격을 두고 심어진 어린 나무들이 서 있었다. 분홍빛 줄기와 푸른 녹색의 우듬지들, 줄처럼 똑바른 노란 길들이 땅을 나누고 있었다. 이곳의 공기는 뜨거웠고 송진 냄새로 무거웠다. 한스는 한껏 기분을 내려고 노력했다. "놀라워! 색깔! 색깔! 게다가 어떤 색깔이냔 말이야! 이거라면 베네치아 마돈나를 위해 1백만 장의 외투라도 만들 수 있을 거야."

"내 생각에, 여기는 오후의 학교 교실 같아 보여." 도랄리체가 거부하듯 말했다. 한스는 그 말에 아주 크게 웃었다. 도랄리체가 함께 웃길 바랐기 때문이었다. "학교 교실! 아주 좋아! 하지만 어떤 교실이냔 말이야. 녹청색의 벽과 황금빛 바닥 그리고 냄새. 우리가 그런 교실에 앉아 있었다면 우리는 지금과는 다른 사람들이 되었을 거야." 그러나 도랄리체는 웃지 않았다. 갑자기 정오의 바다에 대한 갈망이, 돛단배와 힐마르와 어린 슈티베에 대한 갈망이 그녀를 엄습했다. 우리가 때로 과거의 행복한 시간에 대한 동경에 너무나 강렬하게 사로잡혀 고통을 느낄 때와 같은 그런 기분이었다. 그녀는 그것에 대해 이야기를 해야만 했다. "함 소위가 그러는데……." 도랄리체가 말했다. "오늘은 바다가 녹색이고, 투명하고, 러시아 잼처럼 달콤하대."

"그래? 그 사람이 그래?" 한스는 털어 내듯 밀쳤다. "그래, 그 소위는 항상 달콤한 것과 관련이 있지. 그걸 먹고, 선물하고, 말하고, 그런 사람은 바다 전체를 잼으로 만들 때까진 만족하지 못해."

도랄리체는 대답하지 않았다. 두 사람은 한동안 아무 말도 하지 않고 똑바르게 난 길을 따라 걸었다. 태양이 자작나무 줄기들 사이로 빨갛게 비칠 때 그들은 집으로 돌아가는 길로 접어들었다. 그들은 밭에서 돌아오는 농부들과 마주쳤다. 하얀색 아마포 바지를 입은 남자들과 손에 곡물 그릇을 들고 그 뒤를 따르는 여자들이었다. 그들은 여기저기에 있는 작은 오두막들 앞에 한 쌍씩 멈춰 섰다. 남자가 문을 열고 몸을 굽혀 안으로 들어가면, 여자가 그 뒤를 따랐다. 그렇게 그들은 검은색 구멍들로 사라졌고, 삐걱 소리를 내며 문들이 닫혔다. 한스와 도랄리체가 자신들의 집에 도착해서 한스가 먼저 몸을 조금 숙이고 문을 통해 들어갈 때 도랄리체는 한숨을 쉬며 생각했다. '이건 저기 작은 오두막들에서와 똑같아. 사람들은 조용히 검은 구멍으로 들어가고, 문들이 삐걱거리고, 아름답고 흥분되는 가능성으로 가득한 세계는 바깥에 남게 되는 거야.'

저녁 식사로는 넙치와 커다란 감자가 나왔다. 한스는 빨리 많이 먹었다. 그는 아그네스와 즐겁게 이야기를 나누었고, 고기 잡으러 나가는 것을 기뻐하는 듯했다. 한스는 옷을 갈아입기 위해 식탁에서 일어났다. 그러고는 곧 가 버렸다. "안녕, 잘 자." 그는 이렇게 말하며 도랄리체의 이마에 키스했다. 아그네스는 '밤에 나가 버리는 것'에 대해 뭐라고 중얼거렸으며, 그것은 예의가 아니라고도 이야기했다.

밤이 찾아왔다. 아그네스가 등을 가져왔고 무뚝뚝하게 안녕히 주무시라는 인사를 하고는 방에서 나갔다. 도랄리체는 안락의자를 바다 쪽으로 열려 있는 창문 쪽에 가져다 놓고, 편하게 몸을 뻗었다. 오후 내내 그녀를 기다려 왔던 장면과 꿈들이 찾아온 것 같았다. 이제 와도 좋았다. 바깥은 달빛이 밝았고, 육지 쪽에서 불어오는 바람이 클로버 밭과 소나무 보호림의 냄새를 실어다 주었다. 바다는 오늘 기이하게 망설이는 듯한, 태만한 파도 소리를 들려주었다. 바다는 한동안 침묵하고 있는 것 같더니, 파도 하나가 일어나 무어라 중얼거렸다. 그리고 또 조금 지난 후에야 다른 파도가 깨어나서 활기 없이 대답했다. 해안의 조약돌 위로 조용한 연인들의 무거운 걸음이 달그락거렸다. 도랄리체는 눈을 감고 생각에 매달렸다. 하지만 그 생각은 꿈이 되었고, 그녀는 잠이 들었다. 도랄리체는 성의 정원 꿈을 꾸었다. 그녀는 힐마르와 함께 똑바른, 끝없는 길을 따라 걷고 있었다. 양옆의 꽃밭에 글라디올러스들이, 아주 키가 크고 불처럼 빨간 글라디올러스들이 서 있었다. 그리고 갑자기 늙은 백작이 꽃밭 한가운데 서 있었다. 무릎까지 글라디올러스로 덮여 있었다. 그의 얼굴은 작았고, 회색이었으며, 작은 주름들로 가득했다. 백작은 그곳에 서서 손에 들고 있던 시계를 바라보았다. "이제 백작이 우리를 본다." 힐마르가 말했다. "이제 아무 상관 없어"라고 말하며 그는 고개를 숙여 그녀에게 키스했다. 그리고 도랄리체는 그녀가 더 이상 잠을 자고 있지 않으며 힐마르가 그곳에 와 있다는 사실을, 그녀가 내내 그를 기다리고 있었다는 사실을, 그가 그녀에게 키스했다는 사실을 깨달았다. 그녀는 여전히 눈을 감고 있었다. 힐마르가 그녀의 손을 잡으며 "부인의 손은 얼마나 차가운가요, 외로움에 얼어 버리셨군요"라고 이야기했을 때 도랄리체는 눈을 떴다. 힐마르는 그녀 옆에 무릎을 꿇고 있었다. 그의 두 눈은 그녀를 약하게 만드는, 거의 아프게 만드는 예의 그 고집스럽고 폭력적인 욕망을 담고 그녀에게 고정되어 있었다. "왜 여기 계시는 거죠?" 도랄리체가 물었다.

"왜냐고요?" 힐마르가 조급하게 대답했다. "그럼 제가 어디 다른 곳에 있어야 하나요? 저는 이제 더 이상 다른 사람들에게 속하지 않아요. 잘 아시잖아요, 도랄리체."

"아니요, 그건 나쁜 일이에요." 도랄리체가 대답했다.

"나쁜 일이겠죠, 아마도요." 힐마르가 대답했다. "하지만 **우리의** 나쁜 일이에요, 부인과 저의 나쁜 일이에요. 그리고 다른 사람들이 우리를 저주하고 배척하면, 그제야 우리는 우리끼리만 함께 있게 되는 거예요. 오늘 낮에 바다에서처럼요. 그러면 우리는 삶을 완전히 우리의 것으로 만들 수 있어요. 다른 사람들이 우리를 위해 만들어 놓은 삶을 사는 것은 너무 어리석어요. 아니요, 들어 보세요. 당신은 그릴 씨의 삶을 살 수 없어요. 그리고 나는 나의 작은 성인(聖人)의 신랑이 될 수 없어요. 그건 이해하실 수 있잖아요. 그러니까 내일이면 저는 훈련을 위해 부대로 돌아가요. 하지만 당신이 여기 남아 있으라고 말씀하신다면 저는 남을 거예요. 부대와 제복 그리고 모든 것들, 모든 것들이 다 중요하지 않아요. 그리고 부인, 도랄리체, 부인은 그릴 씨를 떠나세요."

"그렇게 얘기하지 마세요." 도랄리체가 그의 말을 중단시켰다. "그는 좋은 사람이에요."

"**좋아요! 좋아요!**" 힐마르가 외쳤다. "당연히 그는 좋은 사람이죠. 모두가 좋은 사람이에요. 다른 사람들은. 단지 우리만 좋은 사람들이 아니에요. 우리는 좋은 사람일 **수가 없어요**. 그래서 그 사람들은 우리가 우리만의 길을 가도록 내버려 둬야 해요."

도랄리체는 한숨을 쉬었다. 아주 깊이 한숨을 쉬고는 조용히 이야기했다. "이제 가셔야 해요."

"그래요, 이제는, 이제는." 힐마르가 반복했다. 그는 꼭 잡고 있던 도랄리체의 두 손을 흔들었다. 신나는 승리의 기쁨이 그의 눈에서 빛났다. "부인은 '이제는'이라고 말씀하셨어요. 하지만 저는 다시 올 수 있어요, 그러면 – 그러면 –."

모래 언덕 쪽으로 난 창문가에 잠깐 동안 롤로가 서 있었다. 그녀의 하얀색 얼굴이 진지하게 방 안을 들여다보고 있었다.

롤로는 매일 밤 그래 왔듯이 니니와 함께 다락방으로 올라가 침대에 누웠다. 그곳에서 그녀는 깨어 있는 채로 누워 눈을 동그랗게 뜨고 어둠 속을 바라보았다. 그녀는 커다랗고 불분명한 생각에 빠져 있었다. 그 생각들은 지난 며칠간 그녀를 따라다니며, 그녀 안에서 점점 더 커지고 강력해졌다. 그녀는 희생자가, 희생자가 되고 싶었다. 혼란스러운 고통과 사랑의 실망을 더는 견디지 못하고 도취 속으로 도망쳤다. 희생자가 되겠다는 의지가 여인의 가슴에 줄 수 있는 만큼의 강한 도취 속으로. 그것이 이제 그녀의 사건이었고, 그 사건은 그녀를 자신의 영혼에 대한 경건한 마음으로 가득 채웠다. 죽는 일은 쉬웠다. 그녀는 바다로 멀리, 모래톱 너머까지 헤엄쳐 나가려고 했다. 롤로는 그녀가 잘 알고 있는 피로감이 몰려올 때까지, 아무런 의지

없이 아무것도 하지 않고 물 위에 온몸을 쭉 펴고 싶다는 것 외에는 더 이상 바라는 게 없을 정도의 피로감이 몰려올 때까지 헤엄치고자 했다. 그렇다, 그리고 나면 끝나는 것이다, 어둡고 고요함으로 가득한 것, 그리고 이 모든 감정과 바람의 끔찍한 긴장도 사라질 것이다. 집 안이 조용해지자마자 롤로는 일어섰다. 수영복을 입고 외투를 걸친 후 몰래 밖으로 빠져나갔다. 바깥의 밤은 깜깜했고 따뜻했다. 하늘에는 커다랗고 아주 밝은 별들이 떠 있었다. 이럴 것이라고 롤로는 기대했었다. 그것은 괜찮았다. 바르다인의 집 창문에 불이 켜져 있는 것을 보았을 때 롤로는 더 큰 쓰라림과 고통에 대한 불분명한 갈망 때문에 다가가서 들여다보고자 했다. 그녀는 도랄리체가 안락의자에 앉아 있고 힐마르가 그 옆에 무릎 꿇고 있는 것을 보았다. 그것 자체는 그녀에게 그렇게 큰 충격을 주지 않았다. 그녀는 그러리라고 기대했었다. 그것도 그래야만 했다. 롤로는 조용히 바다로 내려갔다. 그곳에서 그녀는 외투를 내려놓고, 신발을 벗고 물속으로 들어갔다. 미지근한 작은 파도들이 그녀에게 밀려왔다. 롤로는 헤엄치기 시작했다. 끝없는 만족감이 그녀의 몸속을 흘렀다. 별들이 활기찬 황금빛 점들처럼 반사되는 검은 파도 언덕이 그녀를 부드럽게 들어 올렸다가 다시 부드럽게 황금빛 별빛이 비치는 검은 파도 아래쪽으로 미끄러지게 만들었다. 모든 뜨거운 것, 비좁은 것들, 짓누르는 것들이 그녀에게서 떨어져 나갔다. 그녀는 왜 자신이 여기에 있는지 더 이상 알지 못했다. 그녀는 자신이 행복하고, 앞으로 계속 나아가야 한다는 것만을 알았다. 때때로 그녀는 바다에 등을 대고 누워 위를 올려다보았다. 그러자 황금빛 별들이 어지럽게 소용돌이치는 심연으로 떨어지는 것 같았다. 계속 그렇게 가다 보니 그 모든 검은색 속에 마치 환영처럼 배 한 척이 검게 꼼짝도 않고 물 위에 서 있는 것 같았다. 그녀의 헤엄은 마치 도달하려는 목적지가 있는 것처럼 급해졌고 힘들어졌다. 그러다 갑자기 자신을 둘러싼 바다의 끔찍한 광활함과 아래의 끔찍한 깊이를 깨닫고 몸이 굳어졌다. 공포가 호흡을 앗아 갔고 모든 것이 적대적으로 바뀌었다. 모든 것이 그녀에게 저항하여 그녀는 이제 검은 쇠붙이처럼 단단하고 차갑게만 보이는 파도 언덕들과 싸워야 했다. 롤로는 어둠 속에서 몇 차례 소리를 질렀고, 계속 헤엄을 치며, 그녀를 아래로 찍어 누르고 아래로 당기는 무언가와 사투를 벌였다. 그러고는 모든 것이 끝난 것처럼 보였다.

"어이쿠, 우리 진기한 밤 물고기를 잡았네." 슈티베가 이렇게 말하며 롤로를 배 위로 끌어 올렸다. "내가 불렌크루크의 아가씨일 줄 알았지. 벌써 물을 마셨구먼. 안드레, 아가씨를 맡아. 넌 아가씨들 모시는 법을 알잖아."

안드레가 의식을 잃은 것처럼 누워 있는 롤로를 맡아 그녀를 자신의 외투로 감싼 후 이야기했다. "계속 물을 토해 내세요, 아가씨, 계속 토해 내세요." 슈티베는 화가 나서 노를 저으러 갔다. "빨리 집으로 가자." 그가 중얼거렸다. "안 그러면 얼어 죽을 거야. 물에 들어가는 건 도시 사람들이나 하는 어리석은 짓이야! 물이 원하면 알아서 데려간다고. 아가씨를 바르다인 집으로 데

236

려가자. 거기가 더 가까워. 그럼 도시 사람들이 이 어리석은 짓을 알아서들 처리할 거야."

남자들이 들어섰을 때 도랄리체는 다시 방에 혼자 있었다. 그녀는 무슨 일이 일어났는지 바로 알아차리지 못했다. 어부 슈티베와 다른 한 사람이 서 있었고, 슈티베가 누군가를 안고 있었다. 롤로였다. 롤로는 완전히 창백했으며 두 눈은 감겨 있었고, 머리카락은 젖은 채 무겁게 어부의 팔 아래로 길게 드리워져 있었다.

"우리가 이분을 건져 올렸어요." 슈티베가 말했다. "저기 한참 멀리서 더 이상 돌아갈 생각이 없었어요. 이게 무슨 밤 물고기야, 라고 제가 안드레에게 말했죠. 그러고 나서 우리는 아가씨를 따라갔어요. 아, 살아 있어요, 아주 잘 살아 있어요. 그냥 물을 많이 들이켠 것뿐이에요. 어디에 눕힐까요? 아하, 저기 침대 위에요. 안드레가 블렌크루크로 가서 하녀더러 데리러 오라고 할 거예요."

롤로가 침대 위에 눕혀졌다. 슈티베는 다시 한번 반복했다. "아주 잘 살아 있어요." 그러고 나서 남자들은 가 버렸다. 시끄러운 소리에 아그네스가 방으로 왔다. 아그네스는 즉시 상황을 파악했다. 아그네스는 롤로에게 달려들어 옷을 벗기고 담요로 몸을 말았다. 그리고 그녀의 몸을 문질렀다. 아무 말도 하지 않고, 무뚝뚝하게. 단 한 번 그녀는 이렇게 말했을 뿐이었다. "눈을 뜨지 않네요. 뜰 수 없어서가 아니라 눈 뜨길 원하지 않는 거예요." 그녀는 마침내 따뜻한 차를 끓이기로 결정했다. 도랄리체는 계속 몸을 문질러 줘야 했다.

도랄리체는 침대 옆에 무릎을 꿇고 앉아 꼼짝도 않고 누워 있는 소녀의 팔다리를 문질렀다. 롤로가 한숨을 쉬며 눈을 뜨고 도랄리체를 진지하게 바라보았다. 갸름한 얼굴은 평온했지만 무언가 엄격한 느낌이, 나이가 든 듯한 느낌이 들었다.

"어떠세요— 이제 어떠세요?" 도랄리체가 물었다.

"좋아요." 롤로가 쓸모없는, 대수롭지 않은 질문에 대답하는 듯한 목소리로 말했다. 그러나 도랄리체는 그녀를 따뜻하게 해 주고 보호해 주려는 듯 열정적으로 그녀 위로 몸을 숙였다. "어떻게 그런 일을 할 수 있었어요?" 도랄리체가 속삭였다.

롤로는 눈썹을 살짝 치켜뜨고 똑같이 차갑고 침착한 목소리로 말했다. "그 사람은 어쩔 수 없었어요. 부인을 보았을 때 전 알 수 있었어요. 그 사람은 달리 어쩔 수가 없었어요. 그리고 부인— 부인은 자신이 그렇게 아름답다는 데 대해 책임이 없어요."

"아니에요, 저는 그걸 원하지 않아요." 도랄리체가 거의 분노해서 소리쳤다. "그 사람은 아가씨 곁에 머물러야 해요. 아가씨를 사랑해야 해요. 그래야만 해요. 그래야만."

롤로는 조용히 있기를 바라는 듯 고개를 옆으로 돌리고 두 눈을 감았다. 그리고 슬프게, 또 피곤한 듯 말했다. "네, 이제, 이제 저도 모르겠어요."

도랄리체는 감히 더 이상 말을 하지 못했다. 그녀는 침대 앞에 무릎을 꿇고 앉아 있었고, 견딜 수 없는 모욕감이 그녀를 비참하게 만들었다. 옆방이 다시 떠들썩해졌다. 장군 부인의 커다란 목소리가 들려왔다. "어디 있어요? 롤로는 어디 있어요? 뜨거운 차가 있지요, 부인? 잘됐어요." 그러고는 장군 부인이 침실에 들어섰다. 장군 부인은 잠잘 때 쓰는 모자 위에 밀짚모자를 덧쓴 상태였다. 잠옷 위에는 레인코트를 입고 있었다. 그녀의 얼굴은 빨갰고 숨을 헐떡였다. "애야! 애야!" 그녀가 외쳤다. "이게 도대체 무슨 일이니! 어떻게 이런 일이 있을 수가 있니! 내가 이런 일을 겪어야 하다니! 뜨거운 차가 어디 있나요, 부인?"

보르크 부인과 에르네스티네가 수건과 외투들을 들고 서 있었다. 이제 명령을 내리고, 이리저리 왔다 갔다 하는 일이 시작되었다. 그사이 장군 부인은 끊임없이 꾸짖었다. "이건 부틀레어 집안의 지나친 행동이야. 부틀레어 집안의 어리석은 가슴이야. 너희들, 나한테선 이런 걸 물려받지 않았어. 쾨네 부인, 수건 좀 주세요. 머리를 좀 더 말려 줘야 해요. 우리 때도 사람들은 약혼을 하고, 사랑에 빠지고, 그리고 질투를 하기도 했어요. 남자들이 당시에도 별로 쓸모가 없었기 때문이에요. 하지만 우리는 그런 이유로 죽지는 않았다고요. 하지만 요즘 젊은 애들이란. 애는 거의 물에 빠져 죽을 뻔했잖아요!"

롤로는 이 모든 일들을 아무런 저항 없이, 마치 인형처럼 벌어지도록 내버려 두었다. 마침내 그녀는 수건과 외투들을 걸치고 보르크 부인과 에르네스티네의 부축을 받아 일어섰다. "이제 집으로 가라." 장군 부인이 명령했다. "그렇지만 조용히 하거라. 내 딸이 깨지 않았어. 내일 아침에 얘기해도 충분하다. 아이를 침대에 눕히고 따뜻한 물주머니와 쥐오줌풀 차를 준비해라. 자,

어서 가라. 나는 잠깐 여기 있겠다. 그래도 괜찮겠지요, 부인."
장군 부인은 도랄리체를 향해 말했다.

그렇게 롤로는 옮겨졌다.

"이리 오세요, 쾨네 부인." 장군 부인이 말하며 도랄리체의 팔
을 잡고 거실로 데리고 갔다. "앉으세요. 수건처럼 창백하잖아
요. 저도 잠깐 앉아야겠어요. 이런 일은 나이 든 사람에겐 뼛속
까지 영향을 끼친답니다." 그녀는 한숨을 쉬며 안락의자에 자리
를 잡고 앉아 한동안 아무 말 없이 생각에 잠겨 있었다. 커다란
얼굴은 창백했으며, 늙어 보이고, 또 괴로워 보였다.

"아니에요!" 장군 부인이 다시 말을 시작했다. "이런 걸 예상
하진 못했어요. 다른 때라면 나는 어리석지 않답니다. 하지만
이런 일을 기대하진 못했어요. 여기서 우리 가족이 머무르는 건
이제 아마 끝이겠지요. 아쉽네요. 부인, 저는 부인을 항상 변호
했어요. 내 딸은 부인이 마치 맹수라도 되는 것처럼 대했지만,
저는 부인을 옹호했어요. 그래요. 부인은 늙은 백작으로부터 도
망쳤지요. 그래서는 안 돼요. 도덕 때문에라도 그렇지요. 하지
만 그건 바보 같은 결혼이었고, 부인은 부인의 화가가 부인을
빼앗아 가도록 내버려 두었지요. 어쨌든 좋아요. 그렇지만 부
인, 이제 충분해요. 항상 그렇게 누군가가 빼앗아 가도록 내버
려 둘 순 없는 거예요. 누군가에게 빼앗기는 것만으로는 살아
갈 수 없어요. 그리고 저 작은 아이는 이제 약혼자가 있어요. 내
가 약혼자를 찾아 준 건 아니지만 이쨌거나, 그 아이에게 약혼
자가 주어졌고, 그 아인 사랑에 빠졌어요. 부틀레어 집안은 그

런 건 언제나 잘하지요. 그 남자는 롤로에게 넘주어도 괜찮아요." 장군 부인은 숨을 쉬기 위해 잠깐 말을 멈췄다. 도랄리체는 꼼짝도 하지 않고 앉아 있었다. 그녀의 창백한 얼굴에 계속해서 눈물이 흘러내렸다. "부인은 그림처럼 예쁘세요." 장군 부인이 말을 이었다. "하지만 그게 무슨 소용인가요? 당신의 화가와 올바로 살도록 노력하세요. 화가분은 아주 좋은 사람인 것 같더군요. 누군가가 나를 빼앗아 가도록 하는 일은 순식간에 일어나요. 내게는 그런 일이 없기도 했지만, 그런 일이 필요하지도 않았어요. 나는 항상 팔리코에게 만족했거든요. 하지만 나는 내 주위에서 벌어지는 일들을 보며 그런 생각을 한답니다. 그러나 누군가를 빼앗아 가는 남자와 사는 거, 그건 예술이지요. 내 말을 믿어요. 어떤 남자가 항상 내 앞에 무릎을 꿇고 있지 않아도 아주 잘 살 수 있답니다. 그리고 한 가지 더. 내일 그 젊은 남자가 부인께 달려오면, 이성적인 말을 해 주세요. 부인이 그 남자가 이성을 잃도록 만들었으니, 부인이 다시 이성을 찾도록 해 주세요. 자, 그럼 나는 이제 가겠어요. 부인, 주무셔야 해요. 그렇지 않으면 병이 나요. 그래서는 아무에게도 도움이 안 돼요."

장군 부인이 일어서서 어머니의 손길로 눈물에 젖은 도랄리체의 볼을 쓰다듬어 주고 밖으로 나갔다. 도랄리체는 자리에 앉아 두려움 가득한 시선으로 허공을 바라보았다. 도랄리체는 발을 안락의자 위로 올리고, 두 팔로 무릎을 끌어안았다. 그러고는 완전히 자기 안으로 움츠러들었다. 저 노부인이 얘기한 것이 바로 나인가? 사람들이 자신을 그렇게 보는 것인가? 자신은 그렇게 보이는가? 역겨움과 두려움이 그녀 안에서 솟아올랐다. 무언가 불순하고 추한 것이 그녀에게 달라붙어 그녀를 일그러뜨리고 유령처럼 만드는 것 같았다.

아그네스가 차를 가지고 들어왔다. "이걸 드셔야 해요." 아그네스가 무뚝뚝하게 말했다. 도랄리체는 그 말을 따랐다. 아그네스는 옆에 서서 주의 깊게 바라보았다. 그러고는 중얼거렸다. "모든 건 거기에서 비롯된 거예요. 한스 씨도 잘못이 있어요. 내가 한스 씨에게 말했었지요. 왜 자꾸만 밖으로 달아나느냐고요. 여자가 있으면 잘 지켜야 해요. 특히 이미 한 번 다른 남자에게서 도망친 적이 있는 여자라면요. 뭐, 그 노부인도 우리한테 설교할 거 하나도 없어요. 자기 아가씨들과 젊은 남자들을 더 꽉 잡고 있어야 했어요. 이제 우린 자러 가야 해요."

아그네스는 도랄리체의 두 팔을 잡고 안락의자에서 일으켰다. 그러고는 침실로 데려가서 마치 아이의 옷을 벗기듯 옷을 벗기고 침대에 들어가는 것을 도와주었다. 그리고 이불을 꼭 덮어 주었다. "이제 주무세요." 그녀가 말했다. "잠이 해가 되는 일은 없답니다." 그러고는 불을 껐다.

제13장

도랄리체가 깨어났을 때, 옆방에서 이야기하는 소리가 들렸다. 한스가 밤의 고기잡이에서 돌아온 것이 분명했다. 아그네스가 그에게 무언가를 속닥거리고 있어서, 계속해서 중얼거리는 소리가 들려왔다. 한스의 낮은 목소리는 아주 가끔씩만 말을 섞었다. 대화는 꽤 오랫동안 이어지다가, 갑자기 끝나 버렸다. 문이 열렸고, 곧 완전히 조용해졌다. 바깥은 햇빛이 비치고 바람이 부는 것 같았다. 도랄리체의 창문 앞에 말리기 위해 걸어 놓은 그물이 이리저리 흔들리고 있기 때문이었다. 울타리 위에는 두 아이가 앉아 맨발로 울타리의 나무 판을 치며 날카로운 목소리로 바람에 대고 노래를 부르고 있었다. "헤네, 헤네, 헬레, 헬레, 호, 호!" 도랄리체는 베개에 얼굴을 파묻었다. 머릿속에선 지나간 하루를 이제 시작되는 하루에 연결하는 지극히 고통스러운 일이 시작되고 있었다. 지난밤의 사건들이 찾아왔다. 그 사건들은 차용증을 내놓는 채권자들처럼 나타났다. 그러나 무엇보다도 끔찍하고 유령 같은 도랄리체가, 사람들이 마치 맹수를 대하는 것처럼 얘기하는 도랄리체가, 빼앗기는 걸로 살아가고, 젊은 아가씨를 죽음으로 몰아넣는 도랄리체가 나타났다. 그녀는 살아오면서 처음으로 자기 자신을 고통으로 느꼈다.

아그네스가 차를 가지고 들어왔다. 오늘은 침대에서 차를 마셔야 한다는 것이었다. 아그네스가 옆에 서서 한스가 돌아왔으며, 많은 물고기를 잡았다고 알려 주었다. 불렌크루크에서는 해안 감시원에게 사람을 보내 기차역으로 짐을 싣고 갈 말을 부탁했다. 그렇다, 그리고 불렌크루크의 젊은 남자가 왔었다. 그는 부인과 이야기하고 싶어 했다. "다시 오면 뭐라고 할까요?" 아그네스가 보고를 끝마쳤다. 이 늙은 부인의 탁한 두 눈에서 못된 개의 눈에서나 볼 수 있을 법한 녹색 불꽃이 튀었다. 그 눈빛에 도랄리체는 얼굴을 붉혔다. 그녀의 입에서 이런 말이 나올 때 그것은 고통스러웠고 분노한 것처럼 들렸다. "나는 그 사람을 보지 않을 거예요. 떠나라고 말해 주세요. 그 사람을 보지 않을 거라고, 다시는 보지 않을 거라고요."

"그러지요." 아그네스가 중얼거리고는 나갔다. 잠시 뒤에, 도랄리체가 막 거울 앞에 앉아 머리를 빗고 있을 때, 새로운 것 같아 보이는 자신의 얼굴을 유심히 바라보고 있을 때, 옆방에서 목소리가 들렸다. 아그네스가 일요일 아침에 성서를 혼자 소리 내어 읽을 때처럼 낮은 목소리로 분명하고 천천히 말했다. "부인은 장교님을 보지 않겠다고 하십니다. 장교님은 그냥 떠나셔야 한다고요. 부인께서 장교님을 보지 않겠다고, 다시는 보지 않을 거라고 하십니다. 그렇게 말씀하셨어요."

힐마르의 조금은 그르렁거리는 목소리가 들렸다. 그러자 아그네스가 다시 시작했다. "부인은 장교님을 보지 않겠다고 하십니다. 장교님은 그냥 떠나셔야 한다고요. 부인께서 장교님을 보지 않겠다고, 다시는 보지 않을 거라고 하십니다. 그렇게 말씀하셨어요."

잠시 동안 아무 소리도 들리지 않았다. 그러고는 박차(拍車)가 덜그럭거리는 소리가 들리더니 문이 닫혔다. 도랄리체는 창가로 갔다. 모래 언덕을 내려가는 힐마르의 모습이 보였다. 그는 제복 차림이었다. 처음에는 고개를 숙이고 천천히, 주저하는 듯 걸어갔다. 그러나 아래쪽 해안에서는 그의 걸음걸이가 다시 예쁘고, 가벼운 흔들림이 있는 걸음으로 바뀌었다. 햇빛이 박차에서, 제복의 단추와 끈들에서 밝은 반짝임을 깨어나게 만들어, 그의 모습 전체에 작고 불안한 빛들을 흩뿌렸다. '아, 아니야!' 도랄리체는 생각했다. '저 모습이 나를 사로잡지는 못해.' 그러나 어린 시절의 먼 기억이 찾아오는 것을 도랄리체는 어쩔 수 없었다. 무언가를 하지 않아도 꿈이 우리를 찾아와 마음을 움직이는 것처럼 기억이 찾아왔다. 어느 봄날 밤, 집에 딸린 정원에서 어린 도랄리체는 넓은 자갈길 위에 외롭게 서서 노란 저녁 하늘을 우울하게 바라보고 있었다. 그때 한 무리의 방랑 음악가들이, 반짝이는 호른과 트럼펫을 든 남자들이 찾아왔다. 그들은 계단 앞에 서서 음악을 연주하기 시작했다. 그러자 조용했던 정원이 즉시 멋지고 즐거운 경쾌함으로 가득 찼다. 도랄리체

는 함께 노래를 하고 싶었고, 자갈길 위에서 춤을 추기 시작했
다. 그때 미스 플루머스가 계단에 나타나 음악가들에게 물러가
라는 신호를 했다. 연주를 해서는 안 된다, 부인께서 두통이 있
으시다는 것이었다. 그러자 갑자기 조용해지더니 남자들이 호
른과 트럼펫을 챙겨 넣고, 시골길을 따라 아래로, 유황색의 저
녁 하늘을 향해 떠났다. 저물어 가는 햇빛이 커다란 호른들에서
반짝거렸다. 어린 도랄리체는 정원 울타리에 서서 무거운 마음
으로 그들을 바라보았다. 도랄리체는 조급하게 창가에서 돌아
서서 옷을 입었다. 무언가 어렵고 중요한 일이 오늘 일어나야만
한다. 그녀는 한스를 만나야만 했다. 그녀는 불안하게 거실을
왔다 갔다 했다. 그러나 거실은 추운 것처럼 느껴졌다. 그녀는
몸을 따뜻하게 하고 싶었다. 그녀는 밖으로 나가 바르다인 가족
이 밤에 앉아 있곤 하는 벤치에 가서 앉았다. 지금은 늙은 바르
다인 어머니만이 그곳에 앉아 햇볕을 쬐며 바다를 바라보고 있
었다. 그녀는 도랄리체에게 자리를 내주기 위해 조금 움직였다.
그러면서 "따뜻해요"라는 말만 중얼거렸다. 그렇게 두 사람은
나란히 앉았다. 도랄리체는 기다렸다. 기다리는 일 외에는 아무
것도 하지 않았다. 생각을 계속하려면 일단 벌어져야만 하는 사
건들이 있기 때문이었다.

마침내 한스가 시골길을 걸어 올라왔다. 그는 천천히 걸었고,
마치 아주 먼 길을 걸어온 듯 피곤하고 지쳐 보였다. 벤치를 지
나면서 한스는 고개를 끄덕였다. "안녕하세요, 어머니! 안녕, 도
랄리체!" 그러고는 곧장 집 안으로 들어갔다. 도랄리체는 그를

따라갔다. 거실에서 그녀는 벽에 등을 기대고, 손을 식히려는 듯 손바닥 역시 벽에 대고 서 있었다. 한스는 자신의 미술 도구 쪽으로 가서 붓을 들고 뭔가를 했다. 두 사람은 한동안 아무 말이 없었다. 결국 도랄리체가 신음처럼 내뱉었다. "맙소사, 말 좀 해 봐! 뭐라고 말 좀 해 봐."

한스가 그녀를 향해 돌아섰다. 두 손은 바지 주머니에 넣고 허리를 조금 숙인 채 서 있었다. 무언가가 그를 누르거나 세게 당기면 그의 아름다운 모습은 밭일에 지친 시골 청년의 무겁고 경직된 모습을 보여 줄 수도 있을 것 같았다. "내가 무슨 말을 할 수 있겠어." 한스가 대답했다. "내게 무슨 권리가 있어? 자기가 나에게 준 권리는 자기가 다시 거두어 가서 다른 사람에게 줄 수 있어. 자기가 그 노신사에게서 거두어 나에게 줬던 것처럼. 다른 게 아니야. 우리 농부들은 계산을 잘한다고."

도랄리체는 두 팔을 들어 깍지 낀 손을 관자놀이 위로 가져갔다. "아주 올바르구나." 그녀의 입에서 튀어나온 말이었다. 그것은 분노처럼 들렸다. "하지만 그런 게 아니야. 거기에 다른 사람은 없어. 그는 갔어. 아주 가 버렸어. 그는 아무 권리도 가지고 있지 않아. 나는 내 앞에 무릎을 꿇는 사람이 필요하지 않아." 그녀는 말을 멈췄다. 솟아오르는 눈물로 불분명하고 나지막해진 목소리로 그녀는 덧붙였다. "그게 무슨 소용이야? 난 이제 뭘 어떻게 해야 해?"

한스는 돌아서서 창문 밖을 내다보았다. 한순간 방 안이 다시 완전히 조용해졌다. 바깥 울타리에서는 아직도 아이들이 바람

속에서 노래를 부르고 있었다. "헤네, 헤네, 헬레, 헬레, 호, 호!"
마침내 한스가 돌아서서 천천히 도랄리체에게 갔다. 그는 조심
스럽게 그녀의 머리카락을 쓰다듬으며 말했다. "자기가 뭘 할
수 있냐고? 이제 외로워지는 거지. 우리 한동안 조용히, 옆에서
살아가자. 여기선 누구도 자기에게 뭘 할 수 없어. 그러고 나면
우리는 다시 정신을 차릴 수 있을 거야."

　도랄리체는 대답하지 않았다. 이 강하고 부드러운 남자 옆에
서 '조용히 함께 살아가는 것'이 지금 그녀에겐 보호받는 것처
럼 느껴졌다. 영혼까지 파고든 두려움 속에서, 자기 자신과 다
른 사람들에 대한 두려움 속에서 그녀에게 필요한 것은 보호받
는 것이라고 생각했다.

제14장

9월의 날들은 밝았고, 신선한 북동풍이 불었다. 구름은 커다 랗고 하얀 섬처럼 뭉쳐서 빠르게 하늘 위를 지나갔고, 구름의 그림자는 녹회색 바다 위에 어두운 녹색을 더해 주었다. 해안에 서는 모든 것들이 끊임없이 움직이고 있었다. 모래 언덕 위의 단단한 줄기들이 흔들렸고, 말리기 위해 걸어 놓은 그물과 물고 기들이 흔들렸으며, 어부 부인들의 치마와 두건이 바람에 펄럭 거렸다.

"잘 아시다시피 저는 작별을 고했습니다." 추밀 고문관 크노 스펠리우스가 한스에게 말했다. 두 사람은 바닷가에서 천천히 바람을 마주하며 산책하고 있는 중이었다. "저는 충분히 계산을 해 봤어요. 그리고 저의 날들은 완전히 만족스럽게 바람에 대한 싸움으로 가득 채워졌다고 생각합니다."

"저는 이 바람이 화가 나는군요." 한스가 말했다. "아시다시피 저는 연구하고 있을 때가 아니면 바다를 그립니다. 하루 종일 바다를 그리지요. 그런데 이렇게 바람이 불면 바다가 가만히 있지를 않아요. 5분마다 다른 얼굴을 보여 줍니다."

"충분히 이해합니다." 크노스펠리우스가 대답했다. "바르다인 어머님이 더 편안하지요. 그분은 나무로 깎아 만든 성모 마리아처럼 앉아 계시니까요."

자기 생각에 빠진 한스가 열정적으로 말을 이었다. "이놈의 바다는 정말 끔찍해요. 이해할 수 있도록 해 주질 않아요. 저는 선과 움직임의 논리를 밝혀내지 못했어요. 평균적 얼굴, 그거 아세요. 초상화를 그릴 때면 저는 모델에게서 모든 순간의 얼굴들의 가능성을 다 내포하고 있는 평균적 얼굴을 만들어요. 그런데 바다를 그릴 땐 그게 되질 않아요. 저는 바다를 안팎으로 연구하고 있어요. 바다 안에서 몇 시간씩 헤엄치며 돌아다니기도 하고, 밤낮으로 배를 타고 나가고, 하루의 어떤 시간이든 바다에 살그머니 다가가 보기도 하지. 정말이에요, 저는 일종의 홀려 있는 상태가 되어 가고 있어요."

"그렇군요, 그렇군요." 크노스펠리우스가 중얼거리며 똘똘한 얼굴로 옆쪽에서 한스를 바라보았다. "화가님은 그러니까 지금 그것에 홀려 계시는군요. 네, 뭐, 무언가에 홀려 있다는 건 아주 편안한 일이지요. 무엇을 해야 좋을지 생각할 필요가 없잖아요. 사람은 무언가를 해야만 해요. 원하든 원하지 않든 말이지요. 저는 제 홀려 있는 상태에 이제 이별을 고했습니다."

두 사람은 멈춰 서서 세찬 바람이 그들의 머리에서 낚아채려는 모자를 붙잡았다. 그러고 나서 크노스펠리우스는 건너편 모래 언덕 쪽을 가리키며 말했다. "화가님의 아내분께서 벌써 저 위 이젤 옆에 앉아 바느질을 하시는 것 같군요. 제가 보기엔 말입니다."

"네, 어부 아이들의 셔츠를 꿰매고 있어요." 한스가 건성으로 대답했다. 그러나 크노스펠리우스의 크고 창백한 아이 얼굴은 연구하듯 주의 깊게 그를 바라보았다. "그런가요, 그건 새로운 일인데요."

"네, 새로운 일이죠." 한스가 곧바로 확인해 주었다. "그런데 저도 이제 일하러 가 보겠습니다. 또 뵙겠습니다." 그러고서 그는 모래 언덕을 올라갔다.

크노스펠리우스는 그 자리에 서서 도랄리체 쪽을 넘겨보며 중얼거렸다. "그래요, 이건 새로운 일이에요."

도랄리체는 앉아서 바느질을 했다. 요즘 그녀는 그렇게 하는 걸 좋아했다. 그러면 진정된 것처럼 보이고, 모든 것이 다 정상인 것처럼 보이기 때문이었다. 단지 그녀는 오래 버티지를 못했다. 아마포의 가장자리를 감치는 일이 그녀의 손가락을 예민하게 만들었다. 곧 그녀는 일감을 던져 놓고 구름을 바라보기 위해 담요 위에 몸을 뻗고 누웠다. 때때로 한스가 자기 그림에 대해 이야기하는 소리가 들렸다. "저게 뭐지?" 갑자기 한스가 외쳤다. "뭔가 완전히 새로운 것인데."

"뭐가?" 도랄리체가 물었다.

"정말 신기해." 한스가 말했다. "갑자기 파도 위에 작은 후광이 생겼어. 마치 모든 물마루에 빛의 연필로 그려 넣은 것 같아."

"그래, 저기선 별일들이 다 일어나지." 도랄리체가 일어나지 도 않고 말했다.

"정말 신기해." 한스가 말을 이었다. "비슷한 걸 한 번 본 적이 있어. 내가 어렸을 때 양들을 치고 있는데, 그때 모든 작은 언덕 들이 갑자기 이런 후광을 띠고 있었어."

아, 도랄리체가 생각했다. 한스가 또 양을 쳤구나. 최근에 한스 의 이야기에는 시골 마을과 농부의 피와 밭일이 자주 등장했다. 그것은 거의 그녀에 대한 비난처럼 들렸다. 그리고 한스가 "그래, 양 떼 목장에선 여러 가지를 배우지"라고 덧붙였을 때, 도랄리체 는 화가 나서 이렇게 대답했다. "나는 내가 양을 치지 않았다는 사실을 어떻게 할 수가 없다고."

한스는 즉시 형식적으로 친절한 얼굴을 했다. 한스는 최근에 그런 얼굴로 도랄리체를 마주하곤 했다. 그러고는 정중하게 말 했다. "물론이지. 아무도 자기한테 그걸 요구하지 않아. 자기도 자기 형편에서 여러 가지 귀중한 것들을 배웠을 거야. 양 떼 목 장에선 배울 수 없는 걸 말이야."

도랄리체는 한숨을 쉬었다. 다시 긴 침묵이 생겨났다. 이제 두 사람 사이에는 이런 침묵이 잦아졌다. 도랄리체는 한스와 자신 처럼 두 사람 사이에 이렇게 긴 침묵이 생겨날 수 있다는 사실을 몰랐었다. 갑자기 한스가 붓을 내려놓더니 그 모습을 더 가까 이서 관찰해 봐야겠다고 말했다. 바다로 나가겠다는 것이었다. 그러고는 바다 쪽으로 내려갔다. 도랄리체는 조용히 누워 있었 다. 이렇게 바람이 불 땐 한스가 그녀를 데려가지 않는다. 처음에는 그것이 도랄리체에게 평화와 안전으로 여겨졌다. 그녀는 적대적이고 끔찍한 세상 한복판에 혼자 내버려져 있었다. 그러나 이제 그것은 아주 흥분되는 일이 되었다. 한스가 아무 말도 없이 이젤 앞에 서 있으면 도랄리체는 그가 속으로 그녀와 대화를 나누고 있다는 것을 알았다. 그가 자신을 비난하고 있고, 그의 자부심 강한, 그러나 상처받은 사랑을 그가 항상 그랬던 것처럼 아주 뜨거운 열변으로 그녀에게 쏟아붓고 있다는 사실을 알았다. 그녀는 너무 멀리 있어서 소리는 들을 수 없지만 누군가가 말하는 것을 눈으로 보는 것처럼 너무나 확실히 알고 있었다. 그녀 역시 생각 속에서 끊임없이 한스에게 말을 하고 있었다. 자신을 정당화하고, 그의 탓을 하고, 굴욕감을 느꼈다. 그러나 한번은 두 사람이 서로 해야 할 말들이 너무 많아져서 그것을 밖으로 이야기하는 순간이 와야만 했다. 그다음에는 많은 말이 오가는 시간이 왔고, 화해가 이뤄진다. 그런 것이 있었다. 그런 이야기가 모든 책에 쓰여 있었고, 모든 연극에서도 그런 장면이 등장했다. 그런 순간이 와야 했다. 그 순간을 기다리는 것이 도랄리체가 아무런 일도 일어나지 않는 이 긴 날들 동안 하는 일이었다. 올바른 순간을 놓치지 않기 위해 그녀는 최대한 한스 곁에 있었다. 그의 모든 말을, 그것이 혹시 터놓고 이야기하는 시작일까 싶어 귀 기울여 들었다. 그러면 무슨 말을 할지 그녀는 정확히 알고 있었다. 그리고 이미 끝없이 강렬한 고통과 기쁨의 감정을 느끼고 있었다. 그러나 조급함이 또한 그녀를 괴롭혔다. 왜 그 순간은 오지 않는 것일까? 얼마나 더 걸리는 것일까? 도랄리체는 더 이상 조용히 모래 언덕에 누워 있을 수가 없었다. 그녀는 내려가서 집 앞에 앉아 있으려 했다. 바다를 바라보며 한스가 배 안에서 그녀에게 무엇을 이야기하는지 상상하고자 했다.

벤치 위에는 햇빛이 뜨겁게 비쳤다. 도랄리체가 앉을 때 바르다인의 어머니가 고개를 끄덕이며 옆쪽으로 움직였다. 두 사람 앞의 모래에선 마른 암탉들이 이리저리 오가며 슬프게, 순종적으로 구구거리고 있었다. 열린 창문으로 수저들이 달그락거리는 소리가 들려왔다. 바르다인 가족이 조용히 점심 식사를 하고 있었다. 다른 작은 오두막의 굴뚝에서도 연기가 솟아올랐고, 거기서도 모두가 아무 말도 하지 않았다. 이 작은 집들은 대부분 검고 조용히 거기에 서 있었다. 기껏해야 슈테게가 술에 취해 집으로 돌아오면 그의 집에서 날카로운 여자 목소리가 들렸다. 아니면 저 위쪽 해안 감시원의 집에서 소음이 들려왔다. 해안 감시원이 자기 아내를 때릴 때였다. "저 사람들은 서로 때려요." 추밀 고문관이라면 그렇게 말했을 것이다. "두 사람이 서로 사랑하기 때문이지요." 뭐, 도랄리체는 생각했다. 그것도 허심탄회한 말을 끌어낼 수 있는 편안한 방법일 것이다. 단지 한스와 그녀는 그렇게 하는 법을 몰랐다. 도랄리체는 한스의 배를 찾기 위해 바다 쪽을 내다보았다. 도랄리체는 끊임없이 졸리게 반짝거리는 바다를 좋아하지 않았다. 그것은 항상 거기에 있었다. 어디서든 그것을 보았고, 어디서든 그 소리를 들었으며, 누구나 다 그것에 대해 이야기했다. 말수 적은 어부들이 무언가 말을 할 때면 그것은 바다에 대한 이야기였다. 하지만 그녀에게 바다는 짓누르는 듯한 숨을 끝없이 내쉬는 것 같았다. 그리고 저 아래 해안에서는 여전히 추밀 고문관 크노스펠리우스가 회색 외투와 회색 모자를 쓰고 작고 외로운 유령처럼 거닐고 있었다. 그 모든 것들이 슬프고, 졸리고, 일상적이었다. 그럼에도 불구하고 한스가 집에 오면 무언가가 일어날 수 있었다. 갑자기 모든 것이 달라질 수 있었다. 그리고 그것이 도랄리체에게 그 모든 따분한 일상성에 무언가 비밀스러운 기대의 열기를 가져다주었다.

점심 식사 시간에 한스가 집으로 돌아왔다. 식탁 앞에 앉아 그는 다시 바다에 대해 이야기했고, 삼림 감시원 치베에 대해 이야기했다. 그가 밀렵꾼이 쏜 산탄총에 다리를 맞았다는 것이었다. 그리고 전시에 보낼 바르다인 어머니의 그림에 대해서 이야기했다. 식사를 마치자마자 그는 일어섰다. 그는 할 일이 많다고 주장했다. 그림 상자에 못질을 해야 하고, 또 지시 사항들을 가지고 우체국에 가려고 했다.

"그림을 팔았어?" 도랄리체가 물었다. 그렇다. 그는 그림들을 팔았다. 장사가 잘된다. 실제로 그는 한 번 더 돌아서서 덧붙였다. "필요한 게 있으면 말만 해. 내가 책임질게." 이 말과 함께 그는 나갔다.

그가 책임진다. 항상 올바르고 정당하다. 단지 도랄리체는 이 올바름과 정당함이 그녀가 동경하며 기다리는 허심탄회한 대화로부터 아주 멀리 떨어져 있는 것처럼 느껴졌다. 이제 다시 집에 커다란 망치 소리가 울려 퍼졌다. 한스가 정말로 신이 나서 망치를 두드리는 것 같았다. 도랄리체는 망치 소리에서 무언가 분노와 열정이 들리는 것 같다고 생각했다. 그 소리는 그녀와 이야기를 나누고, 그녀를 비난했다. 그 소리는 그녀에게 한스의 영혼 속에서 일어나고 있는 일들을 알려 주는 듯했다. 그리고 집 안이 갑자기 조용해지고 한스가 떠나자 도랄리체는 실망했다. 도랄리체는 영국 소설과 담배를 집어 들고 쉬기로 했다. 그녀가 한때 성에서 그랬던 것처럼, 방들이 조용해지고, 정원의 향기가 뜨겁고 달콤하게 창문을 통해 들어오고, 커다란 볼테르 안락의자에 파묻혀 아무런 생각도 원하는 것도 없이 꼼짝 않고 있었을 때 그랬던 것처럼, 정말로 쉬기로 결심했다. 그녀는 그때 행복하지 못했다. 하지만 집에 있기는 했다. 그런 기분은 더 이상 그녀에게 오지 않을까? 아마도 그녀와 한스 사이에 모든 것들이 분명해지면, 한스가 이야기를 하고 나면, 아마도 그녀는 다시 집에 있게 될 것이다. 그녀는 조급하게 책과 담배를 집어 던지고 바다로 내려갔다. 한스를 마중할 수 있을 것 같았다. 걸어가면서는 다시 정당화와 굴욕과 화해의 커다란 장면들을 생각했다. 자신도 모르게 도랄리체는 크게 말했다. 하얗게 쏴 소리를 내며 해안으로 밀려와 도랄리체의 발끝까지 닿는 파도에 말을 걸었다. "나는 자기가 책임을 감당하는 걸 도와줄 거라 생각했어. 그렇지만 자기는 그냥 항상 올바르고 모든 걸 다 아는 사람이고자 했어. 나는 어려운 상황 속에서 혼자였어. 그리고 그 자유, 그 자유는 나한테 끔찍한 외로움처럼 들려." 그렇게 말하면서 도랄리체는 모래 언덕의 날카로운 끝이 바다에 닿아 있는 곳에 이르렀다. 그 뒤로는 길이 마을로 이어졌다. 모래 언덕이 튀어나와 가려진 곳에서 열정적으로 무언가 말하고 있는 남자의 목소리가 들렸다. 한스의 목소리였다. 도랄리체는 멈춰 서서 귀를 기울였다. 그때 한스가 벌써 모서리를 돌아오고 있었다. "아, 자기구나." 한스가 말했다. 도랄리체가 얼굴을 붉혔다. "응, 자기를 마중 나가고 싶었어." 그녀가 대답했다. "방금 누구랑 얘기했어?"

한스가 어깨를 으쓱했다. "아무도 아니야. 그냥 혼자서 호메로스를 낭독하고 있었어."

당연히 거짓말이다. 도랄리체는 생각했다. 그녀는 한스가 누구에게 무엇을 얘기했는지를 잘 알고 있다고 생각했다. "우리, 산책이나 할까?" 그녀가 물었다. 두 사람은 모래 언덕이 튀어나온 곳을 돌아 시골길로 접어들어 감자밭과 그루터기 논밭을 따라 마침내 소나무 보호림의 일자로 뻗은 길에 이르렀다. 한스는 다시 색깔과 빛에 대해 이야기했고, 어린 소나무들은 붉은 햇빛을 받으면 보라색이 된다고 주장했다. 그 모든 것들에 도랄리체는 한없이 무관심했다. 그녀는 자신이 등장하는, 그녀와 한스가 등장하는 대화거리를 원했다. 가장 좋은 탈출구는 최근에 함께 한 여행의 기억이었다. "기억나?" 도랄리체가 물었다. "코에 코안경 두 개, 하나 뒤에 또 하나를 올려놓고 있던 우피치 궁(宮)의 영국 여자 기억나?"

응, 한스는 그녀를 기억했다. "그리고……." 그가 말했다. "그게 우리가 피에솔레 쪽으로 올라가던 날 아니었나? 고대 극장으로 이어지는 벽돌 계단에 우리가 앉아 있던 날 말이야. 내 생각에 그건 내가 앉아 본 가장 뜨거운 자리였어."

"아, 아니야." 도랄리체가 말했다. "우린 더 뜨거운 곳에 한 번 앉았었어. 파두아 아레나 교회 앞 잔디밭이었어. 우리는 체리를 먹었어. 잔디가 다리미처럼 뜨거웠고, 자기는 노랑나비를 잡았어. 그러고는 날개가 갓 구운 빵처럼 따듯하다고 말했었어."

한스가 웃었다. 이 기억들은 그를 항상 즐겁게 만들었다. "아, 맞아, 나는 그 교회 안에 있던 조토의 절망하는 표정을 지으려고 연습했었지."

해가 질 때 두 사람은 돌아가는 길로 접어들었다. 그리고 모래 언덕 옆의 안전한 자리에서 어둠을 기다렸다. 한스는 아무 말이 없었고, 도랄리체는 한스의 침묵에 대해 생각했다. 그때 어둠 속에서 불붙은 시가의 빨간빛이 땅바닥 위로 별로 높지 않은 곳에서 나타났다. 그리고 크노스펠리우스의 낮은 목소리가 들려왔다. "안녕하세요." 추밀 고문관은 두 사람 옆에 앉아 느린 말투로 먼, 위안이 되는 것들에 대해 이야기했다. 그는 우스꽝스러운 버릇들을 가지고 있던 장관들이나, 콘스탄티노플의 조용한 카페에 대해 이야기했다. 그곳에서 그는 열려 있는 문을 통해 작은 터키 공동묘지의 하얀 터번으로 장식된 비석들을 생각에 잠겨 바라보고 있던 조용한 터키인들과 함께 식사를 하고 담배를 피웠다고 했다. 혹은 완전히 분홍색인 사막과 모두가 총명하고 진지한 얼굴을 하고 있지만, 사실은 바보들이었던 아랍인들에 대해 이야기했다. 멀리 있는 등대 불빛이 보이기 시작하자 그들은 헤어졌다.

북동풍이 고기잡이 나가는 것을 방해했기 때문에 한스는 집에 머물러야 했다. 도랄리체와 한스는 등불 옆에 앉았다. 도랄리체는 바느질을 하려 했고, 한스는 책을 읽었다. "크게 읽어 주지 않을래?" 도랄리체가 물었다.

"응, 그럼, 자기가 좋다면." 한스가 친절하게 대답했다. "근데 호메로스야."

"상관없어." 도랄리체가 말했다.

한스가 알키노오스의 정원을 묘사하고 있는 부분'을 읽었다.

"배나무에선 배가 익어 가고, 사과나무에선 사과가 빨개진다, 포도나무에선 포도가 짙어지고, 무화과나무에선 무화과가 쪼그라든다."

한스는 시구의 울림을 파도가 올라가고 내려오는 것처럼 굴려 가며 읽었다. 그것이 도랄리체를 훌륭한 평온 속에 빠져들게 만들었다. 그녀는 일감을 내려놓고 안락의자에 기대고 앉아 눈을 감았다. 도랄리체는 한스가 그녀의 머리카락을 가볍게 쓰다듬을 때 깨어났다. "자기 졸리구나, 가서 자야 해." 한스가 말했다. 그의 목소리는 기이하게 부드러웠고, 그것이 도랄리체를 감동시켜 그녀의 눈에 눈물이 고였다. 한스는 그것을 눈치채지 못했다. 그는 초에 불을 붙이고, 등불을 끈 후 잘 자라고 인사했다.

최근 들어 도랄리체의 밤은 편안하지 못했다. 그녀는 오랫동안 잠들지 않고 깨어 있었으며, 집을 통해 울리는 모든 소리에 귀를 기울였다. 그러다 문 하나가 삐걱거리거나, 발걸음 소리가 들리면 그녀는 한스가 바다로 나간다는 것을 알았다. 그는 요즘 들어 밤에 더 자주 바다로 나갔다. 그는 바다를 연구하고자 했다. 도랄리체는 그 역시 잠들지 못한다는 것을, 그 역시 고통받고 있다는 것을 잘 알았다. 그리고 거기에 그녀를 아주 뜨겁고 기쁨에 들뜨게 만드는 무언가가 있었다.

제15장

　아침이 되자 북동풍은 잦아들었고, 정오쯤 되어서는 완전히 가라앉았다. 밤이 될 무렵에는 약한 서풍이 신선하게 불면서, 커다란 하얀 구름을 몰고 왔다.

　한스와 도랄리체는 저녁 산책에서 돌아와 수평선 위에 거대한 구리 빛깔 구름 산이 만들어지는 것을 보았다. 바다는 빨간색과 보라색 파도로 가득했다. 한스와 도랄리체는 모래 언덕 위의 익숙한 자리에 앉아 색깔들이 반짝였다 사라지는 모습을 바라보았다. 화사한 구름 산이 점차 회색으로 변하더니, 땅 위가 어두워지고, 마침내 바다는 움직이는 어스름 빛이 되어 버렸다. 하늘에는 달 조각이 빛도 없이 하얗게 걸려 있었다. 어부 슈티베의 오두막 앞에서는 여인들이 앉아 물고기를 닦으면서 굼뜨게 흔들리는 멜로디를 부르고 있었다.

　작은 해가 바닷속에서 잠을 자려 하네,

검은 물이 이불이네

녹색 장교 농어야

빨리 달려라, 잠을 깨워라.

라데리, 라데리, 라데리디라.

추밀 고문관 크노스펠리우스가 늘 그랬던 것처럼 다시 나타났다. 그는 작고 회색이었으며 입에는 커다란 시가를 물고 있었다. "안녕하세요." 크노스펠리우스가 말했다. "이제 폭풍이 몰아치겠군요." 한스가 격렬하게 반대했다. "내일 아침까진 아니에요. 슈티베가 정확히 알고 있지요. 그래서 오늘 밤에 고기를 잡으러 나간대요. 저는 슈테게와 함께 갈 거예요. 저기 한참 바깥에, 이런 날씨면 넙치들이 바닥에 찰싹 붙어 있어서 감자처럼 모래 속에서 그물로 파낼 수 있는 자리가 있대요."

"그렇군요, 그렇군요." 크노스펠리우스가 말했다. "그러니까 행동에 대한 갈망이에요. 행동에 대한 갈망." 그들은 한동안 아무 말 없이 어부 부인들의 탄식하는 듯한 노래를 들었다.

"녹색 장교 농어는 빨리 달리네, 잠을 깨우러."

"이 멜로디가 시간을 잘 잡아먹는군요." 도랄리체가 말했다.

"여기서 누가 시간을 잡아먹나요?" 크노스펠리우스가 말했다. 그는 천천히 생각에 잠긴 채 낮은 목소리를 울리면서 어둠을 향해 말하는 것을 좋아했다. "하지만 시간은 여기서 말하자면 더 천천히 가지요. 하루와 시간과 분들이 여기선 더 길어요. 제가 오늘 아침 제 옆방에서 재세례파 신도가 매일 아침 부르는 찬송가 가사에 잠이 깬 게 얼마나 멀게 느껴지는지요."

"아, 그래요." 도랄리체가 한숨을 쉬었다. "여기선 모든 게 느려요, 너무 느려요."

"그 대신 우리는 철저해지지요, 부인." 크노스펠리우스가 말했다. "도시에서 저는 잘게 부서진 경험들과 잘게 부서진 이야기들과 생각들을 가지고 살아가지요. 하지만 여기 사람들은 모든 이야기를 다 완전히 끝날 때까지 하고, 모든 생각을 그 마지막 깊이까지 이어 간답니다."

"그리고 절대로 끝을 못 맺지요." 한스가 끼어들었다.

"그런 일도 벌어집니다." 크노스펠리우스가 확인해 주었다. "저기 어둠 속에 저렇게 조용하게 나란히 걸어가는 연인들을 보세요. 저 사람들은 밤에 아마도 세 마디 정도를 했을 거예요. 저들은 다 말할 시간이 있거든요. 속도의 문제예요. 사랑 이야기의 내용은 항상 똑같은 거 아니겠어요. 저 사람들은 그걸 1년 동안으로 나누고, 다른 이들은 며칠 안에 끝내야 하지요. 속도의 문제지요, 그 이상은 없습니다. 인도의 동화 중에 축복받은 섬에 관한 이야기가 있습니다. 그곳 사람들은 그 섬에서 보통 그런 것처럼 아주 잘 지내고 있었습니다. 원하는 것은 뭐든 가지고 있었지요. 그런 아름다운 섬의 자연이 가진 특징이 뭐냐면, 나무가 소녀들을 낳는다는 거예요. 아름다운 소녀들을요. 그 아이들은 아침에 활짝 피어나고 밤이면 시들어 죽습니다. 저는 이렇게 생각해요. 그 섬에 사는 남자가 그 아름다운 열매를 아침에 꺾으면, 그의 사랑 이야기는 밤까지밖에 시간이 없지요. 하지만 그 사랑 이야기는, 예를 들면 벌써 7년째 매일 밤 아무 말 없이 나란히 해안을 걷는 치베의 아들과 슈티베의 딸의 사랑 이야기와 똑같이 풍성할 거예요. 그리고 그때 섬의 연인들은 특별히 서둘렀다는 느낌도 갖지 않을 겁니다. 속도의 문제예요." 추밀 고문관은 이야기를 멈추고 시가를 세게 빨았다.

그때 도랄리체의 목소리가 들렸다. 탄식하는 것 같으면서도 동시에 누군가와 싸우고 있는 듯 화난 목소리였다. "아, 그래요, 그 소녀들, 그 아이들은 아마 그들의 사랑 모두를 하루에 쏟아 붓는 방법을 알고 있을 거예요. 하지만 남자들은 너무나 끔찍하게 느리지요. 만약 아침에 그들 사이에 무슨 일이 있었다면, 남자들이 그에 대해 터놓고 얘기하기도 전에 소녀들은 죽어야만 할 거예요."

크노스펠리우스가 킥킥거리며 웃었다. 한스가 말했다. "축복받은 섬에서는 아마도 사랑하는 사람들 사이에 결코 아무 일도 일어나지 않겠지요."

"아니에요, 아니에요." 크노스펠리우스가 부인했다. "그건 피할 수가 없어요. 제가 이 방면에서 아주 잘 아는 사람은 아니지요. 제게 사랑에 빠지는 사람은 없으니까요. 그렇지만 그건 책임으로 가득한 삶의 상황이 틀림없어요. 그러니까 누군가가 제게 사랑에 빠지면, 그 사람은 제 안에서 자신의 이상을 보고, 저는 동시에 그 이상적이고 훌륭한 크노스펠리우스의 보관소가 되지요. 제가 그걸 관리하는 겁니다. 그러면 끊임없이 오류가 발생하는 건 당연한 일이에요. 그러면 저는 누군가 지에게 아주 드물고 값진 호화 장정본을 빌려준 것 같은 기분이 들겠지요. 그러면 저는 그 값비싼 책에 무슨 일이 생길까 끊임없이 걱정하며 살게 될 거예요. 하지만 어쨌든 축복받은 섬의 남자들은 이해가 빠르고, 소녀들은 터놓고 얘기하는 데 덜 매달릴 가능성이 있겠어요. 그렇다면 그게 바로 우리가 단축된 과정이라고 얘기하는 것이겠지요."

벌써 등대 불빛이 멀리서 분명하게 보였다. 한스는 집으로 갈 채비를 했다. 슈테게와 함께 배를 타고 나갈 생각이었기 때문이었다. 집에서는 아그네스가 식사를 준비해 놓고 있었다. 한스는 식사를 하는 데 시간을 거의 빼앗기지 않고 옷을 갈아입기 위해 서둘러 자기 방으로 갔다. 도랄리체는 창가에 서서 달빛이 하얗게 밝아지는 모습을 보았다. 한스가 다시 돌아오는 소리가 들렸다. 그는 도랄리체에게 다가와 손으로 그녀의 두 어깨를 잡았다. "내가 이해하는 게 그렇게 느려?" 한스가 물었다. 그 소리는 부드럽고, 거의 수줍게 들렸다. 도랄리체는 고개를 숙여 한스의 가슴에 머리를 기댔다. 그의 심장이 아주 강하게 뛰었다. 그녀의 눈이 눈물로 뜨거워졌다. "자기는 아무것도 이해하지 못해." 그녀가 고통스럽게 말했다. "자기는 아무 말도 안 해. 아무 이야기도 안 해."

"아, 자기야." 한스가 대답했다. "말한다는 건 그런 거야. 우리가 말을 하면, 그 말은 딱딱하고 불쾌하고 추하게 들려. 그리고 정당하지 못하고, 가차 없는 말이 돼 버리지. 그리고 또 우리가 말하려 했던 것과는 다른 것이 되어 버려."

"딱딱해도 되고, 정당하지 못하거나 가차 없어도 좋아." 도랄리체가 열정적으로 소리쳤다. "하지만 이건 아니야, 이건 아니야! 그 정당함에, 그 사려 깊음에 죽어 버리고 말 거야."

한스가 그녀 위로 고개를 숙이고 입술에 키스했다. "좋아, 좋아." 그가 익숙한, 친절하고 열정적인 말투로 이야기했다. "그럼 내일 우리가 오늘 바다에다 소리쳤던 것들을 모두 얘기하자. 오늘은 잘 자고."

도랄리체는 오랫동안 더 창가에 서 있었다. 볼을 타고 흘러내리는 따뜻한 눈물이 친근한 애무처럼 위로가 되었다. 마침내 그녀는 자러 가기로 마음먹었다. 그녀는 자는 것이 기뻤다. 그녀는 힘들게, 그러나 행복하게 일을 완수한 것처럼 피곤했다.

자정쯤 도랄리체는 방 안에서 그녀 주위로 들려오는 큰 소음에 잠에서 깼다. 바다가 큰 소리를 내고 있었다. 그 소리는 너무나 커서 이 작은 집이 마치 파도의 한가운데에 있는 것만 같았다. 게다가 방 안의 모든 사물들이 움직이는 것 같았다. 화장대 위의 물건들이 덜그럭거렸고, 세면용 물병이 나지막하게 윙윙거렸으며, 문이 삐걱거렸다. 지붕 위에서는 무거운 물건들이 쏴아 소리를 내며 허공을 날아가는 듯했고, 때때로 휘파람 소리가, 마치 길거리의 부랑아가 허공 어딘가에서 뛰어다니는 듯, 자유분방하고 조롱하는 듯한 휘파람 소리가 들려왔다. 혹은 탄식의 소리가 날카롭고도 절망적으로 울려 퍼졌으며, 갑자기 그 모든 소리들 위로 천둥의 강력한 우르릉 소리와 쾅 소리가 뒤덮였다. 도랄리체는 침대에서 내려와 거실 칭문기로 달려갔다. 밤은 완전히 깜깜했고 거친 혼란으로 가득해 보였다. 번개가 번쩍이자 순간적으로 파란빛 속에 기이하게 변화한 바다가 드러났다. 그곳에선 마치 거대한 검은 벽이 일어난 것 같았다. 벽은 흔들리고 무너졌으며, 그 위 곳곳에 푸른색 눈 같은 것이 놓여 있었다. 도랄리체는 두려웠다. 그것뿐이었다. 다른 생각은 없었다. 오로지 우리를 숨도록 만들고, 어디로든 기어 들어가게 만들고, 도움을 외치도록 만드는 그런 두려움뿐이었다. 방이 밝아졌다. 아그네스가 등불을 손에 들고 서 있었다. 노부인의 노란색 눈이 꼼짝도 않고 화가 난 듯 도랄리체를 바라보고 있었다. 그때 도랄리체는 이해했다. "한스." 그녀가 중얼거렸다.

"네, 이런 날씨에 바다에 나가다니." 아그네스가 꾸중하듯 말했다. "이런 걸 들어 본 적이 있나요. 게다가 게을러서 자기 배를 제대로 관리도 못 하는 술고래 슈테게와 함께라니." 그러더니 아그네스는 아주 바빠졌다. 계속 나지막이 책망하며 왔다 갔다 하더니, 외투를 집어 도랄리체에게 입히고, 그녀를 안락의자에 앉도록 강요하고는, 담요를 가져다 덮어 주었다. 그 일을 마친 후에는 자신도 의자에 앉아 팔짱을 낀 채 꼼짝도 않고 화난 듯 등불을 바라보며 상체를 이쪽저쪽으로 가만히 흔들었다. 때때로 그녀는 혼자 중얼거렸다. "틀림없이 이제 곧 돌아올 거야, 정신 나간 젊은이 같으니. 우리 집에 생선이 없기라도 하냐고. 게다가 슈테게랑 함께라니."

그렇게 조용히 앉아서 바깥에 귀를 기울이는 것은 끔찍할 정도로 고통스러웠다. 도랄리체는 그것을 참지 못했다. 그녀는 무언가 해야만 했다. "전 바르다인에게 가 볼게요." 도랄리체가 말했다. 아그네스가 어깨를 으쓱했다. "그 사람들이 뭘 할 수 있겠어요?" 아그네스가 말했다. 그러나 도랄리체는 밖으로 나가 태풍에 넘어지지 않으려고 벽을 따라 조심스럽게 걸어서 바르다인의 방으로 들어갔다. 바르다인 부인은 작은 등에 불을 켜고 짧은 치마만 입은 채 방 안을 서성이고 있었다. 창의 덧문을 단단히 고정하고, 아궁이에 남은 마지막 불꽃을 끄고, 선반 위에서 딸그락거리고 윙윙거리는 물건들을 옮겨 놓았다. 도랄리체가 들어서자 바르다인 부인이 그녀를 조용히, 진지하게 바라보고는 아무 말 없이 다시 자신의 일을 했다. 도랄리체는 태풍을 뚫고 오느라 숨이 찬 채로 그 자리에 서서 나지막이 말했다. "아, 바르다인 부인, 이 바람이."

"좋지 않아요." 바르다인 부인이 대답했다. "하지만 우리가 뭘 할 수 있겠어요?"

도랄리체는 의자에 앉아 바르다인 부인이 말을 할 때까지, 무언가 위안처럼 들리는 말을 할 때까지 기다렸다. 그때 커다란 침대에서 바르다인의 낮은 목소리가 들려왔다. "내가 말했어. 하지만 자기들이 나보다 똑똑하다고 생각한 거야. 뭐, 슈티베는 커다란 새 배를 가지고 있으니까 잘 헤치고 나올 거야. 슈테게는— 뭐, 그 낡은 조각배를 타고 있어도 전에 악마가 풍랑 속에서 빠져나오는 걸 도와줬어."

바깥의 끔찍한 일에 대해 거칠면서도 믿을 만하게 말하는 그 불친절한 목소리가 도랄리체에게는 위로가 되었다. 아이들이 침대에서 울기 시작해 그들의 엄마가 아이들을 혼내고 때렸다. 할머니는 이불 속에서 일어나 앉아 마치 그녀의 눈이 어둠 속을 아주 멀리까지 볼 수 있기라도 한 듯 창문을 뚫어져라 바라보았다. "안 좋은 바람이야, 안 좋은 바람이야." 할머니가 중얼거렸다. 도랄리체는 여전히 거기에 앉아 있었다. 돌아가기로 마음먹을 수가 없었다. 바깥의 그 모든 끔찍한 상황의 한가운데에서 이 일상적인 삶으로 가득한 좁은 방이 왠지 안전한 곳처럼 느껴졌다. 그러나 바르다인 부인은 자기 일을 끝마친 것 같았다. 그녀는 자기 침대 앞에 서서 하품을 하며 도랄리체를 바라보았다. 도랄리체는 가야 했다. 여기 사람들은 더 이상 그녀를 원하지 않았다. 그리고 그녀는 다시 아그네스가 등불 앞에 앉아 상체를 이쪽저쪽으로 가만히 흔들고 있는 거실로 건너왔다. 추위에 떨며 도랄리체는 다시 안락의자에 앉아 담요를 덮었다. 끊임없이 어수선한 바깥의 소리를 듣는 것은 고통스럽고 끔찍하게 힘든 일이었다. 더 오래 귀를 기울이면 기울일수록 그 소리는 표현이 더 풍부해지고 유령 같은 형상으로 바뀌었다. 조롱 섞인 불량배의 휘파람 소리가 들릴 때면 주근깨 가득한 노란 얼굴에 빨간 머리를 한 작은 괴물이 보였다. 그 괴물은 지나치게 큰 회색 옷을 입고, 바지 주머니에 손을 꽂은 채 한없이 뻔뻔스럽게 어두운 하늘을 어슬렁거리고 있었다. 두 눈은 바다 모래처럼 밝은 노란색이었고, 입은 활짝 벌리고 있었다 — 그 입은 하얀 얼굴에 뚫린 커다란 검은 구멍 같았다. 이 모든 소동과 경악의 한복판에, 이 암흑과 울부짖음의 한가운데에 한스가 있었다. 그곳에서 그녀의 생각과 기다림은 그를 찾고 있었다. 도랄리체는 견딜 수 없는 무게를 털어 내려는 듯 벌떡 일어섰다. 아그네스도 불안해졌다. 그녀는 알코올버너 위에 차를 끓이기 시작했다. 그것은 두 사람의 관심을 딴 곳으로 끌어 주었다. 그러고 나서 차를 마시고 담배에 불을 붙이는 일은 아주 짧은 순간이지만 망각과 마음을 가득 채우는 편안함을 가져다주었다. 그러나 걱정을 하며 기다리는 어려운 일은 곧 다시 시작되었다. 긴장에 피로해져 도랄리체의 생각이 기운을 잃으면 즉시 그 장면이, 화사하고 활기찬 꿈의 장면이 나타났다. 도랄리체는 햇빛으로 노란 해안을 보았다. 장군 부인이 하얀색 피케 옷을 입은 채 바람과 싸우고 있었으며, 롤로가 서 있었다. 녹청색 바다 한가운데 그려진 얇은 빨간색 선 같았다. 그리고 한스가 햇빛 속에서 도랄리체를 향해 천천히 걸어왔다. "좋아, 좋아." 한스는 그 특유의 진심 어리고 열정적인 방식으로 말을 했다. "자기가 나를 기다렸구나, 좋아, 좋아." 그리고 도랄리체는 이제 모든 것이 다 잘됐다고 느꼈다. 그 기쁨의 감동이 너무나 강력하고 뜨거워 그녀는 안락의자에서 벌떡 일어나, 가만히 이리저리 흔들리는 아그네스의 창백한 얼굴을 멍하니 바라보았다. 아니다, 이 꿈의 장면이 삶이고, 창백한 아그네스의 얼굴과 바깥에서 검은 밤이 울부짖는 이 방, 그것이 그저 이해할 수 없는 꿈의 경악에 불과했다. 그녀는 다시 꿈의 장면으로 도망쳐 그것과 함께 살다가 다시 그 장면들이 가져다준 기쁨에 잠에서 깨어났다.

날이 밝아 왔다, 주저주저하며 초라하게. 격렬한 뇌우가 쏟아졌다. 비는 뚫고 들어갈 수 없는, 먼지가 잔뜩 붙은 회색 거미줄처럼 땅과 집들을 감쌌다. 이런 때 빛은 무거운 상태였다. 이것이 정말 낮인가. 도랄리체는 생각했다. 이 피로하고 괴로운 여명이, 참담하고 이해할 수 없는 기다림을 분명하게 인식하는 순간 찾아오는 갑작스러운 경악에 중단되는 이것이. 도랄리체는 평소처럼 옷을 입었다. 아그네스는 다시 차를 끓였다. 그런 다음 달걀로 프라이를 만들었다. 그러고는 태풍 때문에 아궁이에 불을 붙이는 일이 쉽지 않다고 말했다. 사람들이 왔다. 바르다인 집안 여자들과 슈테게 부인이었다. 그들은 방에 서서 큰 소리로 이야기했다. 울어서 눈이 빨개지고, 머리도 빗지 않은 슈테게 부인은 밤을 새워서 창백해진 얼굴로 크게 소리 내어 울었다. "흑, 흑, 흑." 그리고 열정적으로 이야기를 늘어놓았다. 당연하다, 모든 돈을 다 술집에 가져가면 새 배를 살 수도 없고, 그러면 낡은 배조차 상태를 유지할 수 없다. 그러나 슈테게는 그녀의 말을 듣지 않았다. 어제 아침에 그녀는 슈테게에게 나쁜 꿈을 꾸었다고 이야기했다. 그녀는 슈테게가 배 안에 서 있는데 그 배가 모서리에 이르기까지 대구로 가득 차 있는 꿈을 꾸었다. 그런데 대구 꿈은 나쁜 꿈이고, 넙치 꿈은 좋은 꿈이다. 하지만 슈테게는 그녀의 말을 듣지 않았다.

"대구 꿈은 나쁜 꿈이고, 넙치 꿈은 좋은 꿈이야." 바르다인 어머니가 진지하게 반복했다. "그건 맞아."

여자들이 가고 난 후 추밀 고문관이 왔다. 그는 뻣뻣하게 격식을 갖추었다. 그때 그의 표정에는 얼굴이 아프기라도 한 듯 뭔가에 꼬집혀 일그러진 것이 있었다. 추밀 고문관은 도랄리체에게 자기를 믿어도 된다면서, 모든 필요한 일들이 이뤄질 것이라고 말했다. 가능해지기만 하면 곧 사람들이 바다로 나갈 것이라고 했다. 그는 사람 하나를 말을 태워 해안으로, 등대로 보냈다. 그는 앉아서 손가락으로 무릎을 두드렸다. 그러고는 그가 말할 수 있는 무언가를, 감동을 줄 수 있는 무언가를 찾았다. 하지만 그는 아무것도 찾지 못했다. 그래서 그는 이렇게 말했을 뿐이었다. "모피 외투를 입으세요. 이런 때는 몸이 얼어요." 추밀 고문관은 아무 말도 없이 한동안 앉아 있다가 갔다.

저녁쯤에 어부 슈티베가 돌아왔다는 소문이 퍼졌다. 방 안은 다시 여자들로 가득 찼다. 슈티베 부인이 설명했다. 그녀의 남편은 날씨가 수상해 보여 곧바로 슈테게와 헤어졌다. 돌아오는 길에 악천후를 만났고, 어두워져서 눈앞에 있는 자기 손조차 볼 수 없었다. 게다가 그 폭풍! 그가 곧장 등대 뒤의 만(灣)으로 들어선 것은 잘한 일이었다. 그리고 좋은 배는 역시 좋은 배였다. 그가 만약 새 배를 가지고 있지 않았다면, 그에게 무슨 일이 벌어졌을지 누가 알겠는가. 슈테게와 한스에 대해 그는 아는 것이 없었다. 여자들이 모두 동시에 말을 했다. 슈테게 부인은 다시 울었다. "흑, 흑, 흑." 마침내 아그네스가 그들을 모두 내보냈다.

저녁이 되었다. 도랄리체와 아그네스는 마주 보고 앉아 있었다. 아그네스는 가만히 몸을 흔들면서, 나지막한 소리로 탄식했다. 도랄리체는 머릿속에서 어딘가 멀고 평화로운 기억의 구석으로 도망치려고 애썼다. 혹은 아무 생각도 하지 않고 태풍과 바다의 소리에 귀를 기울였다. 밤이 찾아왔다. 아그네스는 도랄리체를 침대로 데려갔고, 도랄리체는 무거운 잠에 빠졌다. 깊은 잠 속에서 때때로 짊어지고 가기엔 너무 무거운 무언가가 나타났다. 유일한 도피처는 깨어나는 것뿐이었다. 도랄리체는 눈을 떴다. 방 안이 밝았다. 침대 발치의 의자 위에 수건으로 몸을 두른 아그네스가 앉아 있었다. 작은 노란색 얼굴은 기이하게 평화로운, 거의 유쾌한 모습을 하고 있었다. 이 없는 입의 부드러운 선은 미소를 참느라 움찔거렸다. 도랄리체가 깨어난 것을 보자 아그네스가 말문을 열었다. 그녀는 마치 이미 시작된 이야기를 계속하는 것처럼 말했다. "그리고 우리가 바제 안네의 결혼식을 준비할 때 말이에요, 아니에요, 그 장난꾸러기! 그러니까 우리는 크고 예쁜 거위를 잡았어요. 그러고는 통 속에 집어넣어 익혔지요. 그사이에 많은 다른 일들을 해야 했답니다. 그리고 거위가 다 됐을 거라 생각하고 살펴보았어요. 그런데 거위가 사라진 거예요. 그래서 소리를 지르며 거위를 찾았지요. 하지만 없어진 건 없어진 거였어요. 우리한텐 무슨 기적이 일어난 것 같았지요. 그런데 한순간 제게 한스와 다른 남자애들이 한동안 보이지 않았다는 게 떠올랐어요. 완전히 사라진 거예요. 마치 미가엘 축제 때 그 유대인처럼요. 그렇지만 그때 저는 아무 생각도 안 했지요. 나중에 가서야, 한참이 지난 후에야 한스가 제게 말했어요. 그 몹쓸 장난꾸러기가 거위를 통에서 훔쳐 다른 남자애들이랑 함께 건초를 모아 둔 헛간에서 먹어 치웠다고요. 저는 아무한테도 이야기하지 않겠다고 약속했어요. 그리고 지금까지 아무에게도 이야기하지 않았답니다. 그렇지만 거위를 통에서 훔쳐다가 먹어 치우다니요!"

아그네스의 진심 어린, 기분 좋은 웃음은 바람의 휘파람과 신음 소리 속으로 밀려 들어갔다.

밤이 되자 폭풍은 잦아들었다. 비는 다음 날 오전 내내 내리다가 오후가 되어서야 그쳤다. 도랄리체는 누가 그곳에서 자기를 기다리고 있기라도 한 듯 서둘러 해안으로 내려갔다. 모래가 파도에 뒤집혔고, 그녀의 발은 해초와 해조 속으로 깊이 빠졌다. 쇠 같은 회색 하늘 아래로 마치 끓고 있는 우유처럼 하얀 거품으로 뒤덮인 바다가 놓여 있었다. 갈매기들은 몹시 흥분한 상태였다. 갈매기들은 이리저리 쏜살같이 날아다녔고, 호통치듯 날카로운 목소리로 서로 다투고 있었다. 거칠고 사나웠다. 그러나 여기선 최소한 숨은 쉴 수 있었다. 도랄리체는 뒤에서 맨발로 해조류 위를 서둘러 달려오는 발소리를 들었다. 슈테게 부인이었다. 그녀가 도랄리체를 따라잡아 그녀 옆에 섰다. 슈테게 부인은 끊임없이 이야기하고 탄식했다. "아니에요, 그 사람들은 더 이상 빠져나오지 못할 거예요. 바르다인 어머님도 그렇게 말했어요. 저기 멀리에 틀림없이 그 사람들이 더 이상 돌아오지 못하는 자리가 있어요. 그 아래에 갈라진 틈이나 동굴이나 뭐 그런 게 있을 거예요. 거기서 그 사람들을 붙잡고 있는 게 뭔지 어떻게 알 수 있겠어요. 바르다인 마티스도 빠져나오지 못했어요." 창백한 두 여인은 서둘러 해안을 따라 걸어갔다. 두 눈을 크게 뜨고 두려움에 사로잡혀 무언가를 찾으며 바다 위를 살펴보았다. 날이 어두워지기 시작해 슈테게 부인은 집에 있는 아이들에게 가 봐야 했다. 도랄리체는 집에 가기로 힘들게 결정했다. 여기 밖에서는 무자비한 것들이 생각을 짓눌렀고, 저 안에서는 그리워하는 일이 그녀를 기다리고 있었다. 귀를 기울이다 익숙한 목소리와 익숙한 발걸음 소리가 들렸다고 생각할 때마다 그녀는 실망했다. 자꾸만 다시 잘 알고 있는 따뜻한 손을 잡는 것 같았지만, 그 손이 차갑고 낯설어졌다는 사실을 경악과 함께 느꼈다.

아그네스가 식사를 차렸다. 그리고 옆에 서서 도랄리체가 먹는 모습을 바라보았다. 그때 두 사람의 볼에는 눈물이 흘러내렸다. 밤늦게 추밀 고문관이 찾아왔다. 그의 하인 클라우스가 커다란 쇠 등불로 길을 밝혀 주었다. 크노스펠리우스는 도랄리체의 건너편에 앉았다. 크노스펠리우스는 할 말이 많지 않았다. 늙은 장관들이나 터키의 카페에 대한 이야기를 여기서 할 수는 없었다. 그러나 도랄리체는 탄식하며 울 수 있었고, 그것이 그녀에게 위로가 되었다. "그러니까 내일, 그가 떠날 때 그렇게 말했어요. 내일 제게 모든 것을 다 말하겠다고요. 그 긴 시간 동안 내게 말하지 않았던 모든 것을요. 그러더니 이제―."

"맙소사." 크노스펠리우스가 말하고 눈썹을 치켜올렸다. "우리도 그렇게 얘기하지요. 우리의 비밀을 함께 가지고 간다고요."

"무슨 비밀이요?" 도랄리체가 물었다. 그녀의 눈이 놀라움에 크고 동그래졌다.

크노스펠리우스는 화가 나서 얼굴을 찡그렸다. "아무것도 아니에요, 아무것도 아니에요. 그냥 튀어나온 말이에요. 아시잖아요, 우리가 무슨 말을 해야 좋을지 모를 때, 그런 말이 튀어나온답니다. 그런데……." 그가 머뭇거리며 말을 이었다. 그는 누군가를 위로하는 데 익숙하지 않았다. 강한 동정심을 느끼는 것도 익숙하지 않았다. "그런데……." 그가 말을 이었다. "우리와 가까이 있는 사람들에게서 우리는 새로운 걸 듣길 원하진 않지 않나요. 그 사람들은 항상 우리가 알고 있는 것을 확인해 줄 뿐이니까요. 우리는 그들에게서 우리가 알지 못하는 것을 발견하려고 하진 않잖아요."

"저는 한스가 저를 예전처럼 사랑하는지 알고 싶었어요." 도랄리체가 간단하게 말했다. 이에 추밀 고문관은 대답할 말을 찾을 수 없었다. 그는 고개를 뒤로 젖히고 눈을 감았다. 그의 앞에 있는 눈물범벅이 된 아름다운 얼굴이 그를 너무나 강하게 감동시켰다.

부엌 쪽에서 클라우스의 설교하는 소리가 크게 들려왔다. 그는 아그네스에게 성서 구절을 읽어 주고 있었다.

폭풍우가 몰아치고 나흘째 되던 날, 등대 뒤쪽 어촌에 배 한 척이 해안으로 떠내려왔다는 소식이 들려왔다. 슈테게 부인은 일요일에 입는 옷을 입고 해안 감시원과 함께 그곳으로 갔다. 오후 늦게 돌아온 그녀는 그것이 자신의 배였으며, 엉망으로 망가진 상태였고, 그곳에서 곧바로 한 어부에게 팔아 버렸다고 보고했다. 그녀는 둘째 손가락으로 눈 안쪽에서 눈물을 닦아 냈지만, 침착했고 냉정했다. 어차피 좋은 옷을 입었으니, 학교 선생님에게 가서 남편을 위해 종을 울려 달라고 부탁하겠노라 했다. 그리고 내일이 일요일이니 선생님이 교회에서 추도 설교를 해 줄 수 있을 거라고 했다. 목사님이 일주일간 도시로 여행을 갔기 때문이었다. 아그네스는 그녀도 함께 가겠다고 말했다.

일요일 아침은 날씨가 좋았다. 교회로 이어지는 모랫길은 교사들로 활기찼다. 도랄리체와 아그네스가 작은 교회에 들어섰을 때 두 사람은 모든 의자들이 사람들로 가득 찬 것을 발견했다. 자신들을 바라보는 동정 어린 시선에서 이 사람들이 자신들을 기다렸다는 사실을 알 수 있었다. 제일 앞에 있는 긴 의자에 슈테게 부인과 세 명의 아이 옆자리가 그들을 위해 비워져 있었다. 하얀색으로 칠해진 공간에는 햇빛이 가득했다. 예수가 베드로를 물 위로 이끄는 모습을 그린 제단 그림은 청록색 파도와 빨간색·노란색 예복과 함께 하얀 밝음 속으로 크게 소리를 지르고 있었다. 여성들의 쉰 목소리가 찬송가를 크게 불렀고, 학교 선생님이 설교를 읽었다. 그의 창백하고 부풀어 오른 얼굴이 슬픈 표정으로 일그러졌다. 그의 억양은 노래 부르는 듯했고 단조로웠다. 모든 교회 의자에서 여성들이 한숨을 쉬기 시작했다. 슈테게 부인과 그녀의 아이들은 큰 소리로 울었다. 아그네스도 울었다. 그러나 도랄리체는 울 수가 없었다. 그 때문에 여성들이 놀라 비난하듯 바라보는 것을 느끼고 도랄리체는 베일로 얼굴을 가렸다. 그녀는 노래 부르며 한숨 쉬는 이 여성들이, 추한 남자가 저기 설교단 위에서 읽는 말들이 그녀의 고통과 어떤 관계가 있을 수 있다는 느낌을 가질 수 없었다. 예배가 끝났다. 어부 부인들은 여전히 햇빛이 비치는 교회 앞 광장에 모여 이야기를 나누었다. 슈테게 부인은 많은 사람들로 둘러싸여 있었다. 사람들은 감자를 수확할 때 도와주기로 약속했고, 슈티베 부인은 생선을 씻을 때 자기에게 와서 도와 달라고 했다. 그러면 생선 몇 마리를 얻을 수 있으리라는 것이었다. 사람들의 동정이 슈테게 부인에게 위로가 되는 것 같았다. 그녀가 세 아이와 함께 낮은 문을 지나 그녀의 오두막으로 사라질 때 그녀는 거의 만족스러운 표정을 지었다. 그녀의 불행은 오늘부터 그녀에겐 삶의 조건이 되었다. 그녀는 이제 그것과 타협하며 살아야 했다. 그녀는 더 이상 해안을 돌아다니지도 않았다.

도랄리체는 이제 혼자서 해안을 걸었다. 그녀는 매일 몇 시간씩 걸었다. 그것이 그녀의 삶의 내용이었다. 그녀는 한스에게 종사하고자 했고, 그와 함께하고자 했으며, 그에게 신의를 지키고자 했다. 그곳에서 그녀는 자신의 고통을 깊이 느낄 수 있었고, 자신의 사랑에 대해 슬퍼할 수 있었으며, 불행할 수 있었다. 만약 그녀가 그것을 할 수 없다면, 그녀가 가진 것은 무엇이 있겠는가? 그럼 그녀는 무엇이겠는가? 그렇게 된다면 그녀 주위에는, 그녀 안에는 모든 것이 텅 비어 버릴 것이다. 또 다른 무언가가 그렇게 걸어 다닐 때 그녀와 동행했다. 도랄리체가 나지막이 거품을 일으키며 모래를 지나 그녀에게까지 다가오는 파도를 따라 걸을 때면, 바다가 그녀에게 무언가를 설득하는 듯한 느낌이 들었다. 그녀가 저항하는, 그녀가 대항해 싸우는 무언가를 하라고 설득하는 것 같았다. 때때로 그 싸움은 너무 격렬해서 그녀는 큰 소리로 "아니야, 아니야"라고 파도의 쏴아 소리에 맞서기도 했다. 그러나 바다와의 이 싸움은 그녀를 끔찍하게 흥분시키는 매력을 가지고 있었다. 때때로 그 모든 것들이 미끄러져 사라지고 나면 그녀는 아무 생각 없이 물이 모래 위에 그려놓은 섬세한 선들을 바라보거나, 해안에 작은 꽃들처럼 흩뿌려진 레몬처럼 노랗거나 밝은 갈색인, 혹은 밝은 분홍색인 조개껍데기들을 바라보는 데 빠져 있었다. 아니면 서둘러 다른 하나를 뒤따르지만, 도달하지는 못하는 파도들을 시선으로 좇았다. 끝나 가는 9월은 햇빛이 따스한 날들을 가져다주었다. 도랄리체는 등대 쪽으로 멀리멀리 걸어갔다. 그녀는 피로해진 발이 무거워질 때까지 걸었다. 거기 멀리 떨어진 곳에 교목림이 모래 언덕 바로 옆까지 붙어 있었다. 엉클어진 어두운 우듬지를 가진 거대한 빨간 소나무 줄기들이 있었고, 가끔씩 자작나무나 백양나무 한 그루가 그 사이에 서 있었다. 벌써 가을의 노란색으로 물든 나뭇잎이 커다란 열주 홀 안의 황금색 기구들 같았다. 바닥에 깔린 이끼는 가을 버섯들과 월귤나무 열매들로 다채로운 색을 띠고 있었다. 햇빛과 나뭇가지 그림자가 조용한 놀이를 하고 있었다. 저곳에서 쉬는 게 좋을 것 같다. 도랄리체는 생각했다. 그녀는 위로 올라가서 이끼가 덮인 언덕에 다리를 펴고 누웠다.

우리는 아주 큰 고통을 겪을 수도 있고, 아주 불행할 수도 있다. 하지만 그 모든 것들은 오랫동안 힘들게 걷고 난 뒤에 편하게 다리를 뻗었을 때 느끼는 기쁨 앞에선 버티지 못한다. 도랄리체는 소나무들의 우듬지를 올려다보았다. 아주 높은 곳, 파랗기 그지없는 하늘에서 매 한 마리가 쇠처럼 반짝이며 주위를 살피고 있었다. 그녀 옆에는 백양나무가 서서 끊임없이 속삭였다. 여기는 얼마나 좋은가, 더 바랄 것 없이 좋구나. 도랄리체의 눈이 감겼다. 그녀가 반쯤 감은 눈으로 마지막으로 본 것은 높은 곳에서 내려오는 암노루가 펄쩍 뛰는 모습이었다. 그 짐승은 얇은 다리를 높이 자란 양치류 위로 조심스럽게 들었다. 모래 언덕 끝자락까지 와서는 그곳에 서서 꼼짝도 하지 않고 바다를 바라보았다.

도랄리체는 아주 달콤한 잠을 잤다. 그래서 잠이 끝났을 때 그녀는 아무 생각 없는 이 행복을 조금이라도 더 붙잡고 싶어서 꼼짝도 하지 않고 그대로 누워 있었다. 그러나 마침내 깨어나는 것을 더 이상 막을 수 없었다. 도랄리체는 몸을 일으켜 앉으며 생각했다. 얼마나 기분이 좋았는지, 지금도 여전히 얼마나 기분이 좋은지. 그게 어떻게 가능하지? 그녀는 커다란 고통과 불행을 안고 있지 않았던가? 그것들은 어디로 갔지? 사라져 버렸나? 아니, 아니다. 그것은 아니다. 두려움에 가득 찬 채 그녀는 벌떡 일어났다. 그러고는 서둘러 바다로 내려갔다. 그곳에서 그녀의 고통을 다시 찾기 위해.

밤에는 다시 달빛이 환했다. 크노스펠리우스와 도랄리체는 모래 언덕 위의 익숙한 자리에 앉아 있었다. 그들의 발밑에선 자고새 사냥개 카로가 자고 있었다. 바다는 깊이 진정되어 있었고, 달빛은 물 위에서 조용히 일렁거렸다. 단지 파도가 부서지는 곳에서만 작은 은빛 파도가 기분 좋게 그르렁거리고 있었다.
슈티베의 오두막 앞에선 다시 생선을 썻고들 있었다. 그리고 여
인들은 그들의 탄식하는 옛 노래를 불렀다.

> 작은 해가 바닷속에서 잠을 자려 하네,
> 검은 물이 이불이네.
> 녹색 장교 농어야
> 빨리 달려라, 잠을 깨워라.
> 라데리, 라데리, 라데리디라.

> 작은 해가 바닷속에서 잠을 자려 하네,
> 내 사내아이가 잠자야 하는 곳에서
> 작은 갈색 여인 넙치야
> 그 둘에게 내 인사를 전하렴.
> 라데리, 라데리, 라데리디라.

"카로는 요새 잠을 많이 잡니다." 추밀 고문관이 말했다. "기
분이 안 좋아요. 바다에는 관심이 없지요. 그래서 저 녀석은 꿈
을 꾸려는 겁니다. 꿈속에서 사냥을 하지요. 저 녀석의 꿈은 초
록색이거나 곡식같이 노란색이에요."

"네." 도랄리체가 말했다. "지금까지는 저도 꿈이 그렇게 중요
해질 수 있다는 걸 몰랐어요."

추밀 고문관은 잠시 생각에 잠겨 시가를 빨았다. "저도 알아

요, 저도 알아요." 그가 다시 말하기 시작했다. "저도 그런 시간이 있었지요. 현실에서 중요한 게 없으면 꿈이 중요해지지요. 그런 때에는 꿈을 마중 나가야 해요. 꿈을 꾸는 데 좋거나 방해받지 않는 장소를 찾아야죠. 그런 곳들이 있습니다. 저 아래 이탈리아라든지, 그리스의 섬들이지요. 저는 그런 생각을 했습니다. 부인께서 여기를 떠나시면요."

"제가 어딜 가겠어요?" 도랄리체가 열정적으로 그의 말을 가로막았다. "당신도 아시잖아요? 제 삶이 의미를 가지는 유일한 곳은 여기예요."

"당연하죠, 당연하죠." 크노스펠리우스가 중얼거렸다. "저는 그저, **만약** 부인이 떠나신다면, 이라고 말한 거예요. 게다가 겨울이 다가옵니다. 그러면 여기 시골은 더 이상 같은 곳이 아니에요. 그러면 조용한 남쪽만이 추천할 만한 곳입니다. 푸르고, 햇빛이 내리쬐고, 공기는 분첩같이 부드럽습니다. 삶은 너무나 당연한 것이 되어서 우리는 살아야 하나 말아야 하나 생각하지 않습니다. 아무런 생각도 하지 않지요. 혹은 그래도 생각을 한다면, 과거를 재구성하지요. 왜냐하면 우리는 현재는 경멸할 수 있지만, 과거로부터는 누구나 무언가를 가지려 하기 때문이에요. 그러니까 제 생각에, 만약 부인께서 여기서 떠나실 수 있으시다면, 그럼 우리는 그런 조용한 만(灣)으로 가야 한다는 거지요."

"우리라고요?" 도랄리체가 물었다.

"예, 저는 **우리**라고 했습니다." 크노스펠리우스가 대답했다. "왜냐하면 부인은 누군가 부인과 동행하고 부인을 보호해 줄 사람을 필요로 하십니다. 보십시오, 저는 타고난 동행인이고, 타고난 보호자입니다. 말하자면 타고난 후견인인 셈이지요. 저는 그 누구의 명예도 실추시키지 않습니다. 한번은 제 재세례파 하인이 저한테 이렇게 말했어요. '추밀 고문관님은 세계를 등지는 일이 더 쉬울 거예요. 신께서 추밀 고문관님께 십자가 하나를 더 주셨으니까요.'" 크노스펠리우스는 조용히 혼자서 킥킥거리며 웃었다. "그런 시간을 가지는 것이 부인께 좋을 겁니다." 그러고는 말을 이었다. "삶이 어떻게 계속 진행되는지 조용히 기다리는 거지요. 왜냐하면 부인의 삶은 계속되어야 하니까요. 저기 작은 파도를 보십시오. 지금 저기 작은 파도 하나가 위에서 빛을 받고 있지만, 곧 그림자 속으로 내려갑니다. 좋아요, 좋아요─ 저는 타고난 물고랑의 친구입니다. 그러고 나서 파도가 다시 위로 올라가면, 그러면 부인은 저를 그 자리에 두고 가시면 됩니다. 그런 걸 전 대수롭게 생각하지 않습니다. 저는 그런 일에 익숙하니까. 제가 살아오는 동안 사람들은 내내 저를 내버려두고 떠났지요. 친절하고 흥미로운 신사라고 사람들은 저에 대해 얘기하곤, 그냥 내버려 둡니다. 하지만 그건 전혀 상관없어요. 당신과 함께인 것이 제게 사건이라 해도 전혀 상관없어요. 제가 부인께 사랑을 고백한다 해도 의미하는 것이 전혀 없어요. 척추가 휘어진 사람도 감정을 가질 수 있지만, 그런 감정은 오로지 자기하고만 관계가 있는 것이니까요. 제가 이런 말씀을 드리는 건 그저, 부인이 제가 희생자라고 생각하지 않게 하기 위해서입니다. 정반대로─ 그러니까 이미 말씀드렸듯이, 그건 아무 상관 없습니다. 중요한 건 그것이 부인에게 올바른 일이 될 거라는 사실이에요."

"고마워요." 도랄리체가 나지막하게 말했다. "하지만 전 지금 여기를 떠나지 않아요."

"당연하지요, 당연하지요." 크노스펠리우스가 유쾌하게 말했다. "우리는 시간이 있어요. 우리는 여기서 느긋하게 시간을 갖는 걸 배웠습니다. 기다리지요. 바다가 우리를 놔줄 때까지 조용히 기다리는 겁니다."

그렇게 해서 10월의 바람이 노란색 자작나무 잎들을 삼림 감시원 치베의 집 쪽에서부터 바다 위로 몰아가고, 10월 햇살의 창백한 황금빛이 파도 위에 놓여 있게 되었을 때에도 이 놀라운 한 쌍은 여전히 매일매일 해안을 따라 걷게 되었다. 상중임을 알리는 베일을 바람에 휘날리는 아름답고 창백한 여인과 긴 회색 외투를 입은, 작고 등이 휘어진 신사, 그리고 그들의 뒤를 따르는 자고새 사냥개. 사냥개는 기분이 좋지 않았고 따분한 듯 바다에 대고 하품을 했다. 이 셋은 모두 바다가 그들을 놓아줄 때까지 기다리고 있었다.

(1911)

무더운 날들

예상은 했지만, 영지(領地)가 있는 페르노까지 가는 기차 여행부터가 벌써 힘들기 짝이 없었다. 삐딱하게 내리는 가랑비는 마치 이 여름을 깨끗하게 씻어 버리기라도 할 것처럼 그칠 줄을 몰랐다. 기차간에는 아버지와 나 둘밖에 없었고, 아버지는 내게 한마디도 건네지 않았다. 마치 혼자 있다는 듯 나의 존재를 완전히 무시하고는, 머리를 좌석 모서리에 살짝 기댄 채 눈을 감고 있었다. 잠이 든 것 같았다. 그러다 때때로 속눈썹이 긴, 졸음에 겨운 두 눈을 떴다가 내가 시야에 들어오면 인상을 찌푸렸다. 경멸의 표시였다. 나는 아버지 건너편에 다리를 길게 뻗고 앉아 창문의 장식용 술을 만지작거리고 있었다. 나 자신이 무척이나 초라하고 비참하게 느껴졌다. 선생님이 대체 무슨 수를 썼는지 몰라도 어쨌든 나는 대학교 입학시험에서 떨어지고 말았다. 이제 열여덟이 되는 나에게 좋을 리가 없는 일이었다 ― '그동안 공부를 게을리한 대가로, 어머니, 누이들과 함께 바닷가에 휴가를 즐기러 가는 대신 아버지를 따라 페르노로 가야 한다, 그곳에서 아버지가 장부를 정산하고 가을걷이를 감독하는 동안 밀린 공부를 해야 한다'는 명령이 떨어진 것이다. 어머니, 누이들과 함께 바닷가에서 휴가를 보내지 못한다는 건 무척이나 가슴 아픈 일이었다. 이번 휴가는 완전히 망쳐 버린 것이다. 하지만 그보다 더 괴로운 것은 아버지와 단둘이 여름을 보내야 한다는 사실이었다. 어릴 적에 우리는 아버지 앞에만 서면 무척이나 당황했었다. 아버지는 여행 중일 때가 많았지만, 그러다 잠깐 돌아오시면 집 안 분위기가 달라졌다. 마치 손님이라도 온 것처럼 뭔가 흥분되고 들뜬 분위기가 생활 속으로 찾아들었다. 정오가 되면 우리는 옷을 단정하게 차려입었다. 점심 식사는 평소보다 좋았고, 저녁 식사는 그보다 더 훌륭했다. 집 안에는 이집트산 시가와 강렬한 영국산 향수 냄새가 퍼졌다. 평소에는 창백하기 그지없던 어머니의 볼도 붉게 물들었다. 식사를 할 땐 아주 멀고 낯선 것들 — 예를 들면 '오버무스타파'라는 지역이나 '펠라비치니'라고 불리는 사람 등이 등장하는 — 에 대한 대화가 오갔고, 하인들이 알아듣지 못하도록 프랑스어가 많이 쓰였다. 그러나 기분 나쁜 순간은, 아버지가 그 청회색 눈으로 우리를 바라볼 때였다. 우리는 아버지가 우리를 마음에 들어 하지 않는다는 것을 느꼈다. 그렇게 우리를 바라보다가 아버지는 이내 고개를 돌렸다. 그러고는 인상을 찌푸리며 어머니에게 프랑스어로 이렇게 말하곤 했다. "Mais c'est impossible, comme il mange, ce garçon!(말도 안 돼, 식사를 할 때, 이 녀석 말이야!)" 그러면 어머니는 우리 때문에 얼굴을 붉혔다. 그리고 이제 나는 그토록 낯선 아버지와 단둘이서 이 여름을 보내야 한다. 게다가 매일매일 단둘이 마주 앉아 식사를 해야 한다! 이보다 더 불쾌한 일은 아마도 세상에 존재하지 않을 것이다.

나는 아버지를 바라보았다. 멋진 모습이었다. 그 사실을 나는 이제야 깨달았다. 얼굴의 윤곽은 규칙적이고 선명했으며, 콧수염 아래의 입술은 가늘고 매우 붉었다. 미간에는 주머니칼로 그어 놓은 것처럼 반듯한 주름이 세 줄로 파여 있었다. 윤기 있는 머리카락은 곱슬거렸고, 관자놀이 근처만 조금 회색으로 물들어 있었다. 손은 희고 가늘어 마치 여자 손 같았다. 손목에선 금으로 된 팔찌가 나지막하게 달그락거렸다 — 이 모든 것들이 모두 아름다웠다! 맙소사, 얼마나 불쾌한 일인가! 나는 더 이상 바라보고 싶지 않아 두 눈을 감았다. 이번 여름엔 정말로 자그마한 즐거움조차 기대할 수 없는 것일까. 그렇지 않다! 페르노에서 30분 정도 떨어진 바르노에 친척들이 살고 있다. 그곳에서는 조금이나마 휴가 기분이 날 것이다 — 바르노에는 모든 것이 어여쁘고 연약하다. 가운을 입고 안락의자에 앉아 항상 편두통에 시달리는 고모와 그녀의 딸들. 엘리타는 나보다 나이가 많았고, 내 또래의 남자아이들이 좋아하기에는 너무 거만했다. 하지만 때때로, 복숭아같이 생긴 눈으로 나를 바라볼 때면 뭔가 뜨거운 것이 느껴지기도 했다. 그럴 때면 나는 뭔가 큰일이 벌어질 것만 같은 느낌을 가지곤 했었다. 게르다는 나와 같은 나이였고, 나는 그녀를 사랑했다 — 아주 오래전부터. 그녀의 윤기 있는 많은 머리를 생각할 때마다, 너무나도 연약해 보여서 푸른 눈동자가 오히려 너무 어둡게 느껴지는 그녀의 가냘픈 얼굴을 생각할 때마다, 그 푸른 장밋빛인 동시에 황금빛인 환상을 눈 앞에서 볼 때마다 나의 가슴은 흥분되었고, 그 흥분은 아픔인 동시에 기쁨으로 다가왔다. 그러면 나는 깊은 한숨을 쉬는 수밖에 없었다.

"잘못을 했을 때는, 자신을 추스르고 그 대가를 치러야 하는 법이다." 아버지의 목소리가 들렸다. 나는 깜짝 놀라 두 눈을 떴다. 아버지는 따분한 듯 나를 바라보며, 보일 듯 말 듯 조심스럽게 하품을 하고는 이어서 말했다.

"한숨이나 푹푹 쉬어 대면서 도살장에 끌려가는 소처럼 행동하는 모습을 마주 보고 있자니 정말로 유쾌하지 못하구나. 그러니 조금 정숙하게 행동하길 부탁한다."

나는 머리끝까지 화가 나서 속으로 길고도 건방진 대꾸를 했다. '항상 사람을 위아래로 훑어보고, 말만 하면 꼭 신경을 건드리는 이야기만 하는 분과 마주 보고 있는 것 역시 전혀 유쾌한 일이 아니에요. 그리고 지금 전 그 바보 같은 시험이 아니라 게르다 생각을 하고 있었어요. 게르다 생각을 할 때는 방해하지 말아 주셨으면 좋겠어요.'

기차가 멈춰 섰다. 페르노 역이었다!

"드디어 다 왔군" 하고 아버지가 말했다. 마치 여행이 지루했던 것이 내 탓이라는 투였다.

비가 그쳐 있었다. 자그마한 기차역을 둘러싼 반짝거리는 보리수나무들에서 물방울이 떨어졌다. 비에 젖은 승강장에는 한 무리의 오리들이 천천히 지나가고, 여자아이들은 울타리에 기대 기차를 바라보고 있었다. 보리수나무 꽃의 냄새, 젖은 나뭇잎의 냄새가 났다. 이 모든 것들이 내게는 슬프게 느껴졌다. 그곳에는 이미 붉은 말들이 끄는 사냥용 마차가 서 있었다. 장식용 술이 달린 커다란 모자를 쓴 클라우스가 당황한 예수 같은 얼굴로 내게 고개를 끄덕이며 알은척했다. 콘라트 할아버지는 짐들을 마차에 실으며 말했다. "기분 푸세요, 도련님. 그래서 나쁠 건 없답니다." 기이한 것은, 누군가가 우리를 위로하는 바로 그 순간 우리는 가장 심한 괴로움을 느낀다는 것이다 — 콘라트가 그렇게 이야기했을 때 나는 나 자신에 대한 연민으로 울음을 터뜨릴 뻔했다. "다 됐습니다." 아버지가 외쳤다. 우리는 출발했다. 해는 이미 기울었고, 하늘은 맑았다. 창백하고 유리처럼 투명했다. 추수가 끝난 벌판 위로 안개가 퍼지고 있었다. 커다란 붉은 달이 숲 위로 떠올랐다. 기분이 좋았다. 대지는 여름의 노을 속에 평온하고 광활하게 펼쳐져 있었지만, 내게는 바로 이 어둠과 고요함 속에 피를 뜨겁게 달궈 줄 꿈과 가능성이 숨어 있는 듯 느껴졌다.

"바르노의 반다크 아저씨 가족을 찾아뵈야 한다." 아버지가 말했다. "하지만 친척들을 만나는 것이 네 공부를 방해할 정도가 되어서는 안 된다. 공부가 우선이다."

그럼 그렇지! 이 시점에, 비밀스러우면서도 즐거운 기분이 모든 근심을 잊도록 만드는 바로 이 시점에, 그런 이야기가 나오지 않을 리 없었다.

한쪽 벽면이 뾰족하고 높게 솟아 있는 시골집 앞에 우리가 도착했을 때는 이미 늦은 시간이었다. 계단 앞에는 하녀가 서 있었다. 그녀는 검은 수건을 머리에 둘러쓴 채 겁먹은 듯한 얼굴을 하고 있었고, 우리가 도착했는데도 기뻐하지 않았다. 일렬로 늘어선 방들은 조용하고 어두웠다. 창문이 열려 있었음에도 불구하고 습한 냄새, 사람이 살지 않는 공간의 냄새가 났다. 귀뚜라미들이 자리를 잡고 방 안이 쩌렁쩌렁 울리도록 울어 댔다. 나는 그야말로 오싹해졌다. 식당에는 불이 켜져 있었다. 아버지가 음식을 가져오라고 크게 소리쳤다. 옛날부터 뻔뻔스럽기 짝이 없던 작은 하녀 트리나는 나를 보고 웃으며 나지막하게 중얼거렸다. "도련님은 잘못을 저질러서 이제 여기서 우리와 머물러야 한대요." 그러니까 시험 얘기가 벌써 여기 하녀들에게까지 소문이 난 것이다. 나는 배가 고팠다. 그러나 이 커다랗고 외로운 식당에서 아버지와 마주 앉아 있는 것이 너무나 끔찍했기 때문에 음식 맛을 느낄 수 없었다. 아버지는 마치 내가 앞에 없는 것처럼 행동했다. 아버지는 포도주를 많이 마셨고, 어디 먼 풍경을 바라보듯 정면을 똑바로 바라보았다. 때때로 미소를 지으려는 것 같았는데, 그럴 때면 곧 눈썹이 긴 눈을 가늘게 뜨며 표정을 바꿨다. 정말로 기괴한 모습이었다! 갑자기 아버지에게 내 생각이 떠올랐다. "내일은" 하고 그가 말했다. "구체적인 생활 계획표를 짜라. 공부에 방해가 되지 않는 한도 내에서, 운동도 게을리하지 않았으면 한다. 왜냐하면." 그는 잠시 생각에 잠겼다. "……아무리 그래도 앉아 있는 것만으론 모자라다."

"뭐가요?" 유감스럽게도 나는 그렇게 말하고 말았다. 그러나 아버지는 그 질문을 당연하게 여기는 것 같았다. 그는 시가를 한 번 빨고는 깊은 생각에 잠겨 말했다. "인생 말이다."

다시 곤혹스러운 침묵이 이어졌다. 이 침묵은 단 한 번 아버지의 이런 말에 중단되었을 뿐이다. "빵 조각을 동그랗게 말아서 식탁 위에서 굴리는 건 나쁜 버릇이다." 좋다! 빵 조각을 동그랗게 말아서 식탁 위에서 굴리는 건 내게 중요한 일이 아니다. 마침내 현장 감독이 왔다. 그는 고래기름을 바른 러시아 가죽으로 만든 장화 냄새로 방 안을 가득 메웠다. 그러고는 비료와 러시아 일꾼들과 가축들에 대해서, 저 바깥 달빛 아래 잠든 완전히 평화로운 것들에 대해서 이야기했다. 나는 이야기를 듣는 둥 마는 둥 하며 등(燈)을 바라보고 졸린 듯 눈을 깜빡거렸다. "가서 자거라." 아버지가 말했다. "잘 자거라. 내일은 더 상냥한 얼굴을 볼 수 있었으면 좋겠다."

저도요. 나는 분노를 느끼며 속으로 그렇게 말했다.

내 방은 집의 한쪽 끝에 있었다. 옆에 있는 빈방들에서 나무 바닥이 삐걱거리는 소리가 들렸다. 귀뚜라미들이 울어 댔다. 마치 그 작고 열정적인 생명체들이 얇은 사슬에 줄질을 하고 있는 것 같았다. 정원 쪽으로 난 방 창문들은 활짝 열려 있었다. 석양 속에서 백합들이 하얗게 빛나고 있었다. 달이 높게 떠올라 너도 밤나무 가지 사이로 노란빛의 얼룩을 잔디 위에 던지고 있었다. 공원 연못에서는 개구리들이 개굴개굴 울어 댔다. 그때 또 다른 소리가 내게 밀려왔다. 가로수 길의 어둠 속에서, 어떤 소녀가 노래를 부르는 낮은 목소리였다. 길게 끄는 음이 단조롭게 이어졌다. 가사를 이해할 수는 없었다. 하지만 모든 연(聯)이 라이-라이-라아-라아아로 끝났다. 그 소리는 외롭고 슬프게 여름밤의 허공 속으로 울려 퍼졌다. 나는 정말로 울지 않을 수 없었다. 그러면서 어린아이처럼 얼굴을 찡그리는 것이 위로가 되었다. 그러고 나서 나는 침대에 누웠다. 공원 멀리에서 들려오는 목소리를 따라 잠을 자며 노래를 불렀다. 라이-라이-라아-라아아-.

나는 책상을 창가로 옮겨 놓고 책을 펼쳤다. 아버지가 그렇게 부르기를 좋아했던 것처럼 '공부 시간'이었기 때문이었다. 창밖 화단에서는 햇빛이 뜨겁게 내리쬐고 있었다. 백합과 장미의 향기가 내가 있는 쪽으로 뜨겁게 밀려들어, 달콤하고 따뜻한 음료처럼 나를 멍하게 만들었다. 동시에 모든 것이 너무나 날카롭게 빛났다. 글라디올러스는 불처럼 타고 있었고, 은매화는 견딜 수 없도록 노랬다. 자갈들이 반짝거렸다. 모든 것들이 뜨거운 열기 속에서, 허공을 지나가는 윙윙 소리 속에서 한가하고 게으르게 꼼짝도 하지 않고 서 있었다. 나는 축 늘어져 있었다. 내 앞에 놓인 책은 불쾌한 학교의 냄새를 내뿜고 있었다. 세상을 다 준대도 책을 들여다볼 수 없었다. 생각하는 것조차 불가능했다. 꿈마저도 불분명하고 노곤했다. '게르다- 게르다-.' 나는 생각했다. 그렇다. 그러자 마음 깊은 곳에서 기분 좋게 울리는 사랑의 느낌이 올라왔다. 아, 맙소사! 눈이 감긴다! 무슨 일인가가 일어날 거야, 무언가, 저 바깥 따듯한 고요함 속에 숨어 있는 무언가가, 무언가 비밀스러운 일이. 갑자기 우리가 교실에서 떠들어대던 이야기들이 떠올랐다. 웃음이 터져 버릴 것만 같아서 의자 밑에 머리를 처박고 있을 때 하던 이야기들이었다. 아, 아니다 ─ 푸! 끔찍해! 그러니까 "게르다." 자갈이 부스럭거렸다. 하녀 마르구시가 천천히 창가를 지나가고 있었다. 자갈이 너무 뜨거워 겁이라도 나는 것처럼 조심스럽게 맨발을 자갈길 위로 디뎠다. 엉덩이가 힘없이 이리저리 흔들렸다. 가슴은 하얀색 조끼의 얇은 천에 눌려 있었다. 차분한 얼굴은 분홍빛이었다. 축 늘어진 두 팔은 앞뒤로 왔다 갔다 했다. 제기랄! 어디로 가는 거지? 아, 틀림없이 저 바깥 한낮의 더위 속에 숨어서 입을 다물고 있는 비밀스러운 일들을 찾아가는 거야. 오로지 나만이 거기에 참여하지 못한다.

콘라트가 왔다. "옷 입으세요." 그가 말했다. "바르노에 갈 거예요."

"아버지가 그래요?"

"왜 아니겠어요."

"어떻게 가요?"

"갈색 말들이 끄는 사냥 마차로 가지요."

가는 길은 먼지가 너무 자욱해서 아버지와 나는 먼지막이 외투에 달린 모자를 뒤집어써야 했다. 그렇게 뒤집어쓴 채 우리는 살짝 바닐라 냄새가 나는, 못 견디게 콧속을 간지럽히는 노란색 따듯한 구름 속을 달렸다. 아버지가 그것에 대해 즐겁게 웃는 것을 보고 나는 놀랐다. 아버지는 말을 많이 했다. 마치 우리가 사이좋은 것처럼, 거의 호감이 갈 정도로. "그래? 안티고네'를 공부했다고? 뭐, 오늘은 그게 지루하게 느껴질 거다. 그 여성들에겐 조명이 중요해. 그런데 태양이라니, 그건 위험하지. 안 그래?" 아버지에게 오늘 무슨 일이 있는 것일까? 그러니까 아버지도 바르노에 가는 걸 기뻐하고 있는 것일까? 왼쪽과 오른쪽에서 밀밭이 반짝이고 있었다. 큰 낫을 휘두르는 소리가 들려왔다. 일꾼들이 더위에 일그러진 얼굴로 길가에 서서 인사했다. "불쌍한 녀석들!" 아버지가 말했다. 급기야 일꾼들을 동정하기까지 한 것이다!

언덕 위에서 우리는 눈앞에 펼쳐진 바르노를 보았다. 보리수길, 늙은 너도밤나무 사이의 하얀색과 빨간색 블라인드가 내려져 있는 하얀 집. 모든 것들이 차가운 녹색 그늘에 숨어 있었다. 정말 선선한 바람이 우리가 있는 뙤약볕 속으로 불어왔다. 마치 엘리타가 그녀의 커다란 검은색 깃털 부채로 우리에게 바람을 보내고 있는 것 같았다.

바르노에는 모든 것이 그래야만 하는 그대로였다. 모든 방들이 여전히 자신의 익숙한 냄새를 가지고 있었다. 복도에서는 유채 물감 냄새와 그곳에 서 있는 오렌지나무 냄새가 났고, 홀에서는 햇빛에 달궈진 노란 의자의 공단 냄새가, 화실에서는 커다란 책장의 가구용 왁스 냄새가, 고모 방에서는 멜리사'와 캐모마일 차 냄새가 났다. 고모는 간이침대에 누워 있었다. 고모는 레드 와인처럼 빨간 아침용 원피스를 차림에, 끔찍할 만큼 하얀

목에 진주 목걸이를 두르고 있었다. 드 리 파우더*를 발라 하얀 얼굴은 여위고 친절한 인상이었다. 빨간색으로 물들인 머리는 아주 높이 세워져 있었다. 고모 옆의 작은 탁자에는 캐모마일 차가 조금 들어 있는 낡은 세브르산 찻잔이 놓여 있었다.

"왔구나, 게르트." 고모가 탄식하는 듯한 목소리로 말했다. "다행이야! 이제 안심할 수 있겠어. 네가 질서를 되찾아 주겠지." 아버지는 고모가 내민 손을 맞잡고 건성으로 고개를 끄덕였다. "아!" 탄식하는 듯한 목소리가 계속해서 말했다. "내가, 이 외롭고 늙은 여인이 뭘 할 수 있겠니? 우리 작은 빌도 왔구나." 고모가 나를 바라보았다. "불쌍한 빌, 여기 외롭게 사는 우리들한테 와야만 했구나. 괴롭히지는 말아라, 괴롭히지는 마!" 그러고는 농사일에 대한 이야기가 오갔다. 나는 허락을 받고 고모의 강아지 셰리를 쓰다듬어 주었다. "오늘이 셰리의 생일이란다—." 고모가 설명했다. "크링엘*을 구워서 큰 개들한테도 전부 나눠 주었지. 애는 이제 여덟 살이 된단다. 그래, 우리는 늙어 간단다. 빌, 다른 아이들에게 가 보지 않을래? 마르조 집안 아이들이 와 있단다. 젊은 애들은 젊은 애들한테 가려고 하는 법이지. 여기 병든 할머니 옆에서 네가 뭘 할 수 있겠니. 게르트, 너도 아가씨들에게 인사하지 않을래? 나중에 우리끼리 할 얘기가 많아. 그래— 가 봐— 가 봐."

우리는 아래쪽 테니스장에서 다른 사람들을 발견했다. 여자 아이들은 밝은 색 여름옷을 입고, 머리에는 테니스 모자를 쓰고 있었다. 그들 위로 흔들거리는 나뭇잎의 그림자가 드리워졌다.

"아하, 빌!" 게르다가 소리치며 테니스 라켓을 흔들었다. 그녀의 모든 것이 부드럽고 화사하게 반짝였다. 엘리타는 똑바로 서서 우리를 마주 보았다. 아버지가 그녀의 손에 입을 맞추자 그녀는 조금 창백해져서 눈을 깜빡였다. 그러고는 신경질적으로 웃으며 내 머리카락을 움켜잡았다. "우리 다 큰, 게으른 아이도 왔구나!" 그녀가 말했다. 게으른 아이라는 말은 무례했다. 하지만 엘리타가 누군가의 머리카락을 움켜쥐면, 그것은 특별한 일이었다. 모슬린으로 된 분홍색 옷을 입고 금색 허리띠를 한 마르조 집안의 두 소녀는 다시 너무 분홍빛이었다. 거기다 어린아이 같은 금발의 속눈썹까지. 아버지가 농담을 했고, 모두가 웃었다. 아버지가 이렇게 쉽게 농담을 하다니! "이리 와." 게르다가 작은 소리로 말했다. 그리고 나보다 앞서 너도밤나무 길을 달려 내려갔다. 그리고 라일락 정자에 있는 벤치에 앉았다. 게르다는 조금 숨이 차서 기침을 했고, 기침을 해서 동그래진 두 눈은 촉촉해졌다. 그러고는 너무 어색하게 미소를 지었다. "네가 와서 좋아, 빌." 게르다가 말했다. 우리는 아무 말도 하지 않았다. "왜 아무 말도 안 해?" 게르다가 물었다. "아, 맞다! 시험에 합격하지 못했다니 안됐어. 왜 공부할 수가 없었던 거야?" 그 말이 나를 화나게 만들었다. "그 얘기 하려고 날 부른 거야?" 게르다가 깜짝 놀랐다.

"아니, 아니야. 그건 뭐 전혀 상관없어. 그런데 그거 알아? 사촌 벤트 오빠가 온대."

"그래? 잘됐네." 내가 툭 내뱉었다.

"기쁘니?"

나는 어깨를 으쓱했다. "나는 그렇게 잘생긴 남자들은 좋아하지 않아."

이 말이 다시 게르다를 화나게 만들었다. "그건 바보 같은 일이라고 생각해." 게르다는 그렇게 말하면서 얼굴을 붉혔다. "오빠도 자기가 잘생긴 걸 어떻게 할 수 있겠어. 오빠는— 오빠는 엘리타 언니랑 결혼할 거래."

"아!"

"그래, 여기선 모든 일들이 다 그렇게 이해할 수가 없어. 엘리타는 성격도 나쁘고 늘 슬퍼해. 그리고 난 모르겠어……. 어쩌면 너는 좀 재미있을지도 모르겠다. 정신 똑바로 차려." 이 말과 함께 게르다는 다시 가로수 길을 내려갔다. 작은 노란색 장화를 신은 두 발이 자갈을 사방으로 차 냈다. 아무 생각 없는 어린아이들의 발처럼. 파란색 장식 끈이 바람에 펄럭였다. 오후 내내 우리는 마르조의 소녀들과 테니스를 쳐야 했다. 해가 지고 나서야 편한 날씨가 되었다. 나는 여자아이들과 천천히 화단을 따라 산책을 했고, 그들을 웃게 만들었다. 우리는 정원 끝에 멈춰 서서 들판을 바라보았다. 하늘에선 붉은 황금빛이 떨리고 있었다. 다 익은 밀과 토끼풀꽃 향기가 불어왔다. 여자아이들의 파란색 눈이 붉은 노을빛 속에 제비꽃 색깔이 되었다. 마르조의 여자아이들은 숨을 깊게 쉬어 높은 가슴을 위아래로 들썩이며 말했다. "아니야— 봐 봐!" 그들이 입고 있는 코르셋이 크게 삐걱거렸다. 아직 높은, 구식의 코르셋을 입고 있었기 때문이었다. 게르다는 멀리 바라보며 미소 지었다. 나는 재치 있는 말을 하고 싶었지만, 누가 그렇게 바로 이야깃거릴 찾아낸단 말인가! 밀밭 사이로 엘리타와 아버지가 걸어왔다. 엘리타는 모자를 쓰지 않고 노란 양산을 들고 있었다. 아버지는 아이처럼 도랑을 펄쩍 뛰어 건넜다. 엘리타가 농사일을 맡고 있었기에 아버지에게 밭을 보여 준 것 같았다.

점심 식사 때 나는 무거운 라인산 포도주를 평소보다 좀 더 많이 마셨다. 나중에 바깥 베란다에 앉아 있을 때 관자놀이에서 기분 좋게 맥박이 쳤다. 밤은 별빛으로 밝았다. 매 순간 유성이 하늘을 가로지르며, 황금빛 꼬리를 뒤로 길게 남겼다. 어둠 속에서 새까만 박쥐들이 우리 머리 위로 푸드덕거리며 날아갔다. 멀리서 부드럽게 울려 퍼지는 소리가 들려왔다. 여자아이들은 내 앞에 일렬로 앉아 두 팔로 허리를 감싸고 있었다. 모든 것이 캄캄한 어둠 속의 밝은 형체들. 아름답다, 아름답다! 나는 엠미 마르조가 나에게 사랑에 빠졌다는 느낌을 가지고 있었다. 그리고 게르다 역시. 모두가. 이런 여름밤에 여자아이들을 품에 안고 입을 맞춰도 된다는 풍습은 없는 것일까.

엘리타가 집에서 나왔다. 그녀는 잠깐 서 있었다. 똑바로, 그리고 하얗게. "빌." 그러고는 이렇게 말했다. "잠깐 나랑 정원으로 내려갈까? 너무 예뻐."

"좋아!" 나는 약간 짜증이 나서 대답했다. 엘리타는 팔을 내 어깨에 걸치고 내 점퍼의 옷깃을 잡았다. 그것이 내가 열여덟 살치고는 얼마나 작은지를 상기하도록 만들었다. 우리는 백합

화단 사이의 길을 지나 아래로 내려갔다. 엘리타의 팔이 무겁게 내 어깨 위에 놓여 있었다. 나는 팔 안에서 피가 움직이는 걸 느낄 수 있다고 생각했다. 원래 나는 베란다에 그대로 남아 있는 것이 더 좋겠다고 생각했다. 엘리타는 한 번도 기분 좋았던 적이 없었다. 하지만 나는 이제 내 옷깃을 잡고 있는 손에 천천히 입을 맞추기 시작했다. 엘리타는 말을 빨리했다. 조금은 숨이 차서, 대수롭지 않은 일들에 대해. "네가 이번 여름에 우리한테 와서 좋아. 게르다한테도 잘된 일이지. 너무 외로워하거든. 우리 함께 말을 타고 나갈 거야, 그렇지? 생각해 봐, 탈보트는 더이상 타서는 안 된대. 너무 위험해졌거든."

언덕 위 보리밭 위로 붉은 달 반쪽이 떠올랐다. 마치 달이 곱고 검은 낟알 위에서 헤엄을 치고 있는 것 같았다. "예쁘다." 엘리타가 말했다. "아직도 시를 쓰니? 아, 그래, 그래야겠지." 엘리타가 달을 올려다보는 동안 나는 그녀의 얼굴을 바라보았다. 얼굴이 무척 창백했음이 분명했다. 눈동자가 아주 검게 보였고 희미한 빛 속에서 반짝거렸기 때문이었다.

뒤에서 발소리가 들렸다. 내 어깨 위에 놓여 있던 엘리타의 팔이 살짝 떨렸다. 시가 냄새가 이쪽으로 불어왔다. 그리고 아버지의 목소리가 들렸다. "아, 너희들 달의 공연을 보고 있구나."

"맞아요, 달이 너무 빨개요." 엘리타가 뒤를 돌아보지 않고 대답했다.

돌아오는 길에 아버지는 우리 옆에서 걸었다. 나는 빠져나가고 싶었다. 이 상황은 내게 아무 매력도 없었다. 하지만 엘리타가 내 재킷의 깃을 전보다 더 꽉 잡았다. 그래서 그대로 있어야 했다. 아버지는 눈썹을 치켜올리고 조용히 시가를 빨았다.

"백합 향기가 정말 진해요." 엘리타가 말했다.

그때 아버지가 말을 하기 시작했다. 아버지의 목소리는 오늘 놀라운 첼로의 음을 닮아 있었다. 무언가 흔들리는 현이 내는 것 같은, 전에는 전혀 들어 보지 못한 목소리였다.

"흠, 그래. 아주 좋아— 모든 것들이 아주 좋아. 부드럽고 달콤해. 단지— 너무 달콤한 솜사탕은 항상 조금은 의심스러워 보인단 말이야."

"솜사탕이라고요? 왜요?" 엘리타가 날카롭게 물었다.

아버지가 웃었다. 내겐 편안한 웃음 같아 보이지 않았다. "흠! 여름밤과 백합과 고독, 그건 아름답지. 하지만 난 그럴 때, 여행할 때 말이다, 내 주변이 이렇게 완전히 부드럽고 달콤해지면 짐 쌀 생각을 해. 눌러앉아서 더 나아가지 않게 될까 봐 겁나는 거지. 이해하겠니? 우리는 우리를 조금이라도 행복하게 만드는 것들에 기꺼이 점령당하곤 하지. 내 생각에는 말이야, 우리를 묶어 두려는 모든 것들을 우리는 이리저리 조금 당겨 봐야 해. 그게 우리를 너무 꼭 묶어 놓고 있지는 않은지 확인하기 위해서 말이야. 그렇지 않아?"

"아니에요." 엘리타가 단호하게 말했다. 나는 그녀의 목소리에서 엘리타가 화났다는 것을 알 수 있었다. 대체 왜? 그건 아무래도 좋았다. 나는 어쨌든 열렬히 아버지에게 반대하는 엘리타 편이었다. "아니에요. 저는 제가 가지고 있는 것을 꼭 붙들어요.

그것이 설령 훔친 거라 하더라도, 그것이 저를 조금이라도 행복하게 해 준다면요……. 다른 것들요? 제가 그것들에 대해 어떻게 알겠어요……?" 엘리타는 흥분해서 더 이상 말을 잇지 못하는 것 같았다. 그녀는 더 무겁게 나에게 의지했다. 나는 이 젊은 여인의 몸이 내적인 흐느낌으로 조용히 떨리는 것을 느꼈다. 할 수만 있다면 나도 함께 울고 싶었다. 내 심장 뛰는 소리가 목구멍까지 차올랐다.

아버지는 허공을 바라보며 생각에 잠겼다. 그러고는 놀랍도록 울리는 목소리로 말했다. "콘스탄티노플에 아주 좋은 친구가 있어. 터키인이지. 그 친구가 말하길, 자기는 말 한 마리를 충분히 길들여서 완전히 손에 넣게 되면, 그 말을 다른 사람에게 줘 버리고 다른 말을 가져온다는 거야. 그 친구 말이, 익숙해진 길든 말은 위험하대. 조심성이 없어져서 사고를 낸다는 거야."

"그분은 아주 조심스럽군요, 그 늙은 터키 사람 말이에요." 엘리타가 말했다.

"그래ー흠." 아버지가 조금 가벼운 말투로 말하기 시작했다. "그 사람이 너에겐 별로 호감이 가지 않는 모양이구나, 내 터키 친구 말이다. 하지만 맞는 말이야. 말의 고삐를 쥐고 있는 건 즐거운 일이지. 그리고 그 즐거움을 여성들은 너무나 잘 알고 있어, 너희들ー우리의 여성들은 말이야. 좋아, 야생의 것들을 우리는 한동안 달리게 내버려 두지. 그러고는 휙 잡아채는 거야. 그러면 멈춰 섰다가 다시 달리게 되지, 우리가 원하는 대로……."

"어떻게 그런 말을 할 수 있죠!" 엘리타가 내 옷깃을 열정적으로 흔들었다. "매번 그렇게 말씀하시는데요, 너희들은— 그걸 할 수 있어, 너희들은 그렇게 훌륭한 존재들이야, 그런 것이 너희들의 특성이야. 그러면— 그러면 우리가 원하시는 대로 된다고 믿으시는 건가요, 원하시는 대로 우리가 하게 될 거라고요. 그렇게 우리가 길들여지면— 그러면 어쨌다는 거죠? 그 늙은 터키 사람은 뭐라던가요—?"

"엘리타." 아버지가 급하게 말을 끊었다. 그러고는 억지로 크게 웃었다. "내 생각에, 우리는 이 철학에 대해 열중하지 않는 게 좋을 것 같다. 내가 네 백합들을 곧바로 공격하지는 않을게. 그런데 이제 늦었다. 빌, 가서 마차에 말을 매어 놓으라고 해라."

두 사람으로부터 멀어졌을 때, 나는 엘리타가 말하는 소리를 분명히 들었다. "게르트 씨, 왜 나를 괴롭게 만드는 거예요?"

집으로 돌아오는 길에 우리는 한마디도 하지 않았다. 밤의 고독한 노랫소리가 들판과 냇물 위로 퍼졌다. 대지는 달빛 속에 색깔을 잃고 누워 있었다. 나는 무언가 고통스러운 일을 겪은 것 같은 기분이었다. 집으로 돌아온 나는 침대로 기어 들어갔다. 아주 빠르게, 마치 무언가로부터 도망치려는 듯이. 아래 공원에서는 다시 여자아이의 목소리가 라이—라이—라를 부르고 있었다. 옆방에서 나무 바닥이 삐걱거리는 소리가 들렸다. 달빛이 비치는 방들을 쉴 새 없이 왔다 갔다 하는 아버지의 발소리였다.

나로서는 전혀 이해할 수 없던 엘리타와의 대화 이후 아버지는 내게 더 호감이 가는 사람이 되지는 않았지만, 더 흥미로운 사람이 되었다. 나는 다음 날 아버지를 특별히 세심하게 관찰했다. 얼굴은 약간 누런색이 되었고, 눈에는 얇은 주름이 더 분명해졌다. 그 밖에는 평소와 다를 바 없었다. 목소리의 첼로 소리는 흔적도 없었다. 아침 식사 중에 아버지가 콘라트에게 물었다. "정원에서 밤에 노래를 부르는 게 누군가요?"

"아." 콘라트가 대답했다. "하녀 마르구시입니다."

"왜 밤에 노래를 부르지요?"

콘라트가 경멸에 가득 찬 표정으로 미소 지었다. "아주 우울한 아이입니다. 정원에서 일하는 야코프란 녀석과 함께 다녔는데, 그 아이가 이제 외딴 농가에 가 있습니다. 아마 다른 여자애를 찾은 모양입니다. 그래서 마르구시가 제정신이 아니랍니다."

아버지가 손으로 신호했다. 그건 대략 '그런 건 아무래도 좋아'를 의미했다. 나는 그것에 대해 깊이 생각해 봐야 했다. 모두의 주변에, 하녀의 주변에도, 이 여름의 사랑에 빠진 무언가가 펼쳐져 우리를 안절부절못하게 만들고 밤에 잠을 이루지 못하게 만든다.

오후에 나는 밖으로 나가 밀밭 한가운데 움푹 들어간 곳에 있는, 마치 녹색 접시 같은 잔디밭 위에 누웠다. 매끄러운 밀의 줄기로 이뤄진 벽이 뜨겁고 강한 향기를 내뿜었다. 내 주변으로 작은 생명체들이 무언가를 하며 윙윙거리고, 푸드덕거리고, 또 기어 다녔다. 나는 눈을 감았다. 내가 할 수 있는 금지된 일이 뭐 없을까? 내가 완전 미친 짓을 저지르면 아버지 꼴이 아주 좋을 것이다. 고삐를 잡는다, 아버지가 말했다. 야생 동물의 고삐를 잡는다. 나는 이렇게 갇혀 지내는데 도대체 무엇의 고삐를 잡아야 하는 것인지 알고 싶었다. 게다가 이제 벤트가 온다. 여자애들은 항상 벤트 주변으로 모인다. 역겨운 일이다! 게르다는 벤트 이야기를 할 때 특별한 표정을 지었다. 나는 안절부절못하며 반대편으로 돌아누웠다. 밤에 무슨 일인가를 감행해야만 했다. 창문 밖으로 내려가 맥주를 마시고, 여름밤의 속삭임에 몸을 맡기는 것이다.

시골길에 말발굽 소리가 들렸다. 나는 밀의 줄기 사이로 엿보았다. 아버지와 엘리타가 말을 타고 숲 쪽으로 가고 있었다. 엘리타는 밝은 회색의 승마용 옷을 입고, 커다란 하얀색 아마포 모자를 쓰고 있었다. 엘리타는 말 위에 앉는 법을 아는구나! 나는 몇 시간이고 그녀의 모습을 바라볼 수 있을 것 같았다. 나는 내가 그 바보 같은 벤트였으면 좋겠다고 생각했다. 여자들이랑 있을 때 항상 그런 것인지? 여자들을 보면 꼭 울어야만 하는 것처럼 목이 메어 오는 것 말이다. 아버지는 한군데 오래 앉아 있지 않는다. 항상 엘리타 같은 여자를 옆에 두고 숲으로 말을 타러 간다. 지루해질 틈이 없다. 나는 바로 어린 하인 에드제에게 가려고 했다. 그 녀석이라면 밤 시간을 보내기 위해 뭔가 생각해 낼 것이 틀림없었다.

에드제는 부엌 탁자 옆에 앉아 있었다. 신발과 양말을 벗고 물속에서 발을 식히고 있었다.

"에드제, 우리 오늘 밤 뭐 할 일 없을까?"

"무슨 일이요, 도련님?" 에드제가 커다란 금발 머리를 옆으로 기울이며 물처럼 파란 색깔의 눈을 반짝였다.

"아무거나. 창문으로 나올게. 아버지는 눈치채지 못할 거야."

에드제가 골똘히 생각했다. "바람이 안 불면 호수에서 물고기를 잡을 수 있어요."

그거였다. "좋아, 맥주도 있어야 해. 그리고ㅡ 그리고 여자애들도 올까?"

에드제가 진지하게 두 발로 물을 주변에 뿌렸다. "아뇨ㅡ." 에드제가 말했다. "물고기 잡을 땐 여자애들은 안 와요. 술집에서 일하는 페터랑 제가 갈게요."

"좋아, 좋아. 알았어." 나는 어색하게 말했다.

내가 창문을 통해 밖으로 나왔을 때는 벌써 자정이 가까운 시간이었다. 하늘엔 살짝 구름이 끼어 있었다. 아주 깜깜한 밤이었다. 공기가 따듯하고 축축한 천처럼 나를 감쌌다. 공원 나무 꼭대기에서 내려앉기 시작한 이슬이 바스락거리며 비밀스럽게 속삭였다. 고슴도치 한 마리가 쥐를 잡기 위해 길가를 따라 갔다. 두꺼비 한 마리는 길 한가운데 앉아 자리를 내주지 않았다. 모두가 모험의 밤동무들이었다. 호수 쪽에서 불빛이 깜빡거렸다. 에드제와 페터가 벌써 배 옆에서 쇠창살 위에 불을 피우고 있었다. 나는 축축한 토끼풀밭을 가로지르고, 이어서 한 걸음 내디딜 때마다 철썩거리고 쩍쩍 소리가 나는 습지를 통과해 갔다. 그것도 좋았다. 이것도 모험의 일부였다.

"아하!" 에드제가 눈에 연기가 들어가서 난 눈물을 닦으며 말했다. "도망쳐 나오는 게 쉽지 않았죠?"

"응, 좀 걸렸어." 나는 차갑게 말했다. 다 알고 있다는 듯한 에드제의 말투가 맘에 들지 않았다. "이제 출발해도 되겠어."

페터가 긴 막대로 배를 소리 없이 물 위로 밀었다. 에드제와 나는 삼지창을 들고 배 가장자리에 서서 물고기를 기다렸다. 배 끝에 놓인 쇠창살의 불이 공기를 연기와 송진 냄새로 채웠다. 불꽃이 검은색 물 위로 길게 반짝거리며, 끊임없이 속삭이듯 쉿쉿 소리를 냈다. 우리 셋은 모두 아주 주의 깊게 물속을 뚫어져라 바라보며 아무 말도 하지 않았다. 두꺼운 이끼에 덮여 있는 물 아래 유리 세상은 놀라웠다. 고기 색깔의 식물 줄기, 소리 없이 때때로 나타나는, 뱀처럼 꿈틀거리는 생명체의 긴 다리들. 쇠뜨기 줄기 사이로 붕어들이 지나갔다. 넓적한 황금색 판 같았다. 물이 투명하고 깊은 곳에는 검은 물속의 잉크처럼 새까만 잉어가 누워 있었다. "살찐 돼지 같은 놈." 한 마리를 삼지창으로 잡을 때마다 에드제가 말했다. 그러나 뭍에 가까운 곳에는 긴 은회색 자처럼 생긴 곤들매기가 모래 위에 잠들어 있었다. 편안한 맹수의 기분이 가슴을 따뜻하게 만들어 줬다. 갈대 숲으로 접어들자 마치 비단 속을 지나가듯 배의 양옆에서 솨솨 소리가 났고, 수백 개의 흥분한 작은 날개들이 주변에서 날아올랐다. 물새 한 마리가 잠에서 깨어나 열정적으로 탄식하듯 울어 댔다. 에드제와 페터는 이 모든 것을 알고 있었다. 둘은 이 놀라운 밤 세계의 단골손님이었다. "아, 갈대제비들." 에드제가 말했다. "알았어, 알았어, 가서 다시 자, 작은 짐승들아. 오늘은 왜 누가 엄마라도 잡아간 듯 그렇게 울어 대는 거야?" 갑자기 물이 수많은 점들로 탁해졌다. "비 온다." 페터가 말했다. "금방 그쳐."

에드제가 단언했다. 가지가 늘어진 버드나무 아래에 배가 멈춰섰다. 우리는 삼지창을 내려놓고 맥주를 마시기 시작했다. 맥주에서조차 연기와 송진 맛이 났다. 에드제는 물고기에 대해 이야기했고, 불을 보며 눈을 깜빡거렸으며, 맥주를 마실 때는 두 눈이 작고 달콤해졌다. 에드제는 때때로 밤 속을 유심히 듣고 있다가 들려오는 소리를 가리키며 말했다. "이건 올빼미예요. 지금은 슈바르처 크루크*에서 개들이 짖어요. 낯선 일꾼들이 매일 밤 아가씨들한테 가거든요." 나는 조금 실망했다. 물고기를 잡는 것은 물론 좋았지만, 아직 뭔가 특별한 일이 벌어져야 했다. 이제 페터가 호수 위로 호─호─호 소리를 호수 위로 퍼뜨리며 하품을 했다. 아니야, 이래서는 안 돼. 나는 더 빨리 마시기 시작했다. 그게 도움이 되었다. 살짝 어지러웠다. 사물들이 놀랍도록 선명해졌고, 내게 가까워졌다. 검은색 나뭇가지들과 수련 잎 위의 개구리. 그때 나는 여기서 대담하고 방종한 삶의 상황에 놓여 있는 듯한 느낌이 들었다. 게르다가 이런 모습을 본다면 놀라서 눈을 동그랗게 뜰 것이다. 게르다와는 다른 방식으로 말해야 한다. 그녀 역시 그저 여자일 뿐이다. "왜 아무 말도 안 하는 거야? 아무 말이나 해 봐." 내가 명령했다.

에드제가 히죽히죽 웃었다. "네." 에드제가 천천히 입을 열었다. "내일은 다시 좋아질 거예요, 날씨요."

"그런 거 말고." 나는 그의 말을 끊고 호수 위로 높게 침을 뱉었다. "뭔가 다른 거. 마르구시는 어떤 앤지 말해 봐."

"바보예요." 에드제가 말했다.

페터가 킥킥거리며 웃었다. "제가 한번은 개한테 다가가려고 했……." 에드제가 말을 막았다. "주인님은 그런 걸 듣고 싶어 하지 않으셔." 나는 계속 듣고 싶었지만 아무 말도 하지 않았다. 비가 그쳤다. 우리는 삼지창을 집어 들었다. 그러나 팔다리가 무거워졌고, 이제 낚시는 아무래도 좋았다. 게다가 벌써 하얀색 여명이 물 위로 밀려와 물에 반사되기 시작했다. "물가로 가자." 나는 명령했다.

물가의 나무 그루터기에 앉아 에드제와 페터가 물고기를 세고 있는 것을 보는 동안 나는 내가 슬퍼하고 있다는 것을 눈치챘다. 밤이 점차 밝아지고, 회색이 되어 투명해지기 시작하고, 사물들이 무채색으로 무미건조하게 서 있는 모습이 내게 한없이 거슬렸다. "이제 한 가지 더." 나는 힘들게 말했다. "그래요?" 에드제가 말하고는 하품을 했다. "하품하지 마." 내가 명령했다. "그러려고 나온 거 아니야. 여자애들한테 가자." 두 아이는 졸린 듯 서로 바라보았다. 나는 둘을 때려 주고 싶었다.

"뭐, 그럼 바이서 크루크로 가요. 마리랑 리제가 건초 더미 위에서 자고 있을 거예요." 에드제가 대수롭지 않다는 듯 말했다.

우리는 숲을 가로질러 갔다. 허리를 굽히고 낮은 관목 아래를 지날 때 우리 위로 물방울이 비 오듯 쏟아졌다. 양치류의 젖은 이파리들이 우리의 다리를 쳤다. 끔찍했다. 그리고 그것이 다시 기분이 나도록 만들어 줬다. 이제 감자밭만 지나가면 시골길과 맞닿은 바이서 크루크가 우리 앞에 나타날 것이다. 밝아 오는 아침의 회색빛 속에서 술집은 아주 조용히, 자기 자신도 회색의 초라한 모습으로 잠들어 있었다. 정원 울타리를 따라 천천히 걸어가서 우리는 마구간에 도착했다. "위로 올라가세요." 에드제가 말하며 사료 창고로 이어지는 사다리 위쪽을 가리켰다.

위쪽은 어둡고 더웠다. 건초 냄새가 강하게 났다. 여기저기서 부드럽게 바스락거리는 소리가 들렸다. "자." 에드제가 다시 말했다. 내 앞에 두 개의 어두운 형체가 누워 있었다. 여자아이들이었다. 나는 건초 더미 위에 앉았다. 피가 귓속에서 노래를 불렀다. 눈이 어둠에 익숙해졌다. 남자아이들은 건초 더미 속에서 부스럭거리며 소곤거리고 있었다. 이제 내가 무언가 해야만 했다. 나는 손을 뻗어 여자아이의 뜨거운 팔을 잡았다. 여자아이가 재빨리 일어나서 내 손을 잡고 천천히 손가락 하나하나를 만져 보았다. 그러고는 킥킥거리며 웃었다. 나는 그녀가 다른 여자아이에게 소곤거리는 소리를 들었다. "리제, 도련님이야." 이제 두 여자아이가 내 앞에 쪼그리고 앉았다. 커다랗고, 뜨거워진 얼굴 위로 하얀색 금발 머리가 나부꼈다. 맨팔로는 무릎을 안고 있었다. 여자아이들은 둥글고, 물처럼 파란 눈으로 나를 바라보며 웃었다. 어둠 속에서 이가 반짝거렸다. "손 좀 봐!" 마리가 말했다. 이제 리제도 내 손을 잡고, 만져 보고, 바라보고는 마치 상품이라도 되는 것처럼 조심스레 내 무릎 위에 다시 올려놓았다. "바보같이 굴지 말고 이리 와 봐." 내가 잠긴 목소리로 말했다. 하지만 둘은 내게서 빠져나갔다. "이제 내려가야 할 시간이에요." 여자아이들이 말했다.

족제비처럼 바스락거리며 여자아이들은 건초 더미를 빠져나가 사다리 아래로 미끄러지듯 내려갔다.

"너무 밝아요. 가축들이 불안해하겠어요." 에드제가 끼어들 었다.

"저 애들이 손만 가지고 주인님을 알아봤어요." 페터가 말하며 다시 크게 호-호 하품을 했다. "우리도 내려가야 해요."

아래쪽 작은 울타리 안에 여자아이들이 양배추밭 사이에 서 있었다. 여자아이들은 두 발을 한 발씩 번갈아 가며 딛고 있었다. 이슬이 내린 잡초들 속에서 맨발이 얼어 버렸기 때문이었다. 두 팔을 크고 둥근 가슴 위로 포갠 채, 나를 진지하게, 호기심에 가득 찬 눈으로 바라보고 있었다.

"일어나세요, 가축들처럼." 에드제가 말했다. 그때 마리가 뒤집어진 손수레 쪽으로 가서 치마로 이슬을 닦아 내고는 말했다. "자, 여기 앉으셔도 돼요."

나는 마치 왕좌에 앉듯 손수레 위에 앉았다. 페터는 리제와 싸우기 시작했다. 두 사람은 바닥에 넘어져 젖은 잔디 위에서 뒹굴었다. "안 졸리신가 봐." 마리가 나를 가리키며 에드제에게 말했다. 마치 어린아이 앞에서 그 아이에 대해 다른 사람에게 말하는 것 같았다. 그러고는 참제비고깔과 마요라나 줄기를 몇 개 꺾었다. "저기." 그녀가 말했다. "주인님도 뭔가 가지셔야 하니까요." 내가 그녀의 가슴에 손을 올리려 하자 그녀는 뒤로 물러서서 어머니 같은 미소를 지었다.

페터와 리제는 정원을 통과해 쫓아다니다 헛간 뒤로 사라져 버렸다. 마리는 이제 조용히 돌아서서 다리를 양배추 위로 높이 들어 올리며 두 사람을 따라갔다. 그러자 에드제도 가 버렸다. 헛간 뒤에서 킥킥거리는 웃음소리가 들렸다. 벌써 날이 완전히 밝아 왔다. 그것은 사람을 피곤하게 만드는, 무미건조하고 빛이 없는 밝음이었다. 내 위 하얀 하늘에서 종달새가 견딜 수 없도록 날카롭게 유리 같은 소리로 지저귀고 있었다. 나는 양배추들 한가운데서 몹시 비참하고 외롭게 느껴졌다. 커다란 분노가 고통스럽게 내 안에서 솟구쳐 올랐다. 하지만 그것은 우리가 어렸을 때 두 손으로 얼굴을 가리고 울고 싶게 만드는 그런 분노였다. 나는 일어서서 점점 더 밝아 오는 아침 속을 조심스럽게 걸어 집으로 돌아갔다.

사촌 형 벤트가 바르노에 도착했다. 보리밭 안의 작은 잔디밭에서 나는 그와 엘리타와 아버지가 멀리 숲의 가장자리를 따라 말을 타고 달리는 모습을 보았다. 마치 화사한 색깔을 한 작은 형체의 환영 같았다. 나는 거의 잊힌 것이나 다름없었다. 나를 생각하는 사람은 아무도 없었다. 그러던 어느 날 벤트 형이 아침 식사 때 말을 타고 이쪽으로 왔다. 나는 그를 특별히 좋아하진 않았다. 그는 나를 위에서 내려다볼 만큼 키가 컸고, 나를 꼬마라고 불렀다. 그럼에도 불구하고 그를 보는 것이 좋았다. 날카롭고도 침착한 그의 모습에는 무언가 일상적이지 않은 것이 있었다. 게다가 곱슬곱슬한 금발 머리와 완전히 황금빛인 턱수염. 이런 모습과 이런 얼굴로 아침에 일어나고, 하루 종일 그 모습으로 돌아다니고, 또 밤에 그런 모습으로 자러 가는 것은 무언가 가치 있는 일이 틀림없을 것이다. 이런 모습과 얼굴을 가진 사람이라면 그 누구도 완전히 제멋대로 행동할 수는 없을 것이다.

"그러니까 떨어진 거야?" 벤트 형이 내게 말했다. "뭐, 우리 모두 그렇게 경력을 쌓기 시작하는 거야."

식사하는 동안 벤트 형은 아버지와 군대 문제에 대해 이야기했다. 아버지는 오늘따라 유난히 비꼬는 투로 말했다. 그는 끊임없이 벤트 형의 말에 반대했고, 짧은 "왜?"와 "어떻게 해서?"로 그를 당황하게 만들었으며, 불쾌하게 웃었다. 벤트 형의 "아니요, 제발, 삼촌"이란 말은 점점 더 화가 난 것처럼, 점점 더 당혹스러운 것처럼 들렸다!

후에 나는 벤트 형과 함께 정원 길을 걸어 내려갔다. 우리는 아무 말도 하지 않았다. 벤트 형은 승마용 채찍으로 패랭이꽃을 때려 잘랐다.

"삼촌은 나를 싫어하시나 봐." 마침내 그가 중얼거렸다.

"그럼, 당연하지." 내가 대답했다. "나한테도 그래. 아버지는 항상 그래."

"너한테도?" 벤트 형이 웃었다. "그래, 너는 시험에 떨어져서 그런 거지."

그 말이 나를 화나게 만들었다. "형한테는 아무 상관 없는 일이지만, 나는 아버지의 손아귀에 있다고. 카나리아처럼 여기 갇혀 있는 건 웃기는 일이야. 아버지는 분명 섬세하고 멋있는 사람이지만, 항상 자기만 생각해. 다른 사람들은 사랑하지 않아. 그게 – 그게 우연히 여성이 아니라면 말이야."

벤트 형이 놀라서 바라보았다. "아, 꼬마야, 네 아버지에 대해 그런 환상을 품으면 안 돼. 게다가 네 말은 옳지 않아. 여기는 예쁘네."

나는 어깨를 으쓱했다. "아, 그런 솜사탕 같은 거."

"솜사탕? 그런 말은 어디서 알게 된 거야?" 벤트 형이 말했다.

며칠 뒤 아침 식사 때 아버지가 내게 말했다. "오늘은 바르노에 갈 거다. 네 사촌 엘리타가 벤트와 약혼을 했다. 오늘이 약혼 축하연이야."

나는 그저 "아, 정말요"라고 대꾸했다.

아버지는 자기 접시에 고개를 숙이면서 중얼거렸다. "또 고기가 너무 익었어 – 그래." 그러고는 덧붙였다. "즐거운 일이야. 즐겁군."

아버지는 오늘 피곤해 보였다. 하지만 그것이 아버지에게는 잘 어울렸다. 그 덕분에 아버지의 얼굴은 섬세하고도 끔찍한 로마인의 얼굴 같았다. 그런 아버지 앞에 앉아 있는 것은 기분 좋은 일은 아니었다. 하지만 일상적인 일도 아니었다. 그에게 나의 호기심을 자극하는 무언가가 있었다.

거실의 긴 소파에 누웠을 때 나는 그것에 대해 생각하고 있었다. 한낮의 햇빛을 가리기 위해 녹색 커튼이 쳐져 있었다. 파리들이 윙윙거리며 샹들리에 주변을 날고 있었다. 꽃들은 화병 속에서 시들고 있었다. 바깥 정원은 한낮의 더위로 끓어오르고 있었다. 나는 커튼을 통해 찻주전자가 조용히 노래 부르는 소리를 분명하게 들었다. 나는 눈을 감았다. 오늘은 최소한 뭔가 즐거운 일이 있다. 게르다를 생각했다. 아름다운 사랑의 느낌이 심장을 부드럽게 간지럽혔다. 그러자 술집 여자애 둘이 또렷하게 내 앞에 나타났다 — 회색빛 나는 푸른색 양배추들 사이에, 머리에는 짚이 잔뜩 붙은 채로. 그다음은 다시 엘리타였다. 엘리타는 그녀의 따뜻하고 당당한 팔을 내 어깨에 올려놓았고 양꽃마리 향기가 났다. 아, 그렇다, 이 모든 여자아이들, 사랑스러운 여자아이들! 세상은 그런 아이들로 가득하다! 그것이 나를 깊이, 그리고 기분 좋게 숨 쉬도록 만들었다.

나는 얕은 잠에서 깨어났다. 이제 옷 갈아입을 시간이 되었을 것이다. 집 안의 깊은 적막함이 의심스럽게 느껴졌다. 바르노로 가는 일이 잊힌 것만 아니면 좋으련만! 나는 서둘러 옷을 갈아입고, 카스파르를 다그치기 위해 마구간으로 달려갔다. 나는 문 앞에 마차가 서 있는 것을 보자 기뻤다. 콘라트가 계단에 서서 시계를 바라보고 있었다.

"오시나요?" 내가 물었다.

"준비는 다 마치셨어요." 콘라트가 말했다.

그렇게 우리는 기다렸다. 말들이 불안해하기 시작했다. 카스파르는 하품을 했다.

"잊어버리셨나 봐요." 내가 말했다.

콘라트가 어깨를 으쓱했다. "알려 드리긴 했어요. 한 번 더 가보지는 않을 거예요."

"그럼 내가 가 볼게요." 내가 결정했다.

나는 아버지의 서재로 가서 조심스레 문을 열고 꼼짝도 하지 않고 서 있었다. 거기엔 무언가 설명할 수 없는 일이 벌어져 있었다. 사교용 양복을 입은 아버지가 책상 옆 큰 안락의자에 앉아 있었다. 아버지는 팔꿈치를 무릎에 받치고 얼굴을 두 손으로 감싸 쥔 채 놀랍도록 몸을 웅크리고 앉아서 울고 있었다. 나는 분명히 보았다 ─ 아버지가 울고 있었다. 어깨가 조용히 흔들렸고, 이마는 실룩거렸으며, 머리는 조금 엉망이 되어 있었다. 얼굴 위로 펼쳐진 손의 손가락에서 사파이어가 커튼 사이로 들어온 햇살을 받아 반짝거렸다. 두려움이 엄습했다. 그것은 우리가 꿈속에서 불가능한 것을 눈앞에서 보았을 때 느끼는 두려움이었다. 나는 물러서서 조용히 문을 닫았다. 문 앞에서 나는 아무 말 없이 서 있었다. 나는 마치 나도 울어야만 할 것처럼 입가가 일그러지는 것을 느꼈다.

"곧 오실 거예요." 나는 밖에서 말했다.

"표정이 왜 그러세요, 도련님?" 콘라트가 물었다.

"내 표정이야 내 맘이지요." 나는 거만하게 대답했다.

나는 계단에 앉아 조금 전에 본 모습을 떠올렸다. 여기 내 앞에 노란 햇빛이 비치는 이곳은 다시 모든 것이 일상적이었다. 그리고 저 안에는 슬픔에 빠져 두 손으로 얼굴을 감싸 쥔, 한껏 웅크린 형상이 앉아 있다. 무언가 이해할 수 없는 일이 이 한낮의 침묵 속에서 벌어졌다.

곧 아버지가 하얀색 외출용 외투를 입고 나왔다. 얼굴은 세수를 해서 조금 빨개져 있었다. "벌써 욕하고 있었겠지?" 아버지가 농담하듯 말했다. 마차를 타고 가는 동안 아버지는 나를 친절하게 대해 주었다. 아버지는 집안일에 대해 나와 진지하게 이야기했다. 그는 엘리타가 하게 될 훌륭한 결혼에 대해 기뻐했다. 엘리타처럼 강한 천성을 가진 여성이 몇 년이고 외로운 시골에 눌러앉아서 몇몇 사람들과의 관계 속에 애쓰며 살아가는 것은 건강에 좋지 않다. 그런 여성들은 큰 세계 한복판에서 조각상의 받침과도 같은 차가운 받침 위에 서 있어야만 한다. 그렇지 않으면 그들의 정서적 삶은 병들고 만다.

바르노에서 고모는 한껏 차려입고 손님들과 함께 베란다에 앉아 있었다. 고모 옆에는 머리를 새까맣게 염색하고 견디기 힘들 정도로 향수를 뿌려 댄 늙은 폰 텔펜 궁내 대신이 있었다. 여자아이들은 하얀색 옷을 입고 허리띠를 장미로 장식하고 있었다. 남자들은 단춧구멍에 만향옥을 꽂고 있었다. 야생 포도 덩굴이 그 모든 색깔들 위로 흔들리는 그림자를 흩뿌렸고, 그 녹색 기가 도는 회색으로 얼굴을 더 창백하게, 눈들을 더 어둡게 만들었다. 늙은 마르조 씨는 둥근 배 위에 흰색 비단 조끼를 입고 아주 큰 소리로 장관들에 대한 험담을 늘어놓았다. 그리고 고모의 탄식하는 듯한 목소리가 궁내 대신에게 오래전에 카를스바트에서 고모와 친근한 관계에 있었던 베투지-후크 공작 부인에 대해 설명했다. 엘리타는 옆쪽에 앉아 있었다. 엘리타는 깊은 생각에 잠겨 부채 깃털들을 쓰다듬으며 아름답고 언짢은 표정을 하고 있었다. 그 표정에는 '당신들 모두 오지 않아도 괜찮았어요'라고 쓰여 있었다.

"신랑은 어디 있지요?" 아버지가 물었다.

아래 정원에 게르다와 함께 있다는 답이 들려왔다.

"자매 한 명으로는 만족하지 못하는군." 늙은 마르조 씨의 목소리가 크게 울렸다. 아무도 이 무례한 말에 웃지 않았다.

"빌, 정원에 가서 두 사람을 불러오지 않을래?" 엘리타가 말했다.

나는 두 사람을 나무에 걸어 놓은 그네 아래에서 찾았다. 벤트 형은 일어서서 그네를 타고 있었다. 벤트 형은 아주 높이, 거의 느릅나무 가지가 있는 곳까지 올라갔다. 벤트 형은 나무랄 데 없이 멋졌다. 단추가 달린 파란색 제복을 입은 몸은 아주 날씬했고, 햇빛 속에서 머리는 마치 황금으로 덮인 것 같았다. 게르다는 벤트 형을 올려다보고 있었다. 마치 흥분되는 꿈에 빠진 듯 입은 반쯤 열리고, 두 눈은 동그래져 있었다. 게르다는 손을 가슴 위에, 오른쪽 가슴을 꾹 누르면서 올렸는데, 그런 동작은 그녀에게서 보지 못한 것이었다. 게르다는 내가 옆에 서 있다는 것을 알아차리지 못했다. 질투가 나를 아주 비참하게 만들었다.

"안녕, 게르다." 내가 잠긴 목소리로 말했다.

게르다는 깜짝 놀라 나를 바라보았다. 단잠을 방해받은 사람의 불만족스러운 시선이었다. 이건 바르노의 두 여자아이가 모두 가지고 있는 것이었다. 그들은 갑자기 아름답고, 못된 소년처럼 보일 때가 있었다.

"아, 너구나, 빌!" 게르다가 말했다. 친절하게 들리지는 않았다.

"그네 타고 있었어?" 무슨 말이든 하기 위해 내가 물었다.

"응— 오빠 좀 봐." 게르다가 대답하며 위를 올려다보았다. 그러고는 다시 꿈을 꾸는 듯한 미소가 그녀의 얼굴에 번졌다.

벤트 형은 그네 구르는 것을 멈추고, 그네가 앞뒤로 흔들리도록 내버려 두었다. 그러고는 살짝 한쪽 줄에 기댔는데, 그의 멋진 모습을 보여 주는 데 아주 유리했다. 형이 그렇게 서서 게르다로 하여금 밝은 표정으로 바라보게 만드는 것이 못마땅했다.

"그네 그만 타고 사람들 있는 곳으로 오래." 나는 위쪽 형을 향해 외쳤다. "엘리타 누나가 불러."

벤트 형이 뛰어내렸다. "엘리타가 널 보냈어? 못마땅해하디?" 형이 물었다.

"당연하지." 나는 거짓말을 했다.

"그래— 그래, 그럼, 애들아, 먼저 갈게." 나는 형이 겁먹은 학생 같아 보인다고 생각했다. 벤트 형은 서둘러 집 쪽으로 달려갔다. 나는 고소해하며 웃었다.

"형은 누나를 무서워해." 내가 말했다.

"오빠가! 무슨 소릴 하는 거야!" 게르다가 화를 내며 나에게서 돌아서서 벤치 위에 앉았다. 그러고는 생각에 잠겼다.

"두 사람이 뭐 그렇게 서로 할 얘기가 많아?" 살짝 짜증이 난 내가 물었다.

"엘리타 언니 얘기지, 당연히. 항상 엘리타 언니 얘기야." 게르다가 여전히 생각에 잠긴 채 대답했다. "오빠가 생각할 거리를 많이 주었어."

"형은 자기 생각이나 하는 게 좋을걸!" 나는 너무 화가 나서 단풍나무 잎을 이로 물어뜯었다.

게르다가 올려다보았다. 얼굴에 근심이 가득했다. 무언가 깜짝 놀란, 도움을 청하는 듯한 얼굴이었다. 두 눈에 눈물이 맺혔다. "왜 그렇게 얘기해? 넌 아무것도 모르잖아……."

"형이 널 슬프게 만들 게 뭐가 있어." 나는 작은 소리로 중얼거렸다. 사랑에 목이 메어 왔다. 그럴 수만 있다면 나도 울고 싶었다. 게르다가 말하기 시작했다. 빠르게, 탄식하듯이. 그것은 나에게 말하는 것이 아니었다. 게르다는 안에 있는 것을 털어 내야만 했다. "왜 엘리타 언니는 오빠에게 그렇게 나쁘게 굴어야 해? 오빠는 언니를 사랑하잖아. 그리고 이제 여기서 떠날 수도 있잖아, 세상 밖으로. 언니도 그걸 원하고. 오빠는 언니한테 항상 좋은 것만 해 준다고. 하지만 언니는 늘 그래, 나도 알아, 이제 언니는 더 이상 외롭지도 않고 가난하게 살지도 않을 거야."

"가난하다고?"

"응, 엘리타가 우리는 가난하대."

"그렇지만 여기 너희 집엔 모든 게 다 비싼 것들인데?" 내가 이의를 제기했다.

"아!" 게르다가 말했다. "그건 엄마 때문이야. 엄마가 궁정에 있었고, 또 미인이었기 때문에, 그런 걸 가져야만 했던 거야."

"아, 고모가 끔찍하게 깊이 파인 옷을 입었던 때구나, 홀의 그림에서처럼 말야." 내가 확인해 주었다.

"바보같이 굴지 마." 게르다가 야단쳤다. "분명 우리는 가난하고, 항상 여기서만 머물러야 해. 모든 것이 눈에 덮이고, 아무도 우릴 찾아오지 않아서 방에 난로를 때고 촛불 켜는 것도 아껴야

하게 되면, 엘리타 언니는 북극곰처럼 방들을 이리저리 돌아다녀. 그리고 아무하고도 이야기하지 않고 엄마랑 나를 못되게 쳐다봐. 아니면 자기 방으로 가서 몇 시간 동안 혼자 볼레로를 춰. 밤에는 울고. 나는 그걸 옆에서 듣는다고. 언니 때문에 가슴이 아파. 하지만 또 무섭기도 해. 그렇지만 이제 언니는 모든 걸 다 가졌잖아. 그런데 왜 언니는 기뻐하지 않는 거야? 왜 언니는 벤트 오빠를 괴롭히는 거야? 왜 밤이면 눈물을 흘리는 거야? 왜 아직도 혼자서 볼레로를 추는 거야?" 이제 게르다의 속눈썹에 눈물이 방울졌다. 작고 둥근 눈물방울이 햇빛 속에서 반짝였다. "그래 - 무언가 슬픈 것이 아직도 우리들 사이에 돌아다니는 거야. 나는 그게 뭔지 모르겠어."

나는 그 모든 것들에 대해 무슨 말을 해야 할지 몰랐다. 그래서 나는 게르다의 손을 잡고 입을 맞추기 시작했다. 하지만 게르다는 손을 뺐다. "빌, 우스꽝스럽게 굴지 마. 차라리 그네나 밀어 줘."

게르다는 그네에 앉아서 머리를 뒤로 숙이고 기쁨에 가득 찬 눈으로 위를 올려다보았다. 아무런 움직임도 없이, 하얀 신발을 신은 작은 두 발만 불안하게 쉴 새 없이 움직였다. 나는 그네를 앞으로 뒤로 밀면서 우울한 생각에 매달렸다. 당연히 게르다는 벤트 형에게 사랑에 빠졌다. 게르다는 이제 그를 위해 울고, 그를 생각하고, 그와 함께 흥분되고 슬픈 일을 경험한다. 그리고 나는 아무래도 좋은 학생이다. 공부를 해야 하고, 또 함께하는 것으로 고려되지 않는. 이 생각이 나를 너무 기분 상하게 만들어서 나는 더 이상 그네를 밀고 싶지 않았다.

"왜 안 밀어 주는 거야?" 게르다가 꿈에서 깨어나 물었다.

"하고 싶지 않아서." 나는 대답했다. "왜냐하면……." 나는 내가 할 수 있는 뭔가 끔찍한 말을 찾았다. "왜냐하면 나는 네가 너의 벤트 형에 대해 더 잘 생각할 수 있도록 그네를 태워 줘서 얻을 게 없기 때문이야."

"나의 벤트 오빠라고?" 화가 나면 항상 그렇듯이 게르다의 얼굴이 빨개졌다. 반짝거리는 이마 끝까지 올라가는 따뜻한 천엽 화장미의 빨간색이었다.

"당연하지. 너희들은 모두 그 원숭이한테 사랑에 빠지잖아." 이 말을 하는 것은 가슴 아픈 일이었지만, 그러나 말해야만 하는 것이었다.

게르다는 아무 말도 하지 않고 그네에서 내려와 장식 끈을 고쳐 맸다. 그러고는 몸을 돌리면서 게르다를 내게서 멀리 떼어 놓는 침착하고, 어른스럽게 들리는 목소리로 말했다. "그거 아니, 빌? 페르노에 아버지랑 있으면서 정말 형편없는 매너를 배웠구나. 너랑 얘기해서 유감이야."

"천만에." 나는 반항적으로 대답했다.

게르다는 갔다. 나는 벤치에 좀 더 앉아 있었다. 그러니까 이 여름에 내가 누릴 수 있는 유일한 즐거움마저 이제 망쳐 버린 것이었다. 내겐 조용히 사랑에 빠질 자격조차 없었다. 다른 사람들은 사랑하고, 사랑을 받고, 그들 나름의 비밀과 슬픈 일을 가지고 있다. 그러나 내겐 오로지 곰팡이 핀 책들뿐이었다. 게르다가 내 매너가 형편없다고 말한다면, 그것은 고통이라고조차 할 수 없는 것이기 때문이었다. 자, 두고 보라지. 뭔가를 생각해 낼 테니까!

점심 식사 때 나는 나의 비참함을 술로 이겨 보려고 했다. 그것은 내 핏속에 어느 정도 일상적이지 않은 기분을 다시 가져다주었다. 나는 긴 연회석이 우습다고 생각했다. 커다란 장미 화환 너머로 여자아이들의 얼굴을 보았을 때, 그들이 너무 하얗고, 눈에는 불안한 빛이 있으며 입술은 너무 빨간 것처럼 생각되었다. 눈앞의 모든 것들이 떨고 있었다. 나는 웃어야 했지만, 무엇에 대해 웃는지 알지 못했다. 나는 마르조의 두 여자아이 사이에 앉았다. 뚱뚱하고 하얀 어깨가 내 옷깃을 스쳤다. 나는 둥근 여자아이들의 몸의 온기를 느꼈다고 생각했다. 그 아이들은 내가 하는 말에 많이 웃었다.

아버지가 연설을 했다. 아버지가 만향옥을 단춧구멍에 꽂고, 샴페인 잔을 손에 들고 서서 살짝 미소 지었을 때, 다른 사람들이 아버지의 농담에 웃을 때, 나는 아까 서재에서 봤던 모습을 생각하려고 애썼다. 하지만 두 모습은 아무 상관도 없는 것만 같았다.

아버지는 선조들에 대해서, 또 결혼에 대해서도 얘기했는데, 결혼은 끊임없는 평화 협정 체결이라고 해서 사람들이 웃었다. 그러고는 진지해졌다. 그러나 — 이런 얘기였다 — '우리의 결혼'은 또한 '우리의 여인들'이 보호받으며 신성하게 그 위에 서 있는 조각의 받침이자 제단이다. 왜냐하면 우리의 여인들은 우리 귀족 문화의 정수이며, 우리가 수백 년에 걸쳐 얻기 위해 싸워 온 모든 선한 것과 고귀한 것들의 대표자이자 수호자이기 때문이다. '우리의'라는 말은 커다란 손동작과 함께 이야기했는데, 그것은 자리에 있던 모든 사람들을 하나로 묶어 주고, 그들을 여기에 없는 다른 사람들보다 훨씬 높이 고양시켜 주는 것처럼 보였다. 모두가 경건하고 주의 깊게 연설을 들었다. 늙은 각하는 작은 머리를 끄덕였다. 늙은 마르조 씨는 자기 의자에 깊이 기대앉아 입을 뾰족하게 세우며 품위 있어 보이려고 노력했다. 나조차도 기분 좋은 자부심의 간지러운 감정을 느낄 지경이었다. 그러나 어쨌든 자신만의 문화를 갖는다는 건 좋은 일이다. 축배의 외침이 있었고 사람들은 서로 잔을 부딪쳤다. 식사의 끝은 나에게는 좀 모호하게 느껴졌다. 모든 것이 끝나고 베란다로 나갈 수 있게 되자 나는 기뻤다.

나는 샤워를 하듯 달빛 속에 앉았다. 편안한 생각들이 머릿속을 지나갔다.

게르다가 베란다로 왔다. 나는 곧 그녀 옆에 있었다. 나는 그녀의 장식 끈 끝을 잡았다.

"아, 빌, 너구나. 왜 여기 혼자 있어?" 게르다가 물었다.

"여기 혼자 있었어." 나는 말을 시작했다. "너랑 싸운 것에 절망해서. 우리 화해하지 않을래? 너도 내가 너를 얼마나 사랑하는지 알잖아."

게르다는 마치 겁이 나는 듯 살짝 뒤로 물러섰다. "그만둬, 빌." 그녀가 외쳤다. "너 너무 많이 마셨어. 부끄러운 줄 알아."

그리고 게르다는 사라졌다. 내가 뭘 해야 할까. 게르다는 나를 두려워한다. 나에게 그만두라고 말했다. 이제 모든 것이 끝났다. 이제 나는 커다란 고통을 가지고 있다. 나는 벤치에 앉아, 두 손으로 얼굴을 감쌌다. 마치 집 서재에서의 아버지처럼 앉아 있었다. 눈물은 나지 않았다. 내 마음을 뜨겁게 만든 것은 오히려 저 안에 있는 사람들에 대한 분노였다. 나는 벤치 위로 올라가서 창문으로 홀 안을 바라보았다.

거기선 모두가 나란히 앉아 있었다. 나는 한마디도 들을 수 없는데 그들의 입술이 움직이고, 나에게는 소리가 전혀 들리지 않는데 그들의 입술이 열렸다. 그 모습이 유령 같아 보였다. 고모는 뾰족한 모자가 달린 하얀색 망토를 입고 마치 옷을 새로 갈아입힌 낡은 인형처럼 소파 모서리에 앉아 있었다. 늙은 마르조 씨는 안락의자에 몸을 죽 편 채 앉아 있었다. 얼굴이 무척 붉었다. 늙은 각하는 마르조의 여자애들 사이에 앉아 설탕을 찾는 쥐처럼 뾰족한 코로 킁킁거렸다. 그러다 갑자기 모두가 경건하고 달콤한 표정을 지었다. 나는 옆방에서 벤트 형이 피아노 옆에 서 있는 것을 보았다. 벤트 형은 「나의 인사를 받아요, 나의 키스를 받아요」를 불렀다. 천장을 올려다보며 몸을 살짝 흔들었다. 형의 테너 목소리가 그렇게 설탕을 쏟아 냈다. 이 달콤한 목소리는 얼마나 뻔뻔스러운가! 그 목소리가 어떻게 공간을 채우는 것처럼 보였던가. 사람들을 간지럽혀 얼굴을 찡그리게 만들고, 여자아이들의 촉촉하고 살짝 벌어진 입술에 키스를 하고 있는 것처럼 보였던가. 그러는 동안 마치 환등기의 영상처럼 두 형체가 내가 서 있는 창문 앞에서 서로에게 다가갔다. 엘리타 누나였다. 꼿꼿하고 하얀 모습으로, 머리를 살짝 뒤로 젖히고, 입술을 꽉 다문 채. 아! 엘리타는 저 애태우는 목소리가 키스를 하도록 내버려 두지 않는구나! 엘리타 누나는 그녀의 옷이 아주 순종적으로 자기 몸의 형체에 맞춰지도록 걷는 방법을 알았다. 나는 항상 하얀색 모슬린이 그녀 몸의 온기로 따듯해져 있을 것이라 생각했다. 다른 쪽에선 아버지가 오고 있었다. 두 사람은 마주 보고 섰다. 아버지가 무언가를 말하고, 미소 짓고, 손으로 턱수염을 쓰다듬었다. 하지만 엘리타 누나는 웃지 않았고, 얼굴이 굳어지고, 화난 표정이 되었다. 누나는 싸우려는 사람처럼, 그래서 상처가 난 곳을 찾는 사람처럼 아버지의 얼굴을 똑바로 쳐다보았다. 나는 그녀의 몸이 펼쳐지고 사지가 뻗는 것을 제대로 느낄 수 있었다. 아버지가 가볍게 손을 움직였다. 그러나 그의 표현은 달라졌다. 아버지는 아랫입술을 깨물었고, 두 눈은 날카롭게, 흥분된 채로 탐욕스럽게 엘리타 누나의 눈을 바라보았다. 눈부신 등의 빛 속에서 나는 그 두 눈이 어떻게 번쩍였는지, 어떻게 엘리타 누나의 얼굴에 달라붙어 있었는지를 보았다. 엘리타 누나는 천천히 고개를 숙이고, 시선을 떨구고, 눈을 감았다. 누나는 아주 창백해졌고, 마치 힘이 다 빠져나간 듯 고분고분하게 서 있었다. 나는 그 장면을 함께 보고 있을 수 없었다. 그 모든 것에는 나를 이상하게 혼란에 빠뜨리는 무언가가 있었다. 나는 창문에서 뒤로 물러섰다. 내 생각은 흥분된 채 내가 감히 생각하지 못하는 무언가를 중심으로 혼란스럽게 움직였다.

어떻게 그런 일이 있을 수 있어? 아버지와 누나가? 아버지와 누나가? 그러니까 이런 일을 겪을 수도 있는 건가— 삶이란 이렇게도 기이한 것인가? 사람들은 저기에 모두 조용히 앉아 있고, 벤트 형은 「나의 인사를 받아요, 나의 키스를 받아요」를 부르며 교태를 부리고 있는데 그 한가운데에 무언가 거친 것이— 무언가 이해할 수 없는 것이 있다.

그때 옷깃이 끌리는 소리가 들렸다. 엘리타 누나가 열린 유리문을 지나 계단을 내려오고 있었다. "엘리타 누나." 나는 그녀를 불렀다.

"너니, 빌?" 그녀가 물었다. "여기서 혼자 있었어? 이리 와, 아래로 내려가자."

누나는 다시 내 어깨에 팔을 올려놓았다. 우리는 보리수 길을 걸어 내려갔다. 엘리타 누나는 작은 소리로, 나부끼듯 숨을 쉬며 말했다. "왜 다른 사람들한테서 떨어져 있어? 슬프니? 누가 널 괴롭혔어? 말해 볼래? 게르다가 못되게 굴었니? 넌 그래도 게르다를 사랑하잖아, 그렇지? 그래, 그렇게 계속 사랑해. 무슨 일이 벌어질지는 아무 상관 없어! 아무도 너한테 그걸 금지할 수 없단다. 게르다도 다시 착해질 거야, 불쌍한 녀석."

나지막한, 탄식하는 듯한 목소리가 나의 마음을 건드렸고, 내 마음을 자기 연민으로 가득 채웠다. 눈물이 볼을 타고 흘러내렸다.

"우는 거야, 꼬마 빌?" 엘리타가 물었다. 가로수 길은 너무 어두워서 누나가 우는 모습을 보지는 못했다. 누나의 차가운 손이 내 젖은 얼굴을 가볍게 스쳐 지나갔다. "그래, 우는구나. 나쁠 것 없지. 그냥 울어. 여기선 아무도 우릴 보지 못하는걸. 여기선 **예의**를 차릴 필요 없어."

우리는 아무 말 없이 몇 걸음을 더 걸어갔다. 때때로 나뭇가지 사이로 비친 달빛이 엘리타 누나의 머리를, 하얀 옷을 스치고 지나갔고, 손가락의 반지와 가슴 위의 작은 다이아몬드 칼을 반짝이게 만들었다. 그러고는 다시 향기와 바스락거리는 소리로 가득한 부드러운 어둠. 가로수 길 끝에 돌로 된 낡은 인공 동굴이 있었다. 반쯤 무너져 내린 작은 홀이었다. 달이 조용히 내리는 느릅나무 나뭇잎 그림자로 홀 안을 가득 채우고 있었다.

"너 내가 볼레로 추는 거 본 적 있니?" 엘리타 누나가 갑자기 물어 왔다. "이리 와 봐, 보여 줄게."

나는 인공 동굴 안에 있는 돌 벤치에 앉았다. 엘리타 누나는 나뭇잎 그림자들 아래 한복판에서 조용히 춤을 추었다. 그녀의 하얀색 신발 버클이 달빛에 반짝였다. 엘리타 누나는 마치 포도송이를 들어 올리듯 두 팔을 높이 들어 올리고, 고개를 숙였다. 반쯤 열린 입술은 그 포도송이를 갈망하는 것 같았다. 아니면 눈에 보이지 않는 외투를 자랑스럽게 어깨에 걸치기도 했고, 눈에 보이지 않는 꽃을 꺾기도 했다. 그 모든 것을 부드럽고 리드미컬하게 몸을 움직여 표현했다. 모슬린 옷자락이 파도치는 하얀색 안개처럼 아주 작게 솨아 소리를 내며 그녀의 몸을 휘감았다. 누나는 아무 말 없이, 그리고 열정적으로 춤을 췄다. 나는 누나가 점점 더 빠르게 숨을 쉬는 소리를 들었다. 그 광경은 유령 같았고, 비현실적이었다. 모든 흥분이 내 안에서 사라져 버렸다. 나는 마치 먼 곳에, 내가 꿈속에서 보았던 장소에 있는 듯한 느낌이 들었다. 이제 누나가 멈춰 서서 이마로 흘러내린 머리를 넘기고 웃었다. "봐 봐. 이런 거야. 좋았어. 이제 다시 다른 사람들한테 가자. 이제 다시 **예절**을 갖춰야 해."

집으로 가는 동안 엘리타 누나는 다시 침착해졌고 약간은 평소보다 더 거만하게 이야기했다. 홀에 들어서자 벤트 형을 향해 미소 짓고는 이렇게 말했다. "노래 다 불렀어, 자기야?"

집으로 돌아와 내 방에 있을 때 나는 겁먹고 흥분된 상태였다. 삶은 슬프고 혼란한 것처럼 보였다. 잠을 잘 수 없었다. 볼썽사납고 흥분시키는 모습들이 나타나 나를 괴롭혔다. 밤은 무더웠다. 정원의 나무들은 아무런 움직임 없이 새까맣게 서 있었다. 멀리서 천둥이 쳤다. 아래쪽 공원에서는 마르구시가 조용한, 살짝 졸린 탄식의 노래를 다시 부르고 있었다. 그 목소리가 위안이 되었다. 나는 그녀 가까이에서 그녀에게 위로받고 싶었다. 눈을 감고 아무런 생각도 하지 않는다. 라이 – 라이 – 라 외에는.

나는 창문을 통해 밖으로 나가 목소리를 따라갔다. 잔디밭 위로 검은 구름 한 줄이 떠 있었고, 그 안에서 번개가 금빛으로 번쩍였다. 때때로 따뜻한 바람이 보리수 꼭대기를 흔들었다. 연못가 수양버들 아래에서 나는 마르구시를 발견했다. 커다란 금발의 소녀는 잔디밭 위에 웅크리고 앉아 있었다. 팔로 무릎을 감싸고 둥근 머리를 살짝 흔들며 노래를 불렀다. 단조롭게, 마치 요람 옆에 앉아 있는 것처럼.

목장에서 작은 셔츠를 꿰매고
떡갈나무 줄기에 대고 크기를 재 봐
아! 내 사랑, 빨래를 해, 빨래를 해,
떡갈나무는 얼마나 곧고 튼튼한지!
라이 – 라이 – 라…….

나는 조용히 다가가 그녀 옆에 앉았다. 마르구시가 놀라며 이렇게 말했다. "어머, 도련님!"

"응, 마르구시, 계속 노래해." 마르구시는 조용히, 그리고 피곤한 듯 연못을 바라보더니 무릎을 몸 쪽으로 더 끌어당겼다. "아!" 그녀가 말했다. "노래는 불러서 뭐 해요! 왜 안 주무세요, 도련님?"

"잠이 안 왔어. 혼자 있기도 싫었고. 그런데 네 노랫소리가 들려서 여기로 왔어."

마르구시가 한숨을 쉬었다. "예, 예, 주인님들도 항상 좋으시진 않겠죠. 모두에게 무슨 일인가가 있어요. 주인님도 이제 자기 아가씨를 보내야 하고요. 어쩌겠어요."

'자기 아가씨'라는 말이 이 여자아이의 입에서 마치 명백하고도 우울한 이야기처럼 들렸다. 야코프와 마르구시 사이에 있었던 이야기처럼. "모두에게 무슨 일인가가 있어요." 나는 마르구시 곁에 바짝 붙어 앉았다. 이 뜨거운 여자아이의 몸이 나를 괴롭히는 모든 일들로부터 숨을 곳을 제공해 주고 있는 것 같았다. 마르구시는 미소를 지으며 무거운 팔로 나를 감싸 안고는 천천히 이쪽저쪽으로 흔들며 반복해서 말했다. "우리 도련님이 슬퍼요, 우리 도련님이 슬퍼요." 어두운 구름 조각이 달을 가렸다. 연못이 새까매졌다. 개구리들이 울음을 멈췄다. 가끔 한 마리가 누군가를 부르듯 자신의 존재를 알렸다.

마르구시가 내 팔을 쓰다듬었다. "우리 도련님이 슬퍼요." 흥분하고 또 열이 올라서 나는 그 따뜻하고 둥근 여자아이의 몸을 꼭 끌어안았다. 마르구시는 내게 몸을 맡겼다. 선량하게, 또 불쌍하게 여기며.

주위가 깜깜해졌다. 작은 빗방울이 수양버들과 갈대 속에서 속삭였다.

"비가 와요." 마르구시가 말했다. "집으로 돌아가야 해요."

나는 거부했다. 집에 가는 것만은, 혼자 있는 것만은 안 된다. 그렇게 우리는 꼭 끌어안고 앉아 있었다. 마르구시는 작은 소리로 콧노래를 불렀다. 날이 밝기 시작했다. 오리들이 연못에서 솟아올라 휘파람 소리를 내는 날갯짓을 하며 호수 쪽으로 날아갔다. 연못의 다른 편에서 어두운 형체가 가로수 길을 따라 집 쪽으로 올라오고 있었다.

"주인님이세요." 마르구시가 속삭였다. "주인님은 밤에 자주 밖에 나오세요. 저 아래서 이리저리 산책하시지요. 주인님도 주무실 수 없는 거예요."

마당이 눈부신 햇살로 가득한 한낮에 나는 천천히 마구간 쪽으로 걸어갔다. 피곤했고, 아무것도 하고 싶지 않았다. 그런 때는 카스파르가 말을 닦는 모습을 보는 게 최고였다. 별다른 노력이 필요한 일도 아니었고, 그러면 마음이 차분해졌다. 마구간에 딸린 연못에선 마르구시가 양동이를 닦고 있었다.

"어때, 마르구시." 나는 그렇게 말하며 멈춰 섰다. 마르구시는 고개를 들고 나를 유리처럼 투명한 눈으로 무관심하게 바라보았다.

"뜨겁네요." 마르구시가 말했다.

"하지만 어젯밤에—." 나는 조용히 덧붙였다.

마르구시는 지친 듯이 미소 짓고, 한숨을 쉬더니 다시 일을 하기 위해 고개를 숙였다.

아버지가 마구간에서 나왔다. 아버지는 내 쪽을 힐끔 바라보고는 고개를 돌렸다.

나중에 점심 식사 때 콘라트가 나가자 아버지는 포트와인 잔을 손에 들고 이야기했다. 포도주를 마시기 직전의 그 순간이 항상 불쾌한 일을 화제에 올리는 때였다. "여기서 농부 여자아이의 일에 관여하는 건 권할 만한 일은 아니다." 나는 얼굴을 붉혔다. 아버지는 와인을 마시고, 나를 지나 창문 쪽을 내다보며 말을 이었다. "그런 일이 너에게 시의적절한 일이 아니라는 사실을 논외로 하더라도, 너는 공부에만 집중해야 한다. 또, 그런 여자애들과의 관계는 본능과 매너를 거칠게 만든다는 게 내 생각이다." 곤혹스러운 침묵이 생겨났다. 아버지는 깊은 생각에 잠겨 있었다. 그러다가 그 생각에서 끄집어낸 듯 말했다. "콘스탄티노플에 있는 내 친구는 이렇게 말하길 좋아했다."

당연하지! 나는 생각했다. 불쾌한 예가 필요하면, 늙은 터키인이 등장하지!

"그 친구가 말하길, 자기가 훌륭한 와인 전문가가 될 수 있었던 것은, 그의 종교가 어려서 술 마시는 것을 금해서 어린 나이에 나쁜 와인으로 혀를 망치지 않았기 때문이라는 거다."

나는 그 늙은 터키인이 무슨 뜻으로 그런 말을 했는지를 이해할 수 있었다. 단지 아버지가 그것을 나에게 말했다는 사실이 놀라웠다. 눈치챈 걸까? 어쨌든 아버지는 식사를 마치면서 이렇게 결론을 내렸다. "너도 이제 그런 문제에 대해 이성적으로 함께 얘기할 수 있는 나이가 되었다. 최소한 그렇기를 바란다."

그런 소리가 들려왔다.

나는 벤트 형과 함께 노루 사냥을 가도 좋다는 허락을 받았다. 우리는 자정이 지나자 곧 숲으로 가서 불을 피우고 앉았다. 숲 관리인은 노간주나무 아래에서 코를 골고 있었다. 벤트 형은 회색 외투로 몸을 감싸고 전나무 줄기에 기대고 앉아 생각에 잠긴 채 불을 바라보았다. 나는 이끼 위에 편안하게 누워 있었다. 사냥에 대한 기대는 너무나 커서 나의 모든 혼란을 잊게 만들어 주었다. 주위는 무척 어두웠다. 숲의 기이한 소리들이 조용히 서 있는 커다란 나무들 아래로 들려왔다. 무언가가 나지막하게 딱 부러지는 소리, 조심스러운 걸음, 갑작스러운 날갯짓 소리. 아주 멀리서 작은 올빼미 두 마리가 탄식하듯 서로를 불렀다.

"좋지 않아?" 내가 벤트 형 쪽으로 말했다. "숲속에선 모든 게 다 똑같아."

"뭐가 똑같아?" 벤트 형이 단호하게 되물었다.

나는 형이 슬프고 고상한 대신에 즐겁고 친근감이 있었으면 좋겠다고 생각했다. 어쨌든 불을 바라보고 있는 벤트 형의 모습은 멋있었다.

"벤트 형." 내가 다시 말을 시작했다. "형처럼 잘생기면 어때? 모든 여자들한테서 다 사랑을 받으면?"

"맙소사, 꼬마야, 무슨 소릴 하는 거야."

벤트 형은 미소를 지었다. 나는 그걸 원했다. "그런 것도 시험에 나오니?"

"여기서 시험은 아무 상관 없어─." 나는 짜증이 나서 말했다. "시험에 합격하지 못했더라도 여자에 대해 생각할 수는 있는 거 아냐. 누구나 다 여자를 생각하는데."

"누구나 다?"

"응, 누구나 다."

"바보구나." 벤트 형이 말했다.

"그게 그런 거라고." 내가 계속했다. "전에는 몰랐지만, 이제는……."

벤트 형이 나를 빈정대는 듯이 바라보았다. "여기서 머무르는 게 네 교육에 의미 있는 일인 것 같구나."

나는 얼굴을 붉혔다. 당시에 나는 그런 바보 같은 버릇을 가지고 있었다. 그러고는 격렬하게 말했다. "형도 내 교육에 대해서 생각을 하는구나! 왜 안 그러나 했어!"

"코냑이나 마시자, 친구." 벤트 형이 나를 달랬다. 형은 술병을 꺼내 연달아 두 잔을 재빨리 마셨다. "자, 이게 좋아. 그리고 번거롭게 만들지도 않지. 받아." 형은 만족스럽게 말하며, 코냑 병을 나에게 건넸다. 형은 얼마나 고통을 당한 듯한 표정을 지었던가! 형 때문에 마음이 아팠다. 나는 코냑을 따르면서 멋진 말을 생각해 냈다. "응, 코냑이 우리가 다 마시는 걸 원할지, 코냑이 그걸 좋아할지, 고통스럽게 생각할 필요가 없다는 게 좋아. 어쨌든 우리에겐 맛이 있으니까."

이 말은 벤트 형의 마음에 들지 않았다. 형이 등을 돌리며 중얼거렸다. "헛소리! 잠이나 자."

그렇지만 나는 이야기를 하고 싶었다. "벤트 형, 말해 줘, 군인이 되는 건 아주 훌륭한 일이지?"

이 말이 형을 흥분하게 만들었다. 형은 격해졌다.

"악마더러 가져가라 그래. 네가 군인이 아닌 것을 다행으로 알아."

"왜?"

"왜냐고, 맙소사! 왜냐하면 그게 사람을 감상적으로 만들기 때문이야."

"감상적으로?" 내가 물었다. "그게 전쟁에 필요한지 난 모르겠는데?"

"너하고는 이성적으로 얘기를 할 수가 없구나." 벤트 형이 나를 야단쳤다. "전쟁? 전쟁이 도대체 어디 있니? 당연히 감상적이지." 형의 목소리는 누군가와 싸우고 있는 것처럼 들렸다. "임무와 신병 교육 그리고 그 모든 일들을 하다 보면 감상적인 기분처럼 보이는 그런 게 생긴다고. 우리는 모두 그런 감정에 빠져

버려. 우리는 그걸 어떻게 다뤄야 할지 몰라. 너희 다른 사람들은 여기서 충분한 시간을 가지고 있어. 너희들은 암탉이 알 위에 앉아 있는 것처럼 너희 감정 위에 앉아 있지. 너희들은 그렇게 – 그렇게 – 아무도 그걸 이해하지 못해." 이렇게 한 번 폭발한 후에 형은 두 눈을 감고 잠자는 척했다. 나는 무릎을 두 손으로 끌어안고 불을 바라보았다.

최근에 나는 놀라운 일들을 경험했다. 끔찍하고 이해할 수 없는 일들을. 벤트 형에게 그것에 대해 조금만 얘기해도 형은 더 이상 저렇게 조용히 누워 있지 못할 것이다. 사람이 다른 이들에 대해 아무것도 모른다는 것은 기이한 일이다. 그럼에도 불구하고 우리 안에는 다른 사람들에게 고통을 줄 수 있는 바로 그것이 자리를 잡고 앉아 기회를 노리고 있다. 이것이 그 순간에 갑자기 찾아와서 나를 사로잡은 인식이었다. 그 시기에는 그런 일이 있곤 했다. 그것은 여기 숲속에서와 비슷했다. 나는 작고, 밝은 한 지점에 앉아 있다. 내 주위론 밤이 아주 까맣고, 눈에 보이지 않는 존재들의 바스락 소리와 움직이는 소리로 가득하다. 매 순간 어둠 속에서 무언가가, 무언가 끔찍한 것이 튀어나올 수 있다. 왜 그럴까? 위협적이고 이해할 수 없는 고통으로 가득한 이 공기를 들이마시는 것이 내 어린 영혼에 고통을 줬다. 나는 커다란 전나무 줄기에 바짝 몸을 붙이고 손은 이끼로 축축한 전나무 껍질에 올려놓고 있었다. 이 고요함을 나는 항상 좋아했다. 몰이사냥을 할 때 무겁게 아래로 처진 가지와 회색 턱수염을 늘어뜨리고 서 있는 늙은 전나무가, 짐승들로부터 나를 숨겨 주고, 나에게서 짐승들을 숨겨 주는 늙은 전나무가 서 있으면, 나는 그 전나무를 숲의 거대한 중립적 존재로, 고상하고 냉정한 존재로 느꼈다. 거기에 대해서 생각하는 것이 나를 진정시켜 주었다. 나는 그렇게 슬프고 기이한 생각이 내게 찾아왔다는 사실에 기뻐할 수 있었다. 나는 어쨌든 완전한 남성이 아니던가. 아마 꼬마 빌이 그렇다는 사실을 아무도 예상하지 못할 것이다. 게르다가 그걸 알게 된다면 아마도 나를 달리 볼 것이다!

벌써 날이 밝기 시작했다. 소나무 꼭대기에서 까마귀들이 날아올라 쉰 목소리로 서로에게 소식을 외쳐 주었다. 출발할 시간이었다. 나는 숲 관리인과 벤트 형을 깨웠다. "이제 가요!" 나는 형에게 외쳤다. "좋아!" 벤트 형은 이렇게 말하고, 하품을 한 후 밝아 오는 아침을 기분 나쁜 듯 바라보았다. 수노루를 사냥하게 될 것이라는 생각조차 형을 일으켜 세우지 못했다. 그건 형에게 좋을 것이 없었다!

조용히, 아무 말도 하지 않고 숲속을 천천히 걸어가는 것은 기분 좋은 일이었다. 나는 작은, 질퍽한 숲의 잔디밭에 자리를 잡았다. 잔디는 이슬로 무거워진 거미줄 때문에 회색빛을 띠었다. 물쥐 한 마리가 잔디 사이를 미끄러지듯 빠져나와 작은 철썩 소리와 함께 물구덩이로 뛰어들어 내게 다가왔다. 물쥐는 아마도 나를 나무로 생각하는 것 같았다. 그게 기분이 좋았다. 그때 갑자기 잔디밭에 두 마리의 노루가 서 있었다. 커다란 암노루와 작은 수노루였다. 암노루는 조용히, 그리고 주의 깊게, 고개를 아래로 숙인 채 천천히 앞으로 걸어가며 잔디를 뜯어 먹었다. 수노루는 산만했다. 자주 고개를 들고 흔들었으며, 살짝 뛰기도 했다. 숲의 끝 쪽에서 커다란 늙은 수노루가 빠른 속도로 다가왔다. 나는 수노루의 화가 난 완고한 얼굴을 똑똑히 보았다. 늙은 수노루는 즉시 어린 수노루를 몰아냈다. 어린 노루가 내 쪽으로 밀려왔을 때 나는 총을 쐈다. 나는 여전히 늙은 쓰러진 노루가 울부짖는 소리를 들었다. 작은 노루는 쓰러진 채 힘없이 다리를 움직였다. 뻣뻣한 빨간 연필들처럼. 나는 쓰러진 노루에게 가서 반짝반짝 윤기가 나는 뿔을 쓰다듬었다. 윗입술은 약간 앞으로 나와 있었다. 작달막하고 어려 보이는 얼굴은 마치 교활하게 미소 짓는 것처럼 보였다.

벤트 형이 왔을 때 그는 기분이 좋지 않았다. 내 총소리가 다른 쪽 벌판의 수노루를 쫓아 버렸기 때문이었다. 형은 내가 더 센 수노루를 쏘지 않았다면서 싫은 소리를 했고, 우리는 돌아오는 길에 심하게 말다툼을 했다. 그것이 내 기분을 망쳐 버렸다. 피곤하고 불쾌한 눈으로 우리는 분홍색 구름과 붉은 황금색 빛을 엄청나게 쏟아 내며 노란 휴경지 위로 떠오르는 태양을 바라보았다.

이제 조용한 시간이 찾아왔다. 사람들은 큰 가뭄에 대해 탄식했고, 겨울 파종을 걱정했다. 정원에선 접시꽃과 달리아꽃이 피기 시작했고, 산딸기와 살구 냄새가 났다. 언덕들 위에는 파란색 안개가 퍼져 있었다. 사람들이 곡식을 베고 난 빈 밭으로 거위들을 몰고 갔다. 내가 바르노로 가야 한다는 이야기는 전혀 없었다. 아버지는 그저 식사 시간에만 볼 수 있었다. 아버지의 얼굴은 회색빛이었고 피곤해 보였으며, 거의 말이 없었다. 그의 산만한 시선이 나에게 닿으면 그는 이렇게 물었다. "그래, 공부는 어떻게 되어 가니?" 그러나 대답에 관심이 있는 것 같지는 않았다. 그의 존재는 전에 그랬던 것처럼 내게 더 이상 흥분되는 일이 아니었다. 당시에는 항상 똑같이 파란 하늘과 항상 똑같이 눈부신 햇빛과 항상 똑같은 농사짓는 소리와 함께 모든 것이 흥미와 색깔을 잃었다. 바르노에선 짐을 싼다는 소식이 들려왔다. 가구들은 이미 하얀 천으로 덮여 있고, 가족 전체가 곧 떠난다고 했다. 이런 일까지! 마르구시는 더 이상 공원에서 노래를 부르지 않았다. 나는 마르구시가 야코프와 함께 대장간 옆에 서서 웃고 있는 것을 보았다. 내게 남은 것은 책뿐이었다. 나는 침엽수림에 누워 공부를 했다. 안티고네의 한 줄기 햇빛'이 거위들의 꽥꽥거리는 소리, 햇빛으로 뜨거워진 노간주나무의 향기와 한 덩어리로 녹아 버렸다. 안티고네는 엘리타 누나 같아 보였고, 겁먹은 이스메네는 게르다 같았다. 아! 그때 나는 제대로 사랑에 빠졌다는 감정을 갖는 것조차 하지 못했다! 그리고 밤이 오면 마구간의 남자애와 소젖 짜는 여자애가 수풀 속으로 들어갔고, 멀리 벌판 쪽에서는 하모니카 소리가 들려왔다. 그러면 소모되지 못한 내 안의 모든 삶이 끓어올랐으며, 나는 모든 멋지고, 비밀스럽고, 결실을 맺는 흥분되는 일들이 오로지 다른 사람들을 위해서만 존재한다는 사실에 대해 저주했다.

붉은 황금빛 오후의 무거운 햇살이 공원 나무들 사이로 쏟아졌다. 나는 나뭇가지가 앉기 편하게 휘어져 있는 늙은 보리수나무 위 높은 곳에 앉아 있었다. 나무는 섬세하게 윙윙거리는 종소리 같은 벌레들 소리로 가득했다. 그 소리가 나를 졸리게 만들었다. 나는 눈을 감았다. 아래 자갈길에서 발소리가 들렸다. 나는 게으르게 눈을 반쯤 떴다. 엘리타 누나와 아버지가 길을 따라 오고 있었다. 엘리타 누나는 파란색 승마용 옷을 입고, 하얀색 작은 승마 모자를 쓰고 있었다. 오른손으로는 옷자락을 잡고 있었고, 왼손에는 승마용 채찍을 들고 길가의 캐러웨이 줄기를 때렸다. 두 사람은 내가 있는 곳 건너편 느릅나무 옆에 멈춰 섰다. 엘리타 누나는 나무에 기대섰다. 볼이 빨개져 있었다. 나는 이내 누나가 화나 있다는 사실을 알아차렸다. 짧은 윗입술이 그 어느 때보다 더 거만하게 실룩거렸다.

"좋아요. 말씀하신 대로 따르잖아요. 보시다시피요." 엘리타 누나가 말을 시작했다.

아버지는 어깨로 가볍게 작은 자작나무 가지에 몸을 기대고 있었다. 두 발을 꼬고 서서 깊은 생각에 잠겨 짧은 지팡이로 장화 끝을 툭툭 치고 있었다. 이제 아버지가 머리를 한쪽으로 기울이고 정중하게 말했다. "그래서 내가 얼마나 고마워하는지 알잖아."

"오! 저를 아주 훌륭하게 키우셨어요." 엘리타가 말했다. "아주 훌륭히 해내셨지요! 내가 삼촌만 생각하고 삼촌을 기다리는 외롭고 작은 시골 아이여야만 했을 때, 저는 그런 아이였어요. 그리고 이제 다시 – 뭐라고 하셨죠? '귀족 문화의 꽃' – 그런 거였죠. 그러니까 귀족 문화의 꽃이어야 한다는 거죠, 좋아요 – 그렇게 하죠."

아버지는 밀짚모자를 벗고, 손으로 이마를 쓸어내렸다. 아버지는 마치 병실에서 이야기를 나누듯 나지막하고 신중하게 말했다.

"나는 이제 중요하지 않아. 중요한 건 너뿐이야. 나에게 모두 다 말해야겠다거나 비난을 해야겠다고 느낀다면, 그래, 그렇게 해. 대신 정해진 길을 가⋯⋯. 오직 그것뿐이야."

"비난하려는 게 아니에요." 엘리타가 격렬하게 대꾸했다. "왜 저를 계속 여기서 외롭게 있도록 내버려 두지 않으셨죠? 저는 계속 삼촌을 기다리고, 엄마와 게르다에게 못되게 굴고, 필요할 때면 항상 없는 돈을 구했을 거예요⋯⋯. 그리고 삼촌이 오면 '이게 최고의 행복이야'라고 믿었겠죠. 나쁘게 구는 건 – 삼촌에게 나쁘게 구는 건, 제 생각엔 커다란⋯⋯."

"그래, 계속 말해." 아버지가 끼어들고는 다시 장화 끝을 바라보았다.

"그럼요." 엘리타가 계속해서 얘기했다. "그래서 비난을 하지는 않아요. 하지만 이제, 그 모든 것이 비밀로 덮어 둬야 하는 흉측하고 부적당한 일이어야만 하는 지금, 저는 저 자신이 창피해요. 제가 살롱의 장식장에 다시 가져다 놓으려고 하시는 삼촌의 사기 인형처럼 느껴진다고요 – 인형은 다시 자기 의무를 다해야겠죠. 신분을 대표하는 일요."

"아주 좋아." 아버지가 말하고는 힘없이 미소 지었다. 그것이 엘리타 누나를 더 화나게 만들었다. "보세요, 저는 삼촌하고 삼촌의 늙은 터키 친구에게 비유하는 걸 배웠어요. 아, 그 모든 것이 얼마나 보기 싫은지! 내가 어찌 되든 그게 삼촌한테 무슨 상관이 있죠? 새로 온 정원사 때문에 목숨을 끊은, 엄마의 시녀처럼 공원 연못으로 걸어 들어가는 게 지금 이 모든 것보다 훨씬 낫겠어요."

아버지는 어깨를 으쓱했다. "내 생각에……." 아버지가 말했다. "너와 나는 희곡에 맞추기엔 너무 교육을 잘 받은 것 같다." 그때 엘리타가 두 팔을 들어 올렸다. 눈은 불타올랐고, 볼에는 굵은 눈물이 흘러내렸다. "맙소사, 지긋지긋해요. 그 모든 말들− 그렇지 않나요, 나는 장식용 받침 위에 올려져 있어야 해요. 그리고 나는 예술 작품이에요. 그리고 문화의 꽃이고요. 나는 삼촌의 교리 문답을 너무나 잘 알아요. 그것들이 정말 싫어요!"

맙소사! 누나는 정말 예뻤다! 아버지 역시 그걸 깨달은 듯했다. 아버지는 그날 밤 바르노에서처럼 한순간 탐욕스럽고 떨리는 눈으로 누나를 바라보았다. 그러고는 조용하고 부드럽게 말했다. "네가 고통스러워하는 걸 보니 가슴이 아프구나. 그것도 지나갈 거야. 너는 확실하게 자기의 길을 가는 사람들 중 하나란다. 마치− 조금은 거친 꿈을 꾸기도 하는 몽유병 환자들처럼 말이야."

"그리고 나는 내가 그들 중 한 명이기 때문에 나에게 채찍질을 할 수도 있겠죠." 엘리타 누나가 대답하며 승마용 채찍으로 무릎을 쳤다. "그러면 그 사람은− 그 불쌍한 남자는요− 그 사람은 저를 사랑하나요?"

"그 애한테는 영광이지." 아버지가 말했다.

"다른 사람들한테는 무척 관대하시군요!" 엘리타 누나가 비꼬았다.

아버지는 다시 힘없는 미소를 지었다. "맙소사! 그래 — 이제 중요한 건 너뿐이란다."

"그 말은 아직 나를 사랑한다는 것처럼 들리는군요?"

아버지는 아무 말 없이 어깨를 으쓱했다. 두 사람은 모두 말이 없었다. 엘리타 누나가 지친 듯 두 팔을 힘없이 늘어뜨렸다. 비탄에 빠진 듯 말하는 그녀의 목소리 역시 힘없이 들렸다. "무엇을 위해서요? 이제 모든 게 다 마찬가지잖아요. 나는 삼촌이 원하시는 대로 하잖아요. 이제 모든 게 다 끝났어요."

"고맙다, 애야." 아버지의 목소리는 다시 쉰소리 같았고 따듯했다. "**네가** 안전하기만 하면 — **그들이** 너를 어떻게 할 수만 없으면, 그걸로 됐다." 아버지는 조금 앞으로 나섰다. 관자놀이와 볼에 붉은빛이 스쳐 지나갔다. "그것에 대해 고맙게 생각한다, 애야. 그리고 — 그리고 우리가 겪어 온 일들에 대해서도……. 네가 늙어 가는 남자에게 준 마지막 행복에 대해서도 —." 아버지의 목소리가 흥분에 떨렸다. 그는 두 팔을 벌렸다. 엘리타 누나는 나무에 더 단단히 기댔다. 누나는 나무에 팔다리를 뻗쳤다 — 입술까지 창백해진 채로. "나를 건드리지 말아요, 게르트 삼촌!" 누나는 조용히 말하며 승마용 채찍을 쥔 손을 조금 들어 올렸다. 아버지는 뒤로 물러서서, 허리를 굽히고는 누나가 떨어뜨린 장갑을 집어 들어 누나에게 건넸다. 그러고는 시계를 보더니 조용히 말했다. "늦었다. 비가 쏟아지기 전에 집에 도착할 수 있을지 봐야 할 거야. 오늘은 드디어 비가 올 거거든."

"그래요, 가요—." 엘리타 누나가 말했다.

두 사람은 왔던 길을 돌아갔다. 나란히 걸어가는 두 사람의 모습은 너무나 평화롭고 예의 바르게 보였다. 폭이 좁고 어두운 색 승마복을 입은 엘리타 누나는 가벼운 걸음걸이로, 아버지는 엘리타가 말할 때 그녀를 볼 수 있도록 살짝 옆으로 돌아서서 걸었다. 그러면서 그의 예쁜 손을 돋보이게 하는 손동작들을 했다.

나는 보리수나무 가지 위에 계속 웅크리고 앉아 있었다. 처음에는 나쁜 짓을 하다 들킬까 봐 두려워하는 아이 같은 기분이었다. 아무 생각도 없었다. 고통스럽게 감각을 자극하는 음악과 함께 이런 장면이 떠올랐다. 아름다운 여자아이가 나무에 똑바로 기대어 서 있다. 눈물로 젖은 화난 얼굴, 들어 올린 손에는 승마용 채찍……. 남자는 근심에 가득한 채 고개를 숙이고 있다……. 나는 낮고 뜨거운 목소리를 듣는다……. 이 장면으로부터 벗어날 수 없었다. 집에서 "Mais c'est impossible, comme il mange, ce garçon!(말도 안 돼, 식사를 할 때, 이 녀석 말이야!)"이라고 말하는 남자와, 교육을 잘 받은 데다 아버지와 농사일에 대해 이야기하던 엘리타 누나는 이 두 사람과 공통점이 없었다. 나는 보리수나무 아래로 내려가고 싶은 생각이 전혀 들지 않았다. 저 아래 세상은 이제 내 눈에 기이하게 변했으며 안전하지 못했다. 해가 깊이 가라앉았다. 보리수나무는 붉은 햇살로 가득한 채 서 있었다. 그러고는 비가 쏟아졌다. 빗방울 몇 개가 나뭇잎에 찰싹거리며 떨어졌다. 순간 나뭇잎들이 번개의 푸른빛 속에서 검은색으로 변하며 떨렸다. 정원에서 콘라트의 목소리가 들렸다. "도련님, 도련니임!" 저녁을 먹으라고 부르는 소리였다. 그러니까 항상 그랬던 것처럼 여전히 저녁 식사는 하는 거였다. 나는 마지못해 내려갔다. 빗줄기가 강해졌고 그와 함께 기쁨이 피곤한 대지에 찾아왔다. 모든 것이 냄새를 풍겼고 부드럽게 움직였다. 마당에는 사람들이 마구간 앞에 모여 떨어지는 빗방울을 미소 지으며 바라보았다. 하녀들은 맨발로 물이 고인 곳을 철퍼덕거리고 돌아다니며 소리를 질렀다.

식당에는 커다란 등 아래로 평소처럼 저녁 식사가 차려져 있었다. 아버지는 식당을 왔다 갔다 하다가 내가 들어서자 친절하게 말했다. "이런, 미처 비를 피하지 못했구나."

우리는 익숙한 작은 커틀릿과 녹색 콩을 먹었다. 아무 일도 없었던 것처럼 모든 것이 평소대로였다. 나는 먼 어린 시절을 생각했다. 그 시절에 아이는 어두운 구석에서 기이한 형체를 분명히 보았지만, 어른들은 그곳에 아무것도 없는 것처럼 아무렇지도 않게 이야기를 하고 그 기이한 구석을 지나다녔다.

아버지는 비와 겨울 파종과 바르노 집안의 이사에 대해 이야기했다. 아버지는 평소와 달리 말이 많았고, 크고 밝은 목소리로 이야기했다. 얼굴은 창백했고 반짝이는 두 눈은 회색빛 파란색이었다. 아버지는 포트와인을 잔에 많이 따랐으며, 잔을 들 때는 손이 조금 떨렸다. 감독관이 왔을 때 나는 조용히 나가려고 했다. 여기에 앉아 있는 것은 고통이었다. 나는 자러 가려고 했다. 어둠 속에 조용히 누워 있으면 나 자신이 슬프고 놀라운 존재로 느껴질 수도 있을 것 같았다. 그러나 아버지는 이렇게 말했다. "좀 더 앉아 있거라, 빌, 너무 피곤하지 않다면 말이야." 나는 고분고분 다시 자리에 앉았다. 감독관이 갔다. "조금 마시거라." 아버지가 말하고는 내 쪽으로 잔을 밀었다. 그러고는 우리 모두 아무 말도 하지 않았다.

아버지가 내게 무언가 특별한 말을 하려는 것 같지는 않았다. 아마도 말할 거리를 생각하고 있는 것 같았다. 마침내 아버지가 이야기를 시작했을 때, 그것은 말과 새로운 대장장이 그리고 공부에 관한 것이었다. 그럴 줄 알았다! 그것이 또 아버지의 관심을 끌었던 모양이다, 아버지는 그것을 꼭 깨물고, 자신의 양식을 관철했다. "졸업 시험을 마치면……." 다음 말은 이랬다. "그러면 전공 선택의 문제에 직면하게 된다. 아마도 네게 특별히 매력적으로 보이는 학문들이 이것저것 있을 거다. 그래! 하지만 내 생각에는 그것이 결정적인 이유가 되어서는 곤란하다. 맙소사! 어쨌든 우리는 우리의 관심사로부터 벗어나지 못하는 거다. 그러니까 처음부터 중립적으로 활용할 수 있는 전공을 선택해야 한다. 거기서 출발해 우리가 그 밖에 알고자 하고 또 경험하고자 하는 곳으로 넘어가는 거지. 우리 집안에서는 그것이 전통적으로 법학이었다. 다른 학문들로, 또 현실적인 삶으로 길을 열어 주는 조용하고 차분한 출발점이지." 아버지는 너무나 유창하게 말을 했고 또 효과적으로 강조를 해서 마치 집회에서 연설하는 것 같았다. 말하는 동안 아버지는 내 뒤에 사람들이 모여 있다는 듯이 나를 넘겨보았다. 정말 끔찍한 일이었다!

"무엇보다도……." 아버지는 말을 이으며 목소리를 높였다. "우리는 어떤 종류의 삶을 살아가려 하는지 미리 알고 있어야 한다. 우리가 짓는 집에서 우리가 결정하는 것은 양식이다. 그리고 계획을 세우지. 그렇지 않니? 자, 그러니까! 우리는 특별한 양식을 가진 집을 짓는 거다. 좋아!" 아버지는 손바닥을 허공에 갈라 눈에 보이지 않는 네 개의 벽을 탁자 위에 세우고, 그 눈에 보이지 않는 벽 위에 눈에 보이지 않는 돔을 씌웠다. "양식을 알면 나는 장식과 기이한 발상들과 특별한 기호들 중 여러 가지를 감행해 볼 수 있다. 그 모든 것들이 전체와 조화를 이루도록 할 수 있기 때문이지. 양식의 법칙을 알고 있기 때문에 나는 건축을 망치지 않고도 모든 대담한 행위들을 해 볼 수 있는 거다." 이제 아버지는 손으로 탁자 위의 집에 세상에서 가장 놀라운 발코니를 붙이기 시작했고, 벽을 따라 회랑을 만들었다. "양식이 없는 것이 착오다"라고 외치며 아버지는 내 뒤에 모인 사람들을 향해 두 눈을 번뜩였다. "바로 그거야! 우리가 위대하고 고상한 전체의 선과 조화를 이룰 수만 있다면 모든 대담한 건축적 시도들이 다 허락되는 거다." 아버지는 잠시 생각에 잠겨 있었다. 식탁 위의 집을 바라보는 것 같았다. 그러더니 여기저기에 발코니를 만들어 붙이려고 했다. 하지만 그것이 그의 마음에 썩 들지 않았다. "그러고 나면……." 아버지가 천천히 덧붙였다. "우리는 집이 완성되는 시점을, 무언가 덧붙이는 것이 몰취향적이 되는 시점을 정확히 알 수 있다. 계속해서 무언가 이어 만드는 건 양식이 없는 가건물에나 할 수 있는 일이다. 우리의 집은 인제 완성되는지 알 수 있다." 아버지는 손으로 탁자를, 보이지 않는 집의 한가운데를 내리쳤다. 마치 그것을 눌러 부수려는 것처럼. 그런 다음 아버지는 미소를 짓고, 잔을 들어 마시면서 잔 너머로 내 뒤에 모여 있는 사람들을 바라보고, 그들과 건배를 했다. 잔을 다시 내려놓자 아버지에게 변화가 생겼다. 아버지는 약간 축 늘어졌고, 얼굴은 힘없고 나이 들어 보였으며 손으로는 힘없이, 그리고 부드럽게 집을 눌러 부순 자리를 두드렸다. 아버지가 나를 바라보았을 때 그의 눈 속에서 깜빡거리던 빛이 꺼져 있었다. 아버지는 당황한, 거의 어쩔 줄 몰라 하는 미소를 지었다. "그래, 아들아." 아버지가 말했다. 내게는 아버지의 혀가 조금 무거운 것 같다는 생각이 들었다. "아무 말도 하지 않는구나. 이 모든 것에 대해 어떻게 생각하니?"

아! 나는 아무 생각도 하지 않았다! 나는 이야기를 듣는 동안 말로 다할 수 없는 전율을 느끼며 이야기하는 사람 건너편에 마주 앉아 있었을 뿐이었다. 이제 나는 무언가 말을 해야만 했다. 그리고 나는 의미 없는 것을 말하며, 우리가 꿈속에서 우리가 말하는 것에 대해 놀라듯 내가 말한 것에 놀랐다.

"네 – 그렇지만 피사의 탑은……." 내가 말했다.

아버지는 크게 놀라지 않은 것 같았다. "그거!" 아버지는 신중하게 이야기했다. "그 탑은 그것이 기울어져 있기 때문에 아름답다, 이걸 말하고 싶은 거니? 그래, 그 탑은 잘못됐다. 우리가 기울어져 있다면 우리는 넘어지는 거지. 그게 더 논리적이야. 하지만 맙소사! 그건 또 다른 문제다!" 이 생각에 대해 아버지는 조용히 속으로 웃었다. 그러고는 마치 우리가 의견의 일치를 봤다는 듯 나를 옆에서 바라보았다. 나도 웃었다. 하지만 내게는 아버지와 똑같이 나 자신도 너무나 끔찍했다. 가능하다면 나는 두 사람으로부터 조용히 도망치고 싶었다. "피곤해요." 나는 소리 죽여 말했다.

"피곤해?" 아버지가 올려다보지도 않고 반복했다. "그럴 수도 있겠구나. 잘 자거라⋯⋯." 그러고 나서 다음과 같이 덧붙일 땐 그의 목소리가 다시 익숙한 울림을 조금 가지고 있었다. "내일은 공부를 게을리해서는 안 된다."

며칠 뒤 오후에 우리는 바르노 집안 사람들을 배웅하기 위해 기차역으로 갔다. 그것이 내게 활기를 불러일으켰다. 여자아이들이 떠나는 것은 슬픈 일이었다. 하지만 왜 슬픈지 우리는 잘 알고 있지 않은가. 모두 눈물을 흘릴 것이고, 포옹을 할 것이고, 멋진, 감동적인 얘기를 할 것이다. 엘리타는 어떻게 나올까? 아버지는 무엇을 할까? 나는 다시 요동치는 연극의 공기를 조금 마실 수 있었다. 정말로 불행해하는 일은 그 뒤에 하면 됐다. 어쩌면 시를 쓸 수 있을지도 모른다.

대합실에는 가족 전체가 모여 있었다. 고모가 울었다. "아, 게르트!" 고모가 외쳤다. "그리고 너, 꼬마 빌, 이제 이별이구나." 셰리가 끊임없이 짖어 댔다. 회색 여름 외투를 입고, 남자애들이 쓰는 회색 모자를 쓴 여자아이들은 벤치에 앉아 있었다. 손에는 바르노의 꽃을 가득 들고 있었다. 나는 그들에게 가서 앉았다. 하지만 무슨 말을 해야 좋을지 몰랐다. 벤트 형은 짐들을 처리하느라 이리저리 뛰어다녔다. 아버지는 고모와 갈아타는

350

것에 대해 이야기를 나누었다. 특별한 일이 이루어지거나 이야기되지 않고 시간은 흘러갔다. 그렇다, 모두가 그 어느 때보다 오늘 더 기분이 좋지 않았고, 더 일상적이었다.

마침내 작별할 때가 되었다. 이제 조금은 활기가 돌았다. 게르다가 내게 키스를 해 주었다. "다시 볼 때엔……." 게르다가 말했다. "다시 즐겁게 지내자, 불쌍한 빌." 이 말에 왈칵 눈물이 났다. 아버지가 무언가 이야기하는 소리가 들렸다. 엘리타 누나가 웃었다. 아마도 농담을 한 것 같았다. 그리고 모두 기차간에 앉았다. 우리는 승강장에 서서 그들에게 고개를 끄덕였다. 아무도 더 이상 할 말은 없었다.

공허함과 실망의 거슬리는 감정과 함께 나는 떠나는 기차의 뒷모습을 바라보았다. 이것 역시 특별한 일은 아니었다! 나는 우울하게 휘파람을 불었다. 역 관리인이 선로 한가운데 서서 노란 오후의 햇살에 하품을 했다. 그가 키우는 살찐 오리들이 천천히 나를 지나간 후에 나는 오리들에게 작은 돌들을 던졌다. 그렇게 하는 것이 위로가 되었다.

"누가 오리한테 돌을 던졌어?" 역 관리인이 화가 나서 말했다. 할 수 있다면 나는 그에게 직접 돌을 던지고 싶었다!

"갈까요?" 콘라트가 물었다.

나는 아버지를 찾기 위해 대합실로 갔다. 아버지는 그곳에 서서 작은 황금빛 주사기로 무언가를 손목에 주사하고 있었다. 내가 오자 아버지는 서둘러 주사기를 조끼 주머니에 집어넣고 금팔찌를 찰깍거리며 손목으로 흘러내리도록 했다. "또 두통이야." 아버지가 말했다.

집으로 오는 길에 아버지는 직접 말을 몰았다. 이마에 흰 점이 있는 말은 제대로 마차를 끌지 않았으나, 아버지는 이를 내버려 두고, 고삐도 잡지 않은 채 모든 것을 갈색 말에게 맡겼다. 놀라운 일이었다. 처음에는 아무도 말을 하지 않았다. 나는 게르다가 나에게 키스했다는 것을 생각했다. 그런 것은 오랜 시간 동안 자꾸만 다시 생각하게 된다. 나처럼 너무나 재미없는 삶을 살도록 강요받은 사람에겐 좋은 일이었다.

갑자기 아버지가 나를 돌아봤다. 아버지는 선량하고, 아주 젊은 미소를 지어 보였다. 아버지가 공원에서 엘리타 누나에게 장갑을 주워 줄 때처럼. "어때?" 아버지가 말했다. "너 역시도 기분이 좀 우울하겠지?" 나는 '역시도'라는 말에 놀랐다. 아버지가 웃었다. "그래, 그 사람들은 모두 뒤에 이렇게 – 이런 공허함을 남겨 두는 걸 잘한단 말이지. 하 – 하. 그 사람들 자체가 그래." 아버지가 채찍을 내리쳤다. "이제 열심히 공부하는 것 말고는 남은 게 없다." 말의 시작은 아주 멋졌고 감동적이었다. 마무리가 그렇게 평범한 것은 유감이었다!

나는 며칠 동안 게으르고 우울하게 지냈다. 나는 슬펐다. 그러나 감상적인 기분에 빠지지는 않았다. 저기, 여자애들이 – 다른 사람들이 있는 곳에선 삶이 다채롭고 파란만장하게 계속되고 있으며 그 모든 걸 놓치고 있다고 생각하면 나는 화가 치밀어 올라 산책용 지팡이로 달리아의 두껍고 빨간 꽃봉오리를 쳤다. 아버지는 거의 보지 못했다. 아버지는 식사 시간에 자주 집에 없거나 자기 방에서 식사를 했다. 우리가 우연히 마주치면 아버지는 나를 낯설고 당황한 듯 쳐다보고는 예의 바르게 물었다. "그래―어떻게 지내니?" 아버지 역시 재미없어지기 시작했다.

어느 날 밤 나는 다시 아래쪽 공원에서 마르구시가 노래 부르는 걸 들었다. 나는 잠을 잘 수 없었다. 괴로운 불안에 나는 침대에서 몸을 뒤척였다. 이렇게 어두운 고요함 속에서는 모든 경험한 것들, 또 앞으로 오게 될 모든 일들이 놀랍고도 적대적인 의미를 얻었다. 삶은 내게 기쁨을 거의 주지 않지만 고통스럽게 기쁨을 기다리도록 만드는, 위험하고 무모한 짓으로 여겨졌다.

밤이 열린 창으로 무더운 숨을 내뿜고 있었다. 라이―라이―라 소리가 어둠 속에서 단조롭게 달래는 듯 들려왔다. "이제 아무 일도 더 벌어지지 않아"라며 끊임없이 달래는 듯했다.

그 소릴 더는 견딜 수 없었다. 나는 옷을 입고 노랫소리를 따라가기 위해 창밖으로 내려갔다.

밤은 깜깜했다. 벌써 몇몇 시든 나뭇잎들이 길에서 바스락거렸다. 마로니에 열매를 밟자 나지막하게 부서지는 소리가 났다. 갑자기 내 뒤에서 발소리가 들렸다. 나는 귀를 기울이며 옆쪽으로 접어들어 나뭇가지에 몸을 붙였다. 불붙은 시가의 빨간 점이 다가왔다. 어두운 형체가 내 곁을 지나갔다. 아버지였다. 아버지는 멈춰 서서 시가를 입술에 가져갔다. 빨간 불빛 속에서 나는 한순간 똑바른 코를 보았다. 나는 아버지가 나지막이 무언가 말하는 소리를 들었다. 아버지가 멀어졌을 때 진지하게 중얼거리는 소리가 다시 한번 들려왔다. 나는 한동안 기다렸다. 나는 돌아가고 싶었다.

하지만 밤을 상대로 자신의 비밀을 얘기하는 그 외로운 남자가 나에겐 유령처럼 느껴졌다. 지금 아버지가 나에게 말을 건다면 끔찍할 것이다. 차라리 저 아래 연못가에, 커다랗고 따뜻한 여자아이 곁이 더 안전하고 편안할 것이다. 나는 계속 살금살금 걸어갔다.

마르구시는 늘 있던 자리에 쭈그리고 앉아 있었다. 내가 옆에 앉자 마르구시가 말했다. "아! 다시 도련님이시네요!"

"응, 마르구시. 다시 노래 부르네?"

마르구시는 한숨을 쉬었다. "그래야만 해요." 그녀가 말했다.

"네 남자 친구가 또 가 버렸어?" 내가 물었다.

"모두 다 가 버려요." 마르구시가 탄식하는 듯한 깊은 목소리로 대답했다.

"봐, 마르구시. 그래서 우리가 함께 있어야 하는 거야."

"그래요, 도련님. 오세요. 뭘 할 수 있을까요?"

그리고 우리는 서로를 끌어안았다.

뒤늦은 달이 공원 나무들 위로 떠올랐다. 달과 함께 바람이 일어 구름을 찢고 어둡고 둥근 덩어리로 만들어 하늘과 달 쪽으로 몰아냈다. 땅 위로 빛과 그림자가 오고 갔다. 갈대와 나뭇가지들이 열정적으로 솨솨 소리를 내기 시작했다. 수오리 한 마리가 갈대숲 속에서 깨어 성난 듯 밤을 향해 크게 야단을 쳤다.

"집으로 가야 해요." 마르구시가 결정하고는 달을 올려다보며 눈짓했다.

"벌써?"

"예, 여기 있는 모두가 이렇게 불안해하면……." 마르구시가 이야기했다.

"아버지도 여기 아래에 있는 거 알아?" 내가 속삭였다. 마르구
시가 고개를 끄덕였다. "예, 예— 그분은 밤이면 항상 여기 계세
요. 커다란 보리수 옆으로 지나가세요. 주인님은 그쪽으론 가지
않으세요. 전 뒤따라갈게요. 함께 갈 순 없어요."

생각에 잠긴 채 나는 연못을 따라 걸었다. 내 주위로 강한 바
람이 불었다. 흔들리는 빛이 위로가 되었다. 마르구시의 피가
가진 확실하고 견고한 박자를 내 피가 조금 얻은 것 같았다. 나
는 그것이 얼마나 따듯하고 안정감 있게 내 혈관을 타고 흐르는
지를 느꼈다고 믿었다. 조용하고 확실한 삶의 원천이었다.

길모퉁이를 돌아 보리수 길로 들어섰을 때 나는 깜짝 놀라 멈
춰 섰다. 바로 앞 아래쪽에 누군가가 커다란 보리수 뿌리 위에
앉아 있었기 때문이었다. 그곳은 너무나 어두워서 아무것도 분
명하게 구분할 수 없었지만, 그럼에도 불구하고 나는 그것이 아
버지라는 것을 바로 알았다. 나는 뒤로 조금 물러서서 가만히
서 있었다. 나는 아버지가 말을 걸기를 기다렸다. 그 형체는 등
을 나무줄기에 기대고, 약간 옆으로 기울어져 있었다. 머리는
숙이고 있었다. 잠들었나? 아니다. 나는 어둠 속에서 그가 나를
바라보고 있다는 것을 느꼈다. 나는 무언가 말을 해야 했다.

"산책을 좀 했어요." 나는 조마조마한 마음으로 입을 열었다.
"안은 너무 후덥지근해요." 그러나 아버지는 대답하지 않았다.
"어디 안 좋은 건 아니세요?" 나는 소심하게 말을 이었다. "제
가—제가 뭐 해 드릴 게 있을……."

구름이 달을 스쳐 지나갔다. 약간의 빛이 나뭇가지 사이로 새어 나와 앉아 있는 사내의 숙인 머리 위에 떨어져, 턱수염과 입술의 어두운 선을 비췄다. 조금 비뚤어진 입술은 어색한 미소를 짓고 있었다.

장난을 치시나? 정중하게 함께 웃어야 할까? 나는 생각했다. "너무 더워서……." 나는 더듬더듬 말했다. 어둠이 다시 말 없는 형체 위로 퍼졌다. 나는 나무에 몸을 기댔다. 무릎이 덜덜 떨렸다. 아버지에게 가야 해, 라고 나는 나에게 말했다. 하지만 그럴 수가 없었다. 살짝 웅크린 형체에는 무언가 낯선 것이, 무언가 이름 모를 것이 있었다. 아버지를 떠날 수는 없었다, 하지만 여기 그대로 있는 것은 끔찍한 일이었다. 마르구시가 모퉁이를 돌았다. 마르구시는 그곳에 누군가 서 있는 것을 보자, 계속 걷기를 망설였다. "마르구시." 내가 외쳤다. "마르구시, 봐 봐― 아버지가―아버지가― 말씀을 안 하셔, 난 모르겠어……."

"주무시나 봐요." 마르구시가 말했다. "아, 아니야, 난, 난 모르겠어, 주무시는 건지."

마르구시가 아버지에게 다가섰다. "주인님." 나는 마르구시가 말하는 것을 들었다. 그러더니 마르구시는 마치 물건을 들어 올리듯 튼튼하고 거침없는 손으로 아버지를 잡고 일으켜 세워 나뭇가지에 등을 기대 놓았다. 무언가 반짝이는 것이 이끼 위로 굴러가다 돌에 부딪혀 딸그락 소리를 냈다. 작은 황금빛 주사기였다.

"돌아가셨어요." 마르구시가 말했다. 마르구시는 다시 나에게 다가와 한숨을 쉬며 말했다. "아, 하느님! 불쌍한 주인님, 주인님도 이제 더 이상 원하질 않으셨어요!"

나는 아무 말도 하지 않았다. 죽음— 그렇다, 여기서 내게 그토록 낯설게 서 있었던 것은 바로 그것이었다.

"사람들을 불러야 해요." 마르구시가 움직였다. "이런 불행한 일이. 여기 주인님 옆에서 혼자 계시려는 건 아니지요?"

"아니!" 나는 내뱉었다. "나는— 나는 여기 있을게. 어서 가!" 마르구시는 갔다. 나는 멀어지는 발소리를 집중해서 들었다. 그 소리가 더 이상 들리지 않게 되었을 때에야 비로소 나는 내가 죽은 자와 홀로 있다는 사실을 깨달았다. 달빛에 희미하게 빛나는 높은 이마를 가진 흙빛의 얼굴은 여전히 어색한, 비뚤어진 미소를 짓고 있었다. 두 눈은 감겨 있었고, 눈꺼풀 주위의 어두운 그림자 주변에 긴 속눈썹이 보였다. 그러나 달이 다시 어두워지자 그 형체의 윤곽이 움직이는 것 같았고, 나는 다시 그가 나를 바라보고 있다고 느꼈다. 나는 견딜 수 없을 정도로 긴장한 채 기다리며 귀를 기울이고 경계했다. 마치 적을 앞에 둔 것처럼. 나는 내가 기대고 있던 나무줄기에서 미끄러져 내려가 땅바닥에 쭈그리고 앉아 두 손으로 얼굴을 덮었다. 저기 내 앞에 앉아 있는 것은 내가 알던 사람과 아무 상관이 없었다. 그것은 무언가 악의를 가지고 있는 것, 위협적인 것이었다. 아버지 위에 놓여 있는 공포를 이용해 나를 공격하고 거기에 대해 웃고 있는 무언가였다. 나는 우리가 얼마나 오랫동안 그렇게 마주 앉아 있었는지 알지 못한다. 마침내 목소리가 들려왔다. 등불을 든 사람들이 몰려왔다. 나는 일어서서 사람들에게 지시했다. 나는 평온했고 침착했다.

사람들은 아버지의 시신을 건너편 홀에 안치했다. 일렬로 늘어선 방들은 아침 햇살로 가득했고 휴일처럼 조용했다. 나는 아주 오랜 시간 혼자 거실에 앉아 나뭇잎의 그림자들이 마룻바닥에서 흔들리는 모습을 보고 있었다. 때때로 옆에서 하인들이 속삭이는 소리가 들렸다. 그들은 내가 있는 방을 통해 지나가는 것을 피했고, 어쩔 수 없을 때는 발끝으로 조용히, 사려 깊게도 고개를 돌리고 걸어갔다. 그들은 고통 속에 있는 나를 방해하고 싶어 하지 않았다.

 그 고통은 내가 오랫동안 주시하고 있던 것이었다. 그 고통은 나를 실망시켰다. 나는 기이하고 끔찍한 일들을 겪었다. 그러니까 나는 커다란 고통을 가지고 있는 것이었다. 나는 그 고통이 우리를 내동댕이치고, 우리를 아름답고 비탄 어린 말들로 가득 채우는, 뜨겁고 열렬한 감정들로 가득 채우는 무언가 강력한 것이라고 믿었다. 그런 끔찍한 일을 겪은 사람들이 더 이상 웃지 못하게 된 경우들이 있지 않은가? 이제 나는 여기 앉아 사소한, 일상적인 일들을 생각했다. 눈앞에 벌어진 일들로 생각이 돌아오면, 그것은 나를 얼어붙게 만드는 육체적인 불쾌함 같았다. 내 안의 모든 것들이 다가오는 그림들에 놀라 뒤로 물러섰고, 그것들에 머리털이 곤두섰다. 무엇 때문에? 그 모든 것은 **나의** 삶이 아니었다. 나는 그걸 겪을 필요가 없었다. 나는 그것들을 치워 버리면 그만이다. 그것들은 나에게 속하는 것이 아니다. 그리고 그 생각들은 나를 삶의 사건들로 다시 끌고 갔다. 이제 곧 오게 될 내 삶의 시작으로, 장례식과 오게 될 사람들에게로, 마차에 묶일 말들에게로, 콘라트가 도시에서 가져다가 내 소매에 꿰매 주게 될 검은색 크레이프로. 나는 돌아가신 분에게 가 봐야 한다는 것을 알고 있었다. 그것이 나에게 기대되는 바였다. 그러나 나는 그것을 미뤄 두었다. 고향의, 농사짓는 소리들을, 정원의 윙윙거리는 소리를 귀 기울여 듣는 것은 햇빛 가득한 이곳의 침묵 속에서 너무나 편안하고 위로가 되는 일이었다. 나는 내가 울지 않았다는 사실에 놀랐다. 아버지가 죽으면 사람들은 운다. 그렇지 않은가? 그러나 나는 그럴 수 없었다.

나이 든 목자가 애도를 표하기 위해 왔다. 그는 두 손을 모으고 무언가 아버지 없는 고아에 대해 이야기했다. 그것이 나를 감동시켰다. 그러고는 내가 이제 그들의 새로운 주인이라고 말했다. 그것은 기쁜 일이었고, 내 마음을 조금은 따뜻하게 만들어 주었다. 그러나 나는 슬프게 물러가라고 손짓했다.

목사님이 왔다. 우유처럼 하얀 머리카락 아래 그의 빨간 얼굴은 수심에 가득 찼고 혼란스러웠다. 그는 내 어깨를 두드리고, 신이 나의 젊은 시절에 내린 가혹한 운명에 대해, 끝을 헤아릴 수 없는 신의 의지에 대해 이야기했다. "돌아가신 분은 고귀한 분이셨습니다." 그가 결론을 내렸다. "우리는 모두 길을 잃습니다. 영원한 자비는 우리 모두의 이해를 뛰어넘을 만큼 큰 것입니다."

그 뒤를 이어 의사가 왔다. 지나치게 큰 그의 목소리가 신경을 건드렸다. 그는 의미심장하게 나의 손을 잡고 흔들었다. "커다란 불행이에요." 그가 말했다. "이 모르핀은 사람을 놓아주질 않아요. 망자의 심장은 정상이 아니었어요. 불행은 금방 일어납니다." 의사는 곧 자리를 떠나길 바라는 사람처럼 불안하게 서둘러 말했다. 그러니까 이 사람도 알고 있구나. 나는 생각했다. 우리는 우리 앞에 뭔가 다른 걸 꾸며 내 보이고 있구나. 하지만 돌아가신 분은 그걸 칭찬하시겠지. 아마도 **훌륭한 태도**라고 칭찬하실 거야.

그들이 모두 간 뒤에 나는 돌아가신 분에게 가 보기로 했다. 그래야만 했다. 나는 마치 아버지가 저기 옆에서 누워 기다리고 있는 듯한 기분이 들었다. 나는 아직 한 번도 돌아가신 분과 같이 있어 본 적이 없었다. 왜냐하면 그것은— 어젯밤은, 경험이 아니라, 나쁜 꿈이었기 때문이다. 아버지가 모셔져 있는 방 안에 들어서면서 내가 처음 느낀 감정은 '아! 끔찍하진 않구나!'라는 것이었다.

콘라트가 거기에 있었다. 콘라트는 아직도 주인의 옷을 정리하고 있었다. 이제 그는 옆으로 물러서서 손을 모으고 경건하게 서 있었다. 나 역시 손을 모으고 고개를 숙였다. 그리고 기도를 듣듯이 서 있었다. 시간이 충분히 지났다고 생각되었을 때 나는 똑바로 섰다. 저기에 죽은 자가 누워 있다. 날씬하고 검은 사교용 양복을 입은 채, 꽃들 한가운데에. 얼굴은 밀랍처럼 누랬고, 모습은 칼처럼 날카롭고, 매우 거만하고 또 침착했다. 섬세하고 푸른빛 도는 입술은 억지로 미소 짓는 것처럼 여전히 약간 비뚤어져 있었다. 차갑고 엄숙한 분위기가 그 모든 것들 위에 놓여 있었다. 그리고 그 조용한, 검은 형체 주위로 늦여름 꽃들의 다채로운 색깔들. 레드 와인색 벨벳으로 만든 것 같은 달리아 화환, 붉은 불꽃들을 묶어 놓은 듯한 글라디올러스, 커다란 늦장미와 만향옥, 방 안을 무겁고 무더운 향기로 가득 채우는 수많은 만향옥. 콘라트가 나를 옆에서 바라보았다. 콘라트는 내가 울지 않는다는 사실에 놀라고 있을까? 나는 손을 얼굴 위에 놓았다. 콘라트는 조용히 방을 빠져나갔다.

아니다. 나는 울지 않았다. 그러나 나는 죽은 자가 별로 끔찍하지 않다는 사실에, 죽은 자가 엄숙하고 평화로운 모습을 하고 있다는 사실에 놀랐다. 나는 앉아서 아버지를 주의 깊게, 거의 호기심에 가득 차서 바라보았다. 그를 감싸고 있는 무겁고 차가운 평온함이 내게 영향을 끼치도록 내버려 두었다. 아버지가 얼마나 거만하게 저기 누워 있는지. 살아 있을 때와 마찬가지로 억지로 짓는 듯한, 오만한 미소를 지으며. "우리는 집이 완성되면 알 수밖에 없다." 내 안에서 이 말이 들렸다. 이제 나는 그를 이해할 수 있었다. 아버지는 그것을 원했던 것이다. 그러나 아버지가 늙은 터키인의 가르침을 끄집어내거나, 혹은 좋은 매너에 대해 이야기했을 때처럼 그 가르침에 대한 반대와 거부감이 내 안에서 치밀어 올랐다. 오, 아니다, 그건 아니다! 그건 나를 위한 것이 아니었다! 내 안에서 삶을 갈망하는 모든 것들이 이 비밀스러운 고요함에 반항했다. 내게는 조용히 미소 짓고 있는 죽은 자가 나와 삶을 부당하게 다루려고 하는 것 같았다. 그는 그것을 원했다. 하지만 나는ー 나는 그것을 원하지 않았다. 전혀 원하지 않았다. 나는 죽을 필요가 없었다. 나는 죽음을 열정적으로 거부했다. 고통, 불행ー 모든 것들을 다 견딜 수 있다. 그러나 저렇게 차가운 침묵 속에 누워 있는 것은 안 된다! 나는 일어서서 뒤돌아보지도 않고 서둘러 방을 떠났다.

여기 옆에서는 햇빛이 저기 안에서보다 더 따듯하고 노란 것 같았다. 나는 창가로 가서 허리를 굽혀 밖을 내다보고 정원의 뜨겁고 달콤한 향기를 들이마셨다. 커다란 들신선나비'들과 멋쟁이나비들이 물푸레나무 화단 위에서, 날개의 색깔이 무거운 듯 굼뜨게 팔랑거렸다. 멀리 지평선에서는 농부가 언덕에서 쟁기질을 하고 있었다. 빛나는 듯 파란 하늘 아래 자그마하고 검은 모습이었다. 건너편에서 말소리가 들려왔다. 건너편 까치밥나무들 뒤에서 누군가가 웃고 있었다. 삶은 다시 즐겁고 상냥하게 이어지고 있었다. 그것이 나를 따듯하고 포근하게 감싸며 나를 짓누르던 내 안의 모든 것들을 녹여 버렸다. 나는 이제 저 옆방의 조용하고 엄숙한 남자로 인해 가슴이 아팠다. 그는 이 모든 것을 더 이상 갖지 못한다. 그는 제외되었다. 나는 울어야만 했다.

작은 하인 에드제가 창문 아래를 지나갔다. 에드제는 소심하게 나를 올려다보았다. 내가 우는 모습을 에드제가 본 것은 좋았다. 아버지를 위해 울 수 없는 아들은 보기 흉한 것이니까.

(1906)

주

한 명. 바람잡이 하녀의 역할.

에두아르트 폰 카이절링. 세기 전환기 몰락의 멜랑콜리

홍진호(서울대학교 독어독문학과 교수)

하모니

세기말 몰락의 정서를 묘사한 독일 데카당 문학의 대표 작가 에두아르트 폰 카이절링은 철저하게 통제된 유미주의적 삶을 살아가는 귀족들이 내적으로 붕괴해 가는 과정을 통하여 노쇠한 문명의 몰락을 묘사했다. 그는 1903년 발표된 출세작 『베아테와 마라일레』 이후 '붉은 여인'과 '하얀 여인'의 대립, 즉 자연적인 성적 아름다움을 상징하는 여인과 문명화된 유미주의적 삶을 상징하는 여인의 대립 속에서 문명의 몰락을 묘사하는 적절한 이야기의 틀을 찾았다. 카이절링은 때로는 두 여인 모두를 중심인물로 등장시키기도 하고, 때로는 그중 한쪽에 초점을 맞추어 이야기를 펼쳐 나가면서, 극도로 문명화된 삶의 몰락이 보여 주는 다양한 양상을 그려 냈다.

「하모니」는 1905년에 발표된 단편소설로서―'붉은 여인'과의 대립이 등장하기는 하지만—주로 '하얀 여인'의 삶을 묘사하고 있다. 이 작품의 줄거리는 병약한 젊은 귀족 부인 안네마리와 건강하고 에너지 넘치는 남편 펠릭스 폰 바세노 사이의 갈등을 중심으로 전개된다. 펠릭스는 오랜 여행을 마치고 부인 안네마리가 기다리는 북구의 영지에 있는 성으로 돌아온다. 재회의 기쁨도 잠시, 두 사람은 곧 조용한, 그러나 심각한 갈등에 빠진다. 안네마리는 자유분방한 펠릭스를 자신의 섬세한 감각으로 조율해 놓은 유미주의적 삶의 틀에 끼워 맞추려 하고, 펠릭스는 안네마리에게 그녀가 원하지 않는 거친 삶을 강요한다. 결국 펠릭스는 안네마리의 하녀와 부정한 관계를 맺고, 안네마리는 때마침 아버지와 함께 방문한 삼촌 틸로와 플라톤적인 사랑에 빠진다. 그리고 펠릭스의 요구에 따라 틸로가 두 사람을 떠나자 안네마리는 스스로 목숨을 끊는다.

간략한 줄거리에서 이미 드러나는 바와 같이 안네마리는 인위적이고 철저하게 조직된 유미주의적 삶을 살아가는 인물이다. 그녀는 자신의 미적인 감각에 따라 생활을 철저하게 조직하고 통제한다. 그녀는 붉은 눈이 거슬린다는 이유로 하인을 내보내고, 조금이라도 자신의 감각에 부합하지 않는 것들은 단호하게 거절한다. 또한 안네마리는 하루의 생활을 자신의 뜻에 따라 완벽하게 조율하고자 하며, 심지어 자연까지도 자신이 원하는 대로 통제하고 제어하고자 하는 듯 보인다.

"(…) 오늘은 가재 수프, 멧도요새와 파인애플 빵이 나올 거야. 샴페인을 마실 거고, 나중에 노을이 질 때 파란색 방에서 자기가 낯선 곳에 대한 이야기를 해 줄 거야. 나이팅게일이 노래할 거야. 우리는 창문을 열고 귀를 기울이고. 오늘은 그렇게 보낼 거야."

말텐 부인은 하던 일을 멈추고 주의 깊게 들었다. 모든 것들을 마치 명령처럼 받아들였다. 멧도요새, 샴페인, 노을 그리고 나이팅게일.

이처럼 삶을 조율하는 데 있어 가장 중요한 기준은 바로 미(美)이다. 안네마리의 극도로 까다로운 감성, 남편 펠릭스가 "이곳의 모든 것들은 신경을 가지고 있었다"라고 불평할 만큼 섬세한 그녀의 감성은 '미'를 모든 가치 위에 놓는 그녀의 본성에서 기인한다. 그리고 그런 삶에 적응하지 못하는 펠릭스는 다음과 같이 불평을 늘어놓는다.

"(…) 우리는 마치 마법에 걸린 성에 살고 있는 것 같아. 어떤 사람은 커프스단추를 달고 있어서 오면 안 되고, 또 어떤 사람은 이야기를 길게 하기 때문에 오면 안 되고, 헤르만은 빨간 눈을 가지고 있기 때문에 시중을 들어서는 안 돼. 다음부터 우리 집 문지방을 넘어오려는 사람들은 모두 미학 시험을 치러야만 하겠군. (…)"

안네마리의 이런 철저한 유미주의적 삶은 자연적인 것, 통제

되고 정리되지 않은 모든 것에 대한 거부로 나타난다. 그녀는 항상 하얀 커튼을 내려 외부의 위협적인 것들, 성을 둘러싼 야성의 자연이 자신의 정돈된 삶 안으로 들어오는 것을 막고자 하는데, 이는 곧 모든 자연적인 본능, 육체성에 대한 거부로 나타난다. 안네마리는 젊은 하인을 힘으로 누르고 즐거워하는 펠릭스에게 혐오감을 드러내며, 그와의 성관계를 거부하진 않지만, 그의 품 안에서 "창백한 얼굴"로 "고통"에 불과한 성행위를 "거만하게" 참아 낼 뿐이다.

오로지 감각적 아름다움을 중심으로 완전히 조율된 안네마리의 삶은 때로 폭력적인 모습으로 나타나는 펠릭스의 사랑에 결코 부합되지 못한다. 그리하여 펠릭스는 자연적 본성을 간직하고 있는 '붉은 여인', 즉 하녀 밀라와 내연의 관계를 맺게 된다. 그러나 안네마리 역시 자신과 동질적인 인물을 사랑하게 되는데, 바로 삼촌 틸로이다. 펠릭스와 대립 관계에 있는 틸로는 행동은 하지 않고 오로지 "말하는 거 외에는 다른 할 일이 없는" 40대의 국회 의원으로서, 안네마리와 마찬가지로 유미주의적 삶을 체현하고 있는 인물이다. 인간의 실체를 감춰 주는 가면을 벗어서는 안 된다고 주장하는 틸로는, 아름다운 여인에게는 여행을 통해 그녀에게 알맞은 배경을 찾아 줘야 한다고 주장하며, 안네마리의 아름다움을 돋보이게 하기 위하여 "꽃잎 목욕"―꽃이 가득 핀 과일나무들 아래에서 바람에 날려 쏟아지는 꽃잎들 속에 서 있는 것―을 고안해 낸다. 또한 그는 독신으로 남아 있는데, 그 이유는 자신이 엘름트 가문의 마지막 백작으로 남아 "고상한" 멸종을 맞이하기 위해서이다. 유미주의적 삶의 실현에 있어 안네마리의 이상이기도 한 틸로는 그러나 펠릭스와의 갈등 끝에 안네마리 곁을 떠난다. 그 후 안네마리는 펠릭스와의 생활을 오래 버티지 못하고 결국 자살을 하는데, 그녀의 죽음 또한 지극히 유미주의적으로 연출된다. 안네마리는 달이 밝게 뜬 밤에 하얀색 모슬린 옷을 입고, 손에는 라일락꽃이 달린 가지를 들고, 나지막이 노래를 부르며 달빛이 반짝이는 고요한 연못 속으로 걸어 들어간다. 숲속에서 밀라와 밀회를 즐기고 있던 펠릭스가 그녀를 구하러 연못 속으로 뛰어들지만 그녀는 끝까지 도도함을 잃지 않고 자신의 의지대로 삶을 마감한다.

유미주의적으로 연출된 이와 같은 죽음은 비록 극적이긴 하지만, 소설 초반부터 이미 암시되어 있다. 안네마리의 유미주의적 삶은 모든 자연적인 것, 육체적인 것, 성적인 것에 대해 적대적일 뿐만 아니라―역시 지극히 자연적인―생명 자체에 대해서도 적대적이다. 안네마리는 우선 "그늘에서 피어난 꽃"처럼 연약하고 가냘픈 외모를 가지고 있으며, 펠릭스와의 결혼 직후 가진 아이를 사산(死産)한다. 또한 그녀는 죽음을 생명의 끝으로서 두려워하는 것이 아니라, 외부의 위협으로부터 자신의 유미주의적 삶을 보호해 줄 수 있는 궁극적인 안식으로 생각한다.

"뭐, 죽음이 나쁜 것은 아니에요." 밝고 차분한 목소리로 안네마리가 어둠을 향해 대답했다. "확실하게 쳐진 커튼― 그러면 안전해요. 그리고 어쩌면……."

"너무나 고상해서 거의 살아갈 수 없을" 안네마리에게 스스로의 의지에 의한 죽음은 너무나 당연해 보인다.

이 작품에서 안네마리가 체현하고 있는 유미주의적 삶은 오랜 기간을 통해 극도로 섬세해진 한 귀족 집안의 문화/문명에서 기인한 것으로 묘사되고 있다. 이렇게 발달된 유미주의적 삶이 성의 억압 및 거부를 넘어 생명력의 결여로까지 이어지고 있다는 사실은 카이절링이 문화 및 문명의 발달을 인간의 생물학적 발달과 결부시켜 생각하고 있다는 점을 잘 보여 준다. 카이절링은 동시대를 살아간 당대의 여러 지식인들—예를 들어 지그문트 프로이트나 아르투어 슈니츨러 등—과 마찬가지로 정신이 인간의 생물학적 본성을 억압하는 것으로 이해했으며, 따라서 정신이 주도하는 문명의 발달은 곧 생물학적 본성의 파괴, 즉 성의 약화와 생명력의 결여로 이어지는 것으로 이해했던 것이다.

파도

1911년에 발표된 장편소설 『파도』는 아마도 카이절링의 소설들 가운데 독일에서 가장 많이 알려진 작품일 것이다. (이 작품은 2005년에 독일 공영 방송인 ZDF에서 TV용 영화로, 2013년에는 독일 지방 방송사 중 하나인 WDR에서 라디오 극으로 만들어진 바 있다.) 이 소설에도 「하모니」의 안네마리와 같은 '하얀 여인'들이 등장한다. 예를 들면 달빛을 받아 빛나는 바다와 파도 소리, 바람이 불러일으키는 흥분을 아프게 느끼는 롤로와 니니, 또 이 여리고 약한 존재들을 외부의 자극으로부터 철옹성처럼 지키려는 그들의 어머니 폰 부틀레어 남작 부인이 바로 그러한 '하얀 여인'들이다. 하지만 이 소설의 중심이 되는 것은 이 '하얀 여인'들이 아니라 그들과 정반대의 성격을 가진 '붉은 여인' 도랄리체이다.

카이절링의 소설에서 자연적인 생명력과 아름다움으로 충만한 '붉은 여인'은 「하모니」의 밀라나 『베아테와 마라일레』의 마라일레가 그렇듯이 문명화가 덜 된 시민 계급이나 하층민인 경우가 대부분이다. 도랄리체는 그런 점에서 전형적인 '붉은 여인'이라고 하기는 어렵다. 그녀는 귀족 출신이기 때문이다. 하지만 도랄리체는 카이절링의 '붉은 여인'들이 지닌 특징들을 거의 모두 가지고 있으며, 그런 점에서 '붉은 여인'의 귀족적 변형이라고 할 수 있다.

도랄리체는 젊고 아름다우며, 본인도 제대로 인지하지 못하는 욕망으로 가득 차 있고, 자연적인 생명력을 바탕으로 하는 매력으로 모든(!) 남성들의 관심과 사랑을 독차지한다. 이렇게 (문명화된 귀족들의 관점에서) "특이한" 도랄리체의 본성은 그러나 '하얀 여인들'에게 맞춰진 귀족적인 환경 속에서, 즉 문명화된 삶의 조건 속에서 문제를 일으킬 수밖에 없다. 도랄리체는 우선은 늙은 쾨네-야스키 백작과 결혼함으로써 귀족들의 문화와 관습에 적응하는 것처럼 보인다. 그러나 쾨네 백작과의 결혼은 도랄리체에게 문명화된 삶에의 순응을 의미하는 것이 아니라, 귀족적이고 문명화된 삶의 '지루한' 일상으로부터의 탈출을 의미했다. 그녀는 늘 "자신의 핏속에서 기이한 불안을 육체적으로" 느끼며 "정원 울타리 건너편"의 "사건들이 일어나는 아름다운 세계"를 동경하고 있었으며, 쾨네 백작과의 결혼을 통해 그러한 세계를 찾을 수 있을 것이라 믿었던 것이다.

도랄리체는 자신의 핏속에서 기이한 불안을 육체적으로 느꼈으며, 우리가 서 있는 곳 앞의 닫혀 있는 문에서 들려오는 축제의 웅성거림을 듣는 것만 같았다. 때때로 그 세계는 쾨네-야스키 백작의 형상으로 그녀에게 찾아왔다. 그 아름다운 중년의 신사는 새로 벤 건초 냄새를 너무나 강하게 풍겼고, 도랄리체에게 너무나 놀라운 인사를 했으며, 항상 값비싼 물건들과 아름다운 장소들이 등장하는 재미있는 이야기들을 들려주었다.

그러나 새로운 생활로의 이주, 즉 쾨네 백작이 지배하는 또 다른 문명화된 삶으로의 이주는 그녀를 만족시킬 수 없다. 도랄리체에게 필요한 것은 그녀의 자연적 본성과 욕망을 만족시킬 수 있는 자유였지만, 도랄리체의 이전 삶보다 더 철저하게 문명화·양식화된 삶을 살고 있는 '늙은' 쾨네 백작에서 그러한 자유는 찾을 수 없기 때문이다. 그리고 마침내 도랄리체는 자신의 초상화를 그리기 위해 쾨네의 성에 체류하고 있던 시민 계급 출신 화가인 한스에게서, 혹은 그와의 사랑과 도주에서 진정으로 자유로운 삶의 가능성을 발견한다.

이제 도랄리체는 늙은 귀족 쾨네를 버리고 시민 한스와 결혼
함으로써 문명화된 귀족적 삶의 울타리를 벗어난다. 한스도 실
제로 그녀를 이전과는 비교할 수 없는, 자유롭고 모험 가득한 삶
으로 이끌고 간다. 쾨네 백작의 눈을 피해 가며 하는 연애도, 쾨
네 백작과의 결별도, 한스와의 결혼도, 한스와의 긴 여행도 도랄
리체에게는 모두 문명화된 삶으로부터의 일탈과 자유, 모험을
의미한다. 그리고 이제 도랄리체는 한 바닷가에서 한스의 시민
적 삶으로 완전히 들어가기 전, 마지막 여행을 즐기고자 한다.

그러나 이 독일의 바닷가는 그들이 여행했던 이탈리아와는
달리 그녀가 원하는 완전한 자유를 누릴 수 있는 곳도 아니고, 자
연적 삶이 지배하는, 다채로운 "사건들이 일어나는" 울타리 바깥
세계도 아니다. 사람들이 살고 있는 마을과 바다가 맞닿아 있는
이곳은 문명과 자연이 만나는 경계이자, 자연을 즐기기 위해 휴
가를 온 귀족들과 그곳에 살고 있는 평민들이 교차하는 중간 지
대이기 때문이다. 이 교차의 장소에서 자연적 아름다움을 가진
도랄리체는 아직 젊은, 따라서 자연적 생명력으로 아직 문명화
가 완전히 이뤄지지 않은 귀족 젊은이들을 만난다.

이런 만남이 어떠한 결과를 가져올지는 이미 소설 앞부분에
묘사되는 롤로의 수영 장면에서 분명히 드러난다. 롤로는 생명
력 넘치는 도랄리체에게 매혹되어 자신의 체력적 한계를 고려
하지 못하고 도랄리체 옆에서 헤엄치다 힘이 빠지고, 도랄리체
가 롤로를 구해 주게 되는 것이다.

도랄리체는 귀족이라는 신분 덕분에 자연적 생명력이 넘치는

여느 존재들과는 달리 귀족들에게 쉽게 접근할 수 있고, 이렇게 접근한 뒤에는 자신의 자연적 생명력으로 인해—자신이 원하든 그렇지 않든—문명화된 존재들의 삶에 부정적인(반문명적인) 영향을 끼치는 것이다.

힘들게 수영한 뒤에 찾아오는 달콤한 즐거움이 그녀[롤로]를 사로잡았다. 롤로는 오랫동안 미지근한 물속에, 이 아름답고 비밀스러운 여인에게 마치 자매처럼 기대어 그렇게 서 있고 싶었다. 이 기이하게 반짝이는 눈, 이 얇고 너무나 빨간 입술을 가진 입 아주 가까이에 있고 싶었다. 도랄리체는 이제 대수롭지 않은 일들에 대해 이야기했다. (…) 롤로는 그녀의 말을 무언가 흥분되는 것, 금지된 것처럼 들었다. 그것의 아름다움은 그녀가, 오로지 그녀만이 지금 갑작스럽게 깨달은 것이었다.

이러한 도랄리체의 영향력은 폰 부틀레어 집안의 젊은 여성들에게만 미치는 것이 아니다. 집안의 가장인 부틀레어 남작 역시 도랄리체의 매력에 이끌려 그녀에게 호의를 보이다가 아내와 불화를 겪게 되고, 롤로의 약혼자인 힐마르는 도랄리체에게 빠져 롤로를 등한시하다 결국 롤로가 자살을 기도하도록 만든다. 이처럼 도랄리체는 기본적으로 문명화된 귀족 집단 소속이지만, 그녀가 가지고 있는 반문명적 성격, 즉 자연적인 생명력과 매력으로 인해 귀족 집단 내부에서 문제를 일으킬 수밖에 없다. 도랄리체는 자신도 귀족 집단의 문명화된 삶을 견디지 못하지만, 그들로부터도 배척당할 수밖에 없는 운명을 가지고 있다.

그렇다고 도랄리체가 한스 그릴과 잘 지내는 것도 아니다. 도랄리체와 한스는 물론 서로를 사랑하지만, 두 사람은 끊임없이 서로의 사이에 놓인 벽을 느낀다. 그것은 도랄리체가 한스를 그의 시민적·자연적 성격 때문에 사랑하지만 그와 함께 살아가는 시민적 삶을 견디지 못하고, 반대로 한스는 도랄리체를 그녀의 귀족적 성격 때문에 사랑하지만 그녀의 귀족적 삶을 견디지 못한다는 데에서 기인한다. 서로에 대한 사랑과 일상적 요구에서의 이와 같은 불일치는 두 사람을 끊임없이 엇갈리게 만든다. 그 결과 한스의 시민적 삶을 견딜 수 없는 도랄리체는 롤로의 약혼자이자 저돌적인 귀족 힐마르가 접근하는 것을 막지 않고, 자기에게 맞지 않는 귀족적 접근 방법을 찾는 데 지친 한스는 새벽마다 자연의 한복판으로, 바다로 나아감으로써 위안을 찾는다.

이러한 갈등과 엇갈림은 마지막까지 해결되지 못하며, 문명과 자연은 각기 나름의 방식으로 이 문제가 해결될 수 없다는 사실을 최종적으로 확인해 준다. 문명은 도랄리체에게 등을 돌림으로써, 자연은 한스를 앗아 감으로써 도랄리체를 해결되지 못한 문제와 함께 홀로 남게 만든다―폰 부틀레어 가족은 모두 도망치듯 바닷가를 떠나고, 고기를 잡으러 나갔다가 폭풍을 만난 한스는 끝내 돌아오지 못한다.

자연적 생명력을 가진 귀족으로서 처음부터 모순적인 존재였던 도랄리체는 이제 그 어느 쪽과도 화해하지 못한 채 자연과 문명의 경계인 해안을 유령처럼 떠도는 존재로 남는다. 그녀의 옆에는 귀족으로서 문명화된 존재이지만 문명화된 사회 속에서 온전히 받아들여지지 못하는 꼽추이자 경계인인 추밀 고문관 크노스펠리우스만이 함께한다.

(…) 이 놀라운 한 쌍은 여전히 매일매일 해안을 따라 걷게 되었다. 상중임을 알리는 베일을 바람에 휘날리는 아름답고 창백한 여인과 긴 회색 외투를 입은, 작고 등이 휘어진 신사, 그리고 그들의 뒤를 따르는 자고새 사냥개. 사냥개는 기분이 좋지 않았고 따분한 듯 바다에 대고 하품을 했다. 이 셋은 모두 바다가 그들을 놓아줄 때까지 기다리고 있었다.

무더운 날들

1904년 독일의 대표적인 문학 잡지 『디 노이에 룬트샤우(*Die Neue Rundschau*)』에 발표된 「무더운 날들」은 카이절링의 전체 작품들 가운데 특별한 위치에 있는, 어떤 면에서 보면 문학적으로 가장 성공적인 작품이라고도 할 수 있다. 카이절링의 문학적 특징이라 할 수 있는 섬세한 심리 묘사와 탁월한 상징적 공간 묘사가 정점을 찍고 있으며, 동시에 '하얀 여인 – 붉은 여인', '문명화된 삶 – 자연적 삶'의 대립이라는 도식적인 틀에서 벗어나 좀 더 다채로운 인간관계를 그리고 있기 때문이다. 그러나 갈등 구조의 토대로서 전제되는 것은 이 작품에서도 여전히 문명화된 삶과 자연적 삶의 대립이고, 그 중심에는 문명화된 일상으로부터 벗어나고자 하는 귀족 출신의 소년 빌 폰 페르노의 욕망과 시행착오들이 놓여 있다.

주인공 빌은 대학 입학 자격시험에서 떨어져 누이들과 함께 휴가를 가는 대신 여름 동안 아버지를 따라 영지에서 보내게 된다. 아버지와 영지에서 보낸다는 것은 주인공에게 여러모로 가혹한 형벌처럼 느껴지는데, 우선 무뚝뚝하고 그에게 적대적인 아버지와 여름 내내 함께 보내야 하고, 다음으로는 영지의 지루한 일상을 견뎌 내야 하기 때문이다. 이는 문명화된 삶을 살아가는 젊은―카이절링에게서 늘 반복되는 것처럼―따라서 생명력이 넘치는 주인공에게 문명화된 삶의 지루한 일상이 더욱 심화된다는 것을 의미한다.

지루한 일상에 그나마 한 줄기 빛처럼 느껴지는 것은 영지 근처에 사는 친척 폰 바르노 집안의 소녀들이다. 사촌인 게르다를 좋아하는 주인공에게 이 체류의 의미는 오로지 그녀와의 만남에서만 찾아볼 수 있다. 그러나 게르다와의 만남은 아무런 결실도 맺지 못한다. 주인공과 동일하게 문명화된 삶의 지루함에 고통받고 있는 그녀 역시 무언가 '사건'을 기대하지만, 빌은 그녀에게 '사건'을 의미할 수 없었기 때문이다. 빌에게도 마찬가지로 귀족적일 뿐인 게르다에게 얻을 수 있는 것은 없다. 그리하여 주인공은 오히려 평민들, 하인들과 그들의 친구들에게서 '사건'을 찾아 나서고, 젊은 육체가 바라는 자연적 욕망의 일부를 그들을 통해 실현시킬 수 있게 된다.

"에드제, 우리 오늘 밤 뭐 할 일 없을까?"

"무슨 일이요, 도련님?" 에드제가 커다란 금발 머리를 옆으로 기울이며 물처럼 파란 색깔의 눈을 반짝였다.

"아무거나. 창문으로 나올게. 아버지는 눈치채지 못할 거야."

에드제가 골똘히 생각했다. "바람이 안 불면 호수에서 물고기를 잡을 수 있어요."

그거였다. "좋아, 맥주도 있어야 해. 그리고— 그리고 여자애들도 올까?"

빌은 이러한 일종의 내적 성장을 '자연스럽게', 별문제 없이 이뤄 내며 지루하고 무더운 영지에서의 여름날을 나름대로 극복한다. 그러나 커다란 사건 하나가 그의 삶을 혼란으로 가득 채운다. 아버지와 사촌 누나 엘리타가 연인 관계라는 사실을 알게 되는 것이다. 빌은 우연히 엿듣게 된 두 사람의 대화를 통해 두 사람의 관계가 이미 오랫동안 지속되었다는 사실, 그리고 이제 아버지는 엘리타가 빌의 사촌 형인 벤트의 청혼을 받아들여 결혼하길 원하고 있고, 엘리타는 이에 대해 화가 나 있다는 사실을 알게 된다.

아버지 게르트와 엘리타의 관계는 이 작품에 등장하는 모든 귀족 인물들이 동일한 삶의 상황에 괴로움을 겪고 있다는 사실을 보여 준다. 그들 모두가 삶의 자연적 욕망을 배제하고 양식화된 삶을 강요하는 귀족적 삶에 고통받고 있으며, 모두가 "울타리 바깥"의 '아름다운 사건'을 갈망하고 있다. 주인공은 하인

들과의 관계를 통해 문명화된 삶의 이 질식할 것 같은 지루함
으로부터 벗어나고자 하며, 아버지는 엘리타와의 관계를 통해,
또 엘리타는 아버지와의 관계를 통해 벗어나고자 했던 것이다.

그러나 아직 젊음의 지배를 받고 있는, 자연적인 생명력이 문
명의 힘에 앞서는 두 젊은이와 아버지는 상황이 다르다. 늙어
가는 아버지에게 있어 자연적인 삶에의 욕망은 문명화된 삶을
지키고자 하는 의무감을 이길 수 없다. 따라서 아버지는 엘리타
를 결혼시킴으로써 자신의 욕망을 뒤로하고 귀족 집안의 질서
를, 문명화된 세계의 질서를 지키는 쪽을 택하는 것이다.

"오! 저를 아주 훌륭하게 키우셨어요." 엘리타가 말했다.
"아주 훌륭히 해내셨지요! 내가 삼촌만 생각하고 삼촌을 기
다리는 외롭고 작은 시골 아이여야만 했을 때, 저는 그런 아
이였어요. 그리고 이제 다시— 뭐라고 하셨죠? '귀족 문화의
꽃'— 그런 거였죠. 그러니까 귀족 문화의 꽃이어야 한다는 거
죠, 좋아요— 그렇게 하죠."

(…)

"하지만 이제, 그 모든 것이 비밀로 덮어 둬야 하는 흉측하
고 부적당한 일이어야만 하는 지금, 저는 저 자신이 창피해요.
제가 살롱의 장식장에 다시 가져다 놓으려고 하시는 삼촌의
사기 인형처럼 느껴진다고요— 인형은 다시 자기 의무를 다
해야겠죠. 신분을 대표하는 일요."

그러나 이는 당연하게도 엘리타를 위한 선택은 아니다. 그녀에게 결혼은 문명화된 삶에 자신을 영속적으로 가두는 행위에 불과하다. 아버지와 엘리타의 갈등은 여기에서 비롯된다.

빌과 게르다, 아버지와 엘리타를 둘러싼 이러한 내적·외적 갈등은 바르노 가족의 이사를 통해 마무리된다. 하지만 이러한 마무리는 그저 외적인 임시 봉합에 불과하다. 빌에게 있어 이 기약 없는 이별은 한편으론 게르다와의 관계가 적어도 한동안은 완전히 끝나 버렸다는 사실을 의미하지만, 다른 한편으로는 또 다른 가능성에 대한 기다림이, 언젠간 찾아올 수도 있는 또 다른 '사건'에 대한 막연한 기다림이 시작되었음을 의미한다. "울타리 바깥"의 아름다운 사건들에 대한 기다림은 게르다와의 이별로 인해 끝나는 것이 아니라 미래로 확장된다.

그러나 아버지에게 바르노 집안 사람들과의 이별은 엘리타의 영원한 상실을, "울타리 바깥"으로 이어지는 마지막 통로의 영원한 상실을 의미한다. 아직 어린 데다 무한한 가능성을 가지고 있는 아들 빌과 달리 늙어 가는 아버지 게르트에게 엘리타는 마지막 '사건'이자 '모험'을 뜻하기 때문이다. 따라서 아버지에게 엘리타를 잃은 슬픔과 절망은 단순히 연인을 상실했다는 데에서 오는 것이 아니라고 할 수 있다. 그는 엘리타와 함께 자연적 삶의 요구를 실현시킬 마지막 가능성을 잃어버렸으며, 그와 함께 이제는 오로지 문명화된 삶에 봉사해야만 한다.

그로 인한 슬픔과 절망은 결국 게르트를 죽음으로 몰고 간다. 의도적인 것이었든, 그렇지 않든 과도한 양의 모르핀 사용으로 게르트는 숲속에서 외롭게 숨을 거둔다. 어두운 밤에 하녀와 또다시 밀회를 즐기고 집으로 돌아가던 빌은 숲속에서 아버지의 시신을 마주한다. 이때 그를 엄습한 두려움과 공포는 단순히 아버지의 죽음을 목격한 데 있는 것 같아 보이지 않는다. 빌이 마비된 듯 꼼짝도 하지 못한 것은 어쩌면 아버지의 절망에서 자신의 미래를 보았기 때문인지도 모른다. 그날 밤 이후 더 어른스러워진, 사실은 더 문명화된 삶에 가까워진 빌의 모습은 우연이 아니다. 그는 자연적인 삶을 살아가는 사람들처럼 격정적인 감정 때문만이 아니라, 문명화된 사람들이 그러하듯 그것이 자기에게 기대되는 모습이기 때문에 기꺼이 눈물을 흘린다.

나는 이제 저 옆방의 조용하고 엄숙한 남자로 인해 가슴이 아팠다. 그는 이 모든 것을 더 이상 갖지 못한다. 그는 제외되었다. 나는 울어야만 했다.
작은 하인 에드제가 창문 아래를 지나갔다. 에드제는 소심하게 나를 올려다보았다. 내가 우는 모습을 에드제가 본 것은 좋았다. 아버지를 위해 울 수 없는 아들은 보기 흉한 것이니까.

판본 소개

단편소설 「하모니(*Harmonie*)」는 1905년 독일의 대표적인 문학 잡지인 『디 노이에 룬트샤우(*Die neue Rundschau*)』에 발표되었다. 장편소설 『파도(*Wellen*)』도 1911년 같은 잡지에 발표되었으며, 그해에 S. 피셔(S. Fischer) 출판사에서 단행본으로 출간되었다. 단편소설 「무더운 날들(*Schwüle Tage*)」도 1905년에 같은 잡지에 발표되었다. 이 작품들은 후에 S. 피셔, 주어캄프(Suhrkamp), 인젤(Insel) 등의 출판사에서 여러 차례 출간되었다.

「하모니」와 『파도』의 번역에는 1998년 크나우르(Knaur) 출판사에서 발행된 『에두아르트 폰 카이절링. 하모니. 장편소설과 단편소설들(*Eduard von Keyserling. Harmonie. Romane und Erzählungen*)』이 사용되었다. 「무더운 날들」의 번역에는 1995년 인젤 출판사에서 발행된 『에두아르트 폰 카이절링. 무더운 날들(*Eduard von Keyserling. Schwüle Tage*)』이 사용되었다.

1855   5월 15일 쿠어란트(오늘날 라트비아 영토)의 파데른성(城)에서 발
       틱의 독일계 지방 귀족 가문인 카이절링(Keyserlingk)의 아들로
       태어남.

1874   독일계 도르파트(오늘날 에스토니아의 타르투) 대학에서 법학, 미
       술사, 철학을 공부함.

1877   알려지지 않은 이유로 퇴학당함. 그 결과 집안 및 지역 귀족들 사이
       에서 배척당하고, 시골로 내려가 어머니의 영지를 관리하는 일을
       함. 1900년까지 몇 년간 오스트리아 빈에서 머무른 것으로 알려짐.

1887   첫 번째 작품인 장편소설 『로자 헤르츠 양』 발표.

1892   장편소설 『세 번째 계단』 발표.

1892~1895   다시 쿠어란트에 머무름.

1893   심각한 척수병 발병.

1895   바트 왼하우젠에서 요양. 12월에 두 명의 누이(헨리에테, 엘리제)
       와 함께 뮌헨으로 이주. '카페 슈테파니'를 중심으로 뮌헨에서 활동
       하던 많은 예술가, 작가들과 교류함. 특히 막스 할베, 프랑크 베데킨
       트, 라이너 마리아 릴케, 루돌프 카스너, 알프레트 쿠빈 등과 친하게
       지냄.

1896　　인상주의 화가 로비스 코린트가 초상화를 그림. 이 초상화는 뮌헨의 '노이에 피나코테크'에 전시되어 있음. 이때부터 여러 잡지에 회화 및 문학 비평, 에세이 등을 발표함.

1899~1900　　누이들과 이탈리아 여행. 1년 넘게 이어진 여행에서 베네치아, 피렌체, 시에나, 로마, 나폴리 등을 방문.

1900　　희곡『봄의 오페라』 발표

1901　　희곡『바보 한스』, 단편소설 「군인 케르스타」 발표

1902　　단막극 「검은 병」 공연

1903　　장편소설 『베아테와 마라일레-성(城) 이야기』. 이 소설이 성공하여 작가로서의 이름이 알려짐. 이를 통해 집안과의 관계 또한 개선됨.

1905　　단편소설 「하모니」 및 에세이 「편안함의 심리에 대하여」 발표.

1906　　희곡『베니크넨의 경험』(2막극), 단편소설 「그의 사랑 경험」 발표.

1907　　장편소설 『두말라』 및 에세이 「사랑에 대하여」 발표.

1908　　단편소설 「다채로운 마음」 발표. (아마도 매독의 결과로) 시력을 상실. 이로 인해 점차 사회적으로 고립됨.

1911　　장편소설『파도』, 단편소설 「이웃들」 발표.

1914　　장편소설『저녁의 집들』, 단편소설 「남쪽 언덕」 발표.

1915　　단편소설 「니키」 발표.

1918　　단편소설 「조용한 구석에서」, 「소풍」 발표.
　　　　9월 28일 뮌헨에서 사망. 뮌헨의 노르트프리트호프 묘지에 묻힘.

1919　　장편소설『휴일의 아이들』 발표.

새롭게 을유세계문학전집을 펴내며

을유문화사는 이미 지난 1959년부터 국내 최초로 세계문학전집을 출간한 바 있습니다. 이번에 을유세계문학전집을 완전히 새롭게 마련하게 된 것은 우리가 직면한 문화적 상황에 적극적으로 대응하기 위해서입니다. 새로운 을유세계문학전집은 세계문학의 역할이 그 어느 때보다 중요해졌다는 인식에서 출발했습니다. 오늘날 세계에서 타자에 대한 이해는 우리의 안전과 행복에 직결되고 있습니다. 세계문학은 지구상의 다양한 문화들이 평등하게 소통하고, 이질적인 구성원들이 평화롭게 공존할 수 있는 문화적인 힘을 길러 줍니다.

을유세계문학전집은 세계문학을 통해 우리가 이런 힘을 길러 나가야 한다는 믿음으로 만들어졌습니다. 지난 5년간 이를 준비하기 위해 많은 노력을 기울였습니다. 세계 각국의 다양한 삶의 방식과 문화적 성취가 살아 있는 작품들, 새로운 번역이 필요한 고전들과 새롭게 소개해야 할 우리 시대의 작품들을 선정했습니다. 우리나라 최고의 역자들이 이들 작품 속 한 문장 한 문장의 숨결을 생생히 전하기 위해 심혈을 기울였습니다. 또한 역자들은 단순히 번역만 한 것이 아니라 다른 작품의 번역을 꼼꼼히 검토해 주었습니다. 을유세계문학전집은 번역된 작품 하나하나가 정본(定本)으로 인정받고 대우받을 수 있도록 최선을 다했습니다. 세계문학이 여러 경계를 넘어 우리 사회 안에서 주어진 소임을 하게 되기를 바라며 을유세계문학전집을 내놓습니다.

을유세계문학전집 편집위원단(가나다 순)

김월회(서울대 중문과 교수)
김헌(서울대 인문학연구원 교수)
박종소(서울대 노문과 교수)
손영주(서울대 영문과 교수)
신정환(한국외대 스페인어통번역학과 교수)
정지용(성균관대 프랑스어문학과 교수)
최윤영(서울대 독문과 교수)

을유세계문학전집

을유세계문학전집은 계속 출간됩니다.

을유세계문학전집 연표

1970 **모스크바발 페투슈키행 열차**
베네딕트 예로페예프 | 박종소 옮김 | 36 |
국내 초역

1978 **노인**
유리 트리포노프 | 서선정 옮김 | 89 |
국내 초역

1979 **천사의 음부**
마누엘 푸익 | 송병선 옮김 | 8 |

1981 **커플들, 행인들**
보토 슈트라우스 | 정항균 옮김 | 7 |
국내 초역

1982 **시인의 죽음**
다이허우잉 | 임우경 옮김 | 6 |

1991 **폴란드 기병**
안토니오 무뇨스 몰리나 | 권미선 옮김
| 29, 30 |
국내 초역
1991년 플라네타상 수상
1992년 스페인 국민상 소설 부문 수상

1995 **갈라테아 2.2**
리처드 파워스 | 이동신 옮김 | 108 |
국내 초역

1996 **아메리카의 나치 문학**
로베르토 볼라뇨 | 김현균 옮김 | 17 |
국내 초역

1999 **이상한 물질**
테라지아 모라 | 최윤영 옮김 | 92 |
국내 초역

2001 **아우스터리츠**
W. G. 제발트 | 안미현 옮김 | 19 |
국내 초역
전미 비평가 협회상 브레멘상
「인디펜던트」 외국 소설상 수상
「LA타임스」 「뉴욕」 「엔터테인먼트 위클리」 선정
2001년 최고의 책

2002 **야쿠비얀 빌딩**
알라 알아스와니 | 김능우 옮김 | 43 |
국내 초역
바쉬라힐 아랍 소설상
프랑스 툴롱 축전 소설 대상
이탈리아 토리노 그린차네 카부르 번역 문학상
그리스 카바피스상

2003 **프랑스어의 실종**
아시아 제바르 | 장진영 옮김 | 95 |
국내 초역

2005 **우리 짜르의 사람들**
류드밀라 울리츠카야 | 박종소 옮김 | 69 |
국내 초역

2016 **망자들**
크리스티안 크라흐트 | 김태환 옮김 | 101 |
국내 초역